屋顶上空的爱情 Wuding Shangkong de Aiqing

时代出版传媒股份有限公司
安徽文艺出版社

【作者介绍】

许春樵,中国作协全委会委员、安徽省作协副主席、安徽文学院副院长。著有长篇小说《放下武器》、《男人立正》、《酒楼》、《屋顶上空的爱情》,中短篇小说集《谜语》(二十一世纪文学之星丛书)、《一网无鱼》、《城里的月光》,散文集《重归书斋》等。长篇小说《放下武器》入围"2003年长篇小说专家排行榜"、"《当代》长篇小说排行榜"等,中篇小说《知识分子》入围"2011中国小说排行榜",数十部长、中、短篇小说入选数十种年选、作品选及高校教材,长篇小说《放下武器》、《男人立正》、《酒楼》,中篇小说《找人》、《不许抢劫》等五部作品被中国国际电视总公司、中央电视台等改编成电视剧和电影。中短篇小说曾获"安徽文学奖"(政府奖)、《上海文学》奖、"《小说月报》百花奖"、《当代》小说拉力赛冠军等。

许春樵男人系列**四部曲**
Xu Chunqiao Nanren Xilie Sibuqu

屋顶上空的爱情

Wuding Shangkong de Aiqing

许春樵 / 著

时代出版传媒股份有限公司
安徽文艺出版社

图书在版编目(CIP)数据

屋顶上空的爱情/许春樵著.—合肥:安徽文艺出版社,2016.4
(2017.4 重印)
(许春樵男人系列四部曲)
ISBN 978-7-5396-5547-5

Ⅰ.①屋… Ⅱ.①许… Ⅲ.①长篇小说-中国-当代
Ⅳ.①I247.5

中国版本图书馆 CIP 数据核字(2015)第 226939 号

出 版 人:朱寒冬
责任编辑:张妍妍　　　　　　　　装帧设计:丁　明

出版发行：时代出版传媒股份有限公司　www.press-mart.com
　　　　　安徽文艺出版社　www.awpub.com
地　　址：合肥市翡翠路 1118 号　邮政编码：230071
营 销 部：(0551) 63533889
印　　制：安徽新华印刷股份有限公司　(0551)65859128

开本：880×1230　1/32　印张：10.125　字数：300 千字
版次：2016 年 4 月第 1 版　2017 年 4 月第 2 次印刷
定价：35.00 元(精装)

(如发现印装质量问题,影响阅读,请与出版社联系调换)

版权所有,侵权必究

目　　录

第一章　上海最后的探戈／1

第二章　生活永远在别处／16

第三章　网上赌来的爱情／34

第四章　婚姻是一桩合同／52

第五章　谁动了我的底线／76

第六章　被现实照亮的青春／98

第七章　身体无处寄存／127

第八章　摇晃的天空／155

第九章　我的未来不是梦／179

第十章　这世界变化快／204

第十一章　生活在意外之外／225

第十二章　刀尖上的青春／257

第十三章　假设纸是可以包住火的／280

第十四章　告别了, 青春！／297

第一章　上海最后的探戈

　　夜幕降临，黄浦江两岸的灯火像遭遇了猝不及防的病毒发作，刹那间全亮了。

　　霓虹灯川流不息地蹦跳着欲壑难填的城市欲望，十里洋场灯红酒绿、醉生梦死的光影在郑凡的视线里跌宕起伏、层出不穷。去城隍庙的路上，郑凡对同学老豹说："黄浦江江面上怎么有一种哈根达斯的奶油味和死鱼的腥味？"

　　老豹说："上海是哈根达斯，我们是死鱼。"

　　郑凡和老豹约好了在城隍庙门口等同宿舍的小凯一起回徐家汇的华东大学。

　　小凯下午去浦东跟女朋友最后摊牌，其实是女友找他摊牌。要不是为了将女友上次遗忘在宿舍里的一双丝袜还给她，他压根就不会去，连牌都没有了，有什么可摊的？可被踹了的小凯不想此后的岁月里留下女友的任何爱情遗物，包括一双丝袜。

　　郑凡在一年前的某个黄昏曾经预言：一个想留上海，一个想找个研究生男友装点门面，你们之间的功利主义爱情必死无疑。

　　郑凡、老豹、小凯他们当初考进华东大学的时候，是抱着扎根上海来的，可三年下来，他们发现这完全是一厢情愿的痴心妄想。毕业前一年除了做论文，三个自以为混出人样来的研究生盲目而自负地在上海寻找任何可能的落脚点。然而，他们想留上海，上海却不想留他们。上海的高校连博士生都难留下，名校和海归的博士还得看是哪个庙里出来的，郑凡有些绝望地对老豹和小凯说：

"像我们这类古代文学的硕士生,只能留在古代的上海。"在一个暗无天日的夜里,夜不能寐的三个同学躺在蚊帐里讨论到下半夜,一致认为:上海要是二百多年前的渔村就好了。

"此处不留爷,自有留爷处",三个被上海拒绝了的研究生不管嘴上冒充多么潇洒,感情上还是受了重创,内心里觉得很失面子。论文答辩已经通过,等待毕业典礼的心情如同等待着自己的葬礼,因为仪式一结束,他们在上海就算彻底死去了,户口、学籍、饭卡,连同他们的图书借阅证统统作废,所以在上海最后的这段日子,他们相当于自己料理自己的后事,心情是一个比一个糟糕。小凯去浦东料理爱情后事,他的爱情被一双丝袜活活勒死;老豹下午去延安路一家广告公司讨要课外推销"脚气灵"的劳务费,可公司失踪了,两百块钱劳务费没拿到,还倒贴了四块钱公交费。郑凡不忍心看到老豹对着色彩凌乱的天空无济于事地破口大骂,一见到老豹就安慰他说:"等小凯来了,我们到城隍庙吃小笼汤包,我付钱!"

郑凡的心情相对要好一些,他在网吧跟一个不曾谋面的外地女网友缠绵了整整一个下午,女网友在网上跟他说的最后一句话是:你要是不来见我,我后半辈子唯一的奋斗目标就是做一个出类拔萃的女骗子,把天下所有的男人全都坑得找绳子上吊。郑凡在屏幕上敲了一个笑脸,匆匆下线了。

其实郑凡比老豹和小凯更想留在上海。父亲是皖西大别山里的一个失了业的乡村木匠,他在一贫如洗的黄昏喜欢跟乡邻们吹嘘:"我家小罐子(郑凡小名)是大上海的研究生,大知识分子,方圆五百里的城市要想请他回来,没一个能请得动他。"捧着饭碗的乡邻们听得张大了嘴,嘴里灌满了渗进松叶和竹叶味道的晚风。

在父亲不切实际的煽动下,郑凡必须以最艰苦卓绝的努力来满足父亲的虚荣心。最后这一年里,四处找工作的郑凡几乎成了上海的一个会吃饭会喝酒的电子地图,从浦东到浦西,从嘉定到松江,大街小巷、公交线路、地铁换乘、票价高低,他信口开河万无一失。然而,他找工作的努力越大,受到的打击就越深刻。一家营销策划公司的老总从相貌上看基本上就可以断定是一个江湖骗子,他很轻浮地翻看着郑凡的求职简历,漫不经心地感慨着:"谁想出的馊主意,弄这么个古代文学专业?现在都什么年代了,不研究活人,专研究死人,你来会坏了我们风水的。"郑凡本想回一句"你门口的牌子应该换成算命公司",话到嘴边还是忍住了。真正让郑凡绝望的是一家房地产公司的人事部经理,那个化妆很不得体、声音和牙齿却很好的女人,有意无意地流露出过气女明星的气质,她用猩红的舌头卷着比舌头更加猩红的嘴唇:"很抱歉,我们老总只喜欢古代瓷器,不喜欢古代文学。"

上海是一座对外国人和有钱人开放的城市,港台明星、外商巨贾、大款小秘们都来了,他们在"汤臣一品"买均价三千万一套的房子,居然轻松得就像买均价三毛钱一根的黄瓜。那些钱多得成了累赘的富豪们往黄浦江两岸一站,博士生都别想凑在他们身边喘气。像郑凡这类冷门专业的硕士生要是赖在上海再不走的话,要么准备打一辈子光棍,要么就是准备进精神病院。就算硕士郑凡能留在上海的中学当老师,按老豹的话说,你这个外乡人要是能在上海买上房子,娶上老婆,那就相当于塔利班攻克了华盛顿并躺在白宫草坪上喝起了"嘉士伯"啤酒,简直就是睁着眼睛做梦。

郑凡觉得自己是上海这座大都市里的一颗假牙。这种毁灭性的感觉相当糟糕,于是,最近这两个月里,郑凡不再去找工作,而是一头钻进了网吧,他把一腔怒火全都发泄到了虚拟的网络上。他在网络游戏中杀人放火、偷盗抢劫、包养女明星,一种报复式的快感犹如死里逃生。可到后半夜的时候,郑凡突然又陷入了巨大的空虚和恐惧之中,他觉得这种颓废和没落的情绪只能让下一个夜晚更加黑暗,可天亮后还得吃早饭。于是郑凡在网上搜索上海之外的城市。这部小说开始的时候,郑凡的工作和女友居然在网吧里已经落实了。

郑凡、老豹和小凯在城隍庙门口接上头的时候,已是晚上七点多钟了,潜伏在夜幕中的一些窗口里漏出了《新闻联播》的声音,新闻里的生活酒足饭饱、歌舞升平,整个上海都在吃晚饭,郑凡肚子里饥肠辘辘的感觉异常尖锐,痉挛的肠胃正联合造反。"再不吃饭就要肠穿孔了!"老豹说。

三人直奔城隍庙小吃街,半路上,郑凡摸了摸自己空虚的口袋,他有些犹豫了:"我还是请你们到学校门口吃牛肉面吧!"南翔包子一笼要八块,一人吃两笼肯定不够,而郑凡口袋里总共只剩下三十块钱。

被女友活踹了的小凯将手机信息打开,伸到郑凡的鼻子前:"到城隍庙吃汤包,信息是你发给我的!"

老豹说:"钱不够的话,我来凑好了!"

城隍庙的夜晚比白天更加荒诞和浮躁,来路不明的各色人等难民一样地将狭窄的老街塞得水泄不通,每个人都情绪高涨地陶醉于这种混乱的繁荣和盲目的激动,好像人活着要是不找个惨不忍睹的地方自残一回就算没活过。城隍庙店铺里那些琳琅满目的商品靠着老字号撑腰,无一例外地都标出瞒天过海的价格,商家面对着灰烬般的人群,心中有数地稳坐在柜台后面想象着古代姜太公钓鱼的场景。

卖汤包的店门前排了一长串队伍,食客们咽着口水眺望着远处热气腾腾的汤包并坚持着不达目的誓不罢休的决心。郑凡对小凯和老豹说:"这么多鱼排着队等着去咬钩!"

小凯看郑凡找借口逃避请客,话说得很刻薄:"郑凡,你什么意思?我请你吃好了!"

老豹拍了拍小凯松软的肩:"你被婷婷蹬了,怪不得人家,是你没本事留在上海,你还头顶着研究生虚假的光环把人家身子占了,不要弄得这么气急败坏、痛不欲生的样子,没劲!"他拽着小凯的胳膊,"走,回学校大门口吃牛肉面!"

这天晚上后来没吃成牛肉面与一条狗有关。

三个贫穷而自负的上海弃儿离开了上海的小笼汤包后漫不经心地折转到豫园九曲桥上,像是最后一次凭吊上海的遗容和城隍庙的夜色,他们拖着饥饿的身子,迈着蹒跚的步子,在九曲桥杂乱无章的人群中随波逐流。这时,一条卷毛狮子狗咬住了郑凡的裤脚,郑凡一惊,本能地抖腿甩开狮子狗,可狮子狗又嗷嗷地怪叫着咬住了郑凡的裤脚,郑凡有些犯难了:"缠上我了,老豹,怎么办呢?"老豹还没说话,小凯抱起狮子狗说:"带回去,剥了皮炖狗肉汤喝!"课余时间曾经到宠物医院推销过狗营养食品的老豹对狗有些研究,他从小凯怀里抢过狮子狗:"这是条纯种德国宠物狗,哪是给你炖汤喝的!"举步维艰的人群中有人说:"聚宝斋那边一个女的悬赏一万块钱找走失的宠物狗,女主人哭得一塌糊涂,比死了娘老子还伤心。"又有人插话:"这年头,有的人是宁愿养狗,也不愿养娘!"

郑凡在去城隍庙聚宝斋的路上想法很朴素,既然这条狗几乎要逼出人命来,赶紧将狗还给主人,他并没有想到用狗去换一万块钱。下午没要到工钱的老豹说:"一万太高了,给个一两千就够了。"小凯心有不甘:"最少给三千!"

他们赶到聚宝斋门口时,一个穿着时髦的三十来岁的少妇已经哭得没有力气出声了,她软软地倒在一个看上去显然是女佣的少女怀里,像一条正在作茧自缚的蚕。见到老豹抱着狮子狗来了,她一下子从女佣的怀里触电似的跳了起来,她抢过狮子狗,悲喜交加地抱着狗如同抱着久别重逢的亲人或情人:"莎莎,你好狠心呀,你要是有个三长两短,我就跟你一起去了!"叫莎莎的宠物狗显然没有主人激动,它睁着一双狗眼很迷茫地看着城隍庙璀璨的灯火。

小凯见美丽的狗主人抱着狗丝毫没有感谢的意思,他指着麻木不仁的美丽少妇说:"你这狗是我们主动给你送过来的,不是我们偷走的,对不对?"美丽少妇进一步抱紧狮子狗说:"不是你们偷的,怎么在你们手里呀?"

郑凡和老豹一听这话都火了,郑凡说:"明明是我们学雷锋做好事,你怎么能血口喷人?!"

老豹捋起袖子冲上去发难:"凭什么说这条狗就是你的?把狗户口本拿来我看看!"

这时,旁边一个女随从模样的女子从包里抽出几张百元大钞往郑凡手里塞:"雷锋都去世那么多年了,说学雷锋就显得虚伪了。看你们几位兄弟像是学生,有文化的人,知识分子,不会为一条狗的户口吵到天亮的,对不对?这几张钱拿去,买几瓶水喝!"

郑凡正在犹豫着,老豹一把抽过钱:"你不要钱,就真成了偷狗贼。拿着,不买水,买酒喝去!"

在他们为几张百元大钞的拉拉扯扯中,郑凡手里的一个纸质文件袋掉到了地上,气头上的三个人竟浑然不觉。袋子里面有一篇已经通过答辩了的硕士论文打印稿和一份已经失效了的求职简历。

三人相互挽着胳膊,团结一致地向城隍庙外走去,出了城隍庙大门,老豹数了数送狗的赏金:"六百!"

小凯耿耿于怀地说了一句:"明明说悬赏一万,才给了六百,跟着这么个不讲信用的主子,狮子狗还得跑。"

他们在福佑路一个灯光暗淡、桌椅比较简陋的小酒馆坐定,点了一份红烧鸡、一份红烧鱼、一份红烧肉、一份西红柿炒鸡蛋、一盘凉拌红萝卜丝,菜上齐了后,老豹突然有了惊人发现:"怎么都是红的?"

郑凡说:"红象征着革命。"

失恋的小凯总觉得自己的心里在滴血,说话依然不改刻薄:"红象征着血腥和暴力!"

郑凡撬开一瓶白酒给每人倒了满满一茶杯:"酒是白的。"

小凯说:"白色象征着死亡!"

郑凡不喜欢小凯这种酸歪歪的情绪,但他还是跟小凯碰了一杯:"我坚信,失恋只是一个开头,狼狈不堪的日子还长着呢。"

怀揣着六百块巨款的三个研究生并没有感念一条误入歧途的狗带给他们一桌子丰盛的酒肉,而是反复盘点着他们悬而未决的将来。已经结过婚的老豹准备回四川老家小县城,老豹原先在县里的市容执法队专门负责对乱摆摊点的穷人拳打脚踢,因下手不狠,经常遭到批评。老豹白天上街打人,晚上钻进宿舍啃古代文学,啃了五年才考上研究生,虽然没能借研究生跳板把乡下的老婆带到上海来,但他相当乐观地估计回去后不会再让他到大街上大打出手了。老豹自作多情地分析,他回去后极有可能坐在办公室写乱摆摊点者被打的总结材料,毕竟小县城里研究生没几个。

小凯说:"写材料也是帮凶,跟直接打人差不多!"

老豹争辩说:"连间接都算不上。"

小凯在老家江西的一所技工学校找到了一份教语文的工作,原先的语文老师因为没评上副高职称上吊自杀了。老豹反唇相讥说:"这相当于捧起了死人的饭碗!"

小凯反击说:"读古代文学专业的都是吃死人饭的,你也一样!"

同学之间喝了酒后免不了相互开涮,这几乎就是另一道下酒菜。

说起郑凡的去向,老豹说了两个字:"幼稚!"小凯说了四个字:"还在做梦!"

郑凡要去庐阳市文化局艺术研究所,不是为了去研究艺术,而是为了跟一个不曾谋面的女网友打赌,老豹说:"网上的东西你也信?二十多年白活了,研究生白念了,将来你被骗得鼻青脸肿后,别说我这个当老兄的没提醒过你。"

小凯对郑凡说:"你已经决定了?"

郑凡说:"没决定的事,我不会拿出来说!"

小凯说:"跟女网友生了儿子,别忘了告弟兄们一声!"

老豹说如果跟女网友生了儿子,那也是别人的儿子。小凯附和说自己现实中的女人都没按住,你还能把电脑屏幕里的女人肚子弄大?别做梦了!

郑凡大度地拍着小凯的肩:"被上海弄堂里小姑娘蹁了,挺没面子的,巴不得所有人跟你一样凄惨,我能理解。"

酒足饭饱后,一结账,三百零八块,跟小店老板讨价还价了足有二十八分钟,那位白胖的女老板才同意少收八块钱。老豹将剩下的三百块钱准备一人一百平分了,郑凡说:"留着吧,离开上海前,我们跟张老师还有个告别晚餐。"张老师张伯驹教授是他们的研究生导师,中国现当代楚辞研究自游国恩、陆侃如之后,几乎无人能出其右。

在华东大学站下公交车的时候,已过了夜里十点。起雾了,灯光和街市变得模糊,喝得微醺的郑凡、老豹、小凯拖着笨重的身子,穿过湿漉漉的雾气,急赶着回宿舍睡觉,而对这座城市的许多有钱人来说,他们的夜生活才刚刚开始。郑凡说穷人和富人的身份是根据睡觉的时间来确定的,老豹望了一眼学校门前马路上呼啸而过的小汽车:"小偷夜里也不睡觉。"

小凯说:"有钱人跟小偷在本质上是自家弟兄。"

还没走进校门,郑凡的手机响了,小凯说是不是女网友怀孕了,老豹说小凯你不能把失恋当作心理阴暗的借口。马路上很吵,郑凡没搭理二人,捂着耳朵接电话,郑凡的脸色在昏暗的光线里虽看不出什么变化,但声音却是像着了火冒着烟:"什么?派出所的也来了!"

郑凡合上电话,一时还没缓过劲来,他望着雾霭中动荡的灯火发呆。老豹和小凯问怎么了,郑凡说:"学校保卫处打来的。麻烦大了!"

深夜学校保卫处灯光惨白,校保卫处处长、派出所所长、文学院院长、研究生院院长全都来了,他们的脸浸泡在惨白的灯光里,像一张张白纸,没有温度,更感受不到温暖。老豹见这情形,插科打诨了一句:"研究生三年了,头一回见到这么多大领导。"这并不是一个开玩笑的场合,所以老豹企图活跃气氛的话像是一粒石子扔进了黄浦江,无声无息。

屋里的气氛像是一个灵堂。

一个操江浙普通话口音的老头最起码有六十岁开外,他身穿绛红色休闲西装,脚上套了一双白皮鞋,手腕上的金链粗如麻绳,这种不合时宜的装束显然是想在浑水摸鱼的错觉中冒充年轻。他在逻辑混乱的漫长叙述之后,一口咬定郑凡他们三个:"偷走了狗不说,还敲诈勒索了六百块钱。莎莎的腿被这三个王八蛋打伤,感染发烧了,眼下正在宠物医院抢救,莎莎在ICU病房里好可怜,好可怜,明天手术成功好说,出一点差错,我跟你们没完!"涨红着脸的老头手里举着郑凡在城隍庙丢失的求职简历,"要不是这上面有通讯地址和电话号码,你们就溜之大吉了!"

郑凡这才知道下午带出去的文件袋不见了,他对情绪夸张的老头解释说:"狮子狗在豫园九曲桥上咬住我的裤脚,甩都甩不掉,是我们主动送过去的。就算我们想在城隍庙偷东西,也不会偷狗,更不会伤狗,我们没必要跟狗过不去。"

老头不知哪里来的底气,声音像是从枪膛里迸发出来的:"你知道莎莎值多少钱吗?六十万从德国买来的,汽车轧死一个人才赔二十万。"

小凯忍不住了,他攥起拳头冲上去做出准备动手的架势:"你是不是想说,你的一条狗值我们三条命?"

老头犟着笨重的脑袋:"这是你说的,我没说。"

老头身边的光头保镖对冲上来的小凯简单地推了一掌,小凯就很利索地跌坐在保卫处生硬的水泥地面上。

不服气的小凯从地上爬起来要上前论理,保卫处处长和派出所所长拉住了跃跃欲试的小凯。

郑凡继续耐心地对老头循循善诱:"老人家,这事我们当场已经跟你女儿解释清楚了!"

老头很失态地拍响了桌子:"那是我太太!"

见过世面的老豹按住老头过于冲动的胳膊:"很抱歉!我们实在想不到你太太长得比你女儿还要年轻漂亮。"

老头捋起袖子,火气冲天地挥舞着干枯的胳膊,毫无道理地吼叫着:"你又不是我孙子,你怎么知道我女儿不漂亮?"

保卫处处长、派出所所长、文学院院长、研究生院院长都劝双方保持冷静,大家要是都这么冲动,此事就不好解决。

在多方的干预和劝说下,控辩双方总算貌合神离地坐到了谈判桌前。

后来,大家都看出来了,这完全是老头一次无中生有的寻衅滋事,甚至是某种无赖式的嚣张。老头是温州的一个皮具商,狮子狗是送给他第三任太太的礼物。第三任太太被包养了八年才升级为正式夫人,六十开外的温州皮具商自是宠爱有加。这位扶正不久的川妹子在聚宝斋买南非钻戒时跟店家讨价还价时间过长,热爱自由的德国狮子狗也许是受不了持久的冷落,也许是经不住城隍庙绚丽灯火的引诱,就擅自开小差溜了,开溜的路上被拥挤的人群踩伤了腿,所以老豹抱回来的实际上是一条受伤的狮子狗。川妹子太太和她身边的两个女佣为了掩盖对狮子狗看护的失职,就发挥集体的智慧,共同虚构了一出在聚宝斋买钻戒时狗被偷的故事来忽悠皮具商老头,而且信誓旦旦地说三人中有挡视线的,有挤在身边打掩护的,反正没到十秒钟,莎莎就不见了,莎莎在反抗被偷过程中还被他们暴力致伤。三个小偷是在听说了城隍庙的每个出口都被保安守住盘查后,才被迫将莎莎送了过来,临走还不忘顺便敲诈了六百块钱。喝了一斤多白酒的皮具商一听这话,立即报案,警方本来不想管这件狗事,可后来接到了上面的一个电话,就不敢怠慢了。皮具商目前正在上海炒房,既炒楼花,也炒现房,据他自吹自擂,他在黄浦江边跺一脚,上海楼市就会冒汗。其实皮具商并没有这么牛,只是有钱能使磨推鬼,他确实让上面为这条狗打了电话,让一屋子的人在这个夜晚为一条狗而不得安宁。

喝多了酒的皮具商提出的要求不仅无理,而且无耻,他说敲诈勒索钱财一事,警方怎么认定就怎么处理,眼下最要紧的是郑凡他们三人今天夜里必须去宠物医院的 ICU 病房为狗守夜,等狗转危为安出院后,再根据狗受伤害的程度解决狗的医疗费、营养费、精神损失费等相关问题,皮具商撂下的最后一句话是:"你们必须向我太太道歉!不要以为读了几天书,就了不起了。说老实话,老子小学没毕业,你们给我倒尿壶,老子都不要。"

当年在城管打过人的老豹曾经赌咒发誓说读研究生后彻底金盆洗手不动任何人一个手指头,可听了皮具商这话后,他潜伏的野性被唤醒了,抓起桌上的茶杯狠狠地砸了过去:"我操你妈的,你这个文盲加流氓,简直就是人渣!"

皮具商头一偏,白瓷茶杯连同茶杯上美丽的山水在保卫处的墙上碎了,人没伤着,雪白的墙壁受伤了。皮具商的保镖面无表情一言不发地抡圆了胳膊直扑过来,在城管接受过训练的老豹,用脚轻轻一拨椅子,扑过来的保镖正好撞到了椅子上。派出所所长和保卫处处长将保镖死死抱住,派出所所长说:"你们要是再这么闹,我们就不处理了,你们上法庭好了!"

文学院林院长和研究生院齐院长看双方都酒劲十足地飙上了,就分头灭火。文学院林院长跑到门外给导师张伯驹教授打电话求他过来劝劝三个学生放弃对抗,研究生院齐院长对皮具商说:"你提的要求可以慢慢商量,但前提是不能动手。"保卫处处长和派出所所长都附和说不能动手,这相当于一次投票表决,表决的结果迫使双方偃旗息鼓。

没人说话了,屋内是逼人的寂静,能听得到他们酒后的喘息声粗鲁而混乱。

张伯驹教授赶到的时候,事件的处理已接近尾声。派出所所长和保卫处处长的意见高度一致,他们也看出了一些眉目,于是很明确地对皮具商说:"让三个研究生给你的狗守夜是不可能的,你不能想当然地就说狗是三个研究生打伤的,偷狗更是无稽之谈,我们不相信,你酒醒了后也不会相信。我们要证据,不要推理。现在,我们能调解的是,说服三个研究生把六百块钱退还给你!"

郑凡据理力争:"六百块钱是她们主动给的,不是我们要的。"

小凯揉着扭伤的腰帮着腔:"六百块钱退给他,栽赃偷狗和勒索钱财就铁板钉钉了。"

派出所所长说:"六百块钱退给他,并不是说你们就偷狗了,而是表明你们不仅拾物不昧,而且洁身自好。"

老豹说:"我们把狗还给失主,失主主动塞给我们几张票子,我们怎么就不洁身自好了?"

这时,他们看到了导师张伯驹教授进来了,眼睛都看着导师,像是看着黑暗中的路灯,或绝望中的救命稻草。

清瘦而淡定的张伯驹教授很平静地说了一句:"君子不食嗟来之食,把钱给人家!"

说着转身就走了。

喝酒花掉了三百,郑凡、老豹、小凯三人将身上所有口袋翻了个底朝天,加上剩下的钱,只凑够了五百六十块钱,还差四十块,文学院林院长从口袋里掏出四十块钱,递到郑凡手里:"拿去,不用还了!"

皮具商接过钱的时候语无伦次地说了一句:"毛主席教导我们说,不拿群众一针一线,一切缴获要归公,不调戏妇女,不虐待俘虏。"

派出所所长看着神情古怪的皮具商,摇了摇头。

皮具商跟保镖走到保卫处外面"奔驰"车旁时,一阵夜风吹来,他用拳头砸了砸自己的脑袋,问保镖:"这是什么地方?"

保镖说:"华东大学。"

满嘴酒气的皮具商老头看了一眼黑暗的天空:"我们到这来

干吗?"

一个月后,郑凡、老豹、小凯毕业了,毕业典礼还是挺感人的,并不像他们事先想象的那样成了青春的葬礼,大家穿着黑色的学位服戴上硕士帽,合影拍照,说说笑笑,打打闹闹,很是开心。郑凡说穿上这行头像牧师,老豹说像教父,依然沉溺于上海失败爱情中的小凯说像汪伪政权里的黑狗子伪军。

照完相的时候,天下起了雨,学校广播喇叭里不知谁点了一首李叔同作词的童声合唱歌曲《送别》:

长亭外,古道边/芳草碧连天/晚风拂柳笛声残/夕阳山外山/天之涯,地之角/知交半零落/一壶浊酒尽余欢/今宵别梦寒。

幽暗的天空下,雨声、歌声遥相呼应地渲染出一种生离死别的伤感的情绪,不知谁第一个带头哭了起来,哭声迅速传染给了每一个毕业生,他们在雨中的草坪上抱在一起,哭成一团,不知是因为对上海的留恋,还是对未来的绝望。而此刻的郑凡却是出奇地平静,他甚至觉得同学们有些矫情,他搂着哭得骨架松懈的老豹和小凯的肩:"我们不是说好了吗?从今往后,按西点军校第二十二条军规的第二条执行,怎么说来着的?"

老豹小凯抹了一把脸上的汗水和雨水,跟着郑凡一起发誓:"向前,没有任何借口!"

一道刺眼的闪电鞭子一样抽向城市狭隘的天空,紧接着一声炸雷在破棉絮状的黑云后面引爆,雷声似乎炸碎了整座城市,所有的毕业生都跑到教学楼的走廊上躲雨,他们惊魂未定地望着深不可测的天空一筹莫展。

离开上海的告别晚餐是导师张伯驹教授请的客,吃饭的气氛比较轻松,闲聊的时候,他们甚至不着边际地讨论起了城隍庙事件的性质究竟是人欺负了狗,还是狗欺负了人。导师说是人欺负人,富人欺负穷人,与狗无关。毕业后三个弟子没有一个继续研究楚辞,导师张伯驹教授很宽容弟子们无奈的选择,师生的共识是,这不是一个做学问的年代,所以读研究生的主要任务不是学知识,而是学做人,学会了做人后,再谋一个养家糊口的饭碗。

导师跟三位弟子碰最后一杯酒的时候,才说出了对弟子们的忠告:"屈原精神,孔孟思想,虽昭示于天下,却不能规范天下,仅是中国知识分子的精英想象和夫子之道,然而这丝毫不会动摇中国知识分子几千年如一日般杞人忧天兼济天下的努力,你们可以不研究楚辞,但不可忘了'长太息以掩涕兮,哀民生之多艰'的人之良知、心之向善、道之担当。"

告别晚宴的第二天,三位同宿三年的研究生各奔东西。他们在上海火车站分别的时候并没有流露出忧郁和伤感,好像下学期还要回来一样,很轻松地握手道别。小凯在检票口甚至还搋了郑凡一拳:"你欠我和老豹一顿城隍庙汤包!"

第二章　生活永远在别处

火车离开上海的时候,郑凡的感觉很奇怪,看着窗外密集的高楼割甘蔗一样地被撂倒,他觉得从殖民地胎盘中分娩出来的上海不过是疯狂地复制了西方僵硬的大楼和轻浮的灯火,到处弥漫着糜烂的物质气息,毫无新意,所以他觉得不是上海不要他,而是他抛弃了上海。这种自欺欺人的情绪让他在火车上足足度过了二百多公里轻松而愉快的时光。

然而,随着目的地庐阳越来越近,郑凡良好的自我感觉正被呼啸的列车一点点地碾碎。已是黄昏,车窗外一轮又大又圆的夕阳正在地平线上渲染着最后的光辉,郑凡隐约看到了乡下的父亲正在黄昏里劈柴,袅袅炊烟潦草地盘旋在山区的天空,此刻的父亲压根不知道儿子即将落草到庐阳,一座封闭而迟钝的内陆城市。

十三年前一个天空飘着细雨的早晨,乡下木匠郑树是被镇上执法队带走的,当时正在刷牙的儿子郑凡嘴里咬着一把牙刷满嘴泡沫地冲过去阻挠:"不许抓我爸!"那位后脑勺有一绺刀疤的执法队队长一脚将郑凡踹倒在地,瘦如小鸡的郑凡跌坐在一摊鸡屎上,嘴里劣质牙膏的泡沫溅了一脸一身。

乡下木匠郑树一开始不想去割那口棺材,可庄上人都说田老七是在开着拖拉机贩猪的路上被卡车撞死的,很惨,尸首都不全了,要是再拉到火葬场烧了,那就是惨上加惨。郑树心一软,去了。这一去就违反了严禁土葬、全民火化的政策,被抓走了。读初中一年级的郑凡下午放学后找到镇政府要父亲:"你们把我爸关哪去了?"政府里没人理睬这个拖着鼻涕的小孩无理取闹,一个心地善良的政府女人很含糊地安慰他说:"其实,山里没几个是火化的!"郑凡不理解人家的好意,反而责问道:"没几个火化的,为什么抓我爸?"没找到父亲的郑凡心情忧伤地回到家,一进屋,他发现父亲已经回来了,母亲告诉他说父亲被罚了三百块钱才放出来,等于家里养了大半年的一头猪被罚去了。父亲郑树晚饭一口没吃,他坐在水缸边抽了一晚上烟,后来郑凡将一个烤红薯塞给父亲,父亲没接红薯,他轻轻地揪住儿子的耳朵:"听着,等你将来考上大学,成了知识分子,就没人敢欺负你了。"郑凡没听清父亲说的话,或者说没听懂父亲的话,他听到了屋外的大山里毛竹在风中哗哗作响,洪水一样地漫过了他家的屋顶。

可等到郑凡大学毕业的时候,压根就没人承认大学生是知识分子,大学生蝗虫一样漫天飞舞,投简历、堆笑脸、装孙子,工作还是难找。计算机、金融、法律专业还好一点,中文、历史、哲学这些专业要想找一个好饭碗,除非李白、杜甫、司马迁、苏格拉底从坟墓里爬起来亲自应聘。所以中文系毕业的郑凡在别人找工作四处碰壁的时候考上了上海华东大学的古代文学研究生。当年私自割棺材被罚了三百块钱的父亲激动得逢人便吹:"我儿子考到大上海去了,还了得,马上就是大知识分子了,镇执法队算什么鸟东西。"庄上人沿着木匠郑树的情绪往下说:"等郑凡当上了大知识分子,回来让执法队的王八蛋们全都跪在你家门口。"

郑凡本以为三年研究生读完最起码能算个小知识分子,可不知从哪一天起,"知识分子"一词说起来有点拗口了,酸歪歪的,广告、宣传、推荐材料中只提及股票专家、经济学家、妇科专家、文化学者、策划大师、销售总监、营养导师、易经大师、职业CEO之类,没人介绍谁谁谁是知识分子。郑凡查阅过部分中国历史,发现历史上曾有过"知识越多越反动"一说,他若有所悟,觉得如今的世道,知识要是不能跟灯红酒绿挂上钩,不说是反动的,最起码是无用的。郑凡一开始有点不服气:"这么大的上海,凭什么就没有我们的立锥之地?"师兄老豹将嘴里的烟头吐到地上:"你以为你是谁,给你一块立锥之地,干上一年,你能在上海买到一个香烟盒大的平方吗?"

老豹说这话的时候,浦东汤臣一品的房子还比较便宜,才卖到每平方米十二万。

被上海不留情面地拒绝后,老豹边打短工边等着拿了学位回老家。小凯则不遗余力地挽救着实际上已经不可救药的爱情,他并不知道上海女友的母亲在十六铺码头一边卖茶叶蛋一边坚持着上海人求真务实的婚姻立场,在上海里弄的眼里,一个没钱没房还没工作的文学硕士是战胜不了一枚茶叶蛋的。郑凡比老豹、小凯的压力更大,想起父亲持之以恒地在庄邻面前言过其实地炫耀儿子在大上海的辉煌前景,莫名的惶恐几乎窒息着郑凡的每个晨昏,父亲每次打电话来问他在上海的工作落实得怎么样了,他都敷衍着说:"正在落实。"父亲意志坚定地说:"没面子的单位不要去,上海市政府要是一时落实不了的话,就到上海电影厂,将来回山里拍几部打仗的电影,让大伙儿热闹热闹。"郑凡放下电话,心就提到嗓子眼了,他不知道毕业后该如何跟父亲交代,一段时间里,脑子里乱哄哄的,后来他才发觉,他唯有躲进网吧的网络游戏中,动乱的心情才能平息下来。他来网吧不是寻欢的,而是来避难的,网吧就是他在上海最后的避难所,网络游戏则是避难中的口粮。

没到一个星期,游戏中虚幻的胜利和无法兑现的财富终于让郑凡丧失了热情,于是他从毒品般迷人的游戏中逃离,以"流落街头"的网名在网上四处流浪。初春一个平淡无奇的子夜时分,郑凡在"无根时代"聊天室里不经意间遇见"难民收容所"。

郑凡认为"难民收容所"当然是个男的,所以也没什么搭讪的兴趣,就在他准备闪身的时候,"难民收容所"点击了他。

难民收容所:怎么流落街头了?
流落街头:因为没有难民收容所。
难民收容所:我是专门收留流落街头的孤儿的。
流落街头:我不是孤儿。不过,你这人挺够哥们的!
难民收容所:怎么说?
流落街头:虽然你不会真的去收留一个孤儿,但你有这份善心,绝对是一仁义的哥们。
难民收容所:我为什么是哥们,而不是姐们?姐们比哥们更仁义。
流落街头:别冒充少女了,我从来没打算在网上制造一场艳遇。

郑凡迅速从网上闪开了。一开始他还对"难民收容所"感觉良好,可当"难民收容所"似是而非地暗示自己是女性时,郑凡像是被戏弄了一样,心里很不舒服,他觉得自己再怎么落魄,也不至于到网上去猎艳或找对象。要不是在上海的最后这段日子过于无聊和空虚,他是绝对不会到网吧来的。活了二十多年了,直到一个月前他才第一次走进网吧,说实在的,他觉得在网吧里跟那些无所事事的小混混们泡在一起把自己也降低成了小混混。然而,那个时候,除了网吧,没有更好的去处。

一个星期后,郑凡又鬼使神差地进入了"无根时代"聊天室,

"难民收容所"也在,这次是郑凡主动点击了对方。

流落街头:真对不起,上次太不礼貌!

难民收容所:没关系!网上不礼貌没人追究责任,也没法追究责任,对吧?

流落街头:下了线后,我才恍然大悟,一个"流落街头"的人,走投无路时,迎面遇到了"难民收容所",绝处逢生,救人于水火,这不是缘分是什么?

难民收容所:是呀!上次我一见你进来,就觉得很神奇,流落街头的人需要难民收容所的帮助,难民收容所需要帮助流落街头的人,一个锅要补,一个要补锅,哪有这么巧的网上邂逅。

流落街头:你怎么起这么一个网名?

难民收容所:我从学校毕业后,好几个月都没找到工作,最惨的时候,我一天只吃过一个大馍喝了半瓶矿泉水,所以我想城市里要是有难民收容所就好了,我进去后的第一件事是吃五碗饭八个馒头,非让自己撑个半死。你呢?

流落街头:同病相怜。我一直到现在还没找到工作,所以就流落街头了。

难民收容所:你在哪个城市,什么学历?

流落街头:上海。华东大学文学硕士,论文答辩已通过了。你呢?

难民收容所:(敲了一个惊讶的表情)太厉害了。我在庐阳。商校毕业,庐阳家乐福超市收银员。

流落街头:这么说,你还真是一位 MM。

难民收容所:没有哪家规定男的不能当收银员。比如,我认为你就是一女生,女生找工作难,女研究生更难。我没说错吧?

　　流落街头:哥们说得没错!

　　后来他们又在网上遇到了几次,他们无所顾忌地说着一些不着边际的话题。越聊话越多,越聊越投机,终于有一天,郑凡按捺不住了,进网吧前就着二两袋装的花生米喝了一小瓶二两五的二锅头,他要豁出去探个究竟。

　　以流落街头面目出现的郑凡开门见山直奔主题。

　　流落街头:你要是女的,我就娶你!
　　难民收容所:你要是男的,我就嫁你!
　　流落街头:你究竟是男的还是女的?
　　难民收容所:你是男的,我就是女的;你是女的,我就是男的。
　　流落街头:我是男生,我不跟你开玩笑。
　　难民收容所:我是女生,我没开玩笑。
　　流落街头:那我就娶你。
　　难民收容所:只要你放弃大上海,你今天来庐阳,我明天就嫁给你!
　　流落街头:说话算数?
　　难民收容所:当然。
　　流落街头:我们打赌。
　　难民收容所:谁不赌谁是小猪!

　　留上海无望后,郑凡一边在网上打游戏,跟网友聊天,一边在网上漫无目的地将求职简历天南海北地乱投一气,只要有地方招人,他就投简历,这种求职策略有点类似于普遍撒网,重点捞鱼,到六月底的时候,他投了四十多份简历只有三家有回复。古代文学专业在这个专业世俗化的年头实在是糟糕透顶,全国百分之九十五以上的人都不知道楚辞是什么,广东一家造卫生纸的厂家希望郑凡去了后能帮他们写一些防火防盗的通知并张贴到厂里的重要路口,没事的时候就在电脑室帮着打印生产报表。郑凡说:"你到电脑培训班招一个打字员就行了。"电话那头操广东普通话的人事主管说:"招过,不行,老写错别字。你读过研究生,不会写错别字!"人事主管停顿了一下,问了一句让郑凡手脚抽筋的话,"看你简历中是研究楚辞的,楚辞是楚窑瓷器还是楚家祠堂?你那个'辞'字写错了吧?"郑凡说:"对,是我写错了,去你们厂里肯定全写错别字。"一家游戏软件开发公司问他有没有足够的想象力参与暴力游戏和色情游戏的开发和设计,郑凡没看完就将回复过来的邮件删了。东北一家民政局回复说他们下属的火葬场成立了一个丧葬服务公司,为死者家属提供一条龙服务,需要一个能给死者做挽联、祭文、悼词的高手加盟,郑凡是读古代文学的,很合适,电子邮件回复中的最后一句话说得很客气,"我们热切期待并热烈欢迎郑先生加盟"。郑凡不愿去赚死人的钱,这让他容易想起早年父亲为乡邻割棺材被抓的事,所以他连一个标点符号都没回复。他很无奈地发现屈原留给如今人们的只剩下端午节的假期和象征性吃两口的粽子,至于谁还会为了某种道义和理想去跳江是绝无可能的,现在跳江或跳楼的大多是因为不伦恋情和不法钱财无法收场,少数也有婆媳反目、官民成仇、夫妻翻脸后一时想不开去跳的。他有时呆想,顷襄王要是能像楚怀王一样善待屈原,他老人家就不会跳汨罗江,他老人家不跳汨罗江,自己就不会研究屈原和楚辞,自己不研究屈原和楚辞,就不会被人家邀去火葬场做挽联。

郑凡和"难民收容所"打赌后,外来的邮件连打都懒得打开了,他的目光死死地咬住了庐阳。在网上漂了一段日子后,他终于看到了庐阳市文化局艺术研究所招聘"黄梅戏艺术研究人才"的启事,招聘条件是戏曲专业或文学专业的硕士生以上即可。郑凡看到这条招聘信息时心情激动得如同死里逃生,他根本来不及投简历,坐在网吧里打开手机直接给对方拨过去了电话,对方说还要考试,笔试、面试一个都不能少。郑凡说:"没问题,读了这么多年书,别的本事没有,就是会考试。"接电话的是艺研所所长,他问郑凡:"你是喜欢庐阳市,还是喜欢黄梅戏?"郑凡说:"我喜欢庐阳的难民收容所。"所长听得一头雾水。

郑凡将自己的网络奇遇告诉老豹和小凯,他们乐得差点一口气就没接上来,不是高兴,而是觉得滑稽。郑凡反唇相讥:"不要看到我幸福无比了,就用不屑一顾的嘲笑来安慰一下自己的一无所获和两手空空。"老豹和小凯继续大笑,而且还配合了摇头的动作以强化其盖棺论定的判决,老豹说:"你要是初中生,为网友私奔庐阳,我无话可说。可你是研究生,是马上就要毕业的研究生。"小凯说:"你连网友是男是女都还没搞清楚,就为这不男不女的网友把自己的前途押到庐阳这张赌桌上,哪有这等荒唐的事!"老豹说就算网友是女的,究竟是女学生、女职员,还是女骗子、女流氓,是青春靓丽的十八岁妹妹,还是风烛残年的八十岁的奶奶,一笔糊涂账。郑凡觉得这种美好的事情是一个人的隐私,与人分享隐私是相当愚蠢的,于是他不再跟老豹和小凯计较,丢下一句"嫉妒总是难免的",背起肩包连夜赶往庐阳参加"艺研所"的招聘考试。

第一天笔试,第二天面试,一路过关斩将,所向披靡,郑凡觉得他不是一个人在考试,而是和庐阳女网友两个人并肩作战,他从来没有哪次考试和面试像这一次一样义无反顾、勇往直前且充满了舍我其谁的必胜信念。二十六个报名者笔试被灭掉二十三,最后留下的三个面试,郑凡将另外两人很轻松地PK掉了,面试时郑凡说:"正在发生的艺术是不需要研究的,被研究的艺术已经或即将成为遗产。"这一惊世骇俗的观点让在场的评委瞠目结舌。第二天所长就通知郑凡拿了硕士学位后立即来报到。所长郭之远对郑凡说:"我被你的才华横溢和极具侵略性的霸气征服了。坦率地说,你这样的人才到这来工作,委屈你了。"郑凡想起在上海所遭遇的冷落,他发自内心地感慨着:"所长,被当作人才的感觉真好!哪还有委屈?"

郑凡在网上对"难民收容所"没说来庐阳应聘,只是说要来庐阳看她,"难民收容所"很激动,说要陪他一起在庐阳找工作。郑凡说我只是来看看你,并没有打算让你陪我去找工作,"难民收容所"说:"那我们打的赌还算不算数?"郑凡说:"算数。""难民收容所"说:"那好吧,我等你见光!"

郑凡在庐阳三天里并没见"难民收容所",也没见在庐阳工作的大学同学,他甚至连网吧都没进,一是他要全神贯注地应对考试,不能分心;二是他不知道能不能被录用,心里没底;三是怕跟网友见光死。与其见光死,还不如就活在对方的想象里。第三天宣布被录用后,郑凡一激动,当场就决定直奔家乐福超市给"难民收容所"一个惊喜,可就在他问好了庐阳家乐福地址和公交线路并已经上了公交车的时候,他犹豫了,他想起了老豹和小凯的警告,"难民收容所"是虚拟的,就连"难民收容所"的性别都是虚拟的,只要相信同窗三年的哥们不会害他,此时他就不该去跟网友见面,既然信誓旦旦打过赌,就不能不讲信用,见面就得兑现他们下的赌注,庐阳的工作定下了,可庐阳的女网友哪能说娶就娶了呢?就在公交车即将关门的一刹那,郑凡跳下车来,他默默地走到马路对面坐上了去火车站的公交,当晚就回到了学校。

郑凡当年考上大学时父亲奖励给他一个塑料箱子,由于塑料老化,离开上海前郑凡塞书的时候塞裂了,劣质塑料箱开裂就意味着彻底报废,所以郑凡是扛着一个蛇皮口袋来庐阳报到的,他的蛇皮口袋里塞满了古代文学和现代梦想。

下了车,天已经黑了,庐阳跟上海比就像蚍蜉撼树,就像幼儿园孩子跟泰森站在拳击台上过招。在去投奔大学同学的路上,郑凡发现庐阳的灯火虽一路活蹦乱跳地灿烂着,但少了上海的浓艳和嚣张,直到此刻,他都没觉得自己已是庐阳人了,有那么一个短暂的瞬间,他甚至怀疑自己是来旅游的,而不是来工作的。所有的纠结缘于他还没想好是否应该跟"难民收容所"见面。

在庐阳的大学同班同学只有舒怀和黄杉,晚上他们为郑凡接风。

如今研究生都活得举步维艰,形形色色的本科生泛滥成灾,当然不可能好到哪儿去。舒怀和黄杉这两个哥们约好了似的,一律混得不如意。舒怀在一家经常被银行上门逼债的民办中学教书,每月工资扣除房贷,两块多钱一包的劣质香烟都抽不起。黄杉在一家发行量极其糟糕的行业小报当记者,平时靠写一点花团锦簇的吹捧报道能捞到一些茶叶烟酒之类的小外快,按他的话说,"弱势媒体,一点尊严都没有"。

舒怀能在三环边住上两室一厅的房子,全仗着他父亲在乡下一个废弃的砖窑里违规生产鞭炮赚了钱交了首付,而黄杉连房子都没有,所以为郑凡接风只能窝在舒怀的小客厅里。舒怀买了一大堆卤菜,黄杉拎了两瓶别人送的酒,舒怀女朋友悦悦下班还抱回来一个西瓜。应该说,一开始接风的气氛还是相当轻松愉快的。舒怀说郑凡研究生毕业能回到庐阳来跟我们一起喝酒足见同学之间的感情固若金汤。黄杉说郑凡在大上海看够了"一江春水向东流"后居然还跟我们混在一起足见这研究生读了等于没读。郑凡说他在庐阳找了一个女友,大家都笑了起来,说既然为了女友屈尊庐阳,来庐阳的第一天,不去找女友报到,却跑到同学屋里来报到了,哪有这种逻辑?黄杉继续调侃着,"上海不是一个培养'重友轻色'的城市"。舒怀的女友悦悦善解人意地说:"我觉得郑凡是一个超越了你们想象力的男人,所以他出现在女友缺席的地方,太正常不过了。"黄杉被揶揄得难以忍受,就说:"悦悦,你不带这么捧人的!"

一开始,大家嘻嘻哈哈说得挺开心挺正常的,可一瓶烈酒下肚,三个酒量都很有限的同窗说起眼下尴尬的境遇和看不到希望的未来,想到下不起馆子的窘迫人生,话就说得越来越不靠谱了。

舒怀红着眼对郑凡说:"信不信?我揣着氰化钾,去滇缅边境,狠狠地干上一票。干成了,一辈子花天酒地;逮到,当场咽下氰化钾,省得审来审去的还得被枪崩了。"

郑凡说:"那我就去当缉毒警,逮到你,悄悄地把你给放了。"

黄杉给每人杯里倒满酒,摇摇晃晃地从一堆鸡鸭骨头中站起来:"你们说的都是醉话,干不成的。不瞒你们说,我已经在网上,在网上漂了好长时间,我想找一个富婆,把自己的身体和青春搭一起卖了。"

悦悦看着三个神志不清的男人,一个比一个胡说八道,气得一下子掀翻了桌子:"无耻,你们都给我滚出去!"

满地摔碎的酒杯、碗碟还有鸡鸭的残骸与酱油的汤汁,一片狼藉。屋内突然安静了下来,迷你小音响里流淌出《地中海月光》曲子,窗外一轮圆满的月亮悬挂在空旷的天上,一动不动。

郑凡很尴尬,他没想到来庐阳的第一天如此一败涂地。

郑凡背起一蛇皮口袋的古代文学告辞,舒怀上来拽住蛇皮口袋:"说好了的,晚上就住我这里,房间都收拾好了。"

郑凡看着无动于衷的悦悦,对舒怀说:"不用了,已经够打搅了,真不好意思!"

郑凡是和黄杉一起下楼的,黄杉喝多了酒,他在楼下分手时搂着郑凡的肩说:"也好,到你女友那里去住,踏实些!"最后一个字还没说完,他突然警觉起来,"是女友,还是女网友?"

郑凡说:"这很重要吗?"

黄杉硬着舌头说:"女友可以住一起,女网友不行,当心被策划了。就在上礼拜,我们报社一小哥们跟女网友在宾馆刚洗好澡,一个抄着一把杀猪刀的男人冲了进来说小哥们欺负他老婆,被诈了一万六,一万六呀,再添三五千,都够到越南买一个老婆了。"

郑凡当晚住进了上次来应聘时住的那家私人小旅馆,小旅馆埋伏在一条小巷子里,像一个昼伏夜出的小偷。脸上有几粒麻子的老板娘热情洋溢地拎了一瓶开水送进来:"还真考中了,了不起!少收你三块钱,给十五就行了,夜里上厕所出门别忘了开灯,开关在门外右首。"

郑凡说:"上次你少收我五块呢。"

老板娘将一个脏兮兮的茶杯塞到郑凡手里:"上次来你没工作,这次来马上就拿薪水了。"

郑凡躺在弥漫着一股霉味的小旅馆里,听着屋外火车的尖啸声像一把尖刀插进了城市的心脏,他突然有一种莫名的恐惧,觉得自己被扔进了无边无际的大海里,海上一片漆黑,他想象不出"难民收容所"会把他打捞上岸,还是会把他按进海水里溺死。杂乱无章的大脑和身体都很累了,晕晕乎乎的郑凡刚想了一个开头就睡着了。

上班的前几天,郭之远所长让他熟悉黄梅戏的历史沿革以及代表性作品,郑凡老家山里有许多民间黄梅戏剧团,他是听着黄梅戏长大的,还有许多父老乡亲也是听着黄梅戏死的,没几天,郑凡就对黄梅戏的前世今生拿捏了个八九不离十,毕竟比研究楚辞轻松多了。真正让郑凡心神不宁的是跟不跟女网友"难民收容所"联系,联系上后的下一步怎么办。

郑凡上班的头一个星期睡在办公室里,口袋里没钱了,没钱不能天天晚上去网吧,不去网吧就没法找到"难民收容所",也许是"近乡情更怯",真的跟女网友近在咫尺了,他却不敢去见她了。

离开上海前的一天晚上,"难民收容所"在网上告诉郑凡她的真名叫韦丽,家乐福超市收银员,从没说过谎,也不会说谎。郑凡也投桃报李地告诉她自己是研究屈原的古代文学研究生,叫郑凡,从来不想说谎,如果偶尔一次说谎了,那肯定是善意的谎言。韦丽问他的工作究竟定在哪儿了,已经确定到庐阳市艺术研究所报到的郑凡很含糊地回复:"还没最后落实,落实好了给你消息。"网友韦丽迅速敲了一行文字过来:"你要是不来庐阳,就不用告诉我了。"此时的郑凡没有坦白真相,倒不是有意说谎和缺乏诚实,而是他实在不敢面对押出去的赌注,乡下长大的孩子,没勇气玩火!

凭感觉,郑凡认定韦丽是一个单纯得可以被拐卖掉的女孩子。

悦悦的过激反应让舒怀心里很是过意不去,舒怀打电话让他过去聊天,郑凡说我去了影响你跟悦悦的正常生活,舒怀说:"悦悦就是那脾气,脾气一过就好了。"郑凡没正面回应,只是推托说刚来手头事比较多,改天再约。黄杉打电话约他晚上去一个"单身俱乐部"碰碰运气,他说即使找不到女友,但碰一场艳遇的机会还是很多的。郑凡说我已经跟你说过了,我在庐阳有女网友。黄杉在电话里很吃惊:"你不是说女友吗,怎么变成女网友了?"郑凡说:"女网友转换一下角色,不就是女友了,你不也打算在网上找女大款吗?"

空虚寂寞的晚上郑凡给老豹和小凯发了几条信息,得知各自按部就班地上岗就业了,也就没有更多要说的了。三位同窗的工作岗位都不如意,好像每个人的情绪都不高,所以回复的信息简单而苍白,郑凡觉得不如意的生活就是这种面貌。

艺研所在一幢红砖砌成的两层旧楼里办公,据说新中国成立之初这里是庐阳市镇压反革命办公室,反革命镇压差不多了后,这座血腥味浓重的老楼就废弃了,直到有一天自上而下的人不想看杀人而想看艺术了,就成立了艺术研究所,艺研所落脚在一个与艺术毫不相干的砖楼里是因为市里实在腾不出房子来。这天晚上,郑凡在办公室木地板上铺上草席躺在上面望着天花板上的老式吊扇发呆,想起这座老楼的历史,他就无法入眠,好像许多被镇压的反革命分子正在找他算账。天有些闷热,郑凡从席子上坐起来,掏出口袋里的钱数了数,还剩三十一块两毛,眼见着伙食费告急了,然而这个无聊而孤独的夜晚比饿肚子还要糟糕,郑凡起身关灯夺门而出,直奔网吧。

网吧里弥漫着呛人的烟草味、可乐味还有方便面的味道,网吧里二十四小时总是不断地有人在睡觉,有人在吃饭,有人在揉通红的眼睛。郑凡挑了最里面的一台电脑前坐下,他身边一个胳膊上刺了一条蛇的年轻人玩累了正趴在台子上睡觉并流出了一绺清晰的口水,郑凡知道像这种情形的网虫差不多在网吧里已经鏖战过几天几夜了。

时间是夜里十点,郑凡估计韦丽就是上全天班也该下班了。打开网页登录,韦丽果然在线。

韦丽抢先点击郑凡。

> 韦丽:嘿,二十多天都没见着你了,工作还没定下来吗?
> 郑凡(迟疑了一会):没有。
> 韦丽:没有就回山里种地,种地也是工作。
> 郑凡:我读了这么多年书,你就安排我到山里种地?
> 韦丽:这是你上次说的,不是我安排的。
> 郑凡:跟你开玩笑呢,我已经来庐阳,就在你楼下。
> 韦丽:那你就上楼吧,明天一早我们去登记。
> 郑凡:你就不怕我是骗子?
> 韦丽:只要你来庐阳工作,你是骗子我也认了。
> 郑凡:总有一天我会站在你面前的,你就等着上当受骗吧。再见!

上网每小时两块钱,相当于一碗牛肉面或四个包子或七个大馍,太费钱了,还没领到工资的郑凡在网上待了不到四十分钟,就下线了。他对染了一头枣红色头发的小老板说:"没到一小时你能不能少收点?"小老板很好奇地看着郑凡:"头一回遇到这么问话的爷们,哪个星球来的?"

郑凡被枣红色头发的小老板呛得鼻子冒烟,愣了一下,他不失时机地反戈一击:"按公平交易原则,你只能收一块六,考虑到你要把头发弄得让外星人精神失常,我决定赞助你二十分钟上网费用!"他扔下两块钱的硬币扬长而去。

回来后郑凡还是有些后悔,他觉得自己跟这些头发古怪并且身上刺着豺狼虎豹的人较真,简直是斯文扫地。

一个星期后的一天早晨,郑凡很小心地问所长办公室里什么时候能装上宽带,所长说所里经费紧张,夏天的防暑降温费到现在都没着落,去大别山调研黄梅戏的出差费也没批下来,再说了搞戏剧研究又不是搞市场研究,不需要上网。所长看着放在办公桌上的茶杯、洗脸盆、牙膏、牙刷,皱了一下眉头:"房子还没租好?"

郑凡对有知遇之恩的郭之远所长连连说:"租好了,今天就搬!"

来报到的时候郑凡无处落脚,所长主动关心地说:"暂时先委屈一下住办公室,过两天房子租好了再搬出去!"而现在一个星期都过去了,他还赖在不花钱的办公室住着不走,所长的话让他鼻尖上冒汗。

郑凡立即跑去跟黄杉借二百块钱租房,黄杉给了他三百:"租房离我和舒怀近点!"

郑凡当天下午就在三环附近的城中村租了一间平房。这儿离上班的地方远,要倒三次车,可离舒怀近,隔两条马路,离黄杉也只有一站路。

刚修好的三环将城中村一劈为二,这里地处偏远,环境恶劣,所以租住在这里的都是些收破烂的、做卤菜的、磨豆腐的、炼地沟油的、逃避计划生育的、偷情私奔的,还有一些下等妓女、无良小偷、打手、民工等各色社会闲杂人员。

房东老苟拖着一条残废的腿说:"要不是这屋里死了孩子,一百二十八我绝不出手。"两个月前一对做裁缝的乡下夫妻唯一的儿子喝了三聚氰胺奶粉后死了,夫妻俩哭得死去活来,不久就挑着缝纫机回乡下去了。郑凡管不了许多,不要说是死过孩子的屋子,就是死过几万人的奥斯维辛毒气室,只要省钱,他就住。

郑凡搬进来后的第二天晚上,舒怀、悦悦还有黄杉都来了,这次悦悦花钱买来了几包卤菜还有一袋花生米,黄杉在城中村杂货铺里拎了一捆啤酒,说是祝贺郑凡乔迁新居。郑凡说别拿我穷开心了,别人的旧屋成了我的新居,别人娶媳妇逼着我放鞭炮,不着调呀。其实大家都知道,不过是找个由头聚一聚。

也许是上次喝烈性酒全面失态了,所以这次压根就没人提议喝白酒。昏黄的灯光下大家一人抓着一瓶啤酒就着卤菜、花生米你来我往地喝得谦虚谨慎。悦悦跟郑凡和黄杉碰了一下瓶子:"上次很失礼,不该掀翻桌子,还望两位哥哥多多包涵!尤其是郑凡兄初来乍到,我那般失控,真不好意思!"

悦悦道歉得很坦诚,并将那天发作的背景告诉了各位。悦悦在庐阳一家代理美国生物保健品的公司里做业务推销员,郑凡来的那天下午她在一个老板客户办公室里推销深海鱼油的时候,那位腕上套着金链的老板客户居然提出要包养悦悦,悦悦气得当场想掀翻客户的办公桌,所以听到黄杉说想被富婆包养时,被激怒的悦悦就掀翻了自己屋里的餐桌。

黄杉举重若轻地说:"你掀得对,都怪我们酒喝多了,胡言乱语。不过,我这个当年中文系的最后一个贵族怎么会傍富婆呢?"

舒怀也趁机标榜自己:"我堂堂的人民教师,更不会去贩毒。"

郑凡抹一把嘴角的残酒,反击道:"被生计压得喘不过气来的时候,贩毒,傍富婆,脑子里闪一下这些念头,很正常。白日做梦是缓解压力的最好药方。"

黄杉反驳说:"我们受党教育这么多年,这些念头闪都不该闪一下。"

舒怀趁热打铁说:"你读了研究生,不能知识比我们多了,境界却比我们低了。"

郑凡放下手中的酒瓶:"真是奇了怪了,贩毒,傍富婆,明明是你俩说的,反倒教育起我来了!"

同学之间不着边际的争论总是不了了之。屋内气氛好极了。

酒过三巡,舒怀突然将了郑凡一军:"你不是说女友在庐阳吗?人呢?"

黄杉打圆场说:"不是女友,是女网友。"

这天夜里,郑凡肚子疼得死去活来,一夜跑了六趟旱厕,第二天到办公室打电话问舒怀和黄杉,都说拉得一塌糊涂,不知是卤菜变质了,还是啤酒过期了。郑凡问悦悦怎么样,舒怀说悦悦正在医院里吊水呢。

第三章　网上赌来的爱情

庐阳的夏天如同一个神经分裂症患者一样狂躁不安、反复无常,早晨出门时看上去晴空万里,还没走到公交车站突然电闪雷鸣暴雨如注,正当你武装暴动般地挤上人满为患的公交车为躲过一场暴雨长舒一口气时,天空突然又云开雾散阳光灿烂。有那么几天,受一种叫维雅娜天气的影响,庐阳烈日炎炎的中午正是酷热难当大汗淋漓的时候,天空居然下起了蚕豆大的冰雹,冷热不均袭击下的不少人感冒发烧住进了医院,他们在医院的病床上想象着老天是不是病入膏肓了才这么折磨人的。

郑凡白天在办公室有电风扇吹,晚上回到出租屋里就像被塞进了密封的罐头盒里,身上热出了密集的痱子,他想买一台电风扇,可身上没钱,他想找所长预支一个月工资买电风扇,在所长办公室门口徘徊了好几次,还是忍住了,班没上几天,就伸手借钱,说不出口。他也想过跟同学借,可低工资的舒怀正过着牛马不如的房奴生活,黄杉刚掏了三百块钱给自己租房子,这个念头在脑子里一闪就灭了。于是,郑凡靠一把印有"独钓寒江雪"山水画面的折叠纸扇来反抗这个不让人活的夏天。他一边扇一边想象着北风呼啸的季节,想象着"穿林海,跨雪原"的冰天雪地,然而这种自欺欺人的想象并不能解决夜以继日的酷暑。他在令人窒息的夜里半睡半醒。早上起床后,郑凡走在一如既往的天空下,脑袋里像是被灌进了好几斤二锅头,昏昏沉沉,晕晕乎乎。

郑凡知道家乐福在青竹大道168号,但他仍仅限于在网上跟韦丽联系,他觉得无论从年龄还是受教育程度来说,都不应该贸然见面,网络可以是游戏,而生活绝对不能游戏,不伤别人,也不让自己受伤,这是活着的起码责任。从屈原《天问》《九歌》《离骚》诗行中走出来的郑凡知道,如果一个人自己对自己都不负责,又何谈担当社会、兼济天下?

郑凡在网上尝试着向韦丽要手机号,韦丽没给,她说如果你不来庐阳,告诉你手机号也没有意义,如果你来了庐阳,没有手机号也能找到我。郑凡要跟韦丽在网上视频,韦丽也不同意。

韦丽(敲过来一行字):我把真名和工作地点都告诉了你,这已经很过分了,既然我们俩是在打赌,你要是愿意赌的话,哪怕我少一只胳膊缺两颗门牙你也得认账。

郑凡(迅速回过去一行字):那我要是长一脸麻子少一只眼睛,你也认账吗?

韦丽:当然!愿赌服输。

郑凡:我虽是研究生毕业,可腿有残疾,所以到现在都没找到工作。

韦丽:(在屏幕上敲了一个调皮的笑脸)如果你腿有残疾的话,我手就有残疾,两个残疾人在一起有可能同病相怜,也有可能自相残杀,赌前一个答案,还是后一个答案?

应当说,多年钻在故纸堆里的郑凡早就对韦丽的单纯与激情充满了对毒品般的迷恋,但他每每决定跟韦丽见面的时候,他的脑子里就会跳出一个个拦路虎,并且不断地强化着一种负面的和灾难性的判断,在网上拿青春做赌注,很可能会输得鼻青脸肿,这是没有理性的冲动,冲动就是魔鬼。但转念一想,自己要是不冲着跟韦丽打赌,中国那么大,为什么非得要来庐阳呢?他本身就是来赌博的,老豹在临分手前终于说过一句公道话:"郑凡,也许你是对的,日子不是用来过的,而是用来赌的,如今黄河上下大江南北整个就是一个大赌场。"

只有郑凡知道,许多个夜晚半睡半醒浑浑噩噩,除了酷热的天气,还有烦躁的心绪,见不见韦丽,敢不敢往下赌?

郑凡第一个月工资扣除杂七杂八后,两千一百六,比舒怀、黄杉都高,哪怕多一块钱,他都觉得研究生没白念,在这座二线城市里,人均工资只有一千三百多块钱。郭所长对办公室里陈旧的木地板一往情深,只要说话,总是喜欢在地板上走来走去,他对刚领了工资的郑凡说:"在我们所里,你也算高工资了。不过要是想结婚、买房子的话,你娘老子要是不愿倾家荡产花光一辈子积蓄,没戏!"

郑凡盯着郭所长跟地板一样陈旧的皮鞋,说:"娘老子乡下的,我就是他们一辈子的积蓄,怎么花?"

第一次拥有这么多钞票的郑凡并没有充分重视所长的危言耸听,下班回到出租屋关起门来,他激动得掏出钱反复数了好几遍,一分不少。于是他钻进城中村一个苍蝇很多的小吃店很奢侈地点了一碗面条和一个卤猪蹄,匆匆吃完,然后直奔路边一个门外警告"未成年人严禁入内"的网吧,进去一看,网吧里百分之九十五以上都是未成年人,而且里面弥漫着呛人的烟草味、发酸的啤酒味、焦煳的方便面味。郑凡管不了这些,他在一台电脑前坐定,紧急寻找"难民收容所",韦丽不在线上,一看时间,七点四十,郑凡这才想起韦丽要到晚上九点才下班。

钱真是好东西,口袋里有钱,不仅可以买吃买喝的,就是不吃不喝,心里也不慌。所以郑凡在网吧坐下后,根本不去想一个小时上网费是一块还是三块,更不会像上次那样为多算一二十分钟网费跟网吧小老板吵得面红耳赤。郑凡从容不迫地在网上四处游荡,游荡的感觉使他想起了多年以前的一个词,叫"盲流"。郑凡对网络的感情并不深,他觉得网络是一片一望无际的大海,找不到方向也看不清方向,只有具体的人和事证据确凿地成为目标的时候,网络才有了人的气息和温度。没找到韦丽,郑凡就在网上找老豹和小凯,一个都不在线上。郑凡想用手机给他们发一个信息,告诉他们自己在网上,可掏出了电话又放下了。三十二岁的老豹本来就不喜欢上网,回到四川小县城晚上肯定黏在乡下老婆身边,既省下上网的钱,又有利于和谐家庭建设。小凯喜欢上网,或许学校放暑假,周边网吧都关门了,反正在网上是杳无音信了。

于是,百无聊赖的郑凡在网上打开自己的邮箱,东北那家殡葬服务公司又来信了,打开一看,殡葬服务公司仍盯住他不放,信中说公司非常需要他这样的人才,如果郑凡工作还没落实的话,期待着他立即答复。信中说现在人们生活富裕了,死了人都要做挽联和祭文,遗体告别大厅两边的挽联和遗体告别时念的祭文,要求的水准很高,不是一般人能拿得下来的,只有郑凡这类的人才,方能驾轻就熟得心应手。郑凡知道,大凡挽联和祭文,基本上都要把死者的一生的丰功伟绩夸大其词地彰显出来,按说死者为大,为死者写点过头的文字也不会引起什么非议,但郑凡还是不愿自己的工作每天跟死者纠缠在一起。郑凡回信说:"古代文学专业一直是跟死人打交道,毕业后想跟活人多些交往。抱歉!"

九点半的时候,韦丽上线了。韦丽问郑凡为什么好多天不在线,郑凡说自己要熟悉新的工作岗位,很忙,工资没发,也没钱上网。

  韦丽:新工作岗位在上海什么地方?
  郑凡:在庐阳市文化局艺术研究所。
  韦丽:你是不是因为我少了一只胳膊,就用这种温暖的谎言来安慰我?
  郑凡:不是,两个星期前,我就告诉你我在庐阳。
  韦丽:那我叫你上楼,你为什么不见我?

  郑凡不说自己对不曾谋面的韦丽充满了戒备,而是说自己居无定所,口袋里没钱,见面连吃一碗面条的钱都付不起,过于寒碜会使韦丽一脚将他踢开。韦丽说我就是你的难民收容所,哪有把你踢开的理由?没有钱我可以给你,我有工资呀。

  郑凡:如果我现在在庐阳,你明天就嫁给我,这话还算数吗?
  韦丽:当然!说出你单位的地址。
  郑凡:北城路148号大院,艺研所在一幢三层红楼的第二层,我在左首第三间"黄梅戏艺术研究室"上班,办公室没有空调,有吊扇。
  韦丽:(一个惊讶的脸)太阳真的从西边出来了?你住哪儿?
  郑凡:三环南路城中村刘里巷27号大杂院内。
  韦丽:我现在就过去!

郑凡刚刚敲上"你能不能冷静地再考虑一下",韦丽已经下线了。

城中村相当于现代都市里的一块疮疤。巷子里的路灯大多数坏了,少数亮着的灯在蚊蝇飞舞的夜空里割出一小块有限的光亮,大部分道路和房屋都沦陷于黑暗中。郑凡匆忙赶回出租屋,一开门,身后尾随着的一大群蚊子一起进屋了,郑凡点起"黑猫"牌盘式蚊香,刺鼻的烟雾缭绕在狭隘的空间里,很快蚊子就下落不明了。郑凡摇了摇塑料水瓶,空了。他拎起水瓶冲进屋外闷热的黑暗中,巷口烧开水炉的秦师傅见郑凡步履恍惚,神色焦虑,又不停地抹额头上的汗,就问他:"是不是失恋了?"

郑凡在惨淡的灯光下尽力控制着内心的不安:"没失恋的人也是要喝开水的呀!"

秦师傅拧开锅炉下方的水龙头,滚开的水冒着热气直冲水瓶口:"住这破地方的小年轻,没几个能把女朋友留住,一个比一个穷,装不起空调,有空调电也不够,老是跳闸。你是不是白天推销'死光光'臭虫喷雾剂的那个小伙子?开水房里臭虫倒是没有,蚊子多。"烧锅炉的无聊和寂寞使秦师傅说话失控,刹不住。

郑凡塞好水瓶塞,说了一句:"秦师傅,我看你像个算命的!"

郑凡拎着水瓶走了,秦师傅在郑凡身后的黑暗中自以为是地陶醉着:"到我这来打水的,我掸上一眼,卖鱼的绝不会说成是卖虾的!"

郑凡的出租屋是一间大约十二平方米的平房,据说这一排房子很多年前是造名酒名烟名皮鞋名酱油的作坊,甚至一度还造过名牌电视机,后来城市扩张到这里了,政府正准备严厉查处和整治,听了风声的小作坊里胆大包天的小老板们一夜之间都跑了。

小作坊车间渐渐就成了来这个城市谋生的各色闲杂人员的聚居地。郑凡觉得自己混迹其中被当成推销杀虫剂的纯属正常,今天晚上,他感到不正常的是,网友韦丽怎么说来就要来呢?太冲动了。也许是说着玩的。

郑凡正疑惑着韦丽会不会真来,腐朽的木门被敲响了。

站在面前的韦丽是一个简单而秀气的女孩,像香港女星梁咏琪,只是年龄好像比梁咏琪要小不少,他们几近荒诞的第一次见面居然没有一点陌生感,轻松得像是青梅竹马的幼儿园同学。

韦丽见面第一句话是:"我们好像在哪儿见过?"

郑凡被韦丽冒失的问话逗乐了:"《红楼梦》里贾宝玉第一次见到黛玉时也是这么说的。不过,我们确实在网上见过。"

韦丽倚着门框:"你不打算让我进去?"

郑凡做了一个请进的手势:"开水都打来了,还能不让进?"

韦丽像是进了自己的家里一样,进屋后就嚷着:"公交太挤,渴死我了,开水呢?"

郑凡先前有些紧张的情绪被韦丽宾至如归的轻松瓦解了,他递上一茶缸凉白开:"估计你很渴,提前凉好的。君子之交淡如水!"

韦丽挤了一个小时公交车才赶过来,喝下一茶缸凉白开后,韦丽抓起桌上的一张旧报纸扇着风:"小雯跟我打了两盒冰激凌的赌,她说在网上赌咒发誓的人都是骗子,我不是骗子,你当然就不会是骗子。"

郑凡将那把印有"独钓寒江雪"的折叠纸扇递给韦丽:"你怎么知道我不是骗子?"

韦丽将手中的纸扇猛扇一气:"你人都来庐阳了,怎么会是骗子呢?"

郑凡说:"我已经骗过你了,我说我腿有残疾。"

韦丽将腿脚摇晃的旧椅子抵住墙:"我说我少一条胳膊。我俩已经扯平了。"

韦丽被蚊香呛得咳了起来,郑凡很抱歉地说:"城中村卫生差,屋内蚊子太多。"说着就起身掐灭了墙旮旯里的盘香。

韦丽开涮郑凡说:"盘香太猛,你想跟蚊子同归于尽呀!用电蚊香片,满大街都有卖的。"

郑凡又给韦丽递过去一茶缸水:"电蚊香太温柔,城中村的蚊子不买账。我们这的小卖部都卖盘香。"

时间已经过了夜里十二点,水瓶里水早喝光了,出租屋里的话题好像才刚刚开始,除了神交已久,他们不仅没有"见光死"的挫败感,而且都感觉到对方比想象的还要好。郑凡知道了韦丽来自一个小县城,父母下岗后在县城里摆水果摊,自己商校毕业后大半年没找到工作,一个萍水相逢的小姐妹在她饿极了的时候曾劝韦丽去歌舞厅当陪酒女郎,韦丽说了一句"你真贱",扭头拂袖而去。冬天来了,饥寒交迫的韦丽曾去找庐阳难民收容所,可民政上的人说没有这个部门,只有流浪乞讨人员救助站,她怀揣着中专毕业证书,既不算流浪人员,更不算乞讨人员,没法收留她。年底庐阳下第一场雪的时候,韦丽因相貌出众被家乐福超市录用为收银员,由于学历低,工资只有八百块钱一个月,说到收入,韦丽慷慨陈词:"资本家残酷剥削我们无产阶级,总有一天无产阶级会团结起来,反抗并推翻资产阶级反动统治。"韦丽在自考大专,她说这是《社会发展史》说的。郑凡说自己的父母是山区的农民,父亲是乡下一个失业的木匠,母亲和父亲一起守着几亩薄地和十几只鸡鸭,一年的收入不够进县城医院看几次感冒打几次吊针,父母得了病一般都硬扛着,在乡下不倒下就不算生病,倒下了死得很快,六十岁都算高寿了。郑凡以韦丽的表述方式自嘲着:"你看,我们都是被剥削阶级家庭出身的,同病相怜呢。"说话间郑凡突然翻出枕头下的硕士学位证书递给韦丽,"网上空口无凭,这是我的学位证书。你看一下,我不是骗子吧?"

韦丽接过来,没看:"我没学位证书,我是骗子了?"

看韦丽如此敏感,郑凡举重若轻地说:"我没别的意思,我只想证明我不是骗子。再说了,就像你说的,我人都来庐阳了,你就是骗子我也认了。"

韦丽很喜欢这种破釜沉舟的姿态,情绪一下子明亮了起来:"这就对了嘛。"在漫不经心地翻看郑凡的硕士学位证书的过程中,她突然惊讶地叫了起来,"你怎么都二十七啦?太可怕了!"

郑凡说:"不好意思,你才二十一,我这二十七岁高龄让你受惊了!"

郑凡说自己上小学三年级的时候,将学校里的一个汽油灯打碎了,怕被老师惩罚,吓得有两年时间死活不愿上学,耽误了,大学毕业又读了三年研究生,这才把自己熬成小老头子。

韦丽说:"我是觉得你跟我差不多大,根本看不出有二十七岁高龄。"

窗外的天渐渐亮了起来,拖着一条残腿的房东老苟一清早在院子里转悠,这个彻夜失眠的男人看到郑凡出租屋里这么早亮着灯,神经一下子绷紧了,他蹑手蹑脚地走过去,将脑袋凑到窗子外面向里看,看不清。

屋里的郑凡看到窗外毛玻璃上贴着一个含糊的脑袋,起身开了门,见是房东老苟,他一时拿不准该说些什么,愣住了。房东老苟捧着一把茶壶,往门缝里一伸脑袋,见里边坐着一个年轻女孩,就意味深长地说了一句:"小郑呀,只要公安不过来找麻烦,我才不管你闲事呢。"

缓过神来的郑凡有些恼火地反击房东:"他是我老婆,公安找什么麻烦呀!"

这句话被屋里的韦丽准确无误地听到了。

老苟咕咕嘟嘟地喝了一气茶,终于想出了一串为自己偷窥辩护的词:"前些日子,老蒋家出租屋里一个女的卖身的时候被公安当场活捉了,老蒋被罚了两千。我不对你们这些租房户整顿纪律,那是要犯错误的。"

郑凡没理睬老苟,关门进屋了。

郑凡进屋后,韦丽从那张腿脚松懈的木椅上站起身:"你怎么说我是你老婆?"

郑凡说:"你不是说,只要我来庐阳工作,第二天你就嫁给我的嘛!"

韦丽说:"可至少到现在为止,我还没有跟你登记呀!"

郑凡说:"那我们现在就去登记!"

韦丽说:"时间还早,先吃早饭,吃完早饭再去,我请客!"

郑凡说:"你到我这来,当然是我请客。"

韦丽说:"什么你这我这的,登完记,我们就是一家子了。"

郑凡看韦丽不像是开玩笑的,措手不及中,有些自乱阵脚:"见面还没到二十四小时,我们就登记了,就这么结婚了?没钱,没房,也没征得家长同意。"

韦丽愣住了:"怎么,你反悔了?"

郑凡说:"没有呀,我是怕你以后跟着我受罪。"

韦丽说:"你怕我不怕。你要是现在反悔还来得及,我马上就去超市上班,QQ上名单一黑,从此一刀两断!"

韦丽说着转身就要走。郑凡一把拽住韦丽的手:"我人都到庐阳来了,还有什么反悔的!走,先去登记,拿了证再吃早饭!"

走在早晨空荡荡的大街上,郑凡和韦丽真就像两个不计后果的赌徒,亢奋且不知疲倦,韦丽说:"一夜没合眼,一点都不累,神了!"

郑凡伸出手臂:"把你的手给我!"韦丽伸出手,他们双手十指紧紧地扣到了一起。

郑凡感觉到了韦丽手心里死不改悔的勇气和决心,他对韦丽说:"知道为什么不累吗?"

韦丽很直觉地回答:"因为我们没有见光死。"

郑凡说:"因为我们是赌徒!"

在一个"娱乐至死"的年代,严肃和神圣的事情是不存在的,也是不必要的,郑凡记得一位讲后现代主义的教授在课堂上慷慨陈词,唾沫星在粉笔灰中乱溅。

结婚不需要父母之命,不需要媒妁之言,不需要开介绍信,也不需要亲朋好友参谋把关,只需要两个人怀里揣着身份证就行了,到婚姻登记处现场照相、现场拿证,一支烟工夫就可把一生的大事搞定。然而,农民后代郑凡内心深处远没有他在网上表现得那么潇洒和前卫,也没有他在韦丽面前做出的那般轻松,他觉得如此草率的行动就像在电脑上打游戏,太随意了。太阳按部就班地升起来了,城市里的每个早晨都是重复的。而这个早晨对于郑凡来说,偷偷地拿结婚证跟偷偷地去破坏铁路或去杀人放火差不多。站在婚姻登记处门口时,与郑凡手指紧扣的韦丽问郑凡:"你手心里怎么都是汗?"

郑凡故作强大地说:"没有。那是你手心里的汗。"

韦丽松开郑凡的手:"我手心里有没有冒汗,我还不知道?你伸出手来看!"

郑凡松开手的一刹那在衣服上迅速擦了一下:"你看,手心里没汗!"

婚姻登记处要两个人的身份证复印件,郑凡要去马路对面复印,韦丽说:"我去!"

韦丽穿过斑马线进了马路对面的打字社,梦游般腾云驾雾的郑凡给黄杉打了一个电话,将昨晚到今晨的奇遇简明扼要地复述了一遍。电话里黄杉听完后笑得有些失控:"一大早给我玩幽默,想改行当赵本山?"

郑凡说这是真的,没骗你。黄杉说不是骗的,是编的,"二十一岁,长得还像梁咏琪,一下线就跟你去登记,你以为你是刘德华、谢霆锋呀!"

郑凡说:"你要是不相信就当我没说好了。"黄杉说:"我要看报纸清样,没空陪你白日做梦,晚上把新婚妻子带过来,凭两人结婚证,请你们下馆子吃火锅。"

"你说话算数?"郑凡较真了。

黄杉口气决绝:"当然算数!"

郑凡又给舒怀打了一个电话,舒怀在电话里相当冷静:"新新人类玩裸婚也是有的,那是出于好奇,而不是因为爱情。你最好先去调查一下,看看女网友身体有没有疾病,比如先天性心脏病、脑血管畸形之类的,那可是随时要出人命的。狐臭问题不大,可以治好的。"

郑凡说这都已经站到结婚登记大厅门口了,一切都来不及了,舒怀安慰他说:"不要紧,把证拿了,晚上我们先把黄杉的火锅吃到嘴,真要是同床异梦,把证吊销掉就是了。说老实话,驾驶证、厨师证、健康证、残疾证、学生证、身份证、毕业证,所有证中,最不靠谱的就是结婚证,吊销得最多的也是结婚证,你也别太当一回事!"

郑凡想了一会,半途作废最多的确实是结婚证。

舒怀的话说得刻薄而又准确,"执子之手,与子偕老"的终身大事在这个早晨,不,是在这个时代已失去了基本的庄严和神圣,结婚证只不过是走进婚姻的一张临时性门票,随时都会过期和作废。

韦丽手里攥着身份证复印件过来了,她问手里抓着电话的郑凡:"给你父母打电话了?"

郑凡说:"我父母在乡下,没电话。你呢?"

韦丽拉着郑凡的手往结婚登记大厅走:"我不告诉他们。"

郑凡说:"开弓没有回头箭,告诉他们也来不及了!"

办结婚证像在电影院窗口买一张电影票一样简单,民政登记人员也像卖电影票一样草率而马虎,整个过程好像还不到一支烟的工夫。走出结婚登记大厅的时候,郑凡手里攥着结婚证,脑子一时还是转不过弯来,感觉手里攥的是一张电影票,他不想把这种感觉告诉一脸幸福的韦丽,只是提醒她:"不要把证书弄丢了,晚上凭证书吃火锅!"

韦丽说:"先把早饭吃了,肚子饿坏了!"

在早点摊上,匆匆吃了一碗面条,郑凡和韦丽揣着结婚证书各自上班去了。这一天,他们所有的同事没有一个从他们的身上嗅出婚姻的气息,一切像是都没发生过。

跟所有的平淡无奇的黄昏一样,马路上蚂蚁般密集的人群行色匆匆,太阳一头栽到了摩天大楼的后面,人们脸上最后一缕自然的光线就消失了,城市路灯亮起来后,所有人脸色跟路灯一样苍黄,类似于非洲难民一样营养不良。郑凡、舒怀、悦悦看着火锅店包厢外面的马路,都说难得黄杉第一次在馆子里请客,既然来了不吃个半死不活就有点亏了,黄杉说我的亏吃大了,没想到郑凡真弄出这么个本子来。

韦丽要到晚上九点才下班,他们饥肠辘辘地边等韦丽,边研究起了结婚证书。

黄杉、舒怀、悦悦把郑凡的结婚证像验证假币一样反复推敲了许多遍,悦悦自言自语地感慨着:"现在的女孩子胆子太大了,有个性!"

黄杉将结婚证扔到郑凡怀里:"假的!假证贩子那里买的。"

郑凡急得涨红了脸:"你不想请客就直说,凭什么说结婚证是假的?"

舒怀将证书拿过去迎着包厢里昏黄的灯光反复推敲着似乎也有些拿不准,不过他没说出这种感觉。

悦悦帮郑凡打圆场:"大家都没结过婚,都没见过这证,不要见了戴了大盖帽的,全当伪军看待。"

舒怀和黄杉一唱一和地阐释这种误解缘于郑凡拿证这事干得让人神经崩溃,看不懂,也理解不了。

郑凡真的急了:"有什么理解不了的?像我这样没钱没房没车的穷书生,见面不到二十四小时,就把老婆娶进门,你们不祝贺我,还像审查特务一样地恨不得把人家祖坟都扒出来。"

舒怀和黄杉依然很不严肃地说:"祝贺,祝贺,我们表示热烈祝贺好了!"

郑凡见他们不是发自内心,就反唇相讥:"我知道你们看不得我幸福,没关系,幸福不是一辆公交车,不是谁都能上的,也是不该与他人共享的。读研究生时我就领教过了。"

悦悦抢上来说："郑凡,我还是很欣赏你女网友敢作敢当的勇气的。"

郑凡很敏感："什么女网友不女网友的,是我老婆。"

韦丽来的时候已经是晚上九点半了,她推开包厢的门一进来,所有人都傻了,一个清秀而纯朴的女孩,看不出半点前卫,也看不出身上有丝毫人间烟火的气息。郑凡从大家惊诧的眼神中收获了一份自信和得意,他拉着韦丽的手向各位介绍说："韦丽,法国家乐福超市收银员,从毕业到现在天天数钱,经她手数的钱,可以买下一座城市。"

韦丽微笑着跟大家打招呼："大家好！我叫韦丽。不好意思,我数别人的钱数得太晚了,让你们饿到现在。"大家都被韦丽轻松的情绪感染了,相互寒暄几句,各就各位。

菜早就点好了,麻辣火锅里已经咕咕噜噜地沸腾了。韦丽落座前从人造革坤包里掏出结婚证："郑凡说凭结婚证吃火锅,我带来了！"

她拿着结婚证的手悬在半空中,没人接。

黄杉有些尴尬,他凭着自己的如簧巧舌迅速改变着这顿火锅的性质："我们不是怀疑证的真假,而是要明确这顿火锅的意义。没证吃火锅,这顿饭是同学聚会;有证,那就是给你们摆婚宴,完全不一样。来,我提议,为郑凡成功拿证干杯！"这么一说,大家都说言之有理,于是共同举杯,热烈庆祝,吃火锅的气氛好极了。

郑凡总感到庆祝得有些勉强,什么叫成功拿证？难道还有不成功拿证的？反正大家没有那种大喜临头的感觉和兴奋。显然,他们把这看作是一场有趣的游戏,吃火锅本身比他们拿证重要得多。这让郑凡心里有些被降价处理的别扭,好像自己是菜市里卖不掉的下脚菜。

悦悦挨着韦丽,将一块黄喉夹到韦丽的油碟里,两人一见如故,过于亲热的结果就是说话无所顾忌:"你年龄比我小,胆子比我大,舒怀有房子我都不敢拿证。"

韦丽无法理解悦悦的真实内心,不假思索地跟进一句:"悦悦姐是不是还想要一部车?"

悦悦摇摇头:"不是。总觉得心里没底。"

黄杉插话问:"是你对舒怀没底,还是舒怀对你没底?怎么个没底?"

悦悦被问住了,想了一会,她说:"没底是一种感觉,而不是一个结论,具体的不好说。"她将头转向韦丽,"小妹,你说是吧?"

正陶醉于赌赢了爱情的韦丽没有那么多虚悬的感觉:"我对郑凡有底,他说话算数,放弃大上海,说来就来了。我也说话算数,昨天见面,今天我就跟他拿证了。"

黄杉显然被韦丽的坦诚和真实感动了,或刺痛了,他感慨万千地喝了一杯闷酒:"怎么好女人我们就遇不到呢?玲玲跟我好了三年多,要是不采取措施的话,孩子都会叫我爸爸了。可她走的时候连招呼都没打一声,人和洗脸池边的半瓶资生堂润肤水一同消失了。"说起玲玲跟广东一位五十多岁珠宝商结婚的事,酒喝多了的黄杉痛苦得哭了起来,"找一个五官健全的人不好吗?非要找一个门牙少了三颗的老头来腌臜我。我他妈宁要三颗门牙,也不要三套房子三辆车子。"

韦丽拿起一张餐巾纸递给黄杉,一脸的迷惘,灯光和火锅的雾气笼罩着错综复杂的情绪,话题由轻松而变得沉重起来,舒怀问韦丽:"你爸妈也不介意郑凡租住在城中村,而且隔壁还住着一个卖老鼠药的小贩?"

韦丽喝了一口火锅汤,太辣,她伸出了舌头,说话的声音也是火辣辣的:"城中村挺好的呀!隔壁有老鼠药卖,屋里就不会有老鼠。这事跟我爸妈没关系。郑凡,你说呢?"

郑凡得意地说:"当然。"看到被玲玲抛弃的黄杉和被悦悦悬挂在半空中的舒怀,一种肤浅的成就感和幸福感在郑凡心里很盲目地弥漫着。

吃火锅的后半段时间里,黄杉和舒怀埋头喝酒,不再说话,他们失语至少表明他们内心里再也不敢小看郑凡和韦丽。

火锅散伙的时候已是夜里十一点多了。火锅店门口,闪烁的霓虹灯下,他们正准备一同挤公交车回去,韦丽接到了一个电话,韦丽听着听着脸色就变了,她对着话筒说:"我在新城火锅店门口。"

一行几人很诧异地看着紧张而焦虑的韦丽。郑凡问:"怎么了?"

没过几分钟,一辆疾速驶来的黑色帕萨特小轿车在他们面前刹住,车上下来一个中年男人,他拉起韦丽就走:"快,快上车!"

韦丽对郑凡仓促地说了一句:"我有急事!"话音还没说完,车门就关上了。车子拖着一串黑烟疾驰而去。

黄杉满嘴麻辣的气息,他吐掉嘴里的烟头,硬着舌头说:"这叫什么话!新婚之夜,新娘子被人家塞进小轿车拉跑了!"

喝了不少酒的舒怀也失去理智地跟着起哄:"吊销执照,证件作废!"

郑凡将脸凑到黄杉和舒怀的面前,一字一句地告诉两位同学:"你们知道吗,如果这个世界上只有一个人信任韦丽,这个人就是我!"

悦悦拽开了舒怀,安慰郑凡说:"他们酒喝多了!"
夏天的夜晚讳莫如深,街灯在固定的位置上按部就班地亮着,一缕微弱的风滑过街市,郑凡看到灯光简单地晃了一下,夜空纹丝不动。

第四章　婚姻是一桩合同

郑凡晚上回到出租屋就像在上海读书时回到了学生宿舍,连鞋都没脱,往床上一倒。他正在想着这一天究竟发生了什么,还没想好开头,人就睡着了。昨夜跟韦丽见面一夜没睡,晚上又喝了点酒,郑凡实在撑不住了。

夜里郑凡做了一个梦,梦见自己走了很远的路,喝了很多水,终于汗流浃背地来到了一个盛开着鲜花的广场,广场上鼓乐喧天彩旗飘扬,几百对穿着燕尾西服和洁白婚纱的青年男女正排队走向广场中央,一场惊世骇俗的集体婚礼即将开始。郑凡像小偷一样挤进队伍,一个维持秩序的警察手里拎着警棍很不客气地将他拖出队伍,并且凶狠地教训道:"集体婚礼是政府举办的,你要是存心破坏捣乱的话,我现在就把你铐上!"说着就从腰里摸出了锃亮的手铐,郑凡苦苦哀求说:"我不是来捣乱的,我是真心实意来参加集体婚礼的!"周围陶醉于新婚幸福的青年男女们都忍不住笑了起来,警察也笑了起来:"就你这模样,还参加集体婚礼,新娘子呢?"这时郑凡才发现自己只是一个孤家寡人,身上套着十三岁那年被踹倒在地时穿的那件脏兮兮的蓝布褂子,而且上面还有一块鸡屎污迹,郑凡从怀里掏出结婚证,说我有证,警察连看都不看一眼:"网上打赌赌来的结婚证,是假的,玩游戏也当真?你脑子起雾呀!"接下来的梦很混乱,韦丽变成了动漫女人,在电视屏幕上机械而僵硬地蹦跳着,说话声音像鸟叫,听不懂;过了一会儿,自己又在乡下的山场上跟父亲一起采摘起了核桃,好像父亲对他说,卖了核桃后,就给他买一个越南女人做老婆……

第二天早晨的阳光如期而至,醒来的郑凡望着窗外阳光久久发愣,他沉溺于梦境中的细节,始终想不明白自己已经结过婚了。想不明白就不想了,现在需要的是面对现实,郑凡起床后到院子里的水龙头边洗好脸刷好牙,掏出手机准备给韦丽打一个电话,正在考虑说点什么时,韦丽的电话来了。

跟韦丽一同在家乐福打工的小雯被一个四十多岁的网络骗子骗去了三千块钱,还骗去了身子,小雯怀孕后,镶着一颗烤瓷牙的网络骗子彻底消失了。小雯姑娘在韦丽拿证的这天晚上,一时想不开,爬上六楼楼顶准备一跳了之,小姐妹们吓得抱在一起,哭成一团,超市经理苦口婆心劝说小雯想开点,为一个骗子跳楼,不值,可没用。小雯跳楼前荒唐无理地非要见韦丽一面,她要当面责问韦丽凭什么自己在网上遇到了骗子,韦丽遇到的就不是骗子。

黔驴技穷的经理只好给韦丽打电话。

跟着经理的车赶到现场后,韦丽对小雯说:"你先下来,我正在调查'流落街头'是不是一个骗子,落实了后,我陪你一起跳!"

小雯见韦丽已经怀疑网友是骗子了,心里好受了许多,所以在放弃自杀后说的第一句话就是:"韦丽,你遇到的肯定是骗子,网上的男人没一个是好东西!"

经理自作多情地附和着:"对,没有一个好东西。我从来不上网。"

韦丽呛了经理一句:"大庭广众下的骗子比网上的骗子更多。"

一夜未睡的韦丽在电话里跟郑凡说了一下事情的大概,并强调小雯目前情绪还是很不稳定,一会儿哭,一会儿笑,经理让她看住小雯,防止她想不开再做蠢事,韦丽很疲倦地说:"我还要陪小雯几天,真的很对不起!"

郑凡很轻松地说:"只要小雯不跳楼,没问题!"

拿了证的第二天,郑凡一整天依然很恍惚,他没觉得自己已经走进了一桩婚姻,只是觉得打赌赢了。这突如其来的变化让他对下一步生活一点思想准备都没有,韦丽不过来,可以让他冷静地把有些问题想清楚。他住的地方离舒怀最近,无所事事的晚上,他准备找舒怀聊聊,可出了门,转念一想,舒怀也许跟悦悦正在享受夜晚二人的浪漫爱情呢,去了不是搅局嘛,于是他骑着一辆刚买的二手自行车去找黄杉了。

黄杉租住在带厨卫的一居室筒子楼里,见郑凡来了,他有些意外:"怎么,新婚蜜月就玩逃婚?"

郑凡说了昨晚事情的真相,黄杉拍着郑凡的肩头,说:"你小子有福!酒醒了后,我琢磨出来了,韦丽真的不错!"

郑凡说:"我好像还在梦游,毕竟没结过婚,长这么大,连恋爱都没谈过,一点经验都没有。"

黄杉吐出嘴里的烟头:"跟韦丽不算恋爱?"

郑凡说:"最起码到现在为止,我也不知道算不算。"

"确实,这年头奢谈爱情,就像一个九十多岁的老太太涂脂抹粉后要参加国际名模比赛,不着调的事。"他指着屋里的大床,对有些迷惘的郑凡说,"这张床上,你知道重复过多少甜言蜜语吗?"

郑凡摇了摇头:"不知道。"

黄杉对着六尺宽的大床踢了一脚:"做成录音带够你二十四小时连轴转听上好几个月,现在没了,连一个标点符号都没留下。如今我们要是还扯什么爱情,那就太幼稚了!你知道我为什么看好你跟小韦?"

"为什么?"

"因为你们没有爱情,却有信用,网上打的赌都能兑现,太伟大了!两个讲信用的人比两个讲爱情的人要可靠得多,你看人家小韦一不要房子,二不要车子,如今有几个女孩子能做到?"

郑凡觉得黄杉言之有理,但把他们归类为与爱情毫不相干的两个赌徒在兑现赌注,郑凡面子上过不去,于是他反驳说:"没有爱情,信用是不需要兑现的,兑现的信用也是没有意义的,又不是做生意。"

黄杉毫不客气地挖苦道:"看来你读研究生的最大收获就是,学会了把信用和爱情混为一谈,调鸡尾酒呢。"

郑凡就地反击:"你急着出门就是为了调鸡尾酒?"

黄杉不想跟郑凡讨论这些话题,他要出门去相亲,约好了晚八点在莱茵河畔钢琴酒吧见面。报社一个拉广告的同事给他介绍了一个野模特。

他们一起出门,摸索着走进黑暗的楼道里,分手前黄杉对郑凡说:"多长一个心眼,跟小韦先把夫妻之间的事办了,然后再去考虑婚礼、买房的事,听我的没错。"

郑凡有时会觉得韦丽是自己诱骗来的一个女孩,是他在网上设套用激将法把一个不谙世事的年轻的女孩忽悠到了这间老鼠都不愿赏光的出租屋里的,这种夸张放大的联想使他对自己充满了敌意和鄙视,所以面对即将开始的全新而陌生的日子不仅束手无策,而且很心虚。出租屋里腿脚乱晃的床上死过一个无辜的孩子,霉迹斑斑的墙上终日晃动着一家三口绝望的表情,这让郑凡倍感压抑,压抑的还有自己眼下一穷二白、居无定所的现状,就这么个破屋里,突然要多一个以妻子名义住进来的人,郑凡的烦躁不安在出租屋里与日俱增。冷静下来后,郑凡终于明白了,他得首先把脚踩到地上,而不是让想象飞到天上,于是他开始考虑买一点石灰水将出租屋里旧生活的阴影刷白,还得买一个蜂窝煤炉加上必不可少的锅碗瓢盆之类,床单枕头要换新的,即使再寒酸,屋里也要收拾干净。韦丽进门前,最大的一笔投入是电视机。新的要一两千,口袋里钱不够了,郑凡准备去二手市场买一台旧的。

基本的生活必需品还没置办齐全,第一个月的工资已花光了,跳蚤市场的一台二十五寸的旧彩电就花去了五百二十块。墙壁粉刷买不到石灰水,建材商店的人告诉郑凡,石灰水乡下早都不用了,城里用的都是乳胶漆或贴墙纸,一桶好一点乳胶漆要一百多,刷石灰水只要十多块钱,太贵了,郑凡有些犹豫了,他想人不是活在墙壁上的,留些钱买生活必需品。于是,他从办公室带回了两大摞过期的报纸,花两块钱买了一大瓶糨糊,将墙壁四周糊满了报纸,报纸上的大好形势密不透风地包围了这个寒酸的空间。

已是拿证的第六天,小雯被父母接回老家去了。一清早,韦丽给郑凡发来了一条短信:"小雯不想死了,可这会儿我想死。"郑凡很吃惊,打电话过去问为什么,韦丽在电话里忍无可忍地叫了起来:"我想你想死了!"郑凡说屋里还没完全收拾好,还缺两条毛巾和一双拖鞋,你要能忍受我这阿富汗难民收容所,今晚下班就过来。

韦丽说只要不缺你就行了,一下班就过去:"要不要我带一盒电蚊香过去?"

乡下表舅是午饭后摸到市艺术研究所的,他一见到郑凡就号啕大哭起来,眼泪鼻涕一把地说:"大外甥呀,四大门亲中就数你官最大,最有本事了!你可得给我做主呀!"

郑凡给表舅倒了一杯水,让他坐下慢慢说。表舅稳定了情绪后,掏出了自己带来的烧饼,他只咬了一口,就没再吃了,他的手和残缺的烧饼僵硬地悬在半空,表舅说乡下表弟在县城卖梨跟城管干起了仗。因为一位省里的大领导要来县里视察,县城所有主干道两边都不许摆摊,沿街卖梨的表弟刚摆好摊还没开卖,城管上来就对着筐子狠狠地踢了两脚,声音也很凶。表弟说,你不让卖就不让卖,干吗要踢我梨筐。表弟的抗议激怒了城管,那位戴着大盖帽眉毛粗黑的城管捋起袖子:"踢算便宜你的了,我他妈还想打你!"说着下面一脚踹翻梨筐,上面一拳砸在表弟的鼻子上,表弟当场血流满面,梨子滚落一地。当年曾想到少林寺当和尚的表弟和尚没当成,武功却练就了七八分,虽荒废多年,基本功还在,于是一个连环腿横扫过去,城管捂着裤裆倒在了地上,头磕在路牙子上,后脑勺破了,后来送进医院缝了八针。表弟被一群增援过来的城管将腿打成粉碎性骨折,眼下正绑着石膏躺在医院的床上,第一次手术已经花掉了六千多,第二次手术还得三千多,听说腿伤好了后,还要抓进去坐牢。表舅说到这又抹起了眼泪:"明明是城管先动的手,你表弟腿都被打断了,还要坐牢,这还讲不讲理!"

郑凡没跟表舅讨论城管讲不讲理的话题,因为他听老豹说过,城管说你错你肯定就错了,这是不需要讨论的。所以郑凡就问表舅是怎么找到庐阳来的,表舅说郑凡的父亲对他讲郑凡从大上海到庐阳,是受到了党和政府的重用才过来的,堂堂大知识分子,找他准行。郑凡苦笑了笑,安慰了表舅几句,就给报社的黄杉打电话,问能不能借新闻监督的力量干预一下,黄杉说他们是一个行业小报,谁都监督不了。郑凡情绪激动地在电话里对黄杉说你一定要给我想办法把这事给摆平了,不然我不好向我父亲交代。黄杉在电话里沉默了一会儿,突然大叫了起来:"办法有了!"

黄杉说一个在信访办当差的高两级的同校师兄老蒋,专门接待前来诉苦申冤的老百姓,找他准行。黄杉答应陪郑凡一起去,郑凡请了假跟黄杉一起陪表舅到了信访办,信访办的师兄老蒋很热情,了解情况后,认真地记录在案,并当场打电话责成老家的县委督办此事,老蒋在电话里说:"省里正在抓城管暴力执法的事,我不希望你们县成为目标和典型。"接电话的县委办主任赌咒发誓说:"此事我立即向书记汇报,保证稳妥解决!"老蒋放下电话对表舅说:"城管打人肯定是不对的,没事了,放心回去吧!"表舅听了这话,非常高兴,将口袋里的劣质香烟掏出来,不管是在这办公的,还是来上访的,逢人便递,表舅感激涕零地给老蒋点上烟:"只要不坐牢,挨打就挨打,医药费我们也认了。"

  天色将晚,表舅赶不回去了,郑凡咬着牙在一家小酒馆里点了一份红烧鸡、一盘梅菜扣菜,外加几个素菜和一瓶柳阳大曲,老蒋说纪律规定接访者不能跟上访者坐在一起喝酒,一下班,骑着自行车开溜了;黄杉忙着跟野模约会,说没时间吃饭,还没到饭店,也拔腿走了。郑凡觉得跟表舅两个人吃,菜点多了,想退,又怕表舅说自己小气,憋了好半天,他像讨论学术问题似的尝试着问了服务员一句:"如果菜点多了的话,是不是可以退?"小酒馆服务员说点好的菜不能退,郑凡问为什么不能退,服务员说后堂已经做了,郑凡说:"我这不是才点了不到两分钟嘛!"服务员说这是我们酒店的规定,郑凡本来还想再争执一番,想到如今这年头没什么道理可讲,又看到身边手足无措的表舅,就忍了。

  酒菜上齐后,郑凡撬开柳阳大曲,跟表舅你来我往地喝了个痛快淋漓,表舅喝得一时兴起,说话也就刹不住车了:"当年你爸给田老七割棺材被罚了三百,那时的钱多值钱呀!要是换到如今,你当了大知识分子,执法队三分也不敢罚。"闭塞的老家山区总是把知识分子看成是知书达礼手可遮天的大人物,好多人家中堂里至今还挂着"天地君亲师"的古训。

酒足饭饱时,郑凡这才想起,晚上韦丽下班后要过来,这可是他们真正意义上的新婚之夜。走出小酒馆,郑凡决定再咬咬牙将表舅安排到小旅馆里住,再买好明天一早的车票让他回去。可表舅说:"不行,我到你宿舍住,睡旅馆太浪费钱了!"郑凡急得头上直冒冷汗:"表舅,我刚来工作,租的小屋里,只有一张小床。"表舅说:"铺一张席子,我睡地上。"

郑凡根本拗不过表舅,只好将表舅带回城中村。

一进门,郑凡就给韦丽打电话,叫她晚上不要过来。可电话打不通,韦丽晚上九点下班前是不许开机的,九点过后,电话通了,但没人接,估计韦丽正在挤公交往这赶。

郑凡急得如一只误入油锅的蚂蚁。

酒喝多了的表舅在郑凡的出租屋里上下左右看了又看,他抹着一嘴的油水,说话也语无伦次:"临时住的,不错了,还有煤炉,被单全是新的,不错,到底是大知识分子,这塑料盆也是新的。政府啥时候给你分楼房呀?"

郑凡心神不宁地攥住手机,不停地拨着,嘴里嗯嗯哈哈地应付着:"政府不分房子了。"

表舅不高兴了:"不分任何人,也得分给你,能把县里书记拿捏住的人,还了得。"

郑凡看表舅酒喝多了,随口应付着:"政府年底就给我分了。"

这时,韦丽兴冲冲地赶来了,推开门,她愣了一下,看到一个乡下老农正坐在床沿上抽着烟,她以为是大杂院里租住的收破烂的邻居,于是很客气地跟郑凡表舅打招呼:"你好,收工了?"表舅没听明白,趁着酒兴,继续发飙:"小罐子,年底等你住上楼房,我跟你爸一起过来玩几天。"小罐子是郑凡的小名。

郑凡连忙将韦丽拉到外面,连连道歉:"韦丽,真对不起,我表舅从乡下来了,死活要住这儿。我一直在给你打电话。"

韦丽平静中难以掩饰沮丧的情绪:"我以为是你催我快点过来,就没接电话,还想着为你省三毛钱话费呢。那我回宿舍去了。"

郑凡攥住韦丽的手,他感觉到韦丽的手滚烫:"韦丽,真对不起!"

黑暗中看不到韦丽的表情,可声音却已平静,她举重若轻地说:"别把我想成千金小姐,没那么金贵。好了,赶紧进屋陪表舅去吧,我走了!"她将一包糖炒板栗塞到郑凡手里,"刚在巷口买的,很香的!"

韦丽轻轻地走进幽暗而狭长的巷子里,郑凡望着韦丽在忽明忽暗的灯光中渐渐远去的背影,鼻子有点酸。

第二天一早将表舅送上长途汽车,时间是七点半,还没到上班时间,郑凡给韦丽打了一个电话,问她今天能不能调成早白班,那样的话,下午四点就可以下班了。韦丽说她今天轮早白班不用调,她嘻嘻哈哈地说:"用什么隆重仪式迎娶新娘呀?"

郑凡感到韦丽那口气像是做游戏,小孩子过家家一样轻松随意。郑凡说晚上下班后先去莲花路肯德基吃饭,然后到"左岸会馆"看电影《加勒比海盗》。

下午正常下班的路上按惯例堵车,直到晚上六点多钟,郑凡和韦丽才碰上面,坐进肯德基卡座里。韦丽要了一份炸薯条、一只炸鸡腿、一个汉堡、一杯可乐,郑凡只要了一个汉堡。韦丽说:"吃这么少?"

郑凡说我吃不惯洋快餐,韦丽说吃不惯我们就换个地方吃,郑凡说:"不用了,今天是我陪你吃饭,所以,不能由着我的性子来。

票已经买过了,不好退了。"其实,除了吃不惯之外,还有一个原因就是洋快餐太贵了,郑凡口袋里的钞票无法支持他随意挥霍。

洋快餐的魔力像毒品一样让中国年轻一代欲罢不能,它既不提供点对点的餐桌服务,而且还得先交钱,后吃饭,这种冷漠和糟糕的服务使郑凡早就对洋快餐充满了敌意。但今天,他必须以高涨的热情来接受洋快餐的宰割。郑凡自己动手端来托盘,托盘里一堆外国食物正渲染着不够真实的奶油香味。

郑凡将盘子推到韦丽面前:"吃吧,不够我再去买!"

韦丽端起纸杯,轻轻喝了一口可乐:"我也不喜欢洋快餐,还不如爆椒牛肉面好吃。"

郑凡说:"你咋不早说呢?我以为你们小女生口味清一色地崇洋媚外呢!"

韦丽在外国灯光和外国音乐的背景中很别扭地啃着外国鸡腿抗议着:"谁是小女生?我都是拿过证、成过家的女人了。"她拈起一根炸薯条对郑凡说,"把嘴张开!"

郑凡有些茫然:"干吗?"

韦丽说:"我们俩再打个赌,这根薯条要是扔不进你嘴里,我就是小女生;要是能扔进你嘴里,我就是女人。"

郑凡没答应:"用不着再赌了,你说什么就是什么,我听你的!"

韦丽说:"那好,把嘴张开!"

郑凡犹豫了一下,嘴还没完全张开,薯条已经飞进了他的嘴里。韦丽毫不掩饰开心地大笑了起来,郑凡咀嚼着味道平庸的薯条,觉得韦丽确实是一个还没长大的小女生。

看完电影《加勒比海盗》回到城中村已是夜里十一点多钟,韦丽挽着郑凡的胳膊走过一段忽明忽暗的巷子,还没进老苟家院子,老苟家的狗很无聊地叫了起来,郑凡呵斥着:"叫什么叫?"

老苟捧着茶壶出来了,他看到郑凡深更半夜地牵来了一个漂亮的女孩,就公然地发出了警告:"小郑,你可不要胡来,公安把你抓了,你关起来不算,还得罚我的款。"

本来兴致高涨的郑凡被老苟一顿教训,很是恼火:"你什么意思?"

老苟说:"你把这女孩带到外面旅馆去,哪怕你们把天震塌下来,也与我无关。最近城中村卖淫嫖娼的太多,公安老来找麻烦!"

郑凡拉起韦丽的手直奔自己的住处:"你去公安报案吧!"

老苟有些泄气地在身后说:"公安不来抓,我才不管你个屁事呢。哪怕你把孩子生在屋里。"

进屋后,两人的情绪都受了不小的影响,韦丽没心思看新买的煤炉、脸盆、床单,还有一台旧彩电,也没在意屋内有什么变化,她心有余悸地说:"郑凡,我是不是要回单位宿舍住?"

郑凡一把搂住韦丽,盲目而激烈地连咬带啃地吻着韦丽:"你回宿舍住,我们的证就真的成了假证了!"

韦丽一开始很不适应郑凡有些粗鲁的亲热,可没几个回合,她就冰激凌一样地被郑凡的舌头融化了,两人像中毒一样倒在了床上。

爱是做出来的,不是谈出来的,床上的爱就是一场战斗。两个毫无经验的青年男女手忙脚乱地折腾了好半天,才彼此进入。他们在疯狂的掠夺中似乎像是要把对方咽进自己的肚里去,贪婪而凶猛,破旧的木床和他们一起痉挛抽搐着并发出咕咕吱吱的叫声,直到突然间天崩地裂,两人死得其所地坍塌在床上,剧烈的喘息中,全身是一种被掏空了的轻松和迷离。

屋内的灯光见证了一个男人和一个女人相互命名、相互完成的每一个细节。

风平浪静之后,韦丽被自己的鲜血吓哭了,郑凡被韦丽的鲜血感动得哭了,两个漂泊城市的青年男女抱在一起泪如雨下。

平静下来的郑凡搂着被汗水湿透的韦丽:"韦丽,真对不起!让你受委屈了。我不是加勒比海盗,我会对你负责的,给我三年时间,我一定买上自己的房子,等我们安好了自己的家,再向双方父母宣布拿证结婚,我要给你一个体面而尊严的婚礼!"

郑凡在独自赌咒发誓,而陶醉于男欢女爱中的韦丽连一个字都没听进去,她埋伏在郑凡的怀里,喃喃地说着,声音虚软得像一团雾:"没房子挺好,想住哪就往哪,想往哪儿搬就往哪儿搬。"

郑凡抚摸着湿漉漉的韦丽:"婚姻是一桩合同,必须得有信用保证。你就不怕你父母说我拐骗少女?"

韦丽一下子扳倒郑凡:"讨厌!我愿意被你拐骗!"

郑凡又一次进入韦丽正在熊熊燃烧的身体,他们在你死我活的纠缠与搏斗中完成对两本通红证书最后的注解和定义。

这个夜晚,城市的暑热在郑凡和韦丽的相互出击中悄悄撤退,第二天早上起床,郑凡和韦丽发现天气变得异乎寻常的凉爽。

第二天早上他们在巷口的早点摊上一人喝了一碗稀饭,吃了一块烧饼、一根油条,总共两块二毛钱,韦丽说:"昨天吃肯德基看电影损失惨重了吧?"

郑凡说:"七十六块钱娶了一个媳妇,天下哪有这么便宜的事。"韦丽挡住郑凡付钱的手,自己从包里掏出两块二毛钱给摊主,没心没肺地说着:"我以为我顶多值三十多块,没想到值七十多块!"

鼻子有点塌的摊主笑了起来:"这么漂亮的姑娘十万块钱也买不到呀!"

郑凡给塌鼻子摊主迎头痛击:"你给我一座城市,我也不卖!"

韦丽附和着："对,不卖!"

两人拉着手扬长而去。

他们在三环边紫云路公交车站分手,韦丽坐公交,郑凡骑自行车,各自上班。

最初的日子里,郑凡和韦丽都觉得隐秘的婚姻最浪漫、最自由、最迷人,外人不知道,家人也蒙在鼓里,既没有社会压力,也没有家庭压力,而他们自己更不给自己压力,整天腻在一起不要命地男欢女爱,过着一种"不知有汉,无论魏晋"的世外桃源的日子。大约两个月,也许是一个多月后,在郑凡几近空白的大脑中,偶尔会闪过一下很伤人的念头,他觉得自己和韦丽不像是一对夫妻,而像是一对偷情的野鸳鸯,偷偷摸摸、鬼鬼祟祟地潜伏在鱼龙混杂的城中村里,没人知道他们是两口子,也没人认为他们是两口子,包括房东老苟。这种名不正言不顺的念头严重打击着郑凡享受新婚快乐的信心,影视明星大腕们隐婚是因为他们需要那种忽隐忽现的曝光和半真半假的谣言来抬高自己的身价,而他和韦丽的隐婚却是因为身无分文居无定所,曝光了只能是被撕掉了遮羞布后的一文不值,不能公开也不敢公开。郑凡觉得自己之所以活得如此天高云淡、月白风清的,是因为韦丽对他一点物质要求都没有,一点世俗期待都没有,她只要郑凡每天搂着她进入梦乡就行了。

只要今晚,不要明天;只有现在,没有未来,也不要未来。郑凡很快就对这种"现在进行时"的生活恐慌起来,他觉得这简直就是不负责任、行尸走肉的男人的生活,这也不是一个男人应有的形象。

郑凡拿第二个月工资,到银行存了一千二百块,剩下的钱扣除房租、水电、电话费、牙膏、牙刷、肥皂、毛巾还有季节转换添置必需的衣服,一个月的伙食费绝对不能超过四百块钱,这一预算中还不包括同学和亲戚朋友突然造访,要是像表舅这样的乡下亲戚每月来一两次,郑凡每个月要想填饱肚子是无法得到保证的。郑凡把这些话说给韦丽听的时候,韦丽像是听外星人说话一样,一窍不通,她吊着郑凡的脖子说:"别这么苦大仇深的样子,我有工资,明天我把工资卡给你,你把它花完好了。有你了,要钱就没用了。"

郑凡听不懂:"你这叫什么话?"

韦丽用手指头戳了一下郑凡的鼻子:"爱情的力量可以让海枯石烂,我都有你了,还要房子和钱干吗!"

郑凡说:"没钱没房子住哪儿,睡哪儿?"

韦丽嬉皮笑脸地扳倒郑凡:"住城中村,就睡在这张床上!"

郑凡拿韦丽一点办法都没有,他在黑暗中搂着韦丽说:"你简直就是一个长不大的孩子!"

韦丽说:"你就这么看我呀,怪不得你说自己拐骗少女呢!"

许多夜晚就这样沦陷于不食人间烟火的梦幻之中,郑凡说我们的日子就像做梦一样,韦丽不愿跟郑凡讨论那些让自己活得不快乐的话题,所以她哼起了童安格的歌《忘不了》:

就让这场梦,
没有醒来的时候,
只有我和你,
直到永远……

被网络爱情冲昏了头脑的韦丽第二天早上真的把自己的工资卡交给了郑凡,郑凡愣住了,他推开韦丽塞过来的工行银联卡:"拿了你的工资卡,我就是一个货真价实的拐卖少女的骗子!"

韦丽将卡扔到床上:"当一个优秀的骗子比当一个优秀党员要难得多。没多少钱,好像也只有两千多块,拿去花吧,工作两年就这么多积蓄。我走了!"

韦丽像山里一片竹叶似的飘出门外,上班去了。

晚上韦丽下班一进门就嚷道:"郑凡,对不起,忘了告诉你银联卡密码了,我的密码很好记,68……"还没说完,郑凡用手堵住了韦丽的嘴,郑凡第一次很严肃地对韦丽说:"你这么做,就是把我当难民看,我是你的男人,不是你的难民。懂吗?"

韦丽一脸迷茫,她没听懂郑凡的真实意思,看他神情很受刺激的样子,韦丽就不再坚持,她接过了郑凡塞回来的工资卡,有些委屈地申辩:"是你说你的工资接待同学、亲戚朋友不够花,我才给你的,我都弄不明白,你每月存一千二百块干吗?"

郑凡像个老师教训学生似的教训韦丽:"就这么一辈子租住在城中村?"

韦丽掰开一个从超市买来的降价的鲜荔枝塞到郑凡嘴里:"不想住城中村,就换一个地方,租一个带厨卫的套房住!"

"那得要多少钱?"郑凡很无奈地摇了摇头。

天已经很暗了,蜂窝煤炉灭了,郑凡拎着炉子到院子里生火熬稀饭,韦丽拿了一些碎木片跟在郑凡身后到院子里,点着碎纸片和木片,摇起一把破扇子,院子里顿时狼烟四起,呛人的烟雾引蛇出洞般地将房东老苟引了出来:"到我家厨房换一块烧红的煤不就得了?把院子里搞得像个抗日前线似的。"

老苟用一把火钳主动夹了一块烧着的焰煤过来,帮郑凡点好炉子,他对郑凡意味深长地指着韦丽说:"受这份活罪,这么漂亮的姑娘还愿意黏着你,不是一般的骗术,高手!"

郑凡见老苟友好地帮自己生炉子,口气就少了一份尖锐:"一个愿打,一个愿挨,没办法!"

老苟说:"所以我说你是高手嘛!"

韦丽装聋作哑地对老苟说:"你择一个黄道吉日,拜郑凡为师吧!"说着拎起炉子进屋了。

艺研所办公室很挤,每间摆了六张桌子,这里压根不是做研究的地方,顶多算是做研究的人聚会的一个地方。聚在一起的时候,除了聊国内外大事,就是聊鸡毛蒜皮的小事。唯一例外的是郑凡,他总是在找资料、记笔记、做提纲,同事们都说年轻人初来乍到工作就是认真。郑凡不是不想跟大家一起胡说八道,主要是这么长时间了,自己的研究方向和选题规划一直没定下来,是研究黄梅戏人物,还是研究黄梅戏艺术,这道简单的选择题已纠缠很久,所以他无心跟同事们一起聊普京开飞机、驾坦克、玩柔道是展示国家形象还是想勾引女人,这里面有无限的可能性,这比研究学问更加生动活泼。同事们对埋头于案头工作的郑凡评价很高,同事都说郑凡虽年轻却沉稳、持重、训练有素。

同事中老肖对郑凡很关心,偶尔有饭局的时候会叫上郑凡一阵,到下面调研黄梅戏的时候还帮不胜酒力的郑凡代酒,一次他喝多了搂着郑凡的脖子说:"我要有女儿,就嫁给你。"

风一天天凉了起来,转眼秋天就到了,郑凡来艺研所已三个多月,在一个秋风浩荡的黄昏,老肖郑重地问郑凡:"你是真的没有女朋友?"

郑凡说:"真的没有。"

老肖说:"那好,今晚就安排你们见面,上次我跟你说过的,市黄梅戏二团的当家花旦柳燕燕,二十七岁,大款、大官都不嫁,就想嫁个知识分子。"

郑凡像是挨了当头一棒,蒙了。他极力控制并稳定好情绪,说了一句:"谢谢,我不想跟演员谈对象。"

老肖有些急了:"没让你一定就要谈成,先见见面嘛!"

郑凡说:"不打算谈,见面也没结果,这对双方来说,都比较尴尬。"

老肖说:"小郑,你真难说话,我让所长来找你!"

所长郭之远是当年上海戏剧学院毕业的高才生,虽半辈子游走在编剧和做官两界,按他自己的话说,专业没做好,官也没做上去,是一个很失败的"半调子"。当初听说郑凡愿意为专业研究奋斗终身,就毫不犹豫地录用了郑凡,他对郑凡很看重,郑凡对郭之远则是很尊重,郑凡觉得所长对他来说,是一个有知遇之恩的领导,更像是一个长辈,只有郭之远把他当人才看待,所以郭之远下班拉着郑凡去见柳燕燕时,郑凡只是徒劳地张了张嘴,一个字也没说出来。所长郭之远说:"现在的演员多现实,不是傍大款,就是嫁大官。柳燕燕什么人?差点获了全国'梅花奖',那是跟马兰、黄新德、于魁智、李维康、李胜素他们坐一桌吃饭的角儿,能看上我们所里的人,是你个人的光荣,也是我们全所集体的胜利!"

郑凡想说我已经结过婚了,可他觉得要是这么说,人家肯定拿这当小品看。

老肖年轻时是在黄梅戏剧团是打鼓的,柳燕燕的爸爸是剧团的琴师,两人混得像哥们一样,属于那种合穿一条裤子的弟兄。老肖平常做人像在舞台上打鼓一样激动,是一个热情过头的人,好多事,他说他跟燕燕介绍过郑凡的情况后,燕燕当即表示想以马兰为榜样,嫁一个知识分子。

从艺研所二楼下来经过结构松散的木质楼梯,郑凡的心跟楼梯一起摇晃着,老肖安慰郑凡说:"不要紧张,我和老郭把你带过去,给你们介绍认识一下,就走。下面怎么进行,完全由你们自己做主,我们不包办。地点就定在望津茶楼,我哥们开的,不会多收你钱的。"

老肖说:"只有胆子大一点,步子才能迈快一点。女孩子要哄,猛说好听的话,谈恋爱,不是讨论学术问题。"

所长郭之远不同意老肖的观点:"柳燕燕看重郑凡是一个知识分子,而不是一个江湖骗子。你那套鬼把戏没用。"

老肖也不买所长郭之远的账:"喜欢听好话,女人的天性。"

郭之远不甘示弱:"男人也一样!老肖,你打鼓还行,研究人肯定不行。"

路上的郑凡觉得自己像是被绑架了一样,虽说是把他绑到一个美女的身边,但他并没有醉入花丛的激动,说好了下班回出租屋熬稀饭的,现在他得想办法先给韦丽打一个电话,电话里怎么说呢?郑凡有些后悔当初没在所里公开他和韦丽已经结过婚的事实,其实他也不是没考虑过,但他觉得说出来没人相信,没房没车,一文不名地就把婚结了,就算相信了,也很容易让人们做出一个没有异议的判断,要么是网上钓来的女人水性杨花、轻浮浪荡,不靠谱;要么是郑凡玩世不恭、游戏人生,不负责。当这一结论成立的时候,郑凡自己也就顺理成章地被划入女网友的同伙和同类了,两个人等于是狼狈为奸沆瀣一气,联手不打算好好过日子。作为一个生活比较严谨的人,他不能接受这一评价,只有郑凡知道,要不是在上海找工作受挫后一度失落和空虚,郑凡是不会走进网吧的,走进网吧也不会在网上跟人聊天,网聊对于他来说,就像走在公园里却遭遇了车祸,完全是一个意外之外的意外。

走进望津茶楼仿古倾向严重的前厅,趁着老肖和郭之远跟茶楼老板握手寒暄,郑凡溜到木雕屏风边上给韦丽拨了电话,韦丽今天是早白班,已经在回去的路上了。郑凡说所长和老肖找他有点事要处理,一时回不去熬稀饭了,韦丽问什么事不能明天上班再处理呀,郑凡一时脑子反应不过来,就说:"回去我再跟你说!"韦丽说:"没想到你们艺研所也要加班,不要太累着了,稀饭我来熬,等你回来吃饭!咸菜没有了,买萝卜干,还是辣椒酱?"

这时,柳燕燕已经进来了,初次见面的场景毫无新意,大家相互认识,礼貌地握手。老肖像一个不称职的媒婆简单地介绍了几句两人的简历就急着要离开,所长郭之远临走前多此一举地对柳燕燕补充了一句:"小郑,上海华东大学的硕士研究生,我们所最年轻的黄梅戏研究专家。"对郑凡早已了然于心的柳燕燕莞尔一笑,笑得含蓄而克制。

柳燕燕穿着一身黑色真丝长裙,背着一个棕色的LV包,衣着脱俗、长相娟秀且气质高雅,郑凡第一眼感觉她与韦丽有许多相似的地方,要说明显的差异,那就是柳燕燕身上流露着鲜明的艺术气质,而韦丽身上则弥漫着纯粹而简单的生活气息。

望津茶楼坐落在庐阳湖边的一个人工半岛上,茶楼落地窗的外面是波澜不惊的湖水,晚霞铺在湖面上,是一种残阳如血的鲜艳。郑凡和柳燕燕在窗前落座后,有秋风滑过湖面,湖面就有了些许的摇晃,几只水鸟随风在天空盘旋,似乎在寻找最后的栖居。茶楼里的背景音乐是保罗·莫里哀乐队的曲子 *LOVE IS BLUE*,忧郁而感伤的爱情旋律极其动人。很显然,这是一个浪漫而暧昧的黄昏。服务生站在一边问要茶还是咖啡,柳燕燕对郑凡说:"茶楼不一定非得要喝茶,你说呢?"

郑凡说:"是的,"他头转向服务生,"两杯咖啡!"

柳燕燕是舞台上叱咤风云的名角,面对郑凡一个观众,轻松自如:"茶楼里咖啡取代了茶,就像如今的舞台上小品、二人转取代了传统的京剧、黄梅戏。"

郑凡尽量控制好自己恐慌而忐忑的情绪,做出一副曾经沧海的成熟和老练,他故作轻松地与柳燕燕寒暄着:"实际上是娱乐取代了艺术,消费取代了欣赏。你的普通话说得很好,一点黄梅口音都听不出来。"

柳燕燕均匀地搅拌着杯中的咖啡:"从小上戏校接受的就是普通话训练。"

郑凡问柳燕燕:"你觉得演黄梅戏用普通话好,还是用黄梅调好?"

柳燕燕轻轻抿了一口咖啡:"当然是黄梅调好,原汁原味的。现代京剧用普通话,京剧的味道全没了。黄梅戏也一样,用普通话念白,就像《天仙配》里的董永和七仙女用手机相互联络,然后又在望津茶楼喝起了卡布奇诺,这不是改革,是玩穿越,你说呢?"

柳燕燕不仅阐明了自己的立场,还反过来提问郑凡。郑凡心里暗暗吃惊,这是一个不仅会唱戏,而且懂戏的女孩,他情不自禁地感慨着:"你说得太好了,你是我见过的最有水平的演员。"

柳燕燕很含蓄地笑笑:"谢谢!听肖叔说你比余秋雨还有水平,我最佩服有水平的男孩。"

郑凡尴尬得脸上一阵阵发烧,他觉得自己跟余秋雨比,简直就是一个假冒伪劣的赝品:"我哪有余秋雨的水平?不是一回事,人家一本书能卖几百万,我发一篇论文还要交几百块钱版面费。余秋雨能给马兰提供舒适的豪宅,我却跟董永一样,'上无片瓦遮身,下无立锥之地',租住在城中村四处漏风的破屋里,跟杀猪的、卖老鼠药的、拐卖妇女的、造假酱油的混在一起……"

柳燕燕忍不住笑了起来:"你的钱可能是没有余秋雨多,但你的才华肯定不比余秋雨差,就像我虽然没获'梅花奖',但我的实力并不比那些获过'梅花奖'的差,人出名除了才华,还得靠运气、靠机遇,是吧?你没有豪宅我相信,但我不相信你连一套自己的住房都没有,家里给个一二十万首付,自己按揭还贷,这对你一个大硕士来说,好像也并不难,是不是买的期房,还没拿到钥匙?"

郑凡坦率地说:"我家是山里的,不要说一二十万了,父母连一两千块钱都拿不出来,他们还指望我研究生读出来后把家里的屋顶见光的厨房翻盖一下。可我刚毕业三个月,实在拿不出钱来,想靠眼下的工资买房子就像董永与七仙女用手机谈恋爱、到望津茶楼喝咖啡一样,绝无可能!"

他们谈黄梅戏谈得很投入,谈知识分子和演员的生活却越谈越没劲。柳燕燕他们剧团面临改制,说要把黄梅戏推向市场,自己挣钱养活自己,柳燕燕说现在根本没人看黄梅戏,而团里工资只发百分之六十,年后一改制就一分不发了。柳燕燕说她很灰心,不想演戏了,又不想嫁给大款和大官,她虽是舞台上的演员,但她绝不愿在生活中也演戏,她不希望找一个股份制的丈夫,也不希望成为有钱有权人的花瓶,她想过一种尊严的有文化品位的生活。应当说,柳燕燕在这个纸醉金迷、腐朽糜烂的年头,算得上是一个高贵脱俗的女孩。然而,她既厌恶这个物质的世界,又无法摆脱物质对日常生活的强制性左右,虽然没说得太明确,但她显然也不愿过一种居无定所、朝不保夕的生活,没有基本生活保障,哪有什么生活的尊严?

天已经黑透了,窗外黑幽幽的湖面上被一些零星的灯火照亮,那些琐碎的跃动着的光斑像是被洞穿的枪眼,汩汩地往外冒着鲜血,湖底的世界似乎已是不可救药。已是晚饭时分,郑凡很绅士地说:"我们一起吃个便饭吧!"

柳燕燕有些为难地说:"谢谢!我叔叔从安庆过来了,他明天一早就要走,我要过去陪他吃晚饭,下次我请你吃饭!"

柳燕燕站起身,主动伸出手来,跟郑凡握了一下,郑凡感到柳燕燕柔软的手心有些凉,他也很客气地说了声:"再见!"

他们分手的时候谁都没要对方留下手机号码,所以说"下次再见"相当于"下次不见"的一个体面的遗嘱,相当于对垂死者说"你永远活在我们心中"一样荒谬。

临走时,柳燕燕要买单,郑凡坚决不让,门口来了一辆出租,郑凡让柳燕燕先走了。郑凡付账的时候,问茶楼老板能不能打点折,两杯咖啡三十六块,太贵了,茶楼酒糟鼻子老板说郭所长的朋友就是我的朋友,就打了两块钱的折。郑凡嘲弄茶楼酒糟鼻子老板说:"你打得太多了!"茶楼老板尴尬地笑了笑:"小本生意。"紧接着招呼吧台,"打四块钱!"

走出茶楼,郑凡感到自己终于解脱了,骑车行进在秋风凉爽的街市上,他觉得还是有点对不住柳燕燕,人家满心想找一个余秋雨一样的知识分子做丈夫,没想到他这个乡下背景的知识分子跟余秋雨风马牛不相及,他的分量没有余秋雨脚上的一只皮鞋重。

晚上回去后郑凡把相亲的事跟韦丽原原本本地说了一遍,韦丽笑得七仰八叉地倒在床上,差点憋过气去。过了一会,她理顺好气息一本正经地对正在埋头喝稀饭的郑凡说:"柳燕燕要是嫁给你,只能做偏房,是妾;我是正房,大太太,每天开饭前,我就命令她给我唱一段黄梅戏,不唱不给稀饭喝!"

郑凡看着心猿意马的韦丽:"你就不怕我为了柳燕燕跟你掰了?"

韦丽收拾着桌上的碗筷:"你是为我来庐阳的,不是为柳燕燕来的。打赌还能不算数?"她将碗筷推到郑凡面前,"你忏悔吧,自己去洗碗！"

郑凡捧起碗筷，说："我洗碗，但不是忏悔。因为我从来就没动摇过，不要说柳燕燕，就是章子怡，也不能取代你！她们在你面前，除了身上的衣服比你的贵一点，没有哪一点能跟你比。"

韦丽一把搂过郑凡，郑凡手里的碗筷散落一地："你干吗？"

韦丽将郑凡按在床上："碗不洗了！"

院子里的房东老苟听到了屋里床上快乐而疯狂的呻吟声以及简易床腿招架不住的痛苦的惨叫声，这两种极不和谐的声音像一把斧头将老苟的心脏劈成两半，自从老婆得了糖尿病后，老苟的每个夜晚都像他的腿一样残缺不全。他捧着茶壶，蹑手蹑脚地向着郑凡出租屋的窗子走去，没走几步，停下脚步，又折了回来。他想报复一下什么，可没有报复的对象，院外一绺暗淡的路灯光落在院角，暴露了院旮旯里的一个柳条筐，老苟走过去，一脚踢翻了一个柳条筐，柳条筐里用来点蜂窝煤炉的碎木片在黑暗中四处乱飞。

后来老肖对郑凡一再表示了歉意，说没想到柳燕燕也不能脱俗，要死要活地想找一个像余秋雨一样的知识分子，谁知她既要男孩子有余秋雨一样的知识，还要有余秋雨一样的钞票，中国只有一个余秋雨，就像黄梅戏演员中只有一个马兰，全国仅此一对。老肖说："你这么年轻，怎么可能什么都有呢？"

郑凡替柳燕燕辩护："燕燕还是挺好的，艺术素养很高。作为一个青年黄梅戏明星，不要豪宅，只想要一个遮风避雨的自己的窝，一点都不过分。"

老肖看郑凡如此宽容，心里好受得多了："说得也是。我是看着燕燕长大的，燕燕不是那种过分计较钱财和地位的女孩，等你什么时候买上房子了，我再帮你们撮合撮合！"

郑凡连忙说:"谢谢您,肖老师,我买上房子比美国活捉本·拉登要难得多,不能把人家燕燕的青春耽误了!"

所长郭之远听说柳燕燕因为郑凡没有房子就不再跟郑凡交往了,非常生气,好像他也被抛弃了一样:"有什么了不起的,郑凡活到余秋雨的岁数,肯定比余秋雨强,错过这么好的青年精英,柳燕燕会后悔一辈子的。小郑,别泄气!咱们研究黄梅戏的,其他特权没有,就是手头的演员多,下面有那么多剧团,如花似玉的多着呢,找一个比她漂亮贤惠一百倍的女孩子。"

郑凡比所长淡定得多,他反过来安慰所长:"郭老师,我觉得婚姻是一桩合同,如果我负不起婚姻的责任,这个合同就不能成立,想签也提不动笔。柳燕燕很有修养,她是演员中的精英。"

秋风掠过艺研所的每一扇窗子,年代久远、油漆剥落的木质窗户在秋风中哗哗作响,郑凡看到一些树叶在窗前飘落。

第五章　谁动了我的底线

闪婚男女如果超过三个月还不散伙,基本上就可以过三十年。

舒怀在酒桌上发表这一看法的时候,郑凡和韦丽已经在一起过了六个月。郑凡说:"你跟悦悦在一起都超过一年了,换算一下,你们在一起就可过一百多年了。"

舒怀谦虚地说:"我们跟你不一样,没拿证,不保险。"

韦丽百思不得其解,头扭向悦悦:"悦悦姐,还不跟舒哥拿证,把人家头发都急白了。"

悦悦说:"舒怀拿着一千来块工资,对将来什么规划都没有,民办中学,说垮就垮了,我心里总是没底。"

黄杉反击说:"你有房子住了都没底,人家小韦跟郑凡租住在城中村大杂院里,不就更没底了,你见的有钱男人太多了,我真担心你推销美国鱼油把自己也推销掉了!"

悦悦说:"那倒不会。我只是觉得一个男人要对自己的女人负责任。郑凡每个月存一千二百块,准备买房子,这就是负责任的男人。"

舒怀辩护说自己的工资每个月也都在还房贷,悦悦指着桌上的卤菜和酒水说:"是呀,你是在还贷,还了贷后连抽烟的钱都没有,为什么不去兼职、找零活做? 双休日不是下棋,就是泡网吧! 今天的卤菜还是我买的。"

屋里的气氛顿时变得压抑了起来,天花板上的节能灯泛出苍白的光,如同他们涉世未深的苍白人生。舒怀将烟头按灭在桌上鸡鸭骨头的残骸间,摇了摇头:"没劲,活着真没劲!"

这个周末的同学聚会,像是一群打了败仗的战俘在战俘营里碰面,没有重逢的喜悦,却有乌合的尴尬。悦悦旗帜鲜明地表示了自己对同学聚会的厌倦:"如果每次都这么醉生梦死地胡吃海喝,而从不探讨未来的规划和人生的设计,这样的聚会与行尸走肉没有区别,我毫无兴趣。"

大家面面相觑,哑口无言,都像犯了错误似的,不再动用手中的酒杯和碗筷。一段冷场后,郑凡吐出嘴里残余的鸭骨头,望着几个茫然的脑袋,说:"悦悦说得对,我们得有规划。像我们这几个,没一个娘老子是达官贵人,没人帮我们规划未来,一切都得靠我们自己。"

郑凡存入第一笔一千二百块钱工资的时候,他没想太多,也没想太明白,只是觉得工资不能月月花个精光,山里来的农家子弟,他没条件做一个"月光族"。郑凡隐隐约约感觉到存下的这些钱是为将来买房子准备的,可从牙缝里抠出来的钱到哪一年才能买得起房子呢?他自己一点把握都没有,所以从来也没敢对任何人说过,悦悦完全是根据自己的推理,断定郑凡存钱就是为了买房子。确实,自从中国住房市场化和货币化改革后,房价上涨的速度比"非典"病毒传染的速度快得多,中国老百姓没有一家存钱是为了买米买油的,几乎都是为了买房,一家祖宗三代的前三十年和子孙后代的后三十年都得为房地产商奋斗。这个牢骚满腹的观点在酒桌上形成共识的时候,喝下去的酒就像毒药。

已是西北风呼啸的隆冬,持久的沉寂反衬出屋外的风像刀子一样切割着这个夜晚,郑凡听到了城市结冰的声音。

聚会结束得仓促而无趣,回来的路上,黄杉对郑凡说:"悦悦这种女孩子,跟江青一样,有野心。舒怀根本拿不住她。"

韦丽对严肃的话题，一个字也听不进去，她挽着郑凡的胳膊，不屑一顾地说："悦悦到现在跟舒怀连证都没拿到手，还大谈规划，太搞笑了！"

晚上回到城中村，出租屋里门窗腐朽，四处漏风，塑料盆里已经结冰，在这座不南不北的城市里，暖气只装在新建的高档住宅小区，潜伏在城中村里的郑凡和韦丽蜷缩在被窝里冻得瑟瑟发抖。韦丽抱紧郑凡："我们租一间不漏风的房子，好吗？我有钱。"

郑凡对韦丽说："你把羊毛衫穿上睡，就不冷了。钱要省下来买房。"

韦丽说："房价那么高，干吗要买房？我不稀罕，租房子多好。我们把节余下来的钱，拿出来旅游，我想去伊拉克，还想去看看阿富汗巴米扬大佛遗址。"

郑凡用手堵住韦丽的嘴："好了，不讨论了，我早就说过，买不上房子，没有自己的家，绝不举行婚礼。"

韦丽胡搅蛮缠地说："我没跟你讨论买房和婚礼，我现在跟你讨论旅游。"

郑凡将一件羊毛衫拿过来递给韦丽："穿上睡，就不冷了。"

韦丽扔了毛衣："我不穿，我不冷。"

木质门窗裂缝糊上报纸依然不管用，西北风刀子一样割开报纸，一绺一绺地钻了进来，却看不见，摸不着。

从二手市场买来的旧彩电里费翔正在屏幕上又蹦又跳地唱着一首怀旧的老歌《冬天里的一把火》，韦丽自言自语着："冬天有火真好，我好像身上真的暖和了。"

郑凡希望这首歌能一直唱到天亮，可电视上图像上突然乱晃了起来，郑凡哆嗦着下床用手拍了拍电视机外壳，越拍图像越晃了。韦丽说关了算了。郑凡关了电视上床后搂着韦丽说："等到我有钱了,我会把电视里的生活搬到你面前来。"

韦丽是那种没心没肺的女孩子,她像一只小猫一样蜷在郑凡的怀里:"电视里的生活都是假的,我不要,我只要你。"说着说着就睡着了。

屋外的风声像哨子一样尖啸,这一年冬天特别冷。

快过年了,艺研所虽然穷,但年还是要过的,杨白劳卖豆腐还称回了二斤面,外带二尺红头绳,艺研所参照杨白劳家的标准,略高一点起步,于是从事业经费中挤出两千块钱买了点年货,给每个职工发一桶色拉油、两斤瓜子、一斤糖果、半斤茶叶,其他的奖金福利一分没有。所长郭之远面对所里寒酸的年货还不忘捍卫着没落贵族的气质,他对大伙说:"电信、移动、供电、石化、交通这些部门发的钱再多,但他们发不了文化,我们没钱,但我们是满腹经纶的知识分子,往他们面前一站,高人一等。"

所里的人都笑了起来,笑这种早就过时了的阿 Q 精神。就在这当口,文化局宿舍物业公司的经理跑到所里来找郭之远,经理穿着一身狐假虎威的制服,进来后手指着郭之远的鼻子:"你说我们垃圾袋没及时拎到楼下,可都像你这样,赖着不交物管费,谁愿往楼下拎垃圾袋?有文化的人就这德行!"郭之远说不是不交,是你们服务太糟糕,你们的问题岂止是垃圾袋?楼梯扶手都是灰,路上的香蕉皮、橘子皮风干了都没人扫。更让人无法容忍的是,一些流浪的野狗野猫几乎都把红楼包围了,它们随地大小便,准备长期驻扎,你们却熟视无睹。物业经理说不是我们服务糟糕,而是像你这样赖着费用不交的业主太多,我们连吃饭的钱都没有,哪能管得了那么多流浪的狗和猫?日子过得还不如猫狗。物业经理说你们有钱发油、发糖、发茶叶,却没钱交物管费,如再不交,我保证你们红楼成为大院里最大的一个大垃圾场。

在办公室挑起民事纠纷是很不恰当的,郭之远也懒得跟这些伪军打扮的人纠缠,他不过是想表达一下心中的怨气,让财务交了钱后,郭之远气得脸上红一阵白一阵的。

郑凡抱着一大堆年货,想安慰一下所长,可又不知道怎么说好,跟所长告辞的时候,不着边际地说了一句:"郭老师,你喜欢吃狗肉吗?山里腌的咸狗肉很香。"他想回乡下过年给郭所长带点狗肉来,但表述得有些突兀,郭所长丈二和尚摸不着头脑,他很迷茫地摇着头:"狗通人性,比有些人还要好,为什么要吃狗肉?"

过了腊月二十四,所里就没多少人上班了,郑凡准备独自一人背着所里发的年货提前回乡下过年,韦丽要到年三十才能回到小县城卖水果的父母身边。走之前郑凡再次强调韦丽回去后必须跟他统一口径,即使家里人问,拿证的事一个字也不说。韦丽不高兴地说:"你不让我跟你回家过年,还不让我说拿证的事,太过分了吧!我是堂堂正正地做你老婆的,不是小三,不是偷情,怕什么?"

郑凡耐心地劝说着韦丽:"你没跟父母商量,就跟一个来路不明的男人拿了证,目无尊长,犯上作乱,你父母能饶得了你?过年期间闹起来,团圆饭不就吃成了分裂饭,你说是不是?"

简单的韦丽一听觉得很有道理,就不再坚持了:"好,不说,坚决不说,把我吊起来也不说。"郑凡分了一斤瓜子、半斤糖果给韦丽带回去过年,韦丽没要,她说这些东西在乡下还有点用,县城里多的是。

乡下木匠郑树见儿子郑凡背了这么多年货回来了,激动得抱着一桶色拉油久久不愿放下:"瞧这油,清亮亮的,哪像我们乡下压榨的菜籽油,浑浊浊、黑乎乎的。听你表舅说,年底国家给你分楼房了,开了春我跟你妈去看看,老婆要赶紧找了,过了年都二十八了。"

郑凡给父亲递了一支烟,又恭恭敬敬地点上火:"爸,国家不分房子了!要住楼房都得靠自己买。"

郑树先是一愣,沉思了一会,似乎想明白了:"你们薪水高,所以才要你们自己买。要不是给你高工资,你怎么会从大上海到庐阳来呢,对不对?"

郑凡觉得自己解释不清,只好点点头,表示承认。

父亲的心情好极了,家里唯一的一头年猪郑凡夏天毕业时被他父亲杀掉请人喝酒吃了,父亲天真地认为郑凡只要一考到上海,肯定就留在大上海工作,这就像新娘子一入洞房肯定就是你的人了一样,所以郑凡毕业前父亲把乡邻找过来热烈庆祝儿子扎根上海,没想到郑凡居然回到了庐阳,一头猪白吃了。

乡下过年不杀一头猪不算过年,而且会在庄上丢尽面子,对于家里都吃不上色拉油的郑树来说,他要考虑的不是杀不杀猪,而是到哪家去买猪来杀,现在乡下猪难养,每家顶多养一头过年自家吃,没有多余的卖。

有人介绍说镇上养猪场胡标那里有猪。

胡标就是当年抓走郑树的镇执法队队长,因平时欺压百姓,积怨太多,几年前在县城嫖娼时遭人举报,在宾馆的浴缸里和一妓女被警察当场活捉,那情景就像是从水缸里捞出了两条活鱼。胡标"双开"后办了一个养猪场,生意一直不错。他对郑树说跟猪在一起心里蛮踏实的,郑树说人比猪还是要好得多,不然就不是人杀猪,而是猪杀人了,胡标嘴里打着哈哈,看身边站着一位文质彬彬的小伙子,就问是谁,郑树故作平静地说:"就是那天早上被你踹翻在地的我儿子,叫郑凡,上海研究生毕业,在庐阳市党和政府里上班。我表侄在县城挨打,县委书记到医院道歉,还赔了一万块钱,我儿子郑凡摆平的。"

胡标很尴尬,连忙给郑凡递烟:"大侄子,兄弟我当年有眼不识泰山,还请多多包涵!"

郑凡被胡标的胡言乱语逗乐了:"这事我都忘了,你也是例行公事嘛。"

猪称过后,总共是八百二十六块钱,胡标说只要给八百就行了。郑凡的钱全都存到银行准备买房了,父亲不知道他平时除了工资之外分文没有,这次总共带回来一千块钱过年,过年的资金预算中,根本就没有买猪宰杀这一笔,可磅完秤后,父亲很轻松潇洒地对郑凡挥挥手说:"交钱呀!"

郑凡心里暗暗叫苦,这个好面子的父亲把儿子当成大款了,郑凡从皮夹里动作麻利地抽出八百块交给胡标,然后又迅速地将皮夹塞进棉袄里面的口袋里,他怕父亲看到自己的皮夹空了。

郑凡知道父亲在自己身上寄予了太多的希望,而那些希望完全是父亲躺在床上不切实际地虚构出来的,他以一个农民最杰出的想象力把儿子包装成整个山区乃至整个皖西最耀眼的明星,郑凡不是他现实中的儿子,而是他想象中的儿子。郑凡知道自己无法与大字不识几筐的父亲进行有效的沟通,他也不忍心大过年的把父亲的梦击碎,所以,春节期间,他不得不配合父亲,把根本不存在的荣耀和富贵表演得异常逼真。

郑凡在亲朋好友面前很无奈地被父亲一次次地神化。

神化带来的轰动效应是,年初三,表叔拎了一桶米酒要郑凡跟县委书记下一道命令,让其在乡政府食堂烧饭的儿子转成国家干部,要是能当上副乡长更好。郑凡说食堂烧饭蛮好的,伙食要比一般人好得多,表叔说当上国家干部就不会被人欺负了,要是能当上副乡长就可以欺负别人了。父亲郑树严厉批评了这种错误思想："你要是这么想的,郑凡就不能跟县委书记说情,当官哪能欺负人?"表叔检讨说从来没有这个想法,只是随口乱说的。

郑凡被两个长辈弄得哭笑不得。

年初四,庄邻周天保拎着两只腌得金黄的咸鸭来找郑凡,他女儿被拐骗到广东卖淫去了,请他跟省里、中央的领导说说,把他女儿尽快救回来。周天保哭丧着脸:"大侄子,你是晓得的,我们是清白人家,小玉做这种事,害得我们八辈子抬不起头来,你最好能找到中央的领导说说,他们一发话,全国都管用。"

郑凡很无奈,但又无法解释,他只好含糊地应付着说:"我回去后,帮你了解一下!"

晚上吃饭时,郑凡对父亲说:"爸,我已经撑不住了,你以后不要在外面说我手眼通天,我没那么大本事。"

父亲不高兴了:"你不要忘本,能帮助乡里乡亲的,一定要帮。现在全乡的人都知道,你从大上海来到庐阳,风光得很,一出手,就把县委书记训了一通,你表弟不但没坐牢,政府还赔了一万多。"

郑凡说:"爸,我只是在上海当学生,不是在上海当市长,到庐阳来也只是普通工作人员,你就不要给我添乱了。"

父亲生气了,他将酒杯里酒一口喝干,站起身默默地向房里走去。

郑凡小心地跟了进去,在落满了木头气息的老屋里,他更加小心地对父亲说:"爸,你不要生气。今后凡是我能办的事,我一定办!"

他觉得为了父亲,他得把不能办的事办了,不该说的话说了。乡里乡亲的上访告状,求医问药,还有自己买房、结婚、办体面的婚礼,所有棘手的事,他一件都不能怠慢。

这个年过得并不轻松,为了节省话费,郑凡跟韦丽每天互发信息,诉说没有对方的寂寞与别扭。大年初一,郑凡忍不住给韦丽打了一个电话,韦丽在电话里说的第一句话是:"我把你给卖了!"

郑凡大年初一听这话,莫名其妙:"把我给卖了,卖给谁?"

韦丽好像嘴里啃着水果,边嚼边说:"卖给我妈。"

郑凡觉得韦丽越说越不靠谱:"你喝酒了?净说醉话。"

韦丽轻松地说:"没喝酒。我妈逼我跟县里一个倒煤炭的煤贩子见面,煤贩子县城有一幢别墅、两部小汽车,庐阳还有三套公寓,你说我怎么办?"

玩花船的来了,外面响起了剧烈的鞭炮声,突如其来的爆响淹没了郑凡和韦丽遥相呼应的通话。

鞭炮声过后,电话又连上了,事情的真相是,母亲逼韦丽跟煤贩子见面,韦丽跟母亲说自己已经拿过结婚证了,卖水果的母亲根本不相信,韦丽当场从包里掏出了结婚证,母亲看了后被女儿的胆大妄为和忤逆不孝气疯了,她号啕大哭、捶胸顿足地要去跳河,韦丽从地上拉起母亲,说:"妈,我陪你一起去跳!"

郑凡问,那后来呢?韦丽说后来母亲突然就不哭了,再也不提跳河了,河水太冷,谁愿意跳?

过年回到庐阳后,韦丽在出租屋里说起那些惊心动魄的事情就像说别人的事情一样,很轻松。卖水果的母亲活得很实际,一家风里来雨里去地做小买卖吃苦受累只是不让一家人饿死,所以倒煤炭的贩子把房子车子亮出来的时候,母亲不可能无动于衷,她对郑凡是硕士还是博士没有丝毫的概念,过年期间问的唯一的一句话是:"你们住哪儿,房子呢?"韦丽说:"要房子干吗?"母亲说:"没房子睡在哪儿?"韦丽说:"反正没睡在桥洞里。"母亲说:"你们结婚酒席没办,不算数的,把那个结婚证退掉,不就行了!年前西门老街的何四开摩托车把人撞了,驾驶证就作废了。驾驶证能吊销,结婚证也能吊销。"韦丽一不做二不休地说:"妈,你要是逼我嫁给煤贩子做二奶,我进门的第一件事就是放火把他的房子全烧了,再多的房子也等于没房。"母亲一点办法都没有,只得抱着枕头抹眼泪。其实韦丽有点冤枉了煤贩子,人家是死了老婆才托人来提亲的,顶多算填房,不是做二奶。

郑凡将韦丽搂在怀里,说话的声音有些发颤:"对不起,我让你受委屈了!"

韦丽用指头戳了一下郑凡的额头:"你对不起柳燕燕,你让柳燕燕受委屈了!"

郑凡被韦丽的话蒙晕了:"你怎么说这莫名其妙的话?"

韦丽吊住郑凡的脖子:"年三十晚上,我做了一个梦,梦见你跟柳燕燕走进了一个高档小区里,两个人手牵着手,笑得很下流。"

艺研所工资低,待遇差,所里平时上班也没什么压力,一般上午去半天就行了,下午在家做研究。其实上午去办公室也没什么实际意义,五六个人挤在一间木质地板已经腐朽的办公室里,根本就无法做学问,所以上班对于他们来说类似于一种仪式,一种公职人员忠于职守的象征,大家聚在一起除了躲不过去的政治学习和业务学习,大多数时候是在天南海北地说一些与工作无关的杞人忧天的事情。郭之远所长的政治前途和业务前途基本上已经到头了,所以对手下很宽松,他跟所有的科研机构领导一样,要求每个人领一个项目或做一个课题,以在家研究为主,至于一个课题或项目两年还是三年完成,没个准数,自己提交一个选题报告就行,也没人来较真,政府现在一门心思抓经济建设,至于研究黄梅戏之类的文化工作,相当于一个人化妆的时候多搽点粉,可有可无,无关大局。郑凡年前已经确定的研究选题是《黄梅戏民间艺术的都市化流变》,选题完成的时间拟定三年。郑凡之所以放弃对黄梅戏人物的研究,是因为他觉得严凤英、王少舫这些死了的艺术家还好做一些,而大多数活着的黄梅戏艺术家则不好把握,有的人把人生当戏,有的人把戏当人生,很复杂。郭之远觉得郑凡说得有道理,就劝他最好花五年时间弄一本书出来,做扎实些,到时候争取市里的文化专项基金出版。因为前期郑凡做过三个月的调研,所以郑凡两个月就拉出了提纲,搭好了架子,他觉得完成这本书根本要不了五年时间,年一过,郑凡在考虑自己专业研究的同时,不得不考虑自己和韦丽的下一步日子究竟怎么过。

郑凡一再说要买上自己的房子,可对韦丽来说,这是一张根本不需要兑现的空头支票,她从来就没想过结婚与房子有什么联系,女人结婚只与男人有关系,还有就是结婚必须拿结婚证,不拿证违法,不买房子不违法,而郑凡想到的是即使不能给韦丽全部的幸福,可最起码得给自己的女人一个窝。在这个问题上,他和韦丽几乎无法沟通,主要是韦丽不愿跟他沟通,女人为了爱情可以不要整个世界,还要房子干吗呢?他无法跟韦丽共同制定一个生活目标,所以在郑凡的内心深处,他只能自己跟自己打赌,三年内无论如何得买一套房子,办一个体面的婚礼,把韦丽体面地娶进门,他算了一下,赌赢了的时候,正好三十岁。怎样才能赌赢呢?整整一个冬天,他都无比困惑,找不到出路,想不出办法。黄杉对他说:"必须剑走偏锋、另辟蹊径才有出路!"郑凡问,黄杉"偏锋""蹊径"在哪儿呢?黄杉说在你的想象力和创造力里,而不在你的办公室里和选题报告中。

上海求职失败后,相当长一段时间里,郑凡三十而立的最初定位跟韦丽母亲一样实际,守住旱涝保收的铁饭碗,稳住老婆孩子热炕头。这是人生的最低目标,也是最高目标。当年大学时代的宿舍里,宏伟的理想每天都在煽动着每个人狂妄而自负的情绪,情绪在相互传染后,一个比一个牛。郑凡想当一个讲授屈原和楚辞的教授,黄杉想当作家,舒怀想办一所自任校长的私立中学,坚决把老家的县一中压趴下,秦天的理想居然是当国务院副总理。可大学毕业几年后,一切都已物是人非,黄杉发表过十几行诗歌后,文学从此不见长进,如今落到靠栖身小报写表扬稿混点烟酒的地步,作家是彻底没戏了;舒怀私立中学校长没当成,自己沦落到一个私立中学打工;郑凡当古代文学教授的美梦早已灰飞烟灭,他现在最迫切要做的竟然是当一个好丈夫;秦天去了北京,具体下落不明,可以肯定的是,当副总理如今连他自己在梦里都不会相信。

其实郑凡内心一直是处于挣扎和矛盾状态的,比如郭之远所长把他当作人才网罗进来的时候,他就很激动,很受鼓舞,像是运动员服用了兴奋剂一样亢奋。他想回报所长的知遇之恩,想在黄梅戏研究上做出突破性的贡献,而且他已经做了大量的案头准备,对黄梅戏进入都市后的艺术流变有着自己独到的见解。他跟所长汇报过自己的研究思路后,所长郭之远一拍桌子,情绪很夸张地说:"当初选你是选对了,我的眼光没错!"郑凡跟所长谈选题的时候,一上午都不会想到自己已经结过婚了,甚至忘乎所以到连说韦丽的名字都卡了壳;而他一回到城中村出租屋点着蜂窝煤炉熬稀饭的时候,他就尖锐地意识到自己实际上扛起了根本扛不动的婚姻。春天还没完全苏醒,城中村的苍蝇们提前活了过来,它们身体虚弱地围绕着郑凡的头顶和蜂窝煤炉飞行,它们与郑凡一样在没落的黄昏里饥饿难忍。

一次会议可能会改变一个人的观念,也可能会改变一个人的命运,所以中国人特别喜欢开会。

市里召开文化体制改革工作座谈会,艺研所要派一个人参加,所长郭之远点名要郑凡去做一个专题发言,经过一个星期的准备,郑凡底气十足地打算亮出自己惊世骇俗的观点,他要在会上狠狠地露上两手,也好给所长郭之远长长脸。

文化体制改革座谈会在市政务中心一间温暖如春的会议室里举行,不许抽烟,但允许吃水果,一盘盘免费的水果间隔着摆放在鲜花花篮中间,除了一些矜持的演员和严肃的领导,大多数与会者都拿得毫不手软。郑凡在春寒料峭的天气里吃着鲜荔枝,想起了"一骑红尘妃子笑,无人知是荔枝来"的诗句,要说杨贵妃腐败,他们此刻比杨贵妃还要腐败,因为杨贵妃在这个季节肯定吃不到荔枝。

会议主持者先说了一通文化体制改革对于现在、将来的意义,又把上面的文件精神照本宣科地重复给每个与会者,然后定下调子说,所有经营性的文化事业单位诸如广播、电视、报社、出版社、期刊、剧团等一律推向市场,这是改革的潮流、历史的必然。欢迎各位为全市的文化事业单位年内实现全面转制出谋划策。

其实所有的改制方案早已出台,这个会议不是来论证要不要改制,也不是讨论如何改制,主要是让各位来阐述改制的正确性、必要性、真理性,至于说请各位出谋划策,那完全是一个礼貌的托词,相当于给人赠书时扉页签上"敬请指正",书都出来了,怎么指正,还能烧了重印?大多数人都知道怎么回事,所以也没太当真,他们一边努力地吃水果一边积极地表示坚决支持、热烈拥护,会议差不多演变成了一个文化体制改革的表态会和誓师动员大会。

参会的都是一些世事洞明、人情练达的人,大家都专注于吃水果,没人在意年轻得看上去有些幼稚的郑凡的存在,要不是他坐到与会人员的座位上,人们绝对会认为他是会议中心端茶倒水的服务员。轮到郑凡发言还没进行到一半的时候,所有人终于意识到今天的会场来了一个最不该来的人,会议主持人和在场的一位主抓文化体制改革的领导先是皱眉头,紧接着脸色严峻,主抓改制的市领导忍无可忍地打断郑凡的发言:"这位小年轻,你怎么净唱反调?哪个单位的?全国的文化体制改革如火如荼,你一个人开历史的倒车,简直是蚍蜉撼树,不自量力!"

领导的讲话严厉而凶悍,郑凡毫不示弱地反抗说:"我阐明的是学术观点,是建立在专业理性之上的个人立场,你说我反对改革,这是把学术问题庸俗化,不可理喻!我决定退出这次会议,以表示我的抗议和对自己的学术立场的坚决捍卫!"郑凡说完就挟起文件袋离开了会场,所有人看着郑凡年轻而倔强的背影心情很复杂,有人在小声议论着:"好像刚出校门的,没吃过苦头。"

郑凡发言之前信心满满,他觉得自己的观点肯定会给领导豁然开朗的启迪,领导可能会在幡然醒悟后狠狠表扬一下自己高人一筹的独立发现和独到判断,甚至不排除有将其重用的可能,屈原帮楚怀王改革取得极大成功就是一个典型的历史先例。当然郑凡参会并不是为投机而来,他的真实想法是想展示一下自己的水平,为一穷二白的艺研所和郭之远争一些面子。郑凡对文化体制改革以文件和运动的方式进行表示了专业性的质疑,他说文化产业化是市场选择的结果,而不是文件强制的结果,电视、图书、音乐、绘画、书法,你不发文件,它们也已经市场化了,而传统的戏剧包括黄梅戏等地方戏,还有文学杂志、学术期刊,你发文件也不能走向市场,推向市场等于是推向刑场,比如黄梅戏就没有市场化的可能,也无法赢得市场,你把严凤英、王少舫拉到今天的庐阳大戏院演《天仙配》《女驸马》《牛郎与织女》能卖一个星期的满场票吗?不可能;你让民国的四大名旦再到上海滩去试试,不出一个月就要出门讨饭。现在是影视和大众娱乐的时代,而不是戏剧的时代,不是传统戏剧不好,而是传统戏剧包括黄梅戏的历史使命已经完成了,它们属于文化遗产,应该是发掘、整理、保护。唐诗好不好?当然好,给你一万亿振兴唐诗,能让全国人民晚上不看电视不上网,一家人围在一起吟古诗做格律吗?还有文学杂志、学术期刊这些都应该属于公益文化事业,推向市场是外行领导内行的一个典型案例。郑凡说话夹杂着太多三间大夫的口气,所以领导听得牙齿缝里冷风嗖嗖,额头上却是热汗滚滚,一开始下面有人情不自禁地鼓起了掌,一看这情形,掌声很快就半途而废了。

郑凡在会上犯上作乱并且中途退出会场的消息当天下午就传遍了庐阳,日子过得乏味而无聊的各界人士反复咀嚼兴趣盎然,他们甚至夸大其词地传出了郑凡拍案而起、怒斥群雄的相关细节,说得有声有色证据确凿。传播消息的人自己不会站出来惹事,但希望别人站出来,把事情闹得越大越好,越大越过瘾。所长对郑凡会场发飙不是太相信,当他找来郑凡把现场的情况核对了一遍后,所长脸上一片灰暗,他神情焦虑地说:"小郑,你闯祸了!"

三天后,所长郭之远被主抓文化体制改革的市领导叫去了,郑凡送所长到楼下,神情恍惚的郑凡看到早晨稀薄的阳光落在艺研所红楼红色的屋顶上,一缕尖细的风蹚过,屋顶就泛起了一层淋漓的血色,所长对郑凡说:"也许领导已经想通了。"

市领导把郭之远叫到暖气很充分的办公室里,他没让郭之远坐下,郭之远就站着听候吩咐:"这个叫郑凡的小年轻,年纪不大,口气不小。是你招进来的?"

郭之远站着说:"是的。上海华东大学硕士研究生,写一手漂亮的文章。"

市领导还没让郭之远落座的意思,他继续按照自己的思路往下说:"这种人整天坐在书斋里,好高骛远、目空一切、坐而论道、自以为是,要改革,我们首先就得把这种患有小知识分子幼稚病的人推到前沿阵地去,我的意思是把他从艺研所事业单位调出来,直接放到市演艺集团下属的杂技团去,让他跟杂技团的演员们一起走村串户下基层,接受锻炼,这样才会更快地进步、更好地成长。"

郭之远一听头皮都麻了,演艺集团已经企业化了,把郑凡从事业单位调到企业去,这不等于砸人家的饭碗吗?他辩解着说:"郑凡是古代文学研究生,他到杂技团发挥不了特长。"

市领导不是跟他商量,而是向他宣布决定,所以他不留余地地说:"我已经跟演艺集团说好了,你回去马上把他的档案转到人才交流中心,下个月去演艺集团下属的杂技团报到。就这样吧,我下面还有个会!"

市领导站起了身,郭之远此时却自作主张地在市领导办公桌对面的椅子上坐了下来,他决定跟市领导亮出底牌:"郑凡是我招来的研究生,也是我让他参加座谈会的,如果他犯了错误,我也有责任,如果您执意要把郑凡赶出艺研所,我这个所长也不干了。"

市领导看郭之远完全是一种挑衅的口气,很不以为然地对他说:"行,你写一个辞职报告交上来,马上就批。现在的社会什么都缺,就是不缺当官的。"

郭之远哑口无言,喉咙里像是被塞进了一大团棉花,不仅说不出话,还喘不过气来。

沉默许久,市领导走过来轻轻地拍了拍郭之远的肩,语气温和地说:"老郭,你好像五十多了吧?论年龄,你是我老兄,在许多事的认识上,应该是你指点我才是。"

这么称兄道弟地一说,郭之远也软了下口气,他说了一句市领导无法听懂的话:"千错万错,都是我的错!"

郭之远一再向郑凡表示了歉意,他不安地搓着双手:"当初我要是不把你招来,也不会有今天这种局面了。"

郑凡反而显得很坦然:"郭老师,这不是你的错,也不是我的错,是庐阳这个地方气候反常的错。麻烦您去跟市领导汇报一下我的决定,杂技团不去,我不会耍猴,也决不愿被当猴耍。"

郭之远说组织上已经定过的事,再汇报没有必要了。郑凡说不汇报也行,反正我已决定离开庐阳,重新联系工作,就当我还没找到工作。所里的同事们见郑凡去意已决,依依不舍的同时纷纷表示离开庐阳前一定要为他饯行。老肖坐在办公室油漆剥落的木椅上很困惑地抽着闷烟,他望着屋外面粉一样细碎的阳光,问郑凡:"你说,这究竟是怎么回事呢?"

郑凡说:"举世皆浊我独清,世人皆醉我独醒。是以见放。"

老肖抬起迷惘的脑袋:"这话我好像在哪儿听过,挺耳熟的。"

郑凡说:"屈原跳江前说的。不过,我不会跳的。"

老肖说:"你也不一定非得走,杂技团刁团长是我的小兄弟,我让他照应照应你。"

郑凡有些感伤地说:"谢谢肖老师,我和庐阳的缘分已经尽了。"

郑凡没跟韦丽说起过单位的事,韦丽依然还是那么无忧无虑地活得阳光灿烂。在一个万籁俱寂的深夜,郑凡突然问韦丽:"我要是离开庐阳,你愿意跟我一起走吗?我要是到山里开荒种地,你会跟我一起去受苦吗?"

韦丽像看着一个陌生人一样盯着郑凡："深更半夜说这话干吗？哪根神经短路了？"

郑凡说："你还没回答我呢。"

韦丽捋了一把凌乱的头发："嫁鸡随鸡，嫁狗随狗，嫁给扁担扛着走，这有什么好说的。"突然，韦丽死死地拧了一把郑凡的胳膊，"你不带这么考验人的！我从来没试探过你！"

郑凡将韦丽紧紧搂在怀里，一言不发，韦丽听到屋外的深夜里，房东家的狗突然大叫了起来，城中村可能又出事了，这里经常有人深夜被警察抓走。

郑凡给导师张伯驹教授打了一个电话，导师听说郑凡的遭遇后，说了句："路漫漫其修远兮，吾将上下而求索，屈原这么说不只是为了激励自己，也是说给你听的，你懂我的意思吗？"郑凡一知半解地回答说："我懂！"其实，郑凡给导师打这个电话不是诉说委屈，而是想说明自己在努力践行三闾大夫的气节和导师的教诲，他希望得到导师的肯定与表扬，而导师偏偏吝啬几句好话，反而教导他继续努力，似乎丢了饭碗这件事不值一提。可郑凡想，自己毕竟不是三闾大夫，不是名垂青史的屈原呀。郑凡在无助的时候非常渴望得到精神抚恤。

郑凡又分别给老豹和小凯打了电话，他没说自己的饭碗被砸，只说想换个地方谋生，老豹说他在家乡小县城当上了市容委办公室主任，股级干部，你过来散散心，我可以请你吃火锅，工作我也可以帮你在这解决，可小县城工资待遇也就一千来块，估计我们县长亲自用轿子抬你来你都不会来。郑凡说我主要是把自己目前的情况跟弟兄们通报一声，不然你都不知道我是什么时候从庐阳失踪的。

小凯一接到郑凡电话,自以为是地立刻做出第一反应:"早就跟你说了,网友靠不住,你听不进去。你看,没到一年,被踹了。"小凯热情地邀请郑凡到江西自己任教的技校来当老师,他说目前技校招生难,收入低,年前好几个教师辞职不干了,正缺人手,校长还找过我推荐老师。郑凡说收入这么低,你不仅不辞职,还邀我过去,够有境界的。小凯在电话里大声喧哗:"什么年月了,还说境界,俗!我们技校收入虽低,可人轻松,女孩子多,中专毕业根本找不到工作,哪个老师看上她们,相当于被皇上看中,你不知道这些女孩子多温柔,多漂亮,多贤惠,晚上睡觉前洗脚水都给你打好。"小凯说他现在就跟一个刚毕业的技校女生住在一起,等单位集资房一拿到手,就结婚。小凯还说,庐阳有什么好的,你来这里吧!一切包在我身上了!郑凡说:"我带一个女孩去,行吗?"小凯愣了一下:"没问题!是女网友吗?"郑凡没有正面回答,只是问两个人的工作好不好同时解决,小凯说女孩要是本科以上好办,要是本科以下学历到食堂卖饭卡应该问题不大。

关键时刻同学是最可靠的避难所,最无私的施救者。舒怀要推荐郑凡去自己所在的私立中学去教书。黄杉说可以帮他到自己混饭的小报社拿到一份工作合同,尽管不如艺研所吃皇粮的铁饭碗稳定,但比杂技团还是好得多。悦悦说你们都不了解郑凡,他需要的不是一个饭碗,而是一种不容侵犯的尊严。郑凡没正面回应大家的好意,只是说:"已经定下了,离开庐阳!"那个春雨潇潇的晚上,在舒怀两居室的客厅里,大家靠拼命喝茶来稳定错综复杂的情绪。好长时间,他们几个庐阳的大学同学不在一起喝酒了,悦悦说喝酒容易让人利令智昏,所以就改为喝茶。

雨过天晴的早晨,临出门前,郑凡叫韦丽把辞职手续办了,他说要带她去江西工作,韦丽说好呀,月底没几天了,这个月干完,立即辞职。郑凡看着义无反顾的韦丽:"你不问问我为什么离开庐阳,又为什么要你辞职?"

韦丽说:"听领导话,跟老公走,这有什么好问的! 今晚小雯要办一个生日PARTY,你跟我一起去好不好?"她说小雯过年后在网下找了一个做IT的男朋友,两人一有时间就腻在一起,幸福得要死。

小凯打电话催郑凡赶紧过去试讲签合同,而且声称已经跟校长说好了,郑凡拐骗过去的女孩也可安排工作,甚至有可能安排到图书馆,郑凡说谁拐骗女孩了,是我老婆,小凯说网上都这么叫,郑凡说手头还有点事一处理完,立即就过去。郑凡在等韦丽,自己也想在艺研所站好最后一班岗,所以没能在第一时间成行。他想悄悄地离开庐阳,"挥一挥衣袖/不带走一片云彩",不惊动任何人,就在他准备悄然离开的前两天,老肖告诉他,送行酒席安排好了,在"天都大酒楼"28号包厢。老肖还解释说饯行之所以拖到现在,是因为所里拿不出钱,大家凑份子刚凑齐,每人三十,所长郭之远掏了五十。

郑凡听到这话,鼻子酸酸的,感动得直想哭,他来了还不到一年,平时与同事打交道很少,全所如此重情厚谊地为他这个毛头小子送行,他很伤感地对老肖说:"肖老师,真舍不得离开你们!"

老肖说:"那好呀,人不走,酒照喝,就当我们为你去杂技团送行!"

郑凡说:"江西那边等着我过去签合同呢。"

郑凡打算在饯行酒宴上将韦丽介绍给大家,他要让韦丽堂堂正正地以一个妻子的名义跟他去闯荡天涯。韦丽一听高兴得蹦了起来:"正好我是早白班,晚上跟你一起去。金屋藏娇的身份是二奶和情妇,你必须给我平反!"可晚上临出发前,韦丽从超市打来了电话,说小雯发现他IT男友在网上跟别的女孩好上了,而且QQ留言上显示已经开过不止一次的房,小雯这次不跳楼,她要上吊,绳子都准备好了,经理说小雯只听韦丽的话,所以她不仅晚上不能参加送行酒宴,夜里还不能回去,稍一疏忽,要是出了人命那就糟了。郑凡说不参加没关系,救人要紧,你得先把小雯的绳子收了,裤带也不能留,然后再做思想工作。

送行晚宴没有想象得那么伤感,同事们平时跟郑凡疏于接触,是此次文化体制改革座谈会的所作所为让他们了解了一个全新的郑凡,大家来敬酒时用百分之八十以上的语言对郑凡表示了敬意,说从郑凡这里看到了知识分子身上已经全面失落的操守与气节,令人感佩,令人振奋。所长在跟郑凡敬酒时说:"以后出差来庐阳,到所里来坐坐,就把这里当成你的家。"

郑凡晕晕乎乎的不知喝了多少酒,他没想到说了几句真话就受到如此拥戴,要是像屈原那样跳江自杀的话,往后端午节祭奠的名单里说不准就把他也捎上了。其实郑凡虽然研究了多年的屈原,但他平时的情绪并没有那么激烈,他甚至认为屈原太过于执拗而少了一些韬略。那天座谈会上之所以情绪失控完全是因为市领导在他发言还没完的时候就打断他的话而且进行了尖刻的驳斥,逼得郑凡爆发了。事后郑凡也反省了自己发言的后半部分已经失去了学术风度,对领导进行了更为尖刻的讽刺和嘲弄,这都是有失学者体面的。但直到临离开庐阳的这一刻,他仍然认为是这位市领导把强权当作了真理才激怒了自己,他是被引爆的,引爆的结果却是将自己炸碎了,所以他问心无愧理直气壮。郑凡在饯行酒宴上没有说太多的话,他只是实实在在地给一个个同事敬酒,说得最多的就是:"谢谢,让您破费了!"此刻关于学术问题、改制问题、会议是非问题,他一个字都不想提,他觉得这应该是几千年前的事了,没必要提,一提自己就成了一个出土文物一样的陶俑。酒店的灯光很温暖,酒宴的气氛很温馨,郑凡被这种氛围润物无声地感动着。

就在所长郭之远提议祝郑凡一路顺风前程似锦的时候,他的手机响了。他把手中的酒杯放到了桌上接听电话,所有的人都将酒杯举在半空中,等待着最后的尾声。然而,所长郭之远合上电话后,表情变得相当严峻,他声音枯燥地告诉大家:分管文化体制改革的那位市领导被"双规"了。

现场所有人都愣住了,像是集体触电了一样,全都僵硬地钉在了酒楼的灯光下。

第二天一清早,所长郭之远给郑凡打来电话让他今天上午按时上班。郑凡说不去杂技团了,所长说当然不去了,郑凡有些不放心地说:"调离事业单位可是组织上定过的,郭之远说定过的也没用了,定的人一被双规,定的事情就作废了。我向省纪委的朋友打听过了,他说纪委'双规'从来就没冤枉过任何一个人,只要进去了,想在家中客厅里看今年除夕夜的春节晚会,绝无可能!"

早上韦丽回来了,她说经过一夜的谈心,小雯已经保证不上吊了,她掏出辞职报告递给郑凡:"你帮我看看,要不要改一下?"郑凡连看都没看:"我们不走了!"一夜未眠的韦丽眼睛通红地问:"为什么?"

郑凡将手中的辞职报告轻轻地有条不紊地撕成碎片:"该走的人已经走了,所以我们就不走了!"

韦丽听得一头雾水。

第六章　被现实照亮的青春

人一作怪，天就跟着作怪。南来的春风在庐阳上空蹚了几个来回，路边、水边的柳树就全都绽出了鹅黄的苞蕊，阳光暖乎乎地冒着热气，女人们急不可耐地剥下焐在身上整整一个冬天的棉袄，可跃跃欲试的胳膊和腿还没来得及伸到春风里，铺天盖地的大雪密不透风地连着下了一个星期，天地之间突然全冻死了，屋檐下挂满了长长的冰穗，刺骨的寒冷将老苟家院子里水龙头冻坏了，郑凡和院子里其他租房户只好到老苟家厨房里端水洗漱。

艺研所办公室里没有暖气，蜂窝煤炉烧水带取暖，一举两得，但空气里弥漫着二氧化硫刺鼻的味道，随时还有一氧化碳中毒的危险。所长郭之远在雪天里跟郑凡谈心，他以自己大半生的经验告诫郑凡："屈原官够大的了，他都兼济不了天下，何况你我之辈？怎么办？我们可以独善其身。不做坏事，不当坏人，这总能做到吧！把本职工作完成好的前提下，为老婆孩子多尽一点责任。"他看着神情迷惘的郑凡，"你得想办法先按揭买一套房子，然后找个对象。结婚成家生孩子，这也是为社会做贡献。你要是有房子，柳燕燕不就成我们艺研所的家属了？"

所长的话已经说得够明确的了，先脚踏实地地过日子，然后再考虑一个知识分子的事业和使命，这种暗示意味着所长对他在座谈会上中途退场的否定，也意味着当专业观念与行政意志发生冲突的时候，专业服从行政，行政决定专业，这与前市领导是否被"双规"没有必然联系。尽管郑凡不能完全接受所长的教诲，但所长的坦诚和拳拳之心还是感动了郑凡,他也坦诚地说:"我会认真地消化郭老师给我的忠告,谢谢郭老师对我的厚爱和宽容。"

郭之远起身拎起煤炉上的水壶给郑凡杯子里加开水,他指着桌上的茶叶盒说:"我这有黄山毛峰,来,换点好茶!"

郑凡没有饭碗失而复得的激动和欣喜,在消化所长教诲过程中,他隐隐约约觉得在艺研所特立独行是很滑稽的,所长郭之远很欣赏郑凡的才华,但显然不欣赏他把自己扔到火上去烤,所里的同事也一样欣赏乡下孩子郑凡的尖锐和棱角,但他们自己不愿像郑凡一样说话做事。郑凡是不缺乏智商的,当他看明白了这一切后,他就开始尝试着和同事们保持一致,有时来办公室,有时不来,"办公室不是搞研究的地方",大家都这么说,所长也这么默认,郑凡也就认定这一现实。艺研所生活清苦,没有分文福利待遇,靠死工资,年轻人买不上房子,中年人养不活孩子,老年人养不起身子,这都是不言而喻的共识,所以大家平常只是偶尔来单位点个卯,在外兼职是心照不宣的事,据说所长都在帮着演艺集团策划剧目、修改剧本,一个月不显山不露水地就能挣到千把块钱。

在此之前,郑凡是唯一坚持每天都到单位来上班的,那天老肖问独自坐在办公室里翻资料的郑凡住哪儿,郑凡说住三环附近的城中村,屋里漏风,冷得很,办公室有煤炉烧着,有热水,又暖和,做笔记能拿得住笔。老肖说:"所里没有谁一天到晚做课题的,你就不打算在外面找点活干?就这样打一辈子光棍?"

郑凡放下手中的资料,凑到老肖身边:"肖老师,我一直为此很苦恼,还请您给我指点迷津!"

因为老肖对郑凡一直很关心,郑凡过年回来后,就给老肖送了一条从家里带来的咸狗腿。老肖感念于一条狗腿的情谊,跟郑凡推心置腹地谈了整整一个上午。郑凡在老肖的点拨下,终于明白了自己有一份社会工作并不代表自己已融入社会生活,就像西点军校的二十二条军规中根本不提如何读书和考试,而是强调自己对眼前世界的渗透力和执行力在哪里。老肖说:"我要是你的话,决不会让柳燕燕从身边溜了,房子是死的,人是活的,你就不能开一张房子的空头支票给她?太书生气!"

郑凡面露难色:"肖老师,靠这点工资,我买不起房子,我不能骗人呀!"

老肖说:"买不起就不买了?你得想办法挣钱呀!我就弄不懂了,连郭所长都在外面兼职,你年纪轻轻的,"他拿起桌上的资料,"就这么耗在死人堆里,最后给黄梅戏陪葬?"

郑凡撂起资料,拎着煤炉上的水壶给老肖茶缸里续上水:"肖老师,我有些顾虑,初来乍到,学问还没做好,在外挣钱,心里过意不去。其实我也不是没想过兼职,可没有路子。"

老肖豪爽地说:"没有路子找我呀!"

想明白了的郑凡先是从黄杉手里接过一家叫"维也纳森林"的地产会刊,每两个月出一期铜版纸印刷的刊物,编、校、组稿三位一体,一个人干,做一期八百块,郑凡觉得这报酬已经相当高了,他问黄杉怎么舍得转给他,黄杉说:"如果哪一天你看到我暴富了,千万不要奇怪,因为我看不上这种鸡零狗碎的小钱!"

老肖将郑凡介绍给了江淮文化传播公司,公司经理赵恒跟郑凡差不多年龄,早年毕业于已经不再招生了的"庐阳供销合作学校",当过送水工,卖过鱼,干过最辉煌的事业是在火车站倒卖火车票,三年一次没被抓到过,后来跟一个书商后面跑了两年发行,没赚到钱,却赚了一个老婆。他把书商表妹哄到了自己的床上,结婚后自立门户,成立了自己的文化公司。据说赵恒是老肖年轻时初恋女友的儿子,是真是假不得而知,不过赵恒对老肖很是尊重,一口一口的肖叔叔,比叫亲老子还亲。赵恒对郑凡的到来表现出了过度的兴趣,他亲自给郑凡点上香烟:"你是我们公司第一个兼职的研究生,中午我请你喝酒,好好聊聊!肖叔叔一块参加。"老肖婉言谢绝说中午要回家做饭,一家老小都在等着呢。

赵恒在楼下小酒馆里点了几个廉价的菜,撬了一瓶酒,菜虽普通,喝酒的气氛很好。酒桌上赵恒大加赞赏郑凡加盟江淮文化传播公司,他说如今的时代,文人不走出书斋,就走进地狱。酒喝多了后,赵恒说话情不自禁地就放肆了:"书读多了没什么用,还浪费时间。我的学历跟毛主席一样,中专,毛主席开国,我开公司。你研究生毕业,还不照样跟在我后面混。"

郑凡虽不同意赵恒的观点,但如今要在人家口袋里掏钱,他就没有直接反驳,但他仍不卑不亢地说:"我先过来蹚蹚深浅,还不知道自己能否胜任。如果不能胜任的话,你把我一脚踹了,不要考虑肖老师那里不好交代。"

赵恒给郑凡杯里倒满酒,也许觉得自己的话过于狂妄,于是降低姿态恭维起了郑凡:"你没问题,大上海毕业的研究生!听肖叔叔说了,庐阳最年轻的黄梅戏研究专家,只是黄梅戏有什么好研究的,现在我们要研究市场。"

酒足饭饱之后,赵恒谈到公司刚刚接了东北的一个"天龙虎骨酒"广告传单的撰稿业务,要打开庐阳市场,广告必须得实行"地毯式"轰炸,电视、广播、报纸、灯箱、街头广告传单都得上,赵恒把一堆材料塞给郑凡,说:"小业务,先干一票广告传单撰稿,时间三天,报酬一百六十块钱。"

郑凡翻看了一下厚厚的一叠材料,面露难色:"一千五百字倒是不难,可你提供的这些疗效案例,真有那么神奇吗?"

赵恒说:"别有什么顾虑,我们做的是生意,不是文化交流,不是学术研讨,按客户的要求去做,是我们的天职。你要是谈品位、谈格调反而俗了!"

酒喝得晕头转向的郑凡晕晕乎乎地就接了下来。

好事一个接一个,刚接下赵恒的业务,贴在电线杆上的家教广告也起到了效果,这两天,郑凡的手机不时响起,一种做生意的体验异常鲜明,学生家长有咨询情况的,有讨价还价的,还有制定家教培训目标的。郑凡筛选落实了双休日四份家教,每个学生每次辅导三小时,报酬三十块钱,双休日两天可挣一百二十块钱。就像全科大夫一样,郑凡是全科家教,中学语文、英语、数、理、化通通辅导,一些家长起初有些怀疑,可听说他是上海华东大学的硕士生毕业,全都放心了。对郑凡来说,二十多年来自己一直在读书,中学课程差不多可信手拈来,任意指点。

这个春寒料峭的初春,郑凡像是被埋在土下的一粒种子,憋了整整一个冬季,他要发芽,他要破土了,这种出击的欲望和再生的激动让郑凡热血澎湃斗志昂扬,开始撰写广告传单的那天,晚饭时他甚至很奢侈地买了一只卤猪蹄给韦丽吃,韦丽啃着猪蹄说:"发财了?"郑凡说:"快了,你很快就会为自己的选择而感到自豪和骄傲。"

好像屋外下雪了。

晚饭后韦丽申请躺在床上看半小时电视,郑凡一边收拾屋内小桌上的残局,一边想象着即将纷至沓来的钞票,他算了一下,如果按目前兼职总量计算,地产会刊、家教、文化传播公司的零活加在一起,每个月至少能挣到一千二百块钱。如果将这些钱全都存进银行,一年下来就有一万五千块钱,加上每月工资存下的一千二,每年个人存款差不多接近三万,眼下庐阳的房价平均四千多一点,首付百分之二十,八十平方米的房子……看着缩在被窝里冻得瑟瑟发抖的韦丽,郑凡越想越美好,越想越激动,想象的生活在寒夜里像海洛因一样美妙而虚幻。

也许是站了一天超市太累,也许是电视节目过于无聊,没到半小时,韦丽已经睡着了。郑凡倒了一茶缸热水,铺开稿纸,开始写下第一行文字,他发觉笔下蹦出的一个个文字像是蹦出的成群结队的钞票,令人窒息般地扑面而来,郑凡读了这么多年书,从来没像今晚这样,每一个字都和面包、啤酒、酱油、面条、塑料盆、卤猪蹄等具体的生活紧紧纠缠在一起。

做完"天龙虎骨酒"广告传单,已是凌晨两点多,韦丽冻醒了,她从被窝里探出头看了一眼郑凡,只说了两个字"我冷",又蒙头睡去。倒春寒在细雪的强化下冰冷刺骨,郑凡换了一个热水袋冲好开水塞进被窝,他在被窝里摸到韦丽的脚却是冷的,他的心条件反射似的也跟着冷了起来。屋里放着蜂窝煤炉,窗子不能关死,郑凡看着窗子缝隙里一些细碎的雪花源源不断地钻进来,先前自我膨胀的亢奋和激动轰然崩塌,心里突然间弥漫起一股莫名的悲凉。望着蜷缩在被窝里的韦丽像一只冻僵的虾,他很后悔跟韦丽拿证,一个无辜的小女孩因为打赌而输掉了整个青春。更让他难以忍受的是,看着写好的广告传单,那一个个文字突然间也不再是一张张钞票,而是一粒粒致人脑残的毒药。他想不到自己在夜深人静的晚上竟然绞尽脑汁为"天龙虎骨酒"广告传单捏造了一个个瞒天过海的传奇和神话,"天龙虎骨酒"能舒筋活血,防止脑血栓、动脉硬化、腰肌劳损、半身不遂、阳痿早泄、痛经闭经等等,不仅如此,厂家还要求根据这些功效,相应地编出一个个见到奇效的故事,王大爷、张大妈、李先生、钱小姐这些根本不存在的人物全都在广告传单上言之凿凿地说"天龙虎骨酒"一杯见效,一瓶极效,功德无量,盖世无双。他觉得自己跟城中村那些见利忘义造假酱油、炼地沟油的是一路货色,捏造着这些事实的他,跟"革命"时代的叛徒和"文革"时期的告密者简直就是一丘之貉。此时的郑凡,不仅没有成就感,内心反而很失败,情绪很沮丧,他跺了跺冻得麻木的脚,又喝下了一大杯热茶,身上似乎恢复了人的温度。明天礼拜六,全天要给两个孩子补课,一门是英语,一门是数学,第一次补课必须要让学生感兴趣,要让家长放心,于是郑凡打开一堆下午买来的教材,开始备课,灯光照亮了课本上干净清爽的文字,他的目光在字里行间疲于奔命。

窗外的风好像停了,郑凡听到了细雪落地的声音。

第二天清晨,窗外的天刚麻麻亮,韦丽醒了,见郑凡还坐在昏黄的灯光下看着桌上的一堆稿纸和备课笔记发呆,她气得将枕头扔向郑凡:"你再这样要钱不要命,我就搬回宿舍去住!"

郑凡很小心地走过来,抚摸着韦丽一夜都没焐热的脸:"你再睡一会,我来熬稀饭!"

郑凡捅开蜂窝煤炉,一股暗藏的火苗蹿了出来,屋内弥漫着呛人的二氧化硫的味道,郑凡一边淘米,一边向韦丽论证着在外兼职的重要性和必要性:"只要不怕吃苦,就能挣到钱。"

韦丽对郑凡论证的意义没有半点的兴奋和激动:"我没逼你挣钱,我也不要你钱。早就跟你说过的,当初打赌的时候也没有兼职挣钱这一条。"

郑凡知道跟韦丽讲不通,就说:"打赌是在网上,过日子在网下。结了婚都不想要房子的,全中国就你一个。你这种傻丫头,真不该遇到我。"

韦丽说:"那该遇到谁?"

郑凡说:"骗子。你就是为骗子而准备的一个女孩。"

韦丽有口无心地说着:"难怪你总是怀疑自己是不是一个优秀的骗子呢。还有差距,继续努力吧!"韦丽套上棉袄,拿起牙膏牙刷,出门去水池边洗漱了。

门一开,一股雪花卷进屋内,逼人的寒气穿心而过。

郑凡到江淮文化传播公司交稿时,他对总经理赵恒说起了心中的别扭和困惑:"我觉得有些过分了,如果王大爷、张大妈、李先生、钱小姐是不存在的,我就成了骗子。"

没有文化的文化公司总经理赵恒戴一副平光眼镜,冒充很有文化,他比初次见面更好奇地看着郑凡,听了郑凡的话,赵恒很不客气地教训起了他:"知识不跟生产劳动相结合,等于一纸空文,研究生算什么?书袋子、纸篓子,你只有把这广告传单做出来了,你才算是有知识的人;做不出来,等于文盲。"

郑凡被赵恒奚落得百孔千疮,他想反驳说:"不会造假的人算文盲,坑蒙拐骗的伎俩难道也算是知识?"可来这里兼职是他自愿过来的,捏造传单上的故事也是自己亲手接下来的,他忍住了,这里不是楚国,他也不是屈原。

赵恒控制了一下情绪,埋头翻看着广告传单草稿,他绷紧的脸随着目光的深入而渐渐松弛下来,看完后他扬起手中的广告传单文稿,态度突然来了个一百八十度大转弯:"你编故事的功夫真不错,太棒了!"

郑凡不无惶惑地说:"赵总,我不想再编这些假故事了。刚进门我就跟你说了,最好不要印出来,钱我也不要了!"

赵恒把草稿迅速放进抽屉里:"我说郑兄,我们能不能冷静一些?"他将郑凡拉到沙发上坐下,又给他递过来一支"中华"烟,并亲自给他点上火，"你没有作假，药酒有国家批准文号，功效都是专家权威论证过的，也是消费者体验过的，你所做的只是把那些没有到场的受益者的感受和心里话写了出来，你代表他们说心里话，而不是代表他们做假。"

郑凡在赵恒润物细无声的启迪下，沉默不语了，他觉得赵恒说得也在理，如果没有疗效，国家不会批准生产，老百姓也不敢买。赵恒看郑凡心理上有所松动，拍了拍他的肩："继续合作，中午我请你喝酒！"

郑凡要去带家教，酒没喝，劳务费收下，一份纯净水的宣传文案也接了下来，郑凡问纯净水真的是大别山下面一千八百米深处打出来的，赵恒拿出复印的批准文号伸到郑凡的面前说："一千九百米都不止，你书读多了，有点迂，都是国家批准的，正规的厂家，还能有假？"

郑凡没看批文，只是说："我是担心如果弄虚作假的话，我顶多损失劳务费，你公司的声誉受的影响就太大了。"

赵恒说："难得你还为我着想，够哥们！你把文案做好就行了，其他的都由我来扛着。"

回来的路上，郑凡渐渐删除了自己最初的抗拒心理，他觉得入乡随俗、入行如流，只要产品是国家批准认可上市的，他的广告宣传文案顶多算夸大其词，与造假是搭不上边的。如今铺天盖地的电视购物广告就没有一个不是自吹自擂、言过其实的，"全国限量五十组"，推销员声嘶力竭地煽动观众抢购，于是屏幕上虚假的抢购铃声响成一片。而这些电视台清一色地都是党和政府的喉舌，台里走出来的人或衣冠楚楚或时尚光鲜清一色地说一口字正腔圆的好听的普通话，心里揣着比谁都明白的法律法规。电视台都这么干了，赵恒这类的私人公司没有理由不这么干。这样一想，郑凡心里就踏实了许多,也从容了许多。

庐阳湖边有一片别墅区,其中西合璧的造型设计与园林式的环境格调明显地暗示着这是一个不适合穷人出入的地方。郑凡推着旧自行车找了二十多分钟才摸到第二十八幢别墅。按着事先提供的地址,郑凡按响了家教学生龙小定家的门铃,进门后,他第一次看到的居然是龙小定的背影,他正面对着墙壁,跪在豪华客厅的豪华地板上。龙小定的父亲龙飞和母亲祁红并没有因为郑凡的到来而停止吵架,腆着肥沃肚子的龙飞手里攥着一把长柄铁勺,祁红红着眼睛手指着龙飞:"你自己初中都没毕业,十几年就没见你拿过一次书,还逼着儿子成天读书。勺子是不锈钢的,你就往儿子头上抡。"祁红扑到龙飞面前,"你要打就打我!"

郑凡站在门边进退两难,保姆王阿婶劝两口子:"辅导老师来了,不能总把人家晾在门口。"

两口子这才勉强偃旗息鼓,郑凡换了鞋进去后拉龙小定起来,龙飞大声呵斥:"不行,让他跪着!"

郑凡说:"跪着我怎么辅导呢?"

龙飞对郑凡即将开始的家教好像并没有什么信心,所以也就对郑凡没有多少热情,说话甚至有些刻薄:"你来了也没用,眼下是死马当活马医。这王八羔子读到初二了,在班上从来就没考过倒数第二,全是倒数第一。不是他妈跟风要找家教,我是不会找你来的。"

郑凡听着龙飞财大气粗、盛气凌人的口气,心里像是被强行灌进了过期变质的啤酒,很不舒服,他想着自己是来挣钱的,是被雇佣的,就委曲求全地克制着自己容易爆发的情绪:"你让我试试看!"

龙飞站起身,拿起沙发上的黑色公文包,很不客气地说道:"试试看,我花钱让你拿我儿子当试验品,把我当猴耍?"

郑凡觉得龙飞讲话毫无道理而且极不礼貌,他有点沉不住气了,就在他站起身准备拂袖走人的时候,龙飞已先他一步夺门而去。

龙飞不辞而别,充分展示了一个暴发户的嚣张和没有教养,郑凡夹起文件袋,对龙小定妈妈祁红说:"我想,你们家需要打手,而不需要家庭教师。"

就在郑凡准备出门的时候,龙小定的妈妈祁红拉住了郑凡:"兄弟,你不要跟他计较,他就一个开澡堂子的,没文化。"

龙飞是南海浪涛浴场的老总,他的旗下还有一个南海浪涛娱乐有限公司,全省有十几家分公司。他有多少钱没人知道,只知道他买过一辆新"奔驰"因为一个配件的质量纠纷,在大街上当众将新车砸烂了。

祁红把龙小定拉了起来,又给他递过去一罐可乐:"嗓子都哭哑了,先喝点润润喉咙,再跟老师上楼辅导。"

郑凡将龙小定带到楼上的房间后,看着满脸泪痕的孩子,安慰他说:"没事的,上网算什么错误?我也经常去网吧!如今不会上网的人就是从坟墓里挖出来的兵马俑,你说是不是?"

龙小定抹着眼泪点点头,他哽咽着不忘反咬龙飞一口:"我爸就是坟墓里挖出来的兵马俑。"

第一次课郑凡跟龙小定没讲什么内容,只是关起门来聊网络游戏聊哈利·波特,龙小定竟然忘乎所以地对郑凡说:"你要是我爸爸多好!"郑凡被龙小定逗乐了。

中午临走的时候,祁红给了郑凡三十块钱,郑凡说上午没上课,都在聊天,祁红看儿子拉着郑凡的手依依不舍的样子,就说:

"聊天也是上课。能跟我儿子聊上半天的,只有你一个人。谢谢你,小郑老师!"

郑凡接过三十块钱,说了句:"不好意思!"

下楼后,郑凡骑上自行车的时候,发现裤子口袋有些别扭,跳下车一掏,从口袋里掏出了两大块"德芙"巧克力,他想起了出门前龙小定挨着自己的身子拥抱了自己一下。

江淮文化传播公司的活和四份家教同时接手,郑凡脑子里的弦绷得很紧,他怕出差错,也不想出差错,所以每天吃了晚饭就趴在那张开裂的桌子上伏案至深夜。就在这当口,黄杉要他立即跟他一起去欧陆地产把"维也纳森林"会刊的活正式接下来,郑凡问黄杉能不能等一等再接,黄杉说不行,他说跟他的野模女友之间出了点事,急着要处理,郑凡问出了什么事,有没有需要帮忙的,黄杉说男女之间的事别人插不了手,以后慢慢说。

黄杉第一次把郑凡带到地产商的办公室像送一份图纸似的交给郝总就匆忙离去,黄杉说:"具体情况我已经跟郝总详细说过了,好好干!"

"维也纳森林"是欧陆地产在庐阳最新开发的高档住宅小区,一期开盘的口号是:"不出国门半步,尽享欧陆风情",其实这个假冒的"维也纳森林"地产项目与奥地利和维也纳森林以及蓝色多瑙河毫无关系,只是大门和楼顶做了一些欧式圆柱造型,加上小区里原先有一些杂乱无章的树木和一口毫无生气的鱼塘,就捏造了这么一个主题。开发商郝总一见面就说一不二地对郑凡下达指示:"你在大上海待过,见过的欧式建筑也不少,你要想办法在会刊中用我们的维也纳森林把上海外滩给比下去!"

郑凡听了老总标语口号式的宣言,很为难:"郝总,我只能尽力而为,毕竟外滩是一个多世纪的杰作。"

郝总将他的雪茄从嘴角边挪开:"一百个世纪的杰作,也得给打趴下。你要是想不通,很简单,不换脑子就换人。"

郑凡总算悟出来了,只要你给别人打工,你就永远没有主权,于是他憋着一肚子的窝囊,说:"郝总,我明白了!"

郝总见郑凡迅速转变了立场,嘴里吐出一串沾满了雪茄味的表白:"会刊是要寄赠给各界成功人士的,办好了,你买房子我给你打九五折,市长才给九六折。我是一个重视知识、重视人才的人。"

郑凡小心地问了一句:"郝总,多少钱一平方米?"

郝总说:"六千八,九五折是六千一百六。"

郑凡试探着追加一句:"全市均价只有四千二。"

郝总斜了他一眼:"维也纳森林不是为穷人建的。"

郝总的女秘书小樱进来将公文包递到郝总手上:"郝总,您约的周行长来了,在二号会客厅。"

郝总去接待周行长,秘书小樱留下来给郑凡布置任务。坦率地说,小樱像一个风尘女子,她脸上的脂粉很厚,嘴上涂了深红色的唇膏,眼影画得很夸张,睫毛就像这"维也纳森林"一样明显是假的,怎么看怎么不舒服。郑凡觉得小樱跟韦丽差不多年纪,应该是一个青春烂漫、活力四射、"天然去雕饰"的清纯女孩,完全用不着装神弄鬼地把自己整得面目全非的。小樱把一大堆设计图纸和"维也纳森林"效果图以及照片、售楼部地址电话、文字资料全都交给了郑凡,她的假睫毛下眨动着一双美丽的丹凤眼,声音很粗俗地说着:"你必须按郝总的意思办,不能讨价还价,他翻脸会把你一脚从床上踢下来。"最后一句还没说完,郑凡和小樱都愣住了,屋内一片死寂,柜式空调里吐出的热气源源不断地送过来,有些闷,郑凡解开了棉袄最上方的一颗纽扣。

为了打破小樱口误造成的尴尬,郑凡说:"你放心,我会好好琢磨一下'维也纳森林'的欧陆元素,会刊按期出版没任何问题。"

交代完会刊的编辑出版相关细节,天已经晚了,小樱留郑凡在公司总部餐厅吃工作餐,郑凡说不用了,小樱说:"吃饭也是你在我们欧陆地产工作的一部分,不用客气!"小樱把郑凡带到餐厅交给一个老头就走了,她说晚上跟郝总要陪周行长吃饭。

晚上餐厅吃饭的人很少。餐厅给郑凡提供的是一荤一素两菜一汤,那个送饭的老头很好奇地问他:"新来的?"

郑凡点头说:"是的,下午刚过来。吃饭全都免费?"

老头咬着嘴里的劣质烟头:"做房地产的钱多得能把全世界的女人都买过来做小老婆,吃饭才几个钱?"他神秘兮兮地将脑袋凑到郑凡耳边,"小樱是夜总会过来的,夜总会是不是总在夜里约会,不在白天约会?"

郑凡摇了摇头。

吃完了不花钱的晚餐,郑凡并没有赚了便宜的快慰,反而有一种叫花子被打发了的感觉。"维也纳森林"会刊的苛刻和无中生有的自恋严重地败坏了郑凡的情绪,他发觉只要是挣钱的事就不会让你愉快,钱是在不愉快中挣来的。情绪沮丧的郑凡晚饭后骑着四处作响的旧自行车,驮着比情绪更加沮丧的身体回到城中村,巷子里路灯好像又坏了几盏,弯弯的街巷已经沦陷于深深的黑暗中,郑凡的自行车轮子旋起了路上的一个空塑料罐子,响声惊动了老苟家院子里的狗,好管闲事的狗神经过敏地怪叫了几声。

郑凡一进门就跟韦丽说了维也纳森林的房价:"打了折还要六千一百六,简直不想让人买房子了。"

韦丽将郑凡轻轻一推,郑凡就仰倒在床上:"都晚上十点半了,一进门就说房子,谁要你买房子了?我不稀罕!"

倒在床上的郑凡大惑不解:"房子不买就不买,你推我干吗?"

韦丽说:"干吗？上床睡觉！都快一个月了,你每天夜里两三点才上床。"

有些无奈的郑凡不太相信:"有一个月了吗？"

韦丽将郑凡手中的一叠材料扔到桌上:"你真赖皮！要不要跟上班一样打卡呀！"

屋里的灯灭了,电视机没来得及关,电视里的生活热闹非凡。

二手电视机屏幕上的图像乱晃,腿脚松懈的旧床也遥相呼应地晃了起来。屋外的天空,一动不动。

这一年秋天的时候,郑凡已经熟练地游走于兼职的各个岗位之间,各个兼职岗位的雇主在大半年的磨合后,无一例外地都极其看重郑凡物超所值的实力和不计较报酬的随和,其实郑凡最缺的就是钱,最想要的也是钱,但他总觉得跟雇主讨价还价太丢面子,有失知识分子的清高,所以他兼职的劳务费基本上是人家给多少他就拿多少。郑凡的矛盾和困惑在于他一方面想守住读书人实际上已荡然无存的矜持与自尊,一方面又是以牺牲自己的矜持和清高为代价去挣劳务费,也许正如阿Q心里所想的那样,人生也许大抵都是免不了要如此身心不一、内外分裂的。自己说服了自己比别人说服了自己要更有成效,所以郑凡放弃部分矜持与各位雇主愉快合作,雇主雇佣郑凡像吸毒一样上瘾,就差寸步不离地把郑凡攥在手中了。赵恒总是说,你在我们团队是一面旗帜、一个招牌,直接划入自己的阵营并无限拔高其地位。赵恒经常拉郑凡过去喝酒,合作没到三个月,公司里重要的活、有挑战的活都交给郑凡去做,其中为一家土菜馆策划的一句广告语"土气的人从来不进土菜馆",入选了"庐阳十佳广告语"第一名。

龙小定跟郑凡混得像是合穿一条裤子的弟兄,经过半年的调教,龙小定再也不逃课、不上网吧了。龙小定母亲祁红激动得非要送一箱苹果给郑凡,郑凡说:"如果你答应每个星期给小定在家上网三个小时,我就收下。"祁红一口答应,还说要是小定能考上高中,给郑凡奖励五千,考上重点高中就奖励两万,"兄弟,我说话算数!"在龙小定父母看来,这个在全班没考过倒数第二名的儿子,只要不闯祸、不坐牢,就算老天长眼了。至于祁红说的那些奖励,几乎相当于一种传说、一个童话,是心情激动时出现的口误,想兑现都兑现不了。而在郑凡看来,龙小定相当聪明,聪明得从八岁起就开始逆反,九岁时第一次离家出走,还不到十二岁时跪在雪地里十二个小时宁死不认错,郑凡听了这些经历后,对小定说:"你太厉害了,将来能成为巴顿将军那样的大人物!"龙小定听了高兴得咬着郑凡的耳朵说:"老大,以后我全听你的,你叫我今天把我爸杀了,我决不让他活到明天早上。"郑凡说:"这句话说错了,你必须在十分钟内默写二十个英语单词,今天新课文里的。"龙小定拍着胸脯立即执行:"YES,老大!"郑凡觉得龙小定如果调理得法的话,考普通高中不是没有可能的。

　　欧陆地产的郝总发现郑凡编的会刊比黄杉编的更精美、更欧化,从封面到内容用巴洛克和哥特式建筑图片做底纹,整本刊物就像在法国印制的,郝总一高兴,带着郑凡出席了"维也纳森林"一期封顶的庆祝晚会,晚会在天鹅湖大酒店多功能大厅举行,公司当场向来宾赠送的礼品除了一个铜工艺品的埃菲尔铁塔,还有一本印制精良的"维也纳森林"会刊。西式冷餐会晚七点正式开始,大厅里男女们享用着欧洲风味的面包、沙拉、果酱以及法国葡萄酒和约翰·施特劳斯的《维也纳森林故事圆舞曲》。几支舞曲过后,市演艺集团前来助兴的演出开始登场,相声、小品、笛子独奏、流行歌曲、黄梅戏混在一起,整个演出像一盆杂乱无章的大杂烩,好在没多少人在意这些演出,演员演了什么不重要,重要的是有演员到场了,所以演员不像是来演出的,而像是来凑热闹的。多功能厅里人头攒动,步履无序,农民起义一样的混乱不堪。台上黄梅戏演表演开始时,郑凡看到了柳燕燕穿着一身乡下妹子的服装,演唱了《打猪草》和《天女散花》,由于必须充分媚俗,所以在电声乐队伴奏下柳燕燕用通俗唱法演唱的只能算是黄梅歌,而不是黄梅戏。郑凡不喜欢喝洋酒,也不喜欢跳舞,唯一与他研究领域相关的黄梅戏被折腾成这个样子,他心里很压抑,他端着高脚酒杯准备去找差点成了他恋人的柳燕燕谈谈,可人太多,挤不过去。

演出完了的柳燕燕发现了郑凡,她主动过来了,并主动伸出了手:"你好!你也来了?"

郑凡很配合地与她亲切握手:"郝总邀请,过来瞎混。"

柳燕燕的手还没松开:"你上次在市里为我们剧团说了很多仗义的话,是为我说的吗?"

郑凡从柳燕燕温软的手里抽出自己的手:"也可以这么说。因为我们那天在望津茶楼聊过这个话题。"

柳燕燕说:"你真仗义!我们唱堂会没有丝毫的艺术自主权,可只能这么唱,让你见笑了。"

郑凡很大度地笑笑:"一样的,拿人家钱,就得按人家的意思去做。你今晚演出得多少钱?"

柳燕燕说:"我五十,其他人三十。你在郝总这里买房子了吗?"

郑凡说:"我买不起!你要是买的话,我可以帮你打折。"

柳燕燕说:"我也买不起。上次我说请你吃饭的,最近有空吗?"

郑凡说:"谢谢!难得你这么讲信用。最近我有点忙,再约吧!"

柳燕燕说好的,两人握手道别,郑凡看着柳燕燕的背影在人群中消失了,他这才想起,他们还是谁都没要对方的电话号码。

冷餐会结束时,郑凡随着人群往外走,小樱要用车送郑凡,郑凡说不用了,小樱说:"不是郝总的车,是我的车,你不要有什么心理负担。"郑凡说我有自行车。小樱说郝总能邀请你出席今天的庆祝晚宴,你以后就不是外人了。

秋天是收获的季节,黄杉在这个收获的季节破产。

自作聪明的黄杉跟野模好上后,怕长得容易出轨的野模小看他,就租了一套豪华公寓冒充自己买的,野模激动得躺在客厅松软的沙发上一边看着韩剧,一边跟黄杉调情,他们在沙发上爱得你死我活。没多久,黄杉未来的丈母娘,一个偏远小城倒闭了的剧团的过气花旦看了公寓后非常激动,当场就默认了女儿未婚先同居的危险生活,还提醒黄杉说房间里不要开空调睡觉,那样会影响女儿皮肤的水分,拍平面广告的照片效果会受影响。黄杉连连说是。晚上吃饭的时候,过气花旦旗帜鲜明地表达了自己的意思,房产证上一定要有女儿的名字。黄杉说,结婚后我们不都是一家人了吗?什么你的我的呢?未来丈母娘说感情保证不了婚姻,只有法律才能保证婚姻中的利益不至于打了水漂。走投无路的黄杉只好很愚蠢地按"牛皮癣"小广告上提供的信息,找到了一家叫"东亚证件制作公司"的,花两百块钱弄了一张写有他和野模两人姓名的假房产证,比真的还像真的假房产证送到未来丈母娘手上时,未来丈母娘很高兴,说:"明天上午去公证处做一个公证,下午就拿结婚证,办婚礼的钱由我来出。"这张假房产证就是在野模母女要去做婚前共同财产公证的时候穿帮的,野模和她的母亲在公证处门口明媚的阳光下指着黄杉的鼻子异口同声地骂了一句"骗子"后,拂袖而去。那一刻,被戳穿了的黄杉说他连死的心都有了。

黄杉给郑凡打电话的时候,他已经从小报辞职,第二天就要离开庐阳,至于去哪里,他说他也不知去哪里,临走前,他想约郑凡和舒怀聚一下,告个别,地点定在"老榆树地锅庄"。

"你跟舒怀都不要带女人过来,现在我一见女人就会神经崩溃!"黄杉最后强调了一句。

最后的晚餐充满了伤感,郑凡本来想猛烈抨击一下黄杉的自作聪明、弄巧成拙,可看到黄杉一脸的失败和绝望,郑凡也没忍心说什么。舒怀将一大杯白酒倒进喉咙里,眼睛通红:"黄杉,你真蠢呀!你以为有一套房子,你就可以理直气壮地把女人搂到怀里了?"舒怀情绪一激动,夹着的一块骨头从筷子间掉了下来,"错了,有了一套房子,你还是穷人,揣着一张狗屁钱不值的大学文凭,光靠拿死工资过日子,一辈子穷人。"

黄杉借酒浇愁后是心如死灰:"我也尝试过兼职,把每个夜晚、每个礼拜天、节假日全都拿出去换钱,可我很快发觉这样做只是让你在这个物欲横流的城市里不至于死得太难看。郑凡,听我说一句,你这样玩命地打短工,挣点零花钱可以,要想脱贫是根本做不到的。你像摸彩票中奖一样,撞到了一个好女人,我跟舒怀没你这个福分。"

舒怀有些不服气了:"也不能说悦悦不是一个好女人,她不跟我拿证是逼我出去多挣些钱。可我现在都沦为一个教书匠了,到哪儿去挣钱?双休日带家教,我想过,可挣不了几个钱,再说我每周十六节课,人累得要死,下班回来倒在床上就不想动了。"

"每个人有每个人的活法,像我这样的人,要想暴发除非中七星彩的头奖,可中头奖的概率比飞机失事的概率还要低。据说数学家曾计算过,如果不出意外要想守到头奖的话,需要坚持不懈地买彩票三万七千九百四十六年。到那时候,地球是不是还在都成了问题。"郑凡觉得自己跟他们的想法不一样,他觉得自己就像一个城市农民,辛勤耕种,不辞劳苦,然后换回点收成,他一点都不想讨巧,想讨巧也讨不到,这种农民式的生活逻辑让他不断爆发出搏杀的斗志,而少了许多的抱怨和消沉。郑凡对黄杉说:"你要是在外面混得不如意的话,就回到庐阳来,毕竟还有我和舒怀在。"

黄杉端起杯子仰头猛喝一口,杯子是空的,酒已经喝光了,他放下空杯:"郑凡,我会回来的。不过,那是混好了的时候!"

黄杉走了,如同秋天路边飘落下的一片树叶,这个城市不会有人在意。

郑凡依然骑着一辆全身都响的二手自行车无怨无悔地穿行在城市的噪音中。在黄杉走后一个多月的那天晚上,郑凡从江淮文化传播公司送"裕安电器"平面文案回城中村,头上突然落下一片梧桐树叶,一阵秋凉的风划过头顶,树叶被掠走了,他打了一个寒噤,落叶让他想起了下落不明的黄杉。

黄杉因为虚荣而用一套子虚乌有的豪华公寓骗了野模母女,没有房子好像就没有活着的理由,更不用谈婚论嫁了,这种混账的城市逻辑比国家的法律都要严格,没有人胆敢撞这根红线,包括已经拿了证的郑凡。舒怀在对父亲违法生产鞭炮表示担忧的时候说过一句实话:"在一个利欲熏心的时代,每个人都是赌徒,赌赢了侥幸,赌输了认命。你是,我是,我父亲也是。我父亲年轻的时候还是公社活学活用毛泽东思想积极分子。"

如今的城市,你在劫难逃,房子就是活人的坟墓。郑凡是在计算过买房代价后得出的极端结论,如果买九十平方米"维也纳森林"的房子，以他目前的工资，不吃不喝三十年才够买一套，三十年后，他都快六十，该退休了。如果要是按揭贷款的话，二十年还完贷款，每个月要付两千七百多月供，每月工资全都用来还房贷都不够，而且光利息就得被银行剥去十八万多，这几乎就是一个不让人活的方案。学古代文学的郑凡当年读杜甫"安得广厦千万间，大庇天下寒士俱欢颜"时，觉得老杜有点矫情，人活着怎么能没有自己的窝呢，这在乡下都是不存在的，乡下每头猪都有属于自己的猪圈。

现在他终于明白了，城市的诱惑力就在于有房子的人能看到千千万万的没房子的人像苍蝇一样不断地撞向透明的玻璃，看起来前途光明，撞上去无一不是头破血流。

那片秋天的落叶同时警告郑凡，要是弄假房产证糊弄丈母娘，就会像黄杉一样鸡飞蛋打。他算了一下，到年底，他工资可存下一万五千块钱，再加把劲，兼职打零工也许能挣到两万，文化公司赵恒接了一个民营企业家传记的活，他希望郑凡来写，书写出来后，付给郑凡两万块钱，这些任务都能完成的话，年底他手头就有五万五千块钱了。这些钱离一套房子究竟还有多远，他算不出距离，也许是距离太远。韦丽从来不准他在计算中过日子，郑凡不跟韦丽争执，因为他知道，别人买房子是被老婆和女友逼的，而他想买房子却是被自己逼的，有点作茧自缚、自掘坟墓的意思。只有郑凡知道，他之所以到现在还处于隐婚状态，是因为他无法以城中村老苟家四处漏风的出租屋向同事、父母、岳父母去解释一桩既成事实的婚姻，他也想过我行我素。可当他的命运和一个女孩连在一起了的时候，他就不是为自己一个人活着了。所谓人生的责任，在活给自己看的同时，还要活给别人看。

中秋节的天气真好,秋风一起,阳光就没有了夏天的凶狠,铺在头顶上的感觉又柔又软。郑凡、韦丽和舒怀、悦悦结伴骑自行车到郊外的青庐山野炊,他们约好了在青庐山吃烧烤、尝月饼、喝啤酒、赏明月,好久没聚在一起了。黄杉走后,悦悦似乎也不再那么抗拒同学聚会了,悦悦甚至拿黄杉来教育舒怀:"男人就得有点血性!"

庐阳地处江淮平原,方圆不足两平方公里、海拔不到二百米的青庐山在这里就像喜马拉雅山一样鹤立鸡群,庐阳人在二百米海拔的震撼中寻找山的感觉,这对山区长大的郑凡来说,有点滑稽。可当初在商讨中秋出行时韦丽和悦悦却兴致高涨,意见高度一致:"要去就去青庐山!"既然两个女孩都决定了,郑凡和舒怀只有服从的义务,没有反对的权利。

自行车在凉爽的天气里如行云流水,十八公里的路程,不到一个小时就到了,他们选定了青庐山南山坡一处野炊烧烤点,铺开塑料布,放上自己带来的石榴和葡萄还有玉米棒,服务生为他们点着木炭烤炉,木炭在潜移默化中燃烧。青庐山的野炊由一家餐饮集团掌控并经营,野炊现场大多是以三五成群的朋友和家庭为单位的食客在山坡上围绕着一个个特制的木炭烤炉席地而坐,吃烤肉、喝啤酒,率性而为,放任自流,很是快活。傍晚的山坡上炊烟在风中缭绕,前来寻找野趣的城市一族,大碗喝酒,大块吃肉,尽情释放压抑太久的野性。

他们四人要了两扎啤酒,点了四斤羊排,悦悦说这个月的业绩不错由她买单,韦丽说是我提议来的当然我买单,两人争执不下。韦丽说要么临走的时候我俩剪子石头布谁赢了谁买,悦悦说谁输了谁买,郑凡说暂不讨论钱的事,我们讨论一下眼前的景象,这山坡上几百号人雾气狼烟吃烧烤的场景像什么?韦丽说像超市关门前许多顾客抢着去买降价面包,悦悦说像岗位少求职者多的人才市场,郑凡说像准备造反的水泊梁山,舒怀对这个话题好像兴趣不大,郑凡想了一会,将手里的烟头扔进烤炉里,一本正经地说:"像梁山造反失败后沦为一片废墟的战场。"

韦丽很陶醉于这种不真实的放松和自由,她想入非非地说道:"要是天天来喝啤酒吃烧烤就好了。"

舒怀抓着酒瓶表示异议:"天天喝啤酒吃烧烤的日子在梦里,不在青庐山,对吧?"

韦丽说:"不就是触景生情才这么胡思乱想的?舒哥,你跟悦悦姐还不拿证呀?到时候我和郑凡请你俩吃火锅。"

悦悦接上话:"吃火锅不行,我们要办体面的婚礼,迎亲的车队、伴娘、伴郎、证婚人、主婚人,一个都不能少,要把所有的亲朋好友都请来,在庐阳豪华酒楼,大吃大喝一顿。人生就这么一次,不能马虎。舒怀你说呢?"

舒怀说:"你都定过了,我还敢反对?"

韦丽扯过埋头吃羊排的郑凡的胳膊:"你说将来我们要办一个体面的婚礼,把所有客人都拉到这来吃烧烤,好不好?我保证这是全中国最体面、最浪漫的婚礼。"

郑凡笑了笑:"你活在想象和虚构中,你适合当作家,不适合当收银员。"

韦丽将一块烤熟的羊排递到郑凡手上:"作家编的故事都是骗人的,我到这来办婚礼是能做到的,用不着骗人。"她突然岔开话题,很生气地责问郑凡,"黄杉就是一个骗子,弄假房产证骗人,太不像话了,怪不得仓皇逃走的时候连我和悦悦姐的面都不敢见呢。"

郑凡望着天边的一片残阳说:"不都是被逼的。"

舒怀从口袋里掏出一支烟,然后在烤炉上夹了一块通红的木炭点着,他望着韦丽和悦悦:"黄杉内心的苦楚你们是无法理解的。"

悦悦对这个话题似乎并没有讨论的热情,她问郑凡:"我跟舒怀结婚的时候,你能不能帮我们想一句广告语一样的贺词来概括一下我们的婚姻?"

郑凡随口说了一句:"笑到最后的笑得最美!"

悦悦激动得抓起酒瓶跟郑凡碰了一下:"太棒了,敬你一杯!我们结婚典礼上就挂这一横幅,其他什么都不要。绝了!"

韦丽在悦悦的激动中浮想联翩,她对郑凡说:"你得给我们自己也来概括一句呀!"

郑凡说:"当局者迷,我们的婚姻宣言由舒怀做。"

韦丽夹了一块烤肉送给舒怀:"舒哥,来一个经典的!"

舒怀接过烤肉,咬了一口,然后做沉思状,在羊肉快被嚼成碎末的时候,他说了一句:"赌来的爱情最可靠!"

就在大家还没琢磨出内涵的时候,郑凡的手机响了,说话声太嘈杂,郑凡起身走到离烧烤炉远一点的地方接听。

电话是柳燕燕打来的,她对郑凡说我找你有急事,郑凡说我正跟朋友在青庐山吃烧烤呢,有什么事?

柳燕燕在电话里说:"见面说,我在秀月酒楼3号包厢等你,如果你觉得不方便的话,就不要来!"电话挂了。

中秋万家团圆,柳燕燕半路打劫,郑凡合上电话,去还是不去,他陷入了两难困境,他打开电话准备告诉柳燕燕自己已经有女友了,正要按回拨键,转念一想,也许柳燕燕只是想找自己谈一件业务上的事,比如说能不能在他的黄梅戏研究的书中把她也顺带研究一下,如果自作多情地硬往感情上去扯就显得相当可笑,所以他决定去见柳燕燕。

可怎么对韦丽说呢?他要说去见黄梅戏演员柳燕燕那是无论如何说不过去的,于是他走过来心虚地对韦丽还有舒怀悦悦说:"单位有个急事,我马上要赶过去。"

正玩得起劲的韦丽急了,她用沾满了羊油的手拉住郑凡的手说:"走,我跟你一起去,会会你们所长,我倒要问问他究竟是哪路神仙,中秋节全国人民都在放假,你们艺研所居然要加班,太荒谬了!"

郑凡的头上冒汗了:"你要是跟着一起去,我就不去了。"

悦悦也说真不像话,中秋节把员工叫到单位去加班,说不过去。舒怀却用另一种分析思路为郑凡解了围:"也许就是所长以加班的名义约部下去打牌,郑凡到现在也没公开和韦丽的关系,约单身汉去打牌,赌点小钱,来点小刺激,很正常。"

韦丽是个脑子简单的人,听舒怀这么一说,连忙对郑凡说:"既然是打牌,那你就去陪陪所长,平时你也累得半死,放松放松也好,身上带的钱够不够?我这有。"她从自己的包里掏出二百块钱给郑凡,郑凡推开韦丽的手:"我有钱。"

准备离开的郑凡突然犹豫起来,他觉得自己跟韦丽撒谎是有罪的,这个死心塌地的女孩把自己的青春和爱情全都押到了自己的身上,自己还要瞒天过海地跟一个女演员在中秋节这么个敏感的日子去约会,他架起自行车,对韦丽说:"要是打牌的话,我就不想去了,还是跟你们在一起!"

韦丽推了郑凡一把:"你快走吧!也许不是打牌,真的有什么重要的事情,你不去,领导会有意见的。"

郑凡跨上自行车,一种背叛的可耻纠缠着他绷紧的神经,一路上,秋凉的风灌进了他的脖子里,后脊背上的热汗也凉了。

秀月酒楼3号包厢是一个卡座式的小包厢,昏黄的灯光和墙上的那幅仿冒的《土耳其浴女》的油画以及这种私密式的空间设计,暗示着在这里吃饭并不重要,重要的是如何将暧昧和隐秘的情感进行到底。郑凡进来的第一眼看到的是,柳燕燕穿着一身和第一次见面时一样的黑色真丝长裙,只是胸前多了一枚水仙铂金胸针,艺术气质含而不露。

柳燕燕站起身跟郑凡握了手:"跟女朋友在一起?"

郑凡未置可否地说:"这很重要吗?"

柳燕燕松开手,指着自己的对面,做出"请坐"的手势:"很重要。如果你跟女朋友在一起,就不该过来,中秋节当然陪女朋友一起团圆。如果你是单身汉,作为相识的朋友,我约你过来吃饭,天经地义。"

郑凡心里叫苦不迭,他省略掉寒暄,直奔主题:"你说找我有事?"

柳燕燕将一杯泡好的茉莉花茶推到郑凡面前示意他用茶:"我答应过你,说请你吃饭。这当然是一件很重要的事,对吧?"

郑凡虽说心里有许多难言之隐,但此刻还是被柳燕燕的信用感动了:"谢谢你!真没想到你如此信守诺言。我们连电话都没留过。"

柳燕燕递给郑凡一张餐巾纸:"是肖叔叔告诉我的。擦擦汗!"

菜上来了,一份椒盐基围虾、一碟清炒芥蓝、一份糖醋酱排、一碗菌王例汤,柳燕燕自带了一瓶红酒,晚餐虽说不算奢侈,但很有格调和品位。

酒是会让人还原真实的一种催化剂,喝了酒的柳燕燕毫不掩饰地对郑凡说:"你是我遇到的最有品质的男孩,只可惜你的家庭背景让你的前程黯淡了下来,但我仍坚信凭你的才华和勇气,你会让这个世界所有男人都显得多余,改革开放三十多年了,我听团里的人说庐阳文艺界敢跟市领导叫板的只有你一个。你是为了我,才在领导面前拍案而起拂袖而去的吗?"柳燕燕情感很丰富地望着郑凡又一次老话重提。郑凡忽然觉得柳燕燕要是为了这个答案请他吃饭,这顿晚餐就没有什么意义了:"我那天告诉过你,可以这么说,也可以不这么说,传统的戏剧必须定位于文化遗产,这是我深思熟虑后的学术观点,不仅适用于黄梅戏,也适用于京剧、越剧、豫剧等所有的剧种。很荣幸我们第一次见面聊天时,你是同意我的这一立场的。"

柳燕燕没有从郑凡这里听到一句最想听到的话,但郑凡的回答还能说得过去,所以她没有继续这一话题。接下来的话题他们聊起了演艺公司旗下各个剧团为了生存、为了争取演出合同,不惜让年轻漂亮的演员陪有钱的老板跳舞、唱歌、喝酒、消夜,艺术已经没有了,演员们所干的几乎就是"三陪"们干的活。郑凡说这不是一个艺术的时代,柳燕燕说顶多是艺术研究的时代,他们坐而论道的聊天总是那么默契,可只要一回到现实,马上就会失语,比如房子、车子、收入、奖金,都聊不下去。后来郑凡意识到,有的人是只适合聊天,而不适合过日子;有的人只适合过日子,而不适合聊天。比如韦丽就是,你要跟她讨论艺术和中国的房价走势,她宁愿去洗碗或倒垃圾;但你跟她一起过日子,轻松得却像一片羽毛,"住城中村挺好,自行车胎破了,补胎的摊子到处都是,修鞋、换锁、配钥匙也很方便"。

在晚餐临近结束的时候,柳燕燕突然问郑凡:"我妈今天非要我跟电力公司一个死了老婆的处长见面,说人家不仅有复式别墅,还有专车,我没去,跑到这来约你吃饭了。"

郑凡心里咯噔一下,难道这才是今晚真正需要暗示的主题?郑凡装糊涂:"非常感谢你的盛情,不过我觉得你还是应该见一下电力公司的处长。"

柳燕燕起身背起坤包:"我怕处长被'双规'。"

郑凡说:"即使处长被'双规'了,也不是因为你住进了别墅和享用了专车,这些东西在你出现之前就已经存在了。我觉得像你这样的名角,有非常独立的人格和高贵的心性,很令人敬重。如果你过着上无片瓦遮身下无立锥之地的生活,即使你能受得了,你的观众也接受不了呀。"

柳燕燕说:"所以我想征求一下你的意见,处长我见不见?过了这个十五,过不了下个初一,我妈不会放过我的。"

郑凡坚定不移地说:"见,要相信,大多数处长是不会被'双规'的。"

柳燕燕很平静地笑了笑,没说话。

他们走到一楼吧台时,柳燕燕准备去结账,郑凡说我已经付过了,柳燕燕说你这是什么意思?郑凡说你请客我买单,就这意思。

郑凡除了跟韦丽之外,从没谈过恋爱,情场上顶多算幼儿园的水平,所以他根本无法领悟这顿理由并不充分的晚餐究竟意味着什么,他像一个成绩一塌糊涂的学生在阅读一篇复杂的课文,苦思冥想,就是读不出主题思想是什么。

晚上回来的路上,郑凡挺心疼的,中秋节特价打六折,酒是自带的,还花去了一百三十多块钱,这么多钱相当于把礼拜六、礼拜天两天辛苦家教的劳务费都掏出来,还要再贴上十块钱。中秋的月亮安静地挂在天空,天空几万年如一日一成不变,郑凡脑子里冒出了"不知江月待何人,但见长江送流水"的诗句,他想象着张若虚写这首诗时异常心虚。

回到城中村出租屋已是晚上九点多钟,韦丽躺在床上正在看电视里无聊的中秋晚会,见郑凡回来了,问道:"你们是打牌还是加班工作?"

　　郑凡说:"既没打牌,也没工作。喝酒!"

　　郑凡要韦丽起来一起到院子里赏月,吃月饼,韦丽说太累了,想睡觉了。

第七章　身体无处寄存

　　秋雨下起来没完没了,那是一种纠缠不清的雨。天空像是一个漏洞百出的筛子,到处都在漏水,东城雨停了,西城却是细雨霏霏。这样一来,天气预报总是不准,像一个说谎的孩子。郑凡从欧陆地产出来的时候,稠密的雨水铺天盖地,他跟小樱借了一把伞,准备顺路送给韦丽。小樱说,你身上不是穿着雨衣吗,骑车打伞?

　　可郑凡骑车到家乐福超市时,天空虽阴沉,却一滴雨没有,正换衣服下班的韦丽见郑凡送伞过来,既意外又激动,她非要在超市给郑凡选一点好吃的带回去,郑凡说回去熬稀饭,韦丽说又不要你掏钱,花我的等于是花公款,放心去选。进超市前得把雨衣和雨伞寄存在入口处的寄存柜中,也就是在打开寄存柜的时候,郑凡对韦丽说:"找个地方把身体寄存起来,有没有可能?"

　　韦丽关上寄存柜的门,很轻松地说着:"有可能,死了后一浓缩,寄存在殡仪馆骨灰存放处。"她拽着郑凡的手,"我们这儿的法式烤面包,庐阳一绝,最少要买两磅。"

　　郑凡跟着韦丽亦步亦趋:"骨灰有地方寄存,身体是没地方寄存的,所以,我们必须要买房子。"

　　韦丽牵着郑凡穿行在人群的缝隙里:"现在,我们必须去买面包!"

　　买了两磅面包、一大瓶橙汁、半只卤鸭,韦丽拽着郑凡在上晚班的小雯那里付款,总共二十六块一毛,小雯说,这么奢侈呀!韦丽说,我一个人哪能吃得了这么多。小雯看着郑凡在旁边帮着将食品装到塑料袋中,她像发现了商场小偷似的尖叫起来:"他就是你网上赌来的男人?"

很多顾客莫名其妙地看着收银员小雯的失态。

所里开会通报各自上半年选题进展情况,郑凡的提纲已经修改完毕,他说准备在书中反思一下黄梅戏都市化后京腔念白和合成器配乐的重大失误,所长说你这样做会伤害到一些致力于黄梅戏改革创新的艺术名流,其中有一两个现在是我们的现任主管领导,你反思等于否定他们的贡献,他们的颠覆性贡献是得到承认过的。郑凡说在学术范畴内难道也不可以研究?所长说可以研究,但现在时机还不成熟。郑凡说,那什么时候时机才成熟?老肖插话说等那些不按艺术规律改革创新的人都死了,你就可以研究了。郑凡说,那他们什么时候死呢?他们不死我这一块的研究先死。所长说:"郑凡就是聪明,领会得很准确。"会议议题通报完了后,会场就有点不够严肃了,文人在一起冷嘲热讽地对时政时事乱说一通。

在一旁的老肖小声地问郑凡:"那天柳燕燕找我要你电话号码,是不是想跟你言归于好呀?"

郑凡说:"我们从来就没好过。不过我还是很感谢肖老师对我的关心。"

老肖说:"究竟找你干吗?"

郑凡说:"聊黄梅戏的事,她很支持我的观点。"

老肖说:"我觉得她找你不是为了聊黄梅戏,是为了你们之间能出戏。"

郑凡说:"她家里给她找了一个电力公司的处长,虽说死了老婆,但有复式别墅,有车。"

老肖说:"我知道,燕燕根本不同意,那丫头清高得很,多少大款、大官追她,她都不松口。性情跟你比较相近,很般配。你就不能主动追一下?"

郑凡说:"肖老师,坦率地说,我们不般配,我现在一点都不清高,俗得连我自己都讨厌自己。我连自己的窝都没有,怎么去追?"

老肖若有所思:"倒也是。她住在家里是有房子的,总不能从有房子的地方嫁到没房子的地方去。你打算什么时候买房子?"

郑凡早就打算买房子了,但凭他这点工资,不切实际,所以他除了跟韦丽说过买房子,跟谁都不敢说。郑凡想买房子就像街头一个卖老鼠药的满脸麻子的光棍想跟章子怡结婚一样,几乎就是癞蛤蟆想吃天鹅肉。

赵恒又打电话来约郑凡喝酒,说郑凡最近为庐阳酒业公司策划的广告文案而得到了老总的大加赞赏,老总在劳务费之外,又奖励了两箱十年"庐春窖藏"的老酒。郑凡说晚上还要备课,这个礼拜的家教辅导课还没准备好,赵恒说上次跟你说的那个企业家传记已经谈得差不多了,你过来一下,我们再好好聊聊,总不能塞到你手里的钱也不要吧。

郑凡骑着自行车去了,赵恒有钱,但很小气,是属于那种有钱的穷人,他请郑凡喝的是不花钱的酒,用餐安排在一个长期使用地沟油平时几乎无人问津的小餐馆,而赵恒却说公司楼下的餐馆很方便。飘着地沟油古怪香气的菜上来了,两人推杯换盏几个来回,老窖酒发挥出了应有的威力,赵恒搂着郑凡的肩,将一支点着的烟塞到郑凡的嘴上,这种变形姿势下的赵恒,说话很自然地就露馅了:"妈的,这个王八蛋企业家,以前是强奸犯,现在有钱了,急于想往自己脸上贴金,本来我想在书号费、印刷费之外宰他八万,龟孙子只愿出五万。"

郑凡心里一惊,他没想到有这么多钱:"五万块就不少了,平时你做的小单子,五百块都挣不到。"

赵恒独自将一大杯白酒灌进喉咙里:"五万,给你两万,我只能得到三万,平时我哪一票都得获利八成。"

郑凡说:"怪不得你都买上小轿车了呢,你挣的差不多是暴利了。"

赵恒突然翻着白眼死死地看着郑凡:"暴利?我刚才跟你说了什么?"他使劲地拍着自己已经开始逐渐谢顶的脑袋,极力地回忆着。

郑凡说:"你没说什么。"

赵恒将信将疑:"我没说企业家传记费用的事?"

郑凡安慰着他:"没说。"

赵恒做贼心虚地问:"那我跟你说了什么?"

郑凡说:"你说酒很好喝,还说十年窖藏比八年窖藏的好得多。"

赵恒很不放心地又问了一句:"我真的没说钱的事?"

郑凡目光定定地看着赵恒:"真的没说。"

回城中村的路上,郑凡反复咀嚼着赵恒的酒话,这单将主要由他操刀的活,三分之二被赵恒赚走了,这家伙平时称兄道弟,关键时刻心黑手狠,郑凡能够心理平衡的是,如果赵恒不信任他,他还接不到这活呢,他想接受剥削还没有机会呢。只是写一个强奸犯,心里非常别扭,他总觉得自己为强奸犯写传,自己也跟着一起强奸了似的。

回来后的好多天里,心中的郁闷没敢对韦丽说,他跑去找舒怀说。悦悦见郑凡来了,有些意外,听说来找舒怀商量事情,悦悦就情绪夸张地剥了一个蜜橘送给郑凡,嘴里说着:"你瞧人家郑凡,没有正事,从来不乱窜,哪像你,整天不是网吧,就是棋牌室。"

郑凡手里攥着悦悦剥好的橘子,有口难开,他问悦悦:"你不给舒怀剥一个?"

悦悦说:"他不喜欢吃甜的。"

舒怀嘴里咬着半截香烟,没好气地说:"我没说过喜欢吃苦的。"

舒怀屋里的氛围不是很对,郑凡就不想讲对书稿的困惑,悦悦催他赶紧说,待会舒怀还要做晚饭呢。郑凡大而化之地说了个大概,舒怀一边听郑凡叙述,一边埋头在捣鼓着一个电水壶,在网上买的伪劣的电水壶严重败坏了舒怀的情绪,所以说出来的话也有些气急败坏:"人家强奸犯如今都已经是区商会会长了,弃恶从善了,为国家经济建设做了这么大贡献,省报都宣传了,你有什么顾忌的?我没你那个水平,想写人家都不让写,你不能占了便宜还卖乖,吃了鱼还说鱼腥。"

郑凡开玩笑说:"你没水平,能找到悦悦这么漂亮能干的女友?"

舒怀说:"她能干,我不能干,买了一个伪劣电水壶,被谴责了一个星期。"

正在沙发上统计当月销售业绩的悦悦,对照着表格迅速按着计算器,她半真半假地说了一句:"早三年遇见郑凡,舒怀你到一边歇着去!"

舒怀有些无奈地摇摇头说:"真没劲!"

郑凡总觉得舒怀跟悦悦在一起,有点不对劲,不对劲在哪儿,他也理不出头绪来。

写一本传记两万,这么大的事,想瞒韦丽是瞒不过去的,回到城中村,憋了好多天的郑凡试探着问韦丽能不能为已经弃恶从善的企业家写传记,他没提企业家曾经强奸过一个无辜的少女。"是坐过牢,可现在是全市民营十佳,每年给国家纳税三百多万,还认养了贵州山区三十多名失学儿童,都当上区商会会长了。"

韦丽在翻看一本过期的杂志,对这即将到手的巨款无动于衷,她头也不抬地说着:"做点善事就想着扬名,你不是说'圣人无名,神人无功,至人无己'吗?"

"那不是我说的,是庄子说的。你还没回答我的话呢。"郑凡怕韦丽不同意,讨好地凑到床边,挨着韦丽坐下,还把一块龙小定送给他的巧克力塞到韦丽的嘴里。

韦丽在咀嚼巧克力的兴奋中,情绪大好:"我倒是觉得一个劳改犯成了名人,挺好玩的。那个企业家叫什么名字,办的什么企业?"

郑凡说:"赵恒没具体跟我讲!"

快到年底了,郑凡算了一下,如果下决心把企业家传记的两万块钱挣到手,今年足有五万多块钱积蓄,五万块钱差不多够一小套房子的首付了。郑凡有点坐不住了,一个恰逢韦丽休息日的早晨,郑凡操之过急地将她从床上拉起来:"我们去'百安居'看房子,房价涨得厉害,才几个月,全市就剩这最后一个四千二的楼盘了。"

韦丽赖着不起来,她不以为然地说:"看什么房子,还不如在家看电视,电视里有的是房子,你尽管看好了。好不容易才有一个休息日,我想睡觉!"

郑凡掀被子:"电视里的房子不是给我们住的,起来!"

韦丽死死地裹紧被子,将脑袋缩进被窝里:"不起来!"

看着韦丽和被子裹成了一团,郑凡摇摇头,他拿她一点办法都没有。

郑凡一个人骑着自行车去了"百安居",售楼小姐像是考电影学院落选的,长得很好看,声音也好听,只是声音背后的内心非常冷酷:"对不起,先生,您说的四千二是开盘价,现在已经涨到四千六了。"

郑凡有些恼火,他扬起手中的晚报:"这才三天,你们就涨了四百,还有一点诚信吗?"

售楼小姐依然用她那训练有素的声音安慰郑凡:"先生,一看您就是有学问的人,您肯定懂得的比我多,市场经济的价格是市场选择的结果,而不是人为操作的结果,水涨船不涨,那是要沉船的。"

郑凡扔掉手中的晚报:"我不买了!"

售楼小姐声音清晰地对着郑凡说:"不买没关系,欢迎下次光临!"

"没有下一次了!"郑凡气呼呼地扔下一句话,转身就走,他把那位美丽的售楼小姐和一堆虚假的楼盘模型一起扔到了身后。

有几个来看房子的人跟着郑凡谴责开发商擅自涨价,然而这种谴责就像萨达姆谴责美国入侵伊拉克一样苍白无力。出了售楼处,郑凡想起自己给"维也纳森林"编的会刊里推销那些似是而非的欧陆风情,他觉得自己虽不算是开发商设圈套的元凶,至少也能算得上一个帮凶。他今天被涮,相当于自己涮自己,相当于报应。你没有给人家提供货真价实的欧陆风情,人家为什么要兑现广告上的开盘价?

"维也纳森林"里的郑凡只能是一个游客,"百安居"也只是让郑凡感受一下他离自己的房子究竟还有多远,因为即使四千二一平方米,郑凡也是买不起的,九十平方米基本户型办齐了将近四十万,按百分之二十首付,得准备八万,而到年底最多只能有五万五,况且那笔传记合同还没签到手。美梦最好留在梦里,不能用现实去碰,一碰就碎了。郑凡骑车回来的路上意识到这一点的时候,天已经暗了下来,车闸失灵的二手自行车在城郊接合部混乱不堪的路上跟一个卖大馍的三轮车撞到了一起,车后面篾匾里三个大馍掉到了泥泞的路上,郑凡连连说着"对不起",卖大馍的老头拽住郑凡的车龙头:"对不起有什么用?三个大馍,九毛钱,你得赔!"郑凡从口袋里掏出一块钱赔给老头:"一毛钱不用找了!"

郑凡觉得今天真是倒霉透了,被"百安居"售楼小姐腌臜了一下午,又被卖大馍的老头教训了一通。情绪受挫的郑凡很小心地往回赶,不能再撞车了。手机就是在这个时候响起来的,他接了电话后,拎起车龙头往相反的方向骑去。

龙小定的爸爸龙飞激动得又给郑凡倒了满满一玻璃杯白酒:"喝,喝他个一醉方休!"维多利亚大饭店包厢里铺着厚厚的地毯,温暖而稠密的灯光有些晃眼,郑凡头有些晕,他老是担心油滴下来弄脏了地毯,他想不明白吃饭的地方为什么要铺地毯,所以第一次进入豪华酒店的郑凡,注意力不在桌上,而在桌下。"来,满杯干了!"龙飞举起杯子伸了过来。郑凡谨慎地端起足有三两白酒的玻璃杯,轻轻一碰,一干而尽。

龙飞推着平头,手指上套着钻戒,开的是一辆丰田越野车,他的声音和姿势同样充满了野性:"兄弟,还是你厉害,到底是大上海的研究生。小定从小学到现在,从来就没考过全班前五十名,你辅导还没两个月,一下子就考了个全班二十八名,真他妈的祖坟冒烟了。"他一激动又跟郑凡干了一杯。

龙飞今天请郑凡吃饭是为了庆祝儿子期中考试获得全班第二十八名。龙飞这个庐阳最大的南海浪涛浴场的老板,在浴场吃喝玩乐一条龙长期的训练和熏陶下,应酬起郑凡这样的客人来,驾轻就熟。郑凡吃喝着昂贵的酒肉,说得最多的一句话就是:"小定很聪明,每个星期必须得给他玩三个小时以上的游戏。初三每个星期不得少于五个小时。"

龙飞又给他倒了一杯:"真他妈出鬼了,小定居然玩游戏把成绩玩上来了。"

郑凡说:"不是玩游戏玩上来的,而是尊重他玩游戏玩上来的。他现在玩的时间比以前偷跑到网吧少多了。"

龙飞的老婆祁红今晚身上缠满了叮叮当当的金项链、金耳环、金手镯之类的,涂得猩红的嘴唇和深紫色的指甲油极不恰当地反衬着一身毫无节制的肥肉,她庸俗得很坦荡:"小郑老师,我还是那句话,你要是能把小定辅导上重点高中,我奖励你二万,普通高中,奖励五千。还有,就是你去南海浪涛洗桑拿全部免费,找小姐的钱你自己付……"

龙飞打断老婆祁红的话:"你他妈女人家就是小气,小郑老师去南海浪涛,全免!"他把酒气熏天的嘴凑到郑凡的耳朵边,"要不马上吃了饭就跟我一起去,先去体验体验?俄罗斯的也有。"

郑凡听得全身汗毛直竖,声音像是碎玻璃:"龙老板,小定的辅导我会全力以赴,城中村澡堂子洗澡只要三块钱,挺好的!"

龙飞拍着郑凡的肩膀:"不是说过了吗?不要你付钱。"

吃完饭,龙飞执意要郑凡上车去南海浪涛潇洒,郑凡拒绝得很彻底:"龙老板,我是一个居无定所、一贫如洗的穷书生,我没有资格去你的浴场泡澡。"

龙飞老婆祁红打圆场说:"那就不要为难小郑老师了,等他有资格了再去浴场享受也不迟,他还年轻着呢。"

龙飞不再坚持,他从车的后备厢里拿出一包东西塞给郑凡:"这是我从香港五星级宾馆带回来的,牙刷比街上买的要好得多,香皂也很好,刮胡刀相当好用。"

郑凡推辞着说:"我有牙刷,香皂昨天刚买的。"

龙飞说:"这些东西我太多了,你要是嫌弃就顺手把它扔到路边的垃圾筒里去。"

郑凡是带着一包香港宾馆的一次性牙刷、小香皂还有刮胡刀回到城中村出租屋的:"我是觉得这些东西扔掉了太可惜,不是我喜欢占小便宜。"郑凡对韦丽解释着。

韦丽拿出一把牙刷拆开了仔细地看着,感慨万千:"这些当老板的,有几个臭钱,自以为是,目空一切,小人得志,不得好死。这么好的牙刷,为什么要扔到垃圾桶里去?"

晚上这顿饭,郑凡第一次感受到了什么叫作有钱人的生活,饭桌上,每人一盅干捞翅,四百八十块,还是打过折的。他得苦口婆心地辅导十六个晚上才能换到这一小盅粉丝一样的鱼翅。

韦丽问郑凡什么时候睡觉,郑凡打了一个哈欠:"你先睡吧,宏达种子公司的平面广告文案明天一早就要交过去,我得连夜赶出来!"

韦丽看着喝得有些摇晃的郑凡,有些生气:"你喝多了,开夜车能行吗?我也不睡,陪你一起熬夜,熬死了拉倒!"

韦丽从床上爬起来披着夹袄挨着郑凡坐着,已是深秋,天很凉了,韦丽身子在不经意中打了一个寒战。桌子紧挨着床,郑凡将韦丽往床上推:"你去睡觉好不好?"

韦丽犟着身子："不睡！"

无可奈何的郑凡抓起脸盆里的一条湿毛巾，擦了擦发烫的额头，人也清醒了许多，他轻轻地将韦丽揽在怀里，若有所思地说："韦丽，我跟别人不一样，舒怀爸爸能给他首付，谁给我首付？黄杉家里有钱，他不想要，我想要又到哪儿去要？我爸是乡下农民，地里刨不出钱来，我只有靠自己才能住上房子。'百安居'的房子又涨了，你越不要房子，我就越要给你房子，不然我就是一个骗子；老家乡下再穷，孬好有房子住，不能进了城后，连五尺身子都没地方放，那样我不好交差，我爸会伤心的。趁着年轻，现在还能干得动，咬咬牙，会挺过去的！"

韦丽抚摸着郑凡冒着虚汗的额头，望着这个网上赌来的男人，喃喃地说："没有我，你不会过得这么累，不会这么累。"说着说着眼泪流了出来。

郑凡轻轻地拭去韦丽的眼泪："我们这些农村考出来的，不脱掉三层皮，这个城市就不会让你每天夜里睡得安稳！"

韦丽搂着郑凡的脖子，说："我们不要房子，你夜里不就睡安稳了？"

郑凡将韦丽抱到床上，像哄小孩一样："睡吧！就几百个字，一会就做好了。听话！"

后半夜韦丽醒来的时候，她看见郑凡趴在桌上睡着了，她轻手轻脚地下床，轻轻抹去郑凡嘴角流出的口水。郑凡醒了，他对着韦丽笑了笑："早做完了，想缓缓劲再上床，人一松懈，不小心睡着了。"

韦丽将郑凡拉起来，扶到床边："睡吧！"

郑凡往床上一倒，衣服没脱，头一挨着枕头，触电一样，昏睡了过去。韦丽给郑凡盖上被子，她用手指梳理着郑凡乱如稻草的头发,听着郑凡鼻子里发出的贪婪的鼾声,她再也睡不着了,她望着郑凡像望着一条忠于职守的狗。

寒潮在夜深人静的时候涌进庐阳城,郑凡一早推开门,发觉大杂院里的老柿子树突然间就光秃秃地裸露出干枯的枝桠,树上残存的一两片叶子摇曳在清晨的风中并被稀薄的阳光穿透,似乎是在提示这棵树是活着的。

有那么一个瞬间,郑凡忽然觉得自己就是树上那片挣扎的叶子。

上午父亲打电话来说,胡标养猪场的一百二十头猪被人毒死了,公安说胡标当镇执法队长时得罪人太多,调查难度太大,几个月过去了,案子一点头绪都没有。胡标找到乡下木匠郑树时拎了四条"红塔山"香烟和两瓶"柳阳特曲",价格远远超过了当年罚去的三百块,他哭丧着脸一是求郑树宽恕他当年的粗暴执法,二是求郑树带他到庐阳来找郑凡,请郑凡跟老家的县委书记说说,催促县公安局尽快破案,最好把公安局局长给撤了。乡下木匠父亲在电话里说:"胡标虽说当年得罪过我们,可人家都上门低头认罪了,不能得理不饶人,是吧?能帮就帮一下,我打算带他一起去找你,顺便到庐阳玩几天。你房子有多大,能住得下吧?是政府分的,还是自个儿买的?"

郑凡心里叫苦不迭,他惊慌失措地对着电话叫了起来:"爸,我在外地出差,一两个月都回不去,你们千万不要来!"郑树并没有从电话里听出儿子的推托和无奈,却很生气地吼着:"你在外地出差,跟县委书记打个电话,有那么难吗?"

郑凡在电话里拖着哭腔,声音委屈地说着:"爸,你不要逼我好不好?表弟被打断腿赔钱的事,是信访办师兄同学给县里打的电话,我哪有这个本事?我没有房子,我租住的一间房子,表舅见过的,连乡下的猪圈都不如。"

郑凡在这个刮着冷风的上午,手里抓着电话,急得在屋子里乱转。

电话那头的父亲郑树沉默着,后来电话就断了。一个乡下木匠连棺材都能割好,亲生儿子急得要上吊的声音,他不会听不明白。

合上电话的郑凡发了一会儿愣,推着自行车出门了,他还是决定去找一下师兄老蒋。门外的阳光很清淡,风在城中村的巷子里川流不息。

信访办师兄老蒋听了郑凡叙述的案情后,甩给郑凡一支烟,趁着点火的时候说:"这是刑事案件,报案就行了,不是信访办管得了的。"

郑凡抽了一口呛人的香烟:"报案了。可公安局说,好几起死人的案子都还没破呢,死猪的案子等等再说。"

老蒋说:"那就等等再说。你一个书生,哪能管得了那么多社会上的是非恩怨?"

"没办法,我爸认为我手眼通天。"郑凡出门前在巷口买了一包烟,他塞到老蒋手里,老蒋不要,郑凡说自己不会抽烟,扔到了老蒋的办公桌上。

出门前,老蒋说:"要不,我帮你打一个电话,让你们县信访局过问一下?"

郑凡说不用了,他说如果这次死猪的事解决了,下次就该找他解决死人的事了。

郑凡没跟韦丽说起这事。

韦丽在一个西北风呼啸的晚上对郑凡说:"反正丑媳妇迟早要

见公婆,让你爸妈和我爸妈来庐阳见个面,正式宣布我们已经结婚了。没偷没抢,光明正大,国家又没规定没房子不许结婚,有什么了不起的!"

郑凡说:"国家没规定,你妈规定了。"

韦丽说:"我妈规定已经作废了,我妈拿我没办法。"

郑凡在换电灯泡,灯泡拧下后,屋里一片黑暗,韦丽划着平时点蜂窝煤炉的火柴,郑凡小心地将一盏节能灯拧上,屋内顿时泛出白布一样的光:"可我爸妈要是看我住在这地方,肯定会伤心的,真的,不如乡下的猪圈。"

韦丽看着白色灯光发愣:"节能灯光没有电灯泡好,苍白的,没有一点温暖的气息。"

郑凡说:"省电,顾不了太多。'维也纳森林'的会刊过几天就要付印,到哪儿再能找出它与巴洛克和哥特式风格的蛛丝马迹来?你先睡吧,我得熬过这个无中生有、牵强附会的晚上。"

韦丽从身后搂住郑凡的脖子:"我不希望你过得太累。"

郑凡扭过脖子,蜻蜓点水地在韦丽脸上亲了一口:"年轻时累,是为了年老时不累。没关系!"他指着墙上那幅彩色打印纸上的标语,"这可是你亲自贴上去的。"

标语上写着:面包会有的,房子会有的,一切都会有的!

夏天的时候,小雯送给韦丽一张梁咏琪的大头贴,大家都说她像梁咏琪,就在韦丽准备贴到墙上时,郑凡从文件袋里抽出了这幅标语,说:"把这个也贴上去,让梁咏琪和你一起见证猪圈里的奋斗。"

韦丽故意将梁咏琪的大头贴反着贴,梁咏琪的目光就背对着标语,郑凡说贴反了,韦丽说:"让这么个美女整天监视着你奋斗,我估计到时候房子没有,面包也没有。"

在一个残阳如血的黄昏,悦悦打电话让郑凡去拿青庐山中秋野炊的照片,郑凡说你将数码底片发到我邮箱里吧,悦悦说发过了,要拿的是我们合影的那张,洗印过塑出来了,很浪漫。

郑凡的自行车拐了一个弯,绕到了舒怀住的康达小区,敲开舒怀家门的时候,悦悦一个人在,郑凡拿了照片就要走,悦悦从冰箱里倒了一杯可乐走过来:"这么着急走干吗,韦丽那么黏人?"

郑凡接过纸杯里的可乐,坐到小客厅质量低劣的布艺沙发上,一口喝干了:"手头事太多,疲于奔命,不喝还真不知道自己渴得嗓子都冒烟了。舒怀呢?"

悦悦挨着郑凡坐了下来,郑凡从没见过这个精明能干、美丽动人的女孩此刻一脸的忧郁:"我要是知道他在哪儿,我就跟他拿证了。"

郑凡很是诧异,诧异得手足无措,于是只得将纸杯伸向悦悦:"可乐,再来一杯,行吗?"

悦悦起身给郑凡又倒了一杯端过来,声音里满是怨气:"明明知道你要来的,可他就是不回来。可以肯定的是,他不是在学校下棋,就是在网吧打游戏。有朝一日,我失踪了,他都不会从棋盘上离开的。"

郑凡安慰悦悦说:"舒怀有房子了,不需要像我们这样玩命。"

悦悦叹了一口气:"每月的薪水全都交了月供,吃的喝的都是我的血汗钱,他就是不愿像你一样出去兼职,早点把房贷还了。胸无大志,鼠目寸光,不思进取,自甘堕落。"

郑凡不愿在背后讲自己同学的坏话,更不会推波助澜火上浇油。他站起身说:"韦丽今天是晚班,我还要回去做晚饭。改天我劝劝舒怀,让他尽快地跟上你的节奏。"

悦悦将郑凡送到门口:"他要是知道我在你面前数落过他,又要生闷气了,一个大男人,经常闷在屋里自己惩罚自己,我都不知道怎么会跟这种人走到了一起。"

郑凡不想跟悦悦的情绪合作,出门前调侃了一句:"你是不是想证明舒怀的那句名言,赌来的爱情才是最可靠的。"

郑凡骑车穿行在没落的黄昏里,他觉得悦悦太好强了,什么都想跟人比较,什么都想胜人一筹;而韦丽恰好相反,什么都不愿跟人比较,对郑凡什么要求都没有。要是有的话,那就是每天下班回来能见着他,每天晚上在床上陪着她就行了。郑凡觉得这两个女人加起来除以二,是最恰当的分寸。

韦丽卖水果的母亲是拎着一袋子有伤疤的水果来到庐阳的,既没事先约定,也没打电话,突然袭击。韦丽在收银台前见到母亲时,并不感到惊讶,她笑嘻嘻地说:"妈,你先到超市里转转,挑些贵一点东西,等我下班一起过去!给你女婿就带这么几斤烂水果,太不拿我当回事了。"

这天韦丽是早白班,下午四点下班。

下班时,韦丽看了一眼母亲在超市里买的一包饼干和一袋花生糖说:"把我们当小孩糊弄,是吧?"

母亲风吹日晒的脸像一个颜色极不正宗的苹果,母亲说:"你要不是个懵懂的小孩子,就不会这么糊里糊涂地拿证了。"

韦丽在超市里又买了两盒巧克力给母亲装点门面:"就算你给你女婿买的。"

母亲攥着两盒巧克力:"多大了,还吃这东西?两小盒,三十多块,一点都不精打细算过日子。"

郑凡正在屋里备课,晚上他要去给龙小定辅导功课,这个全科辅导老师,语文、数学、英语、政治、历史一个不落,虽说驾轻就熟,可备课量极大。丈母娘突然出现不是给他一个意外惊喜,而是一个意外的打击,猝不及防的郑凡不安地搓着双手,城中村出租屋里,他都不知道让丈母娘坐在哪儿,他听见自己喘息的声音混乱不堪,那是心脏乱跳的气息延伸。

韦丽母亲看着这间床边摆着煤炉和墙上贴着标语口号的房子,皱起本来就皱褶很多的眉头,风吹日晒卖水果的脸上扭曲出失望的表情,她说的第一句话就是:"把煤炉放在屋里,中毒了怎么办? 去年腊月二十三,县城西门张老四一家三口,没一个活过来。"

郑凡尽力平息着乱跳的心脏,声音虚软得像犯了罪一样解释着:"妈,我们屋里窗子都留着一道缝呢,没关严,门下面也有缝。不会中毒的。"

郑凡倒了一杯水递给丈母娘,丈母娘接过温吞水,放到开裂的小桌上,没喝。她以卖水果讨价还价的方式对郑凡说:"嫁汉嫁汉,穿衣吃饭,我女儿有工作,穿衣吃饭自己挣,但城市里房子得你买,你是男人,不能让我家女儿住这么个垃圾站一样的屋里,我家女儿学历没你高,可好歹也是中专毕业,人长得模样在这呢,嫁个有房有车的,不费吹灰之力。"

郑凡声音继续软弱地说着:"是,是,韦丽嫁给我吃亏了,受罪了!"他安慰丈母娘的最好方式就是承认自己不配。

丈母娘说:"知道就好。我这次来,代价也不小,一天水果摊少挣二三十块,来回还得花六十多块钱车费。我想问问小郑,你打算让我家女儿在这垃圾站里住几年呢,还是住几十年?"

郑凡只说了两个字:"三年!"

韦丽对两个人复杂的表情和内心感受无动于衷,或者说不愿意面对这种讨价还价的卖水果的对话方式,她以毫无设计的插入使母亲与郑凡说话的严肃性土崩瓦解:"我喜欢租房子住,想住哪儿,就住哪儿。年底我打算跟郑凡去阿富汗转转。"母亲愣愣地看着女儿,像看着一个陌生人。

母亲喝了一口温吞水,继续教训郑凡:"韦丽小,不懂事;你是男人,你不能也跟着整天糊里糊涂的,她被你哄着拿证了,生米做成熟饭了,你就这么待在屋里没心没肺地睡大觉了。"

郑凡像是被扇了一记耳光,脸上又烫又疼,他申辩着说:"韦丽跟我拿证,不是我哄她拿的。"

母亲见郑凡在这破屋里捍卫自己,就毫不客气蹾下手中的茶缸:"不是你哄她的,她会瞒着我们跟你拿证?"

韦丽正在门口打电话约舒怀和悦悦晚上过来一起吃饭,听屋里声音不对,她进来对母亲说:"郑凡是被我从大上海哄到庐阳来的,人家是正宗的研究生,大知识分子。"

母亲驳斥说:"什么大上海、大知识分子的,拿一小套房子给我看看!"

韦丽跟母亲急了:"你是来看我们的,还是来跟我们吵架的呀!"

母亲立即偃旗息鼓了,脸上扭曲着一种酸涩的表情。郑凡此时反而平静了下来,他能理解韦丽母亲的一片苦心。谁家的母亲愿意把女儿扔在这么一个冬天苍蝇比人活得更神气的城中村里?他凑在哑口无言的韦丽母亲身边说:"妈,我没睡大觉,我一直在努力!"

晚上,郑凡花了八十多块钱,在城中村小饭店里很奢侈地摆了一桌用地沟油烧成的鸡鹅鱼鸭。舒怀一下班就过来了,悦悦一开始不想过来,她晚上要见客户,后来郑凡给她打电话了,她才过来一起陪韦丽母亲吃饭,这让韦丽有些不高兴,她觉得悦悦有些势利,郑凡是研究生,是端国家饭碗的公职人员,电话一打就答应了过来。可悦悦来了后很轻松地跟韦丽说:"你们两个人都打了电话,我再不过来陪阿姨吃饭,那真是罪恶滔天了!"

悦悦这么一说,韦丽的气立即就消了:"不好意思,影响你谈业务了。"

悦悦以她职业推销员的表述,说着:"没有什么比阿姨从老家来庐阳看你们更重要的了,所以,我思前量后,还是把客户打发掉了!"

饭桌上听说舒怀和悦悦买上房子了,韦丽母亲旁敲侧击地暗示郑凡:"这才像个过日子的样子!真了不起,房子都买上了!"

舒怀和悦悦离开后,在城中村漏风的巷子里,韦丽对母亲说:"他们连证都没拿,就住在一起,这根本就不像过日子的样子!"

母亲说:"有房子,日子就过得有样子。"

韦丽说:"舒怀买房子的钱是他们父母拿的,不是他们挣的。妈,你有多少钱,给我们买房子吧!"

母亲说:"我卖水果,一天挣不了多少钱,不要说买庐阳的房子,县里的房子都买不起,哪有钱?"她扭过头问郑凡,"你家里就不能拿一点钱出来?你是男的。"

郑凡很尴尬,好在夜晚的黑暗淹没了他尴尬的表情,韦丽替郑凡解围:"郑凡爸妈在乡下种地,连水果都没有卖的,到哪儿挣钱去?"

韦丽母亲不说话了,郑凡听到了她在黑暗中叹气的声音。

郑凡将韦丽母亲安排到了十八块钱一晚的城中村小旅店,房间里有两个不保温的热水瓶和一台能收到五六个频道的电视机。吃饱喝足的丈母娘触景生情,在房间里拉着郑凡的手突然哭了起来:"小郑呀,不是我刻薄,实在没办法呀!小丽他爸是个窝囊废,你知道我这辈子受了多少苦呀!女人活一辈子,图个什么?嫁个顶事的男人,少受点罪就行了。你能理解吗?"

郑凡诚恳地说:"妈,我理解!"

韦丽咕咕噜噜猛喝了一气水:"我不理解。小饭馆的菜太咸。"

郑凡夹起文件袋站起身:"妈,您先歇着,我得去上辅导课了!"

在房间门口,韦丽母亲似乎怕郑凡一去不复返似的,很不放心地又问了一句:"小郑,三年,你说的话算数?"

郑凡点点头:"算数!"

郑凡蹬着二手自行车的声音消失在巷子里,韦丽母亲问道:"小舒他爸开鞭炮厂给儿子买房子,小郑他爸怎么没开厂子?"

第二天送走韦丽母亲后,郑凡对韦丽说:"看到了吧?三年,既是我的承诺,也是你妈下的最后通牒。这就是生活!"

心不在焉的韦丽不假思索地就地反击:"你跟我结婚,又不是跟我妈结婚,你管那么多干吗?我警告我妈了,下次再一见面就谈房子,我就不要她来了。"

郑凡不想跟韦丽纠缠这个问题,他从侧面解释:"如果你是母亲,你会愿意你女儿在猪圈里享受所谓的伟大的爱情吗?如果你是一个负责任的男人,你会旗帜鲜明地向亲朋好友宣布,我们浪漫的婚姻深深扎根于四处漏风的猪圈里。只想要一个自己的窝,无论说到哪儿,都不过分。"

韦丽不吱声了。过了好一会,她终于说出了最真实的内心:"我当然也想有自己的房子,可我们在网上打赌的时候,没说过房子,我要是跟你提房子,甚至逼你买房子,我就是不讲信用。再说了,我觉得,人都有了,房子真的算不了什么!"

郑凡没说话,他把韦丽搂到怀里,目光盯着墙上的标语。

这一年庐阳的冬天提前到达,几次寒潮前赴后继地削过城市的上空,气温骤降十二度,医院里呼吸道疾病的患者与日俱增,过道里都坐满了手抓着吊瓶的病人,他们脸色苍白地在接受吊瓶的拯救。

就在这样一个许多人严重伤风感冒的中午时分,江淮文化传播公司办公室里温暖如春,赵恒拍着郑凡的肩,相当激动,他有点不厚道地恭维着郑凡:"说老实话,我公司里这帮小弟兄,给你拎草鞋都不配,实在是拿不下来,所以必须得请你这个大手笔出山。"

郑凡是来签传记合同的。尽管他为这次合作经历了从秋到冬两个季节的心理挣扎,但他最终还是答应了下来,两万块钱意味着年底的时候他离自己捧给丈母娘的诺言又近了一步,这种深刻的诱惑使他无法拒绝一个改邪归正的企业家走进他的稿纸。对于受过良好教育的郑凡来说,他可以旁征博引古今中外无数个相同的个案来证明这次写作并非"见利忘义",心理上的问题解决后,签合同的心情就异常迫切:"赵总,签了合同再吃饭!"

赵恒说:"这是一个三方合同,企业家钱不到位,我就不能跟你签。人已经在路上了,算上堵车的话,一个半小时足够了。我们到凯旋去等!"

凯旋酒楼的包厢里有一种经年不息的酒味,在掺杂了香水的味道后,里面压抑着浑浊而难堪的气息。赵恒说这个酒楼最大的问题就是窗子都是密封的,郑凡说密封的空间里适合密谋。只是这场密谋还没开始的时候,出岔子了。

郑凡和赵恒边喝茶,边等传主,郑凡问:"老是纠缠人家曾经是强奸犯,马上都见面了,什么名字我还不知道。"

赵恒说:"南海浪涛老板,龙飞。"

郑凡脑子里突然血往上涌,眼前的灯光有些晕眩,郑凡稳定了一下情绪,说:"龙飞,我没听错吗?"

"没错!"

"赵总,你还是另请高明吧!"

赵恒惊讶地张着嘴,一时难以合上:"你开什么玩笑,人都进洞房了,还想悔婚,三皇五帝到于今,没人这么干过!"

郑凡只得亮出底牌:"这个人我认识,我给他儿子带家教。我可以接受他强奸犯弃恶从善,但我不能容忍他的南海浪涛还有俄罗斯小姐,还说要请我去潇洒潇洒。寡廉鲜耻,斯文扫地。早知道是龙飞,不要说两万了,就是给我两千万,我也不干。"

赵恒很奇怪地看着郑凡:"你不会是从外星来的吧?让你写他改邪归正、重新做人、服务社会、贡献税收的传奇人生,不是让你写南海浪涛里藏了多少俄罗斯小姐的。你不正在帮他儿子辅导功课吗,这又怎么解释?"

郑凡说:"我要把他儿子辅导成与他老子完全不一样的人。"

这时赵恒的手机响了,龙飞说他已经到楼下了,赵恒说:"郑兄,你不能涮我!"

龙飞跟郑凡在包厢门口见面的一刹那,他们并没有太多的吃惊,龙飞握着郑凡的手:"能把我儿子辅导得进步飞快,传记一定会写得辉煌灿烂。"

郑凡握着龙飞强硬的手,说着:"龙总过奖了,我只是候选人之一,赵总约我来谈了一会,他觉得我不合适,我当老师还行,写传记才华不够。我想把小定辅导上高中。"

龙飞有些困惑地看着两人,走投无路的赵恒急中生智:"龙总,我跟郑兄交换了一下意见,他觉得您是一位值得大书特书的企业家,写不好既对不起传主,也对不起历史,加上他眼下手里的活太多,一时应付不过来,所以我打算请一个作家来给你做传。作家,那还了得,我保证找一个全市、全省闻名的作家!"

龙飞头脑有些简单,竟然很爽快地说:"作家当然更好了。小郑老师,你集中精力把我儿子辅导上高中,我老婆讲的奖金是算数的。书不写没关系,酒不喝不行。"他对站在门边的服务员打了一个响指:"上酒!"

酒桌上的气氛很好,一瓶白酒、一瓶干红,三个人掀了个底朝天,这个瞒天过海的悔约被酒精掩盖得天衣无缝。酒桌上,赵恒讨好地说龙总未来五年内定会成为庐阳服务业的龙头老大。龙飞毫不谦虚地呼应着:"你去调查一下,看看除了我之外,难道现在的庐阳还会有第二个老大!"

酒喝得晕了脑袋的郑凡端起酒跟龙飞撞了一杯而不是碰了一杯:"龙总,钱再多,为富不仁不能算老大,见利忘义也不能算老大,对不对?"

龙飞跟郑凡碰了一杯:"对,对,对,大上海来的知识分子,水平就是高。上次送给你的牙刷、刮胡刀好用吗?"

郑凡手中僵着酒杯,脸上燃烧着酒精:"扔到垃圾桶里去了!"

赵恒莫名其妙地望着他们,不知他们的葫芦里装的什么药。

酒喝完分手前,龙飞跟赵恒一起去厕所方便,龙飞问赵恒:"我已经答应了你的报价,你怎么给我找个预备队员来,什么意思嘛!"

同样被酒精冲昏了头脑的赵恒硬着舌头搂着龙飞的肩说:"他说你的南海浪涛浴场有俄罗斯小姐。"

龙飞横着眼盯着赵恒:"他看不起我?"

有所警醒的赵恒打着哈哈:"不是,是他水平不够。"

这个时候,一个人坐在包厢里的郑凡听到屋外的风声潮水般地呼啸着,他想象着阳光在风中全乱了,广告牌上的谎言也跟着乱晃。

龙飞是喝了酒后驾着他的"丰田"霸道越野车走的。临走前,郑凡提醒龙飞说:"龙总,喝酒开车很危险的!"

龙飞发动车子,将脑袋伸出窗外:"我只有喝了酒,喝了酒才能将车开得稳,我不喝酒,开车会出事故!"

"丰田"霸道像一头发疯的畜生横冲直撞而去。

赵恒搂着郑凡的肩头,硬着舌头说:"看到了吧,喝了酒还敢开车,开了车还不在乎撞死人,这才叫牛!"

郑凡问赵恒:"牛是不是畜生?"

后来,龙飞的传记由赵恒请了一个三流作家主笔。三流作家在南海浴场体验了龙飞飞黄腾达和飞扬跋扈的全部历史,并且在充分享受了俄罗斯小姐死去活来的特别服务后,用极不公正的笔为龙飞写了一本十二万字的传记,赵恒为此付了三万块钱稿酬。一次,赵恒心理极不平衡地对郑凡说:"你少挣了两万,我多花了一万。两败俱伤。"

这一年年底的时候,郑凡计划中的五万元积蓄成了一枕黄粱,元旦钟声在遥远的教堂里敲响的时候,郑凡都不知道自己这一年是怎么过来的。记忆中除了中秋节去青庐山一次野炊,一年中的双休日和节假日就没完整地休息过一天。也许黄杉说的是对的,像他这样玩命兼职只能挣点零花钱,绝不可能改变他作为一个穷人的命运。拒绝了龙飞传记的写作和报酬,年底满打满算只有三万两千块钱存款,揣着这么一点钱的郑凡是毫无自信的,他再也不敢叫韦丽陪他一起去看房,自己偷偷地去看了几个楼盘后,沮丧的心情牢不可破,还没到半年,五千以下的楼盘已经没有了,郑凡嫌贵,售楼小姐说:"你去百安居看看,那里的房子好像比较便宜。"郑凡说:"我就是从百安居过来的。"

郑凡沮丧地走出一个个楼盘的时候,发现自己出来看房子完全是自己嘲弄自己,拼死拼活、省吃俭用一年攒下的钱只够买一间小厨房,要是在"维也纳森林"勉强能买一个卫生间,他出来看房的全部意义竟然是他奋斗一年后终于可以住在厨房或卫生间里了。

沮丧的郑凡想起韦丽心里既宽慰又内疚,他想虽然自己单打独斗的城市挣扎充满了艰辛,但老天赐给了他一个韦丽,跟着他吃着蜂窝煤炉煮熟的粗茶淡饭,无怨无悔,实在馋极了她会买一份卤鸭、烤鸡回来加餐,心疼钱的郑凡说省点花吧,韦丽给他撬开一瓶啤酒塞到他手里,指着墙上的标语:"靠省半只烤鸭、一瓶啤酒,什么都不会有的。"郑凡吃喝着韦丽买来的酒肉,心里很不安,所有的豪言壮语赌咒发誓在此刻是无法战胜半只烤鸭和一瓶啤酒的。这个冬天注定了他在韦丽面前哑口无言。

也许是出于生米做成熟饭的无奈,也许是被郑凡的赌咒发誓打动了,韦丽母亲在痛定思痛了一个冬天后,终于接受了郑凡。她来电话要女儿带郑凡一起回县城过年,郑凡说不能去。你妈要是问起房子的事,我真是无地自容,韦丽说我妈没提房子的事,郑凡说你妈没提是因为我还没进你家门,你妈要当面跟我提,我怎么说,你总不至于大过年的帮你妈一起往我伤口上再撒上一把盐吧。

韦丽说:"那我跟你一起回山里过年,郑凡说我都还没对家里人说过我们已经结过婚了,仓促地带一个女孩子回去,山里人会说长道短的,我爸妈是很传统的乡下人。"

韦丽说:"那怎么办?"

郑凡说:"各自回家,分开过年。这总比离婚好。"

韦丽说:"我怎么觉得,这就像是离婚了一样。"

韦丽回县城过年前,郑凡将赵恒送给他的两瓶酒、郝总送给他的一条"鳄鱼"皮带还有他自己花一百多块钱买的两个红外线暖手炉托她带回去,算是女婿给岳父母拜年的礼物。

临走那天,郑凡把中秋节柳燕燕送给他的一张黄梅戏光盘塞到韦丽包里:"黄梅戏经典唱段,你妈最喜欢的。"

韦丽问:"谁唱的?"

郑凡说:"柳燕燕。"

韦丽将包装精良的 DVD 光盘扔到床上:"不带!"

郑凡讨好地说着:"不带就不带吧,不要生气呀! 我一直以为你是一个潇洒而大度的女孩子。"

韦丽眼泪汪汪地说着:"别的女人送给你的礼物转送给我,打死我也不要。"

郑凡哄着韦丽说:"我错了,还不行吗? 我现在就把它扔进垃圾桶里去!"说着抓起光盘就往屋外走。

韦丽拉住郑凡的胳膊,破涕为笑:"扔了不礼貌,你给舒怀送去,他爸在乡下土窑里造鞭炮,又危险,又寂寞。"

郑凡说先送韦丽去长途汽车站,然后再去找舒怀。韦丽执意不肯,她扛着一大包年货,独自一人走了。

韦丽走后,郑凡看着光盘封面上的柳燕燕,忽然冒出了一个念头:男人也许一辈子都读不懂女人,尤其是身边的女人。

赵恒揽下了市电力系统春节联欢会的组织策划业务,郑凡作为联欢会的总撰稿,一直耗到年三十上午才爬上了回老家的公共汽车。

腊月二十九下午,在电力公司联欢会现场,郑凡遇到了柳燕燕,柳燕燕说:"我来唱堂会,你呢?"

郑凡说:"我是策划你们来唱堂会的。"

柳燕燕有些诧异地望着郑凡:"你是政府养着的专家,跟我们不一样,我们不唱堂会就没饭吃。我一直以为,唯利是图的事你永远不会干。"

郑凡听了这话,像是在酒桌上被泼了一脸的残羹剩汤,眼睛都睁不开。整顿好心情后,郑凡说:"等到你哪天看到我见利忘义了,你就当从没认识过我这个人。唱一场堂会多少钱?"

柳燕燕脸上流露出一丝不易觉察的难堪:"一千二。"

郑凡说:"我是问你拿多少?"

柳燕燕不是很愿意地回答道:"涨了。六十。全团最高。"话音未落,柳燕燕突然又补充了一句,"送你的黄梅戏光盘,听了吗?我很在意你的评价。"

郑凡敷衍着:"听了,很好!"

柳燕燕有些怀疑地盯住郑凡:"很好是怎么个好?"

郑凡说谎话底气总是不足,语无伦次就在所难免了:"很好就是非常好!"

锣鼓声热烈地响了起来,柳燕燕要登场了,郑凡这时却悄悄地退场了,下楼的时候,锣鼓声如同枪炮声在他的身后穷追猛打。

出了电力公司大楼,外面的天空飘起了雪花。

纷纷扬扬的雪花像是满天的泪水,郑凡想起了孟庭苇的一首歌《谁的眼泪在飞》:

满天都是谁的眼泪在飞

哪一颗是我流过的泪

不要叫我相信
流星会带来好运
……

第八章　摇晃的天空

　　春节过去,春天并没有如期而至,庐阳被零度以下的气温冻结,然而人心和欲望是无法冻结的。正月十八是个阳光明亮的大冷天,维也纳森林二期工程开工和郝总女秘书小樱滚蛋同时进行。

　　郑凡将这一期的会刊从印刷厂拉到开工典礼现场,然后指挥工作人员装到礼品袋里,礼品袋里还有一个"鳄鱼"钱包和一对不太值钱的镀金情侣表,开工典礼一结束就发给每个来宾。这一期会刊去年年底就策划好了,会刊中虚拟的维也纳二期美丽风景是郑凡从国内外形形色色的欧式别墅图片中扒来的,据郝总说即将建成的维也纳森林二期比画中的别墅还要漂亮,清一色的复式连排别墅区,中世纪欧式风格,安保的监控系统据说比上海的汤臣一品有过之而无不及,是专门为一小撮富豪们设计的。这个城市的百分之九十九点九九的人瞄一眼维也纳森林二期的广告和资料图片就知道这不是自己涉足的地方。当然郑凡也一样,他在这个地方兼职如果没有平常心就会自讨没趣、自找打击、自取其辱。年后这些天,他都有些麻木了,他会在某个不经意间,突然想不起来自己为什么要出来兼职。

　　开工典礼上午十一点十八分举行,一个铺着红地毯的舞台已经搭好,舞台下面是十数把捆扎着红绸带的铁锨围绕着一个早就挖好的坑,一块提前竖立在坑中的奠基碑石等待着来宾们在锣鼓声和鞭炮声中用铁锨将其活埋。天空中飘着一个个彩色的气球,气球下面吊着欧陆地产一个个自吹自擂的标语,诸如"不出国门半步,尽享欧陆风情""天下豪宅,唯我独尊"之类,陆陆续续到来的来宾们无一例外地在胸前戴着胸花,胸花下的红丝带在寒风中不规则地颤抖着。

郑凡见会刊已经全都装进了袋里,准备回家,郝总跑过来拉着他的手说:"你跟我的司机小陆一起,把小樱送到火车站去,现在就去。她要是想到开工典礼现场来闹,你们给我往死里打,出了人命我负责。"

郑凡蒙了,他是来做刊物的,不是来当打手的,他也不知道出了什么事:"郝总,我没打过人。"

郝总说当然不是叫他去打人的,主要是让他劝劝小樱不要来闹事,小樱比较尊重他,"我还是够仁义的,不信你去问她,犯下了滔天罪行,我还给了她五万块钱"。

在去小樱宿舍的路上,郝总司机小陆告诉郑凡说,小樱偷了郝总房间里的一尊从印度请回来的金佛,价值一百多万,郝总请警方侦破了此案后不仅没把小樱送进牢里,还保释她出来送她五万块钱让她回湖南老家,"可小樱不满足,非要五十万,郝总不给,她就要来开工典礼上闹事。到哪儿能遇到郝总这么仁义的老板"。小陆愤愤不平地数落着小樱。

郑凡说:"她凭什么跟郝总要五十万?"

"凭她的内衣挂在郝总房间的壁橱里。"司机小陆别有用心地盯了郑凡一眼,"你是真不明白,还是故意装糊涂?"

郑凡和小陆接上小樱的时候,小樱拖着一个塑料行李箱正站在路边东张西望,她不仅没有去开工典礼现场闹事的意思,而且对离开这是非之地表现得异常迫切。小樱对郑凡的到来很意外:"没想到你能来送我,真是太谢谢你了!"

郑凡说:"听说你要走了,搭便车就来了。"

小樱从手机里抠下电话卡,塞到郑凡手里:"送给你做一个纪念,里面还有二十多块钱话费没用完。"

郑凡犹豫着:"你还是带回湖南老家用吧。"

小樱说:"我不想留下庐阳的任何痕迹。小陆,你告诉姓郝的,是他欠我的,不是我欠他的。"

郑凡攥紧小樱塞到手里的电话卡,说了声:"谢谢!"

在火车站分手的那一刻,小樱告诉郑凡:"他答应送给我一套房子,说好了两年内兑现,可三年了连个影都没有。"

郑凡没说什么,他跟小樱握了一下手道别,他感觉到小樱的手冰凉,像死人的手。

回来的路上,郑凡说出了这种感觉,司机小陆说:"这种女人就是活着的死人,她的手当然跟死人的手一样冰凉。"

隐隐约约听到了鞭炮声、锣鼓声,维也纳森林二期开工典礼似乎已经开始了,郑凡抬起手腕,看了一下表,时针指着十一点十八分。

新年房地产商有新动作,政府各项工作也出台了许多新举措,好像不出点新招,这个新年就等于没过。政府的新举措一出,艺研所斟酌地紧张了起来。

所长郭之远本来就很少的头发新年后似乎更少了,他已经跟所里的员工提醒过好几次了,市里正在抓效能建设,效能督查组最近经常拎着摄像机到市直各单位暗访,遇到办公室玩电脑游戏、上网炒股、嗑瓜子、聊天和无故不来上班的,逮到最轻的是通报批评和做检查,重则行政记过处分、降职、撤职、待岗,"做和尚就得撞钟。这段日子,每天尤其是上午一定要到办公室来,你们外边的活暂时放一放,等这阵风过去了再说"。

郑凡的研究课题早就获得通过,书稿提纲得到了所长郭之远的高度评价,而且还获得了市里的"文化出版基金扶持项目"的立项,然而这并不意味着郑凡在市里狠抓机关效能建设的时候就可以享受特殊化。懂得感恩的郑凡这么多年来,除了最听党的话之外,就是最听所长郭之远的话,所长在所里打招呼后的一个多月里,郑凡每天一大早跟韦丽一起出门上班,早上七点半就到办公室了,扫地、抹桌子、烧开水,等到同事们八点上班,办公室里已是干净整洁、暖意融融,阳光从老式木格玻璃窗外照进来,落在磨损严重的木地板上,大家每人泡一杯热茶,围坐在取暖烧水的煤炉前表扬郑凡完全可以评上全市劳模。

在应付市效能建设督查组检查这段日子,办公室等到人全凑齐了,像凤凰卫视的一档节目《时事开讲》一样,大家不负责任地谈天说地、谈古论今,从秦始皇焚书坑儒究竟杀了多少知识分子,到美国总统到夏威夷休假为什么牵着狗抱着萨克斯一点都不注意领导干部的形象,观点五花八门,论证众说纷纭。只有在说到艺研所工作性质时,意见才高度一致。政府职能部门的工作每天都必须要面对社会和公众,所以一步不能离开办公室,不在办公室就是失职。而艺研所不是政府职能部门,而是科研机构,面对的是自己的研究课题,必须独立思考独立工作,艺研所不可能也不必要提供每个人一间办公室,在家里搞研究理所当然。如果大家每天像赶集似的跑到办公室里来上所谓的班,反而是失职。所以市里搞效能检查是典型的形式主义和教条主义。高校里没有一个教授是在教研室里搞科研的。

所长郭之远对大家说,所里兼职的太多,已经有人反映上去了。老肖说只要把科研任务完成了,业余时间节假日兼一点职无可非议,再说了,这不都是穷造成的。谁不想下班打牌、下棋、聊天喝酒呢？你看,电力、电信、石油、石化、移动这些部门,有谁出门兼过一天职的？郑凡没有哪个双休日、节假日不在外兼职,可还是没用,还不知猴年马月才能买上房子,没房子到哪儿去找老婆？

一开始郑凡接到赵恒电话的时候态度很坚决："眼下市里正在抓效能建设,查得很紧,这活我肯定不能接。"

赵恒说："你一个多月没帮我们干事,我从来也没打搅过你,我理解你'端人家碗受人家管'的无奈。这个活不接也不要紧,晚上过来喝两盅,这总是可以的吧。"

郑凡想当面跟赵恒说清楚,消除一下误会,所以下班后就去了。

喝酒的时候除了赵恒,还有一个叫曹诚的人在场。两杯酒下肚,郑凡的防线被酒精突破了。

庐阳少林武校校长曹诚在培养了成千上万的武术运动员、健身教练、保安、江湖打手后,身家过亿,于是他想起了修曹氏宗谱,修谱的主要任务就是把他修成魏武帝曹操的后人,赵恒给郑凡敬了满满一大杯酒："一千两百块,怎么样？这个活一般人做不了,不要说我们公司了,就是整个庐阳市,没人能拿下,蒋委员长家的家谱是找戴季陶修的,曹校长的家谱非你郑凡莫属。"喝晕了头,被戴了高帽的郑凡忘乎所以地一口就答应了下来。一个星期后,曹校长在看了郑凡做的"东临碣石,魏武挥鞭,纵横经纬,天下一统"的《曹氏家谱》序言后,嘴上一圈胡子兴奋得乱颤一气,他当即拉着郑凡去曹操老家亳州寻根,并要补充材料以证明他是曹孟德的第六十八代孙。郑凡从曹诚校长那里看到了一份民国年间流传下来手抄的"曹氏宗谱略考",里面提及曹氏东晋时由山东迁徙到庐阳,与安徽亳州曹操并无确凿联系,他有些为难："只有尊重事实,才能无愧列祖列宗。从这本宗谱看,你们不是亳州曹氏的后代。"曹校长对郑凡说,安徽、河南、山东的曹氏都是曹操的后代,五百年是一家算什么,我们两千年前就是一家了,赵恒也说他赵家是一千多年前从山西迁徙过来的,天下姓赵的是一家,没什么可争议的。郑凡后来也想通了,宗族修谱如同房屋修葺,只能越修越好,不能越修越烂,所以就跟着曹校长上路了。本来说好了,利用双休日去亳州,星期天下午赶回来,不影响星期一早上上班,谁知星期天晚上车坏在前不着村后不着店的半路上,人折腾了一夜,星期一修好车赶回来已是中午十一点半了,郑凡匆匆上楼的时候,跟市效能督查组拎着摄像机的人迎面相撞,他知道这下完了。

一进办公室的门,老肖就说:"你真不走运,又该轮到你倒霉了!"

郑凡望着老肖和一屋子同事,人僵在中午僵硬的光线里,目瞪口呆。

半路上车坏了,郑凡想给所长打电话说一下,可手机没信号;天亮后郑凡跑到一处有信号的高坡上给所长打电话请假,可电话没人接,事后才知道所长的手机坏了;等到所长手机修好了的时候,郑凡手机没电了;等到郑凡用曹校长手机准备给所长打电话时,修好的车子已经进城了,他就没打了,因为上午上不成班已成事实。郑凡一直没跟所长联系上,所以这次出事像是命中注定了似的在劫难逃。他走进所长办公室的时候,脸上满是愧疚和悔恨:"郭老师,我对不起你!"

郭之远捧着那把水迹斑驳的紫砂壶,咕噜喝了一大口水,像是喝下一大口农药:"对不起我没事,对不起组织就闯下大祸了,懂吗?"

郑凡站在郭之远所长的面前,心里怦怦乱跳着:"郭老师,会不会把我分流到杂技团去?"

三天后,市效能办下文通报批评了市艺研所和艺研所的助理研究员郑凡,根据市效能办的处分决定,郑凡写了一份深刻的检查,而且必须在艺研所效能建设学习会上进行公开宣读。在一个窗外阳光灿烂、郑凡心情黑暗的上午,他深刻反省了自己的无组织无纪律的行为给所里带来了名誉伤害,他说怎么处分自己都行,只希望郭老师和所里的同事不受牵连,并希望郭老师和同事们能够原谅他的过失,他保证不再犯同类错误,最后还用了一个早就过时了的祈使句:"请同事们看我今后的表现吧!"

会后所长将他叫到办公室,并递给他一支劣质香烟:"市效能办第二个处理决定是没法执行了,扣除第一季度奖金,我们所从来就没奖金。"

土头灰脸的郑凡被劣质烟呛得半死,他涨红着脸说:"所长,真对不起,我给所里抹黑了!"

郭之远说:"这话不用再说了。也怪我那天早上手机坏了。"

做过检查的郑凡变得胆小了,平时七点半到办公室,处分后七点就到了,等到他烧好开水,打扫好卫生,楼道里还是没有同事的脚步声,于是他就开始喝自己烧好的开水,然后看窗外院子里青砖铺就的小道上各色人等的各种走路姿势,他发现有些人走路像一棵树,有的人走路像一只虾,隔着玻璃看人,人像玻璃一样生硬。郑凡每天上午几乎是寸步不离办公室,《黄梅戏民间艺术的都市化流变》需要补充资料,上午本该去两站路远的市图书馆跑一趟查阅复印一批回来,可郑凡怕一出门督查组又上门了,他像憋尿一样忍住了出门的冲动,这是一种很难受的隐忍。其实他也知道出门查资料跟所长打个招呼就行了,但他就是不愿出门,不愿所长面对着镜头为他做无错辩护。冬天在郑凡按部就班的生活中渐渐远去,等到春暖花开、郊外麦田里麦子抽穗的时节，督查组再也没来过了，所里的其他同事都出去兼职干私活了，郑凡却不敢，坚持每天到城市万家灯火的时候才踩着红楼腐朽的木质楼梯下班回家，他把兼职的活都留在晚上和双休日来做，同事们都说郑凡的表现比许多党员都要好。好几个月了，郑凡每天起早贪黑地耗在办公室里，韦丽也有点奇怪，她问郑凡："你是不是要求进步，想入党？"

一个窗外细雨霏霏的清晨，只有所长和郑凡提前到办公室，空荡荡的楼道里，所长和郑凡在上厕所的时候不期而遇，喝了许多水的所长和郑凡在厕所里边撒尿边说着知心话，所长说："我想发展你入党，所里都快三年了没发展新党员。"

郑凡放水冲净小便池："谢谢郭老师关心，我受过处分，与党员的标准相距太远了，我不配。郭老师，这段日子，我常常觉得自己活得很龌龊，很下贱，有时候半夜里惊醒，发现缩在被窝里的我就是一个唯利是图的小人。"

所长拍了拍郑凡有些僵硬的肩："也难怪，现在的文化传播公司基本上不传播文化。"

韦丽一直不知道郑凡被市直机关通报批评和在单位做过公开检查。一个月后的一天黄昏，下班后的韦丽走到一个卖吊炉烤鸭的铺子前，闻到烤鸭的香味，她记起有一段日子没吃荤了，于是停下脚步买了半只烤鸭。城中村路边烤鸭店不可能过度重视卫生，店老板在苍蝇乱飞的屋里顺手抓起几张废纸包起烤鸭递了过来，刚出炉的烤鸭太烫，韦丽用手掌辗转烤鸭的过程中看到有一张废纸是市效能办的公文，题头是鲜红的宋体字"通报批评"，下面一串批评名单中郑凡排在比较突出的第二位。

韦丽回来后有些生气，她把那张沾满了鸭油的废纸伸到郑凡的鼻子前："你受了处分，怎么能不告诉我？"

郑凡闻到了烤鸭油的香味,他平静地说:"告诉你,等于让你也受一次处分!"

办公室适合群体办公,但并不适合个体搞研究。这段日子,所里同事从市里得到了准确情报,拎着摄像机督查各单位坐班的工作暂告一段落,效能办再也不会下来检查了,效能办督查员们也对这种走过场的形式厌烦了。一个督查人员居然督查到了自己的老公在市地震局办公室里玩网上斗地主的游戏,庐阳好几百年都没发生过三级以上的地震,就算要发生大震,再怎么钻研地震业务,还是无法预测预报,全世界都束手无策,庐阳地震局当然无奈,既然没事干,他们理所当然地在网上斗地主或偷菜。

艺研所同事都回家里写书做论文了,接私活也就心照不宣了,一切又恢复了老样子,然而天天耗在办公室里的农民儿子郑凡却靠想象来安慰自己,办公室里没人,就他一个上班,相当于单独为他设了一个办公室,待遇跟所长差不多了,一个人的办公室不仅宽敞,还有免费的茶水,比城中村好多了,他查资料,准备书稿,忙得不亦乐乎。只是这种独享清净的好日子还没多久,问题来了,他刚翻开资料,收旧报纸的来了,说高价收购;还没写几行字,电话响了,问要不要炒股软件;还有上门推销化妆品和酒店协议号、歌星演唱会联票的,一个高档会所居然到办公室来推销小姐,说会所里小姐温柔漂亮且安全可靠绝对保密。

被搅得头昏脑涨的郑凡找到所长:"郭老师,办公室做研究干扰太大。"

所长郭之远说:"你也回去做吧,什么时候上面要来检查,我再打电话通知你。"

郑凡不无担忧地说:"郭老师,你一定要第一时间通知我。"

郭之远见郑凡对坐班的事过于处心积虑,就岔开话题:"女朋友还没找到呀,西岳县黄梅戏剧团的蔡琳琳很不错,人好戏也好,就是没戏演,待岗在家,给你牵牵线?"

郑凡没回过神来,仓促应付说:"谢谢郭老师,我不打算找演员做女朋友。"

郭之远说不要一朝被蛇咬三年怕井绳,蔡琳琳跟柳燕燕不一样,只要你答应,她可能连房子都不要就会嫁过来。郑凡说嫁过来日子怎么过?我养不起呀!不咸不淡的讨论最终不了了之。

郑凡自上次被通报批评后,江淮文化传播公司的活全都被推掉了,郑凡心里急,但没有办法,他觉得自己买房子的梦想正在一点一点地碎裂,好在郭之远所长终于让他回城中村做研究了,这才没让郑凡的心死透。赵恒对郑凡以坐班抓得紧而不接公司的活产生了严重误解,一段日子过后,赵恒沉不住气了,他在电话里对郑凡说:"报酬可以商量,以后我接下的活交给你做,三七分成,你七我三,怎么样?"郑凡知道以前的活赵恒都是以倒三七转包给他的,赵恒拿大头,自己拿零头。郑凡面对这种开价,就觉得赵恒还不是一个良心完全被狗吃了的饕餮之徒,于是就答应适当接一些。然而赵恒的活大多是健身馆开业、宠物医院开张、新药隆重上市、购物中心商品促销、保健品宣传之类的传单和小广告,虽品位不高,但比家教挣钱容易,提价后,一次能挣上两百多块钱的报酬。

可眼下郑凡的全部精力却只能用在辅导龙小定中考上,中考在即,辅导已进入冲刺阶段。一个晚霞铺满了院子的傍晚,郑凡推门进屋后的表情很夸张:"韦丽,小定这次考了全年级第二十八名,而不是全班二十八名。"

刚下班回来的韦丽正在捅蜂窝煤炉,她满脸煤灰地看着郑凡:"你是为小定进步高兴,还是为即将挣到高额奖金激动?"

郑凡坦率地说:"兼而有之。"

其实还有一点没说出来,那就是郑凡拒绝了为龙飞写传后,总觉得心里有些过意不去,所以他想用小定的进步来稀释自己内心里的歉疚。有一段日子,郑凡时常会冒出些后悔,政府都承认龙飞是好人了,自己何必将其打入另册?自己对龙飞一意孤行的道德判决有什么意义?放弃两万块钱报酬不仅没有赢得赵恒的尊重,反而遭到了赵恒的抱怨。

有些话郑凡不愿对韦丽说,也不敢对韦丽说,他怕韦丽说他是一个利欲熏心的人,这话比要钱不要命的评价更具杀伤力。他觉得现在没人能打倒他,可只要韦丽轻轻一动手指头,他就会粉身碎骨。只有他自己知道,他是为韦丽活着的,他是被韦丽定义和命名的,这一美丽而温暖的纠结是任何女人都梦寐以求的,可郑凡不能明白地说给韦丽听,一说,韦丽的第一反应就是那句老生常谈:"没有我,你不会活这么累!"

郑凡放弃的两万块钱传记报酬在赵恒那里兼职两年都挣不到手,这笔两万块巨款直接关系到他买房交首付的日期,也关系到他在韦丽母亲面前的承诺能不能准时兑现。当龙小定考到全年级第二十八名后,雄心变成野心的郑凡将辅导目标锁定在小定考上重点高中上。这一目标在郑凡心里最直接的意义是把损失了的两万块钱在同一个人身上挣回来。

韦丽问:"江淮文化公司的活不接了?"

郑凡说:"接,还得接!"

韦丽说:"你要钱不要命了?"

郑凡不会跟韦丽深入讨论下去,他对正在淘米熬稀饭的韦丽说:"我去巷口给你买葱油饼。要不要带辣椒酱的?"

赵恒在电话里说有个五一节要散发的广告传单务必请郑凡出手："我说话算数,你七我三,就这么定了。赶紧过来拿资料!"

郑凡在那个阳光很慵懒的午后骑车去了江淮文化传播公司,一进门见到了悦悦,他愣住了："怎么是你?"

悦悦笑着反问一句："怎么不能是我?"

赵恒很好奇两人认识,一边将他们引到沙发上喝茶,一边调侃道："你们认识,下次该不会私下合作把我给甩了?悦悦小姐,我收费不高吧?"

悦悦说："那得看郑凡究竟得多少劳务费。"

悦悦的公司准备在五一期间将美国的深海鱼油、维C粉、蒜精胶囊等保健品地毯式地在市场上轰炸一通,已升为营销部副经理的悦悦说已经招募了二百多名穷困潦倒的在校大学生准备到小区、商场门前、重要交通路段散发传单,当下庐阳传单文案做得最好的就是江淮文化传播公司,她说压根没想到是郑凡在做。把一大堆相关资料交给郑凡后,悦悦感慨着："舒怀要是有你一半的努力,我就不会吃这么多苦。"

郑凡从来不喜欢别人背后说自己同学的坏话,于是跟了一句："你又不是不知道,我一无所有。"

悦悦看郑凡的情绪很拒绝,就站起来告别："不说了,三天后交稿行吗?"

悦悦走后,赵恒对郑凡说："你们好像说起了一个叫什么舒怀的。不对呀,悦悦跟维也纳森林的郝总整天泡在一起,你在帮他们做会刊,没见过悦悦?"

郑凡毫不迟疑地迅速反驳赵恒："你不许乱说,舒怀是我大学同学,悦悦是他的女朋友,他们住在一起都两年多了。"

赵恒喜欢挣钱,对别人隐私兴趣不大,所以就得过且过地说着:"也许是我看错了。悦悦帮外国公司干活,特苛,错一个字要扣三百,你多用点心,叫他们一个标点符号的错误都揪不出来。"

郑凡想起刚到庐阳第一天接风的那天晚上,悦悦听说黄杉准备找富婆包养,当场掀翻了桌子,他觉得悦悦是一个好强而自尊的女孩子,谁都侵犯不了她,赵恒这么说简直就是无中生有的污蔑。尽管郑凡执拗地否定了赵恒的谣言,但他心里还是像被泼进了一盆辣椒油,火烧一样刺痛,他没说传单的事,却又多此一举地说了一句:"不可能,你肯定看错人了!"

赵恒一点都不生气,他耐心地打击着郑凡的固执己见:"我说也许看错了,你非要说我肯定看错了,那我告诉你,我肯定没看错。悦悦跟我合作又不是一次,太熟了,还能看错人?一次在'江南春'酒楼,包厢里就两个人吃饭,进去的时候悦悦吊着郝总的胳膊。还有一次,夜里十二点半,她跟郝总从圣路易斯私人会馆出来的,他俩离我车窗不到两米,我看得清清楚楚。"圣路易斯私人会馆是庐阳专门给富人挥霍和享乐的地方,会员制服务,会费最低的是三十万,最高三百万。

郑凡像是挨了当头一闷棍,脑袋整个蒙了,窗外的天空在摇晃中四分五裂。

黄昏时分,在回城中村的半路上,郑凡从自行车上跳下来,给舒怀打了一个电话。郑凡问舒怀在哪儿。舒怀说在学校跟人下棋。郑凡说你马上回来,我到你家去,我想跟你聊聊天。舒怀说好,马上就回。

有好几个月没见着舒怀了,当然舒怀也没说要见他,穷弟兄之间的交往注定了苍白而贫乏。交往需要时间,需要心情,需要票子,他们都缺少足够的准备。郑凡上楼的时候,天已经很暗了,敲门,家里没人,正踌躇,舒怀上来了,舒怀见面就说:"天下熙熙,皆为利来;天下攘攘,皆为利往。现在见你比见中央领导都难,悦悦也一样,经常深更半夜还在外面追着客户卖那些美国骗人的灵丹妙药。"

郑凡说公共走廊里不是发牢骚的地方,进屋说。

舒怀的屋里拥挤而凌乱,旧报纸、空酒瓶、方便面盒子扔得到处都是,一看就是很久没有收拾过了。在客厅沙发上坐定,舒怀点了一支烟,将一瓶啤酒蹾到郑凡面前:"来一瓶!"自己顺手抓起一瓶,用牙咬开。

"我喝水!"郑凡从包里掏出塑料茶杯,"你打算什么时候跟悦悦领证?"

舒怀猛灌了一大口啤酒:"快了,她说国庆节如果能抽出空来的话,我们就把婚事办了;她还说结婚典礼上就用你那句名言:笑到最后的笑得最美。"

郑凡旁敲侧击地说:"悦悦经常深更半夜才回来,我估计美国人也不会同意用这种方式推销他们的产品。"

舒怀吐出嘴里的烟雾,脸在烟雾后面像一张撕碎的纸:"是呀,她的业绩做上去了,这屋里的生活质量降下来了。我的工资还房贷,她的工资用来生活,可还是不满足,我都不知道她是怎么想的,好像要是不把全庐阳的女人都比下去,她就活不下去了!"

郑凡正准备开导舒怀与悦悦好好沟通沟通,悦悦回来了。见郑凡在,悦悦很惊讶,一边换鞋一边说:"怎么今天舍得抽时间来看看你的难兄难弟了?"转脸目光盯着舒怀,"舒怀你跟郑凡多聊聊就不会这么颓废了。"

舒怀将空酒瓶掼在茶几上:"我正常上班,忠于职守,拿一份稳定的收入,不出去玩命挣钱,不到处坑蒙拐骗,这就是颓废?谁给了你颓废的定义权?"

悦悦指着郑凡："人家没日没夜地为家庭奔波,你整天不是下棋,就是上网,回到家,叼根香烟,抓一瓶啤酒,没有一点压力,没有一点责任,这不是颓废又是什么?"

舒怀闷着头不吱声了,他又抓起了一瓶啤酒,用牙咬开,咕咕嘟嘟喝了一气。

悦悦"宜将剩勇追穷寇"地给舒怀连续打击："你最好把手中的啤酒瓶放下来,你挣的收入还不足以让你随意挥霍,哪怕是一瓶啤酒。"

舒怀将啤酒瓶轻轻地蹾在茶几上,啤酒瓶与玻璃茶几发出了硬碰硬的闷响,他软弱无力地反击了一句："我要不是还房贷,啤酒还能喝不起?"

郑凡从劣质布艺沙发里站起来,脸上有些挂不住："你们是不是联手用这种方式下逐客令?"

舒怀和悦悦见郑凡表情不对,都不吱声了。

过了一会,悦悦从包里摸出两块口香糖,递给郑凡一块："对不起,最近天气热,我情绪不太好。"她将另一块口香糖塞到舒怀的手里,安慰着说,"别生气了,其实你要不是出类拔萃之辈,我哪会栽进你的情网呢,是吧?"

舒怀接过口香糖,手上的动作虽然比较僵硬,但内心里的怨怼已经开始松动。

郑凡说："好,从现在起,你们谁也不许埋怨谁,我们一起出去吃饭,马上我叫韦丽过来!由我买单。"

舒怀和悦悦都答应了,悦悦还深明大义地说："到我们这来,哪能让你买单?我们买。"悦悦是个很性情的人,脾气过去后,说话时时不忘带上舒怀,她不停地强调着"我们",而不是"我"。

正在下班路上的韦丽接了郑凡的信息,很是兴奋,她立即回了过来:"太好了,你终于慷慨一回了!"

在去楼下小餐馆吃饭的路上,悦悦的手机响了,悦悦掏出一百块钱交给舒怀:"你带郑凡、韦丽去吃饭,我有个客户,急等着谈一笔合同。"转脸又对郑凡说,"对不起,我先走一步了!"

还没等郑凡表示异议,悦悦已经拦下了一辆出租车。

望着悦悦匆忙地上了出租车,那种争分夺秒的表情和姿势让郑凡的心悬了起来,什么业务非要等到吃晚饭这节骨眼的时间谈?如果非得今晚谈,吃过晚饭去谈不行吗?郑凡的想象如乱石穿空。

舒怀也许是司空见惯也许是麻木不仁了,面对悦悦这一怪异的突然缺席,他无事一样地说:"走,我们去吃!"

郑凡停下脚步:"算了,本来我想利用吃饭的良好氛围,再跟你们俩交换一些看法。我已发过信息,叫韦丽回去了。省点钱吧!"

郑凡骑着车离开了,舒怀被扔在身后的黑暗中,像是被扔在黑暗中的一个无声无息的空酒瓶。三环以外的庐阳差不多就是农村,寥落的灯火黯淡且鬼鬼祟祟。

郑凡回来后说了今天的所见所闻,并流露出了自己的担心:"舒怀本来就活得很压抑,要是悦悦真的出了什么事,他扛不起。"

郑凡让韦丽找一个休息日跟悦悦谈谈心,韦丽说:"这几个月来约过悦悦好几次,我想让她陪我去逛时代广场,然后再请她吃肯德基,她总是说没空,好像不太想见我,她说我是一个乌托邦女孩。"

郑凡说:"现在的人太实际了,缺的就是乌托邦,乌托邦多好,活在想象和虚构的世界里。"郑凡抬起头望着屋顶与墙角转折处的蜘蛛网,若有所思地说了一句,"悦悦又有什么错?她就像栽进网里的那只虫子,我跟她还不是一样?"

韦丽捏住郑凡的鼻子:"不许乱说!强奸犯的传记没写,上次还推掉了一个修复处女膜的假广告文案,你跟悦悦怎么会一样呢?你是凭劳动吃饭的知识分子。"

郑凡一直在回避着某种猝不及防的尴尬和无奈,而这种回避和努力往往使尴尬和无奈加速抵达。初夏的一个黄昏,上早班提前回到城中村的韦丽在煤炉上烧了一条鱼,在电饭锅里蒸了一碗香肠,拆开一袋花生米,又摆上一瓶啤酒,她在等郑凡回来吃晚饭。这种乌托邦式大张旗鼓的晚餐在他们的生活中并不常见,他们通常都是随便在城中村买一点方便的馒头、酱菜、卤菜,熬一锅稀饭,得过且过地糊弄日子。

韦丽是在准备撬啤酒瓶的时候接到赵恒电话的,他说郑凡被工商局稽查大队抓走了。

是赵恒带着稽查大队在艺研所红楼将郑凡抓走的。所长郭之远当时很生气,跟稽查队的人严正交涉。稽查队的大盖帽说,郑凡撰写的"古秘方心康宁"广告传单严重失实,那个古秘方是一个彻头彻尾的假药,在庐阳推出后,吃死了两个老年患者,死者家属在卖假药的大药房里设了两个规模宏大的灵堂,每天引来成千上万穷极无聊的看客围观。造假药和卖假药的已经被批捕,负责宣传的报纸、电台、电视台、文化公司一个都别想跑,有了各级领导杀气腾腾的批示,《新闻调查》也扛着摄像机来了,事情一夜之间就闹大了。

艺研所所长郭之远软了口气向大盖帽求情,并企图让郑凡躲过一劫:"我们艺研所里都是知识分子,社会上的坑蒙拐骗的事看不清,摸不透,上当受骗了,还请多多包涵!"

这种无济于事的辩解当然是苍白的,大盖帽毫不留情面地反驳说:"现在很多坑蒙拐骗的事,就是你们这些读过书的知识分子干的,文盲能把假广告编出来吗?"

口若悬河的郭之远一下子就哑火了。

面对前来拘押自己的稽查大盖帽,郑凡没有丝毫的意外和反抗,他早就隐隐约约地感觉到这一天肯定会到来,只是没想到来得这么快。他自己也不相信他所杜撰的那些街头散发的传单广告的文案究竟有几分可靠几分诚实,因为杜撰得太多了,慢慢地,他就由一开始的抵触抗拒到如今的应用自如麻木不仁了,这就像一个沦落风尘的女子在经历了第一次挣扎之后而变得从容不迫。郑凡很平静地跟着大盖帽们下楼了,他并没有被铐上手铐,而是被两个大盖帽裹挟着塞进稽查车里的。

韦丽在电话里大骂赵恒:"你这个叛徒!害了郑凡,还带人去抓,流氓无赖!"韦丽骂着骂着哭了起来。

赵恒在电话里安慰着韦丽:"我被审了一夜,也够惨的了!没办法,不得不交出郑凡。是祸躲不过,是福推不掉,你不用怕!素材是厂家提供的,一切手续都是齐全的,我跟郑凡都是受害者。"他回避着带稽查队去抓郑凡的事,尽可能往轻里说,"是被带走的,不是被抓走的。"

郑凡也被审了一夜,但并没有审出什么实质性的内容来。不过,审讯中有几段对白倒是很经典。

工商局稽查者:你胡编乱造的假宣传广告闹出了人命,知道吗?

郑凡:厂方提供的文字资料、药品批准文号都是符合规定的,营业执照、广告经营许可证是你们发放的,如果我是胡编乱造的话,那么有一半以上是得到你们工商部门支持的。

工商稽查者:你知不知道那些批文证照都是假的?

郑凡:批文证照是不是假的,应该由你们工商部门把关。这话由我来问你们才是。"

工商稽查者:你不编假广告,老百姓就不会买。

郑凡:如果你们工商不让假药出现在庐阳市场上的话,假广告传单塞到每家床头枕边也没用。

工商稽查队主要是想了解郑凡是否跟假药厂共同策划了这一传单内容,如果是的话,那就是谋财害命的同党,然而一夜审讯,工商执法稽查队很沮丧,不仅没有审出成效,还被郑凡反咬了好几口。得知郑凡是艺研所黄梅戏研究专家,也知道他卖文字挣点小钱贴补文人穷酸的日常生活,工商稽查也不打算做深度纠缠,放人前工商稽查按惯例都要强词夺理地将被审讯者教训一通:"你好歹也是读过书的人,堂堂的知识分子,做什么不能做,非要帮着这种草台班子公司干违法乱纪的事,不是什么钱都要挣的,也不是什么钱都能挣的。"

郑凡垂着头,不是低头认罪,而是瞌睡极了,眼睛都睁不开了。

第二天一早走出审讯室时,天已大亮,他觉得自己斯文扫地,脸面丢尽,他不敢抬头看头顶上的阳光。

郑凡放回来了,人像是被剥去了一圈,嘴上的胡子也在一夜间疯长,整个人像是一个从战场上死里逃生的战俘,他一进屋对韦丽说了一句:"我困。"直挺挺地倒在床上睡着了。

韦丽跑到外面给艺研所打电话请假,她在电话里对所长说:"无罪释放,一场误会,正在睡觉呢。"

所长说当然无罪,连过错都没有,所长突然问:"你是郑凡什么人?"

韦丽说:"我是他爱人。"

所长听到这句话比听到郑凡被抓还要震惊:"他连对象都没有,还冒出了个爱人,见鬼了!"

韦丽突然发觉自己说漏嘴了,她慌忙挂了电话。

一直到晚上韦丽熬好了稀饭,郑凡才醒来,韦丽紧张地抓住郑凡的手:"对不起,我又把你出卖了!"

躺在床上的郑凡听说原委后,有气无力地说了一句:"所长知道了也好,从今往后,你堂堂正正地做我老婆!"

郑凡放出来的当天,处罚决定就下来了,赵恒的江淮文化传播公司涉嫌策划虚假广告被重罚一万八千块,郑凡虽无主观故意,客观上却是假广告出笼的重要推手,给予严重警告。郑凡虽没损失钱财,但损失了内心里的尊严,为了一点蝇头小利,他被活活审查教训了一夜。那一夜,他虽顽强抵抗,心里却是恨不得遁地而逃,望着那些嘴里经常冒出错别字的审查者,郑凡的忍受成为另一种折磨。

得知处罚决定的郑凡大病了一场,先是发高烧,然后昏昏沉沉地睡了一个星期,时好时坏。城中村非法小诊所的江湖游医给他吊了十天的水,郑凡才从床上坐起来,他脸色苍白地望着守在床前的韦丽,声音和手指也是苍白的:"韦丽,都快两年了,房子一点眉目都没有,我无能,我是骗子!"

韦丽将郑凡平躺到床上,然后捋着郑凡混乱的头发:"好好休养,不要跟我说房子。你今天买房子,我明天就去学悦悦。"

郑凡像是在说着临终遗言一样声音孱弱:"我不贪婪,我只想给你一个窝,我不过分。"

韦丽沉默了。

这次大病,郑凡在非法行医的城中村诊所花掉了二百六十多块,很是心疼,最后结账时,那位镶着烤瓷牙的江湖游医看着掏钱动作很不利索的郑凡说:"你要是到大医院去看,不花个千儿八百的,别想走出医院的大门。"

郑凡虽然病好了,可没有力气,也没有胃口,所以赵恒来请他去喝酒压惊,他没去,最主要的是韦丽不同意他去。退了高烧的郑凡一个人在屋里安静地养病,他的脑子里已经没有了挣钱的念头,他发觉那不是挣钱,而是挣通往地狱的门票。

悦悦来看望郑凡的时候韦丽已经上班去了,时间是下午两点半。悦悦给郑凡带来了两瓶维C粉,她说是从自己公司买的,"增强免疫力,补充体力,美国的体育明星、影视明星出门可以不带情人,但一定得带维C粉"。

一句话把病恹恹的郑凡逗乐了:"难怪人们常说推销员的能力不是把死的说成活的,而是把活的说成死的,情人不如维C粉就是最好的例证。"

悦悦一身墨绿色长裙勾勒出线条清晰的身段,她的眼睛里既有女人的精干又有女人的妩媚,内涵无限丰富。一般说来,成熟的男人不喜欢单纯幼稚的女人,因为跟单纯幼稚的女人在一起,缺少了驾驭的成就感和征服的快感,所以在成功男人的异性档案中是熟女当道、小女生走开的记录。比如韦丽,简单透明得像一瓶矿泉水,说话做事没遮没拦,你跟她在一起可以轻松得不用考虑明天的早餐在哪里,可明天你还活着,能不考虑早餐吗?

郑凡准备起来给悦悦倒水喝,坐在床边那张腿脚摇晃的椅子上的悦悦按住郑凡:"不用了,天热,喝不下热茶。"

悦悦从包里掏出两听可乐,递给郑凡一听:"刚才在巷口买的,冰过的,降降火!"

郑凡接过悦悦的可乐:"真不好意思,让你破费太多了!"

悦悦眼睛定定地看着郑凡:"郑凡,我时常呆想,你要是舒怀多好。"

这话说得太陡,郑凡一时缓不过劲来,他岔开话题:"你跟舒怀什么时候拿证?"

悦悦依然用既定的目光盯住郑凡:"你就那么希望我早点跳进火坑?"

郑凡不按对话逻辑顺序,撂出一句:"其实,那天晚上你完全可以吃了饭再去谈业务,韦丽坐公交赶过来吃饭,半路上又折回去了。"

悦悦有些猝不及防,她的目光情不自禁地乱了,迟疑片刻,说:"是不是回家后韦丽跟你过不去了?"

郑凡说:"韦丽没那么小气。"

艺研所所长郭之远就是在这个时候进来的,他进门看到屋里有一个年轻漂亮的女孩,就想当然地说:"小郑,这就是那天给我打电话的你爱人?长得这么年轻漂亮。"所长瞄了几秒钟,进一步判断着,"气质好,不在柳燕燕之下。"

郑凡赶紧解释说:"他是我同学的女朋友,我同学托她来看看我,还带了两瓶维C粉……"

悦悦立即打断郑凡的话:"你同学没托我来看你,两瓶维C粉是我买了送给你的。"

所长郭之远听得一头雾水,并连连向悦悦道歉:"对不起,误会了!"

悦悦说没关系,临走时,她从郑凡的床头拿起喝空了的可乐,意味深长地说了一句:"空瓶我把它带到外面扔了,在屋里容易惹苍蝇,对吧?"

郑凡装聋作哑地点了点头:"谢谢你来看我!"

所长郭之远是拎了一个西瓜来看郑凡的,自己花钱买的。郭之远看着郑凡住在狭小拥挤的小平房里,一台破旧的电风扇正扇出来一股股无济于事的热风,躺在草席上的郑凡就如同那台破旧的电风扇,郭之远摇了摇头:"难以想象,难以想象!"

郑凡有气无力地说:"我父母是乡下的,太穷。"

郭之远感慨着:"不是你父母太穷,是你太穷。"

郭之远问起了那天给他打电话的女孩究竟是谁,郑凡只得把他和韦丽从网上相识、相知、相互打赌、兑现拿证的前前后后兜了个底朝天:"郭老师,我不是有意欺骗你们,我一没房子,二没钱办婚礼,我怕说出去,所里同事会说我不负责任,说我拐骗女网友玩裸婚。郭老师不瞒您说,连我父母至今都不知道。"

郭之远的目光久久地停留在墙上打印的宋体字标语上:"靠你在外兼点零活,面包会有的,房子不一定有。你没有钱,但有福气。听你这么一说,我觉得韦丽这孩子不错,哪天带到所里让我见识见识。"

郭之远正准备告辞,听到门外传来了急不可待的声音:"买了一条活的鲫鱼,给你氽鱼汤补补身子。"

下班的韦丽像一条活蹦乱跳的鱼回来了。

郑凡介绍韦丽说屋里来的是郭所长,韦丽拎着鱼笑嘻嘻地说:"郭所长,晚上您在这一起喝鱼汤!"

郭之远没回答喝鱼汤的事,只是说:"这么阳光的女孩,也只有中学生里才能见到。"

郑凡听郭之远如此赞赏韦丽,苍白的脸上浮出一些很宽慰的笑容。

郭之远临走时对韦丽挽留喝鱼汤表示了感谢,并告诉她:"鱼汤少放点盐,不然就不鲜了。"

郭所长走后,韦丽有些紧张地问郑凡:"所里要处分你吗?"

郑凡说:"你看所长像要处分我的样子吗?他都送西瓜给我吃了。"

"我不就是担心嘛!"韦丽看到床头西瓜边上放了印着英文的两瓶维C粉,迅速拿了起来,"你不是说所长送西瓜给你吃的吗?这是哪来的?"

第九章　我的未来不是梦

　　天越来越热了,大病初愈的郑凡像一根稻草,出门的时候轻飘飘的,似乎一阵风都能把他吹倒,确实,他骑自行车去龙小定家辅导的路上好几次差点摔倒在地。韦丽劝他不要去了,他说中考在即,已是关键的最后冲刺了,必须得去。

　　这段日子,韦丽毫不掩饰地表达了她对悦悦的不满,这个透明如水的女孩宣泄醋意的方式也是直截了当的:"我天天晚上在家,这么多天她不来看你,偏偏趁我上班去了,她来了。还背着舒怀带两瓶维C粉,什么意思?"

　　郑凡说:"谁都说你是一个大气、大度的女孩,怎么会这样胡思乱想呢?"

　　韦丽说:"她背着舒怀在外面乱来,我对悦悦不放心。"

　　郑凡说:"那不都是传说吗,谁在床上抓住了?"

　　韦丽很困惑地看着郑凡:"明明是你跟我说的,现在你又替她打掩护?我去找舒怀,让他来评评这个理。"说着就往门外冲。

　　郑凡从身后死死抱住韦丽,他苦苦哀求着:"你不能去,一去就更讲不清了。我们坐下来慢慢谈,好吗?"

　　其实韦丽还是很好哄的,坐下来的郑凡将韦丽轻轻地搂进怀里,韦丽立刻安静了下来。女人一搂进怀里,就像小猫一样乖,所以男人适合将女人搂在怀里谈严肃而困难的事情。郑凡不说悦悦怎么样,只问韦丽:"我是因为找不到工作到庐阳来的吗?"韦丽摇摇头。"我是为挣高工资来庐阳的吗?"韦丽继续摇头。"那我是为了什么到庐阳来的?"韦丽说:"为我。"

郑凡拧了一下她的耳朵:"这不就对了嘛!还说什么呢?我现在拼死拼活难道是为悦悦?枪顶在你脑门上你也不会相信呀!"

韦丽拱在郑凡的怀里,破涕为笑:"都是我不好,对不起!"

人不会总是倒霉,否极泰来说的就是这个意思。龙小定中考分数下来了,这个班级垫底的烂秧子真就考上了重点高中,小定妈祁红给郑凡打电话的时候,郑凡不太相信自己的耳朵,后来他又对自己手中的廉价手机不太相信,总觉得声音的内容被劣质手机过滤并篡改了:"祁大姐,你再说一遍,我没听清楚!"

听清楚了的郑凡忐忑了起来,他故作平静地说:"大姐,祝贺你和龙总!"

祁红在电话里非常夸张:"你到我家来一下,小定说必须要你亲自宣布他暑假的游戏时间,他才肯玩,考上重点,摆起谱来了!"

郑凡骑上车在夏天毒辣的阳光下飞奔,他预感到祁红有可能要给他兑现奖金。郑凡很在意这笔奖金,而且去冬今春以来,他一直在为这笔奖金而奋斗。可如果不兑现,他又能怎么样呢?既没合同,也没一个字的凭据。再说了,有钱人大多是为富不仁的人。在长江路拐弯处,胡思乱想的郑凡骑着车差点跟一辆送货的小货车撞上,小货车司机从车窗里伸出脑袋,骂了一句:"你他妈找死呀!"

郑凡是在一种动荡不安的心情中赶到龙小定家的。

一进屋,小定扑上来抱住郑凡:"老大,你跟我爸不一样,你说话最算数了,向我妈宣布一下,暑假怎么玩?"

小定妈将一杯冰镇橘子汁送到郑凡手里,依然俗不可耐地说:"你宣布吧,宣布完了,给你发奖金。"好像不站好最后一班岗,就坚决不兑现奖金。

郑凡一口气喝光了橘子汁,心里的燥热被摆平了,他对祁红说:"我跟小定承诺过的,只要考上重点高中,暑假两个月,一个半月白天玩游戏,晚上看自己喜欢的书,鬼故事、穿越小说都可以看,就是不准看黄色的书。"

祁红说:"另外半个月呢?"

郑凡说:"另外半个月,由小定和你们家长协商安排。"

小定说:"我要去香港见刘德华。"

祁红说:"你是不是还要去阿富汗见本·拉登呀?"

小定说:"要是能见到本·拉登,我就不回来了,在阿富汗读高中。"

尽管事先已有心理准备,可当小定妈祁红将两万块钱现金塞到郑凡的手里时,郑凡血压骤升心脏乱跳,不是激动,而是紧张,甚至还有点恐惧,长这么大,从来没一次性见过这么多钱,面对着厚厚两捆百元大钞,如同面对两颗随时都要爆炸的地雷。郑凡心里发虚,不敢接:"大姐,您是不是要跟龙总说一声!"小定妈顺势将钱塞进郑凡肩上式样丑陋的人造革包里:"嫌少呀?"

郑凡揣着钱蹬着车飞奔去银行,一路上,他把装钱的包挂在脖子前,生怕钱半路上丢了,他的视线没有一秒钟离开过胸前的黑包,所以到银行门口时,自行车居然撞到了门前的一棵泡桐树上。

郑凡站在柜台前抹着一头的汗填单子准备存钱,存单填好了,郑凡掏钱的手在扯人造革包拉链时突然关节失灵,好像钱一交到营业员手里,就失踪了,心神不宁中他又觉得存折上的数字太虚,像是假的,不真实。于是,他收住了掏钱的手。

在存入银行前,他一定要让韦丽看到真实的钱。于是他对柜台里的营业员说了一句:"对不起,我忘了带身份证!"

柜台里的营业员很困惑地看着郑凡转身匆匆离开,另一个营业员自以为是地判断着:"也许是假钞,见柜台里新装了摄像头,不敢存了。"

回到出租屋时,天色已晚,郑凡没吃饭,进屋后迅速关了门,拉上窗帘,插上门后的插销,又将耳朵贴在门后听了一会,确认门外毫无动静后,才坐到床沿上掏出了两捆钱,准备数钱。一路骑车狂奔回来的郑凡浑身汗如雨下,额头的汗滴到了钞票上,郑凡轻轻地擦去钞票上的汗,生怕汗水将钞票融化了。屋内很热,他想开电风扇,又怕数钱时风将钞票吹跑了,小屋里太乱,吹跑了找不到,夜里会被老鼠当夜宵咽到肚里。于是他忍着暑热,小偷一样地偷偷地数起了钱,数第一遍的时候,多出一百块,数第二遍多出两百块,再数,又少了一百块,他头上冒的汗更多了,怎么连个钱都数不准呢?于是接着数,数到晚上九点半的时候,连续三次,都是两万。这时候,韦丽下班回来了,进屋的韦丽见门窗紧闭,电风扇都没开,窒息的空气让人喘不过气来:"这么热,不开电扇?"

郑凡范进中举一样失常地笑着:"风会把钱吹跑了的。"

韦丽这才看到床上铺满了百元大钞,像铺着一床钞票织成的花毯子,没回过神来的韦丽大惊失色:"哪来的钱?你贩假钞了?"

郑凡觉得要是过于得意忘形就太浅薄了,于是竭力克制着自己的狂喜,装得很平静的样子:"跟你说过的,小定考上重点高中,他家里给的两万块钱奖金。"

韦丽拍了拍脑袋:"我都忘了。那个强奸犯还当真了?"

郑凡拿起一张钞票,塞到韦丽手里:"龙家的承诺是真的,你看,这钱也是真的。不要再说强奸犯了,人家已是讲信誉的企业家了。走,我请你去吃牛肉面!"

韦丽说:"不,我要吃加州牛排!"

郑凡终于有了六万块钱存款,这是勒紧裤带省来的,是豁出性命挣来的,拿证两年来,郑凡没给韦丽买过一件衣服,也没跟她单独下过一回馆子,除了迎接她到城中村那天外。这天吃西餐是他们两年来最奢侈的一次浪漫。然而,他们俩拿证以来的第一次争吵恰恰发生在第一次浪漫的西餐厅里。被两万块飞来横财弄得热情澎湃的郑凡说年内必须买房,哪怕是期房,也得定下一套。韦丽说没必要。郑凡说男子汉大丈夫说话要算数,我在你妈面前拍过胸脯的,我也不能再让我爸妈为我至今单身愁得彻夜不眠,房子一定下,我就向我爸妈宣布我已不再是光棍。韦丽说房价又涨了,你的钱都不够首付,还贷的日子太累了。郑凡说买小一点的,七十平方米也行,下半年争取多接一些活,多挣些钱,赵恒正在为东南亚华侨富商做一套海外奋斗的传记丛书,我准备接一本,报酬不少于三万。韦丽说:"赵恒是个叛徒,不讲信用,背信弃义,你已经被他剥削得体无完肤了,还带人去抓你。"韦丽越说越气,"你要是再接那个破公司的活,我就回单位职工宿舍住,再也不回城中村。"

郑凡没想到韦丽用分居来胁迫自己放弃奋斗目标,他将手中的刀叉拍在卡座台面上,急了:"不接活,哪有钱买房子?我这不都是为了你。"

韦丽反唇相讥:"你不是为我,是为你自己。你以为我不知道,你是想证明你一个知识分子的实力和体面,虚荣!"

郑凡涨红了脸:"我脚踏实地地过日子,我吃了这么多的苦头,你怎么能说我虚荣呢?"

声音太大,许多食客扭过头看着两个失态的青年男女。

郑凡有一种被撕光了衣服的难堪和被戳穿了灵魂的痛苦,而这难堪和痛苦中还有许多委屈,即使他有着难以克服的知识分子的自尊心和虚荣心。可在拿证后,他更多的是想给韦丽一个遮风避雨的栖身之地,给她一份生活的安全感。这明明是责任,怎么能算得上虚荣呢？他无法想通韦丽对他的质疑与谴责。郑凡望着西餐厅里温暖而庸俗的物质光辉,他闻到了空气中弥漫着牛排和鸡腿被油炸后的焦煳的味道。

晚上回到家里,两人背对背睡在破电风扇哗哗作响的热风中,郑凡没想到两万块钱带给他的竟然是这样一个分崩离析的夜晚,他有些伤感,也许买到了房子后,正好给夫妻分居提供有利条件。这样一想,他就由伤感变成灰心。黑暗中,他扳了扳韦丽的身子,想再跟她谈谈,可人已经睡着了,郑凡听到吃了牛排后韦丽的鼾声均匀而踏实。

第二天一早韦丽起床后,在院子里用蜂窝煤炉熬好了绿豆稀饭,然后喊郑凡起来吃饭,她说:"西餐吃不饱,我都饿死了！"

吃饭的时候,郑凡还想就昨晚的争吵做些解释,而韦丽好像都忘了,她匆匆吃完了一碗稀饭推开碗说:"辛苦你把碗洗一下,我晚上下班带葱油饼给你吃！"

郑凡还没吃完,他举着手中的筷子,说:"昨晚我想了半夜,要是钱不够的话,买二手房也行。"

韦丽对郑凡想了半夜的问题无动于衷,她背着包出门前说:"要不晚上我们到东大街吃韩国烧烤？我刚发了考勤奖,两百多块呢！够吃了！"

郑凡拿韦丽一点办法都没有。

"维也纳森林"二期热销,郑凡编辑策划的"维也纳地产会刊"已出到第八期,郑凡将会刊清样送给郝总审查时,郝总正在往嘴里塞美国的深海鱼油,他抚摸着圆滚滚的肚子,自嘲地说了一句:"降血脂,防动脉硬化的。"

已是黄昏快下班的时间,电话响了,郝总无心翻看会刊清样:"小郑,用市长视察维也纳森林的照片做封面,就这么定了!"这时桌上的电话响了,他匆忙抓起电话,刚一接听,脸上的表情立刻变得暧昧,并以同样暧昧的声音对着话筒说:"天还没黑呢。好的,我马上下楼!"

"封面就这么定了!"郝总丢下一句话,扔下郑凡仓促地奔下楼去,他甚至都忘了应该关上办公室的门,郑凡也觉得郝总的举动过于唐突,于是走到郝总办公室窗口前,他看到楼下的郝总动作敏捷地搂着等在那里的悦悦的腰,迅速钻进了奔驰里,郑凡的眼睛像是被有毒的黄蜂蜇了一下,钻心地刺痛。

汽车绝尘而去,郑凡希望自己看错了,然而悦悦那件墨绿色的长裙以及披肩长发成为这个黄昏里没法推翻的证据。郑凡回过头仔细推敲着郝总这间豪华铺张的办公室,目光最终在宽阔的老板桌上停住,他走过去,用力地掀着桌子,紫檀木的,太沉,桌子纹丝不动。郑凡觉得这应该就是悦悦那天想掀翻的老板桌,屋外的黑暗涌进屋内,屋内的一切都变得似是而非。

郑凡想应该跟舒怀谈谈,可他不知道该如何谈。

郑凡没有回城中村,而是骑车拐了一个弯,到了舒怀家的楼下。进门后,郑凡看到舒怀正在空虚的客厅里抱着一瓶啤酒独自喝着,问,悦悦呢?舒怀从纸箱里摸出一瓶啤酒递给郑凡,红着眼说:"说我没本事,我堂堂的人民教师,不为三斗米折腰,怎么了?难道他妈的巧取豪夺、为富不仁就算有本事了?"

郑凡又问了一句:"悦悦呢?"

舒怀又撬了一瓶,咕咕嘟嘟喝了一气:"在大款怀里躺着呢。"

郑凡小心地说:"不会吧！我觉得,你们应该好好沟通沟通！"

舒怀在惨白的灯光下苦笑着:"沟通是在人和人之间进行的。"

郑凡似乎意识到了什么,他没再往下说,只是陪着舒怀默默地喝着啤酒。这时候任何语言都是苍白的,沉默就是对舒怀最好的安慰。其实,就在郑凡来的前一天晚上,舒怀无意中听到站在阳台上接电话的悦悦鬼鬼祟祟地说:"我也想你！"但舒怀什么都不想说。

郑凡当然不会再往舒怀的伤口上撒盐,他喝光了瓶里的最后一口啤酒站起身,拍了拍舒怀的肩:"也许是一个误会！"

舒怀不说话,也不想说话。

出门前,郑凡拈了盘子里一颗花生米扔到嘴里,感觉像是往胃里扔进了一颗子弹。

其实郑凡跟韦丽的沟通在这个夏天也变得越来越困难,他们以前也没有什么沟通,或者说不需要沟通,郑凡说什么就是什么,想怎么做就怎么做,韦丽即使对一些事情提出异议,也是说了就忘,没什么分量。然而这次韦丽对郑凡在江淮文化传播公司兼职上,却是很当真,坚决不让郑凡跟赵恒搅在一起,所以郑凡也就一直没敢去接赵恒的活。他尝试着跟韦丽探讨:"赵恒说要请你吃顿饭,你看定在哪一天？等着回话呢。"

韦丽根本不接吃饭的话题,她说除了编维也纳地产会刊、带家教,其他乱七八糟的活一律不准接。郑凡问,为什么？韦丽一本正经地告诉郑凡:"文化传播公司都是没文化的人干的,你是有文化的人。"

郑凡有些沉不住气了,他犟着脑袋说:"首付款还不够。不管你同意不同意,房子一定要买。买房子是我的事,不是你的事。"

韦丽静如止水地接了话:"也是我的事,我已经想好了,房子要买,马上就买。首付款不够,我想办法。"

正在喝水的郑凡差点被喉咙里半途而废的一口水呛死,他木木地望着韦丽:"是我听错了,还是你说错了?"

"你没听错,我也没说错。再不买房子,你会疯掉的,为了不让我二十三岁守活寡,我决定,豁出去,跟你一起把房子买到手,我有一万块存款,马上我回家跟我妈再敲诈一笔,说买就买,下星期拿下!"韦丽说得豪情万丈,郑凡听得热血沸腾,他们就像策划好了一次恐怖活动并注定了成功一样兴奋和激动。

郑凡一把搂住韦丽,野蛮地亲着韦丽:"你终于长大了!"

韦丽从郑凡的怀里挣脱出来:"身上都是汗,还没洗呢。"

年轻人没钱,却有体力,他们庆祝喜悦的方式就是不知疲倦地做爱,郑凡满怀感激地和韦丽在床上整夜庆祝。

屋外的夏夜无比闷热,大杂院里的黄狗在窒息的后半夜里很压抑地叫了一声,声音像是戴着口罩发出来的。

韦丽回了一趟老家,她向卖水果的母亲借了两万块钱,加上自己这几年积攒的一万块钱,全都交给了郑凡。郑凡接钱的手抽筋似的乱抖:"我一定会还的!"

韦丽轻松地说:"我的钱就是你的钱,还什么还!不过,我妈的两万一定要还,卖水果要风吹日晒三四年才能挣上。"

韦丽母亲一开始死活不愿借钱,韦丽说如果再不买房子的话,不是郑凡去精神病院,就是我去守活寡,母亲问为什么,韦丽说郑凡被你逼着表态三年买房后,梦里都在忙着挣钱买房,整个人疯疯癫癫的,没有大礼拜,没有节假日,平时把我一个人扔在屋里,"本来我坚决反对买房,可看他什么钱都挣,太危险了,真要是出了什么事,你女儿竹篮打水不说,还要背上个不闻不问的骂名"。母亲拿出两万块钱的时候,哭了,她说养女儿享不到福,还倒舀走了一瓢。韦丽抓着钱,喜形于色:"舀走一瓢,还你一缸!"

拥有了九万块钱的郑凡像是拥有了九万里江山,底气十足,信心百倍,他和韦丽盘算了一下,如果首付百分之二十的话,其余办按揭贷款,他们可以买一个两室一厅九十平方米的房子。只听说夏天以来,房价涨得厉害,但厉害到什么程度,郑凡也不太清楚,他在欧陆地产做会刊时,也从来不问房价,别人要是谈房价,他就会默默地走开,在拥有九万块之前,房子是他身上的一个鲜血淋漓的伤口,他不敢面对。

这次韦丽是和郑凡一道去看房的,百安居离城中村近,是全市房价最低的楼盘,价格低的原因是百安居建在老火葬场的旧址上,老市民一走进百安居就像是走进火葬场遗体告别大厅,心里发毛。郑凡韦丽这些庐阳新市民们因缺少火葬场的记忆而忽略了这里的风水好坏,就算后来知道了,他们也没有那么多忌讳,就像郑凡当初住进城中村死了一个孩子的出租屋一样,毕竟省钱。

韦丽和郑凡心情良好地站在楼盘模型前挑剔着房型、朝向和采光,当他们终于对一套两房一厅都很满意时,一问价格,每平方米五千八,郑凡傻了,去年给郑凡介绍楼盘的售楼小姐没变,房价却变了,"去年我来问的时候,才四千六,不到一年,就涨了一千二"。售楼小姐很耐心地解释说:"你去问问,百安居是全市涨幅最小的一个楼盘,你要是不买,明年还会涨。"

郑凡和韦丽站在楼盘模型前,一时像丢了魂一样,郑凡嘴里喃喃地说着:"我辅导一晚上只能挣三十块钱,他们打一个饱嗝,就涨了一千二。"

韦丽来时高涨的热情被当头一盆冷水泼了个透心凉,收银员对数字的敏感与熟练让她很快算出了他们买房的前景:"按百分之二十首付,我们九万块钱去年在这里能买九十多平方米。你看,没抓住机会,今年只能买七十多平方米了。赶紧下手吧!"

郑凡犹豫着:"不急,了解了解情况再说。"

韦丽拽着郑凡的胳膊:"有什么好了解的,再不下手,五千八的都买不到了。"

郑凡没理睬韦丽,他掏出手机,走到售楼部外面,给上次同学聚会时重新联系上的大学同班的秦天打了一个电话:"我整天忙着兼职打短工,不瞒你说,这一年半我一次网没上过,报纸也没看过几份,你在北京,消息应该比较可靠,电视上说这次国家宏观调控要打压过热的房地产,房价会不会降呢?"

秦天虽然没当上国务院副总理,但人在北京上班,相当于在副总理身边工作。秦天现在是中石化总公司的一个副处长,官不大,但牛得很,在同学当中,架子跟副总理差不了多少。秦天好像在开会,他声音很低地说:"这次国家调控力度很大,肯定会降。"

郑凡放下电话,拉起韦丽的手说:"走,不买了!秦天说了,房价肯定会降,我就不相信,彩电、冰箱、空调天天都在降价,房子能不降?"

韦丽忧心忡忡地说:"假如不降呢?"

郑凡说:"假如降了呢?"

韦丽说:"降就降,我们先买下再说,折腾不起了!"

郑凡痛心疾首地说:"你知道我们的钱多难挣,他房地产商打一个饱嗝就涨一千二,我一晚上只能挣三十块钱。"郑凡像祥林嫂一样,这句话重复了好几次。

郑凡和韦丽高兴而来,扫兴而归,郑凡望着失落的韦丽,说:"中午,我请你吃肯德基,好不好?"

韦丽看了郑凡一眼,摇了摇头:"不吃!"

郑凡问:"为什么?"

韦丽说:"省下钱来买房子吧,因为房价还要涨!"

郑凡说:"不会涨,我们打赌!"

韦丽说:"我再也不跟你赌了,无论是涨还是不涨,我都是输家。"

郑凡说:"此话怎讲?"

韦丽说:"因为我同意了你买房子。"

房子没买成,中午郑凡和韦丽在城中村附近路边小店一人吃了一碗面条,面条像鞭子抽到了郑凡胃里,又疼又麻。这顿马虎的午饭气氛很压抑,韦丽没吃完就放下筷子,推了碗。郑凡问韦丽:"要不要再来点别的?"

韦丽有气无力地说:"不要。"

郑凡还在唠叨房子:"收入没涨,房价发了疯地涨。"

韦丽没说话,她掏出一张十元钞票,给满脸的油污的店主付了两碗面条的三块钱。

郑凡和韦丽是出了店门时遇到悦悦的,准确地说,是悦悦遇到了他们,悦悦开着一辆崭新的白色轿车路过小店门口,从车内看到了郑凡和韦丽一前一后地走着,刚拿了驾照的悦悦来了个急刹车,吓了他们一跳。韦丽很好奇地看着车里的悦悦:"都开上车了,真了不起!"

悦悦从车上跳下来,手里攥着遥控车钥匙,做出一副很低调的样子:"丰田佳美,一般化,不到二十万,也不是什么豪车。"

郑凡说:"什么时候买上的车?"

悦悦说:"公司的车,不是我的。"

韦丽很惊讶地叫了起来:"太夸张了吧! 美国公司给中国推销员买小轿车,怪不得人家都说美国是全世界老大。"

悦悦对郑凡说:"我跳槽了,跟你并肩战斗!"

郑凡很糊涂地望着悦悦:"跳槽,往哪儿跳?"继而恍然大悟,"不是跟我并肩战斗,是跟郝总并肩战斗,我没说错吧?"

悦悦很轻松地笑着:"没错!"

韦丽脸上不轻松了,她把头伸向车内,看到后排车座上堆着许多打了包的衣服、鞋子,还有一些化妆品,韦丽一切都看明白了,她对悦悦说了四个字:"你真无耻!"然后独自一人扬长而去。

悦悦不跟韦丽计较,她若无其事地钻进车内,对一脸茫然的郑凡说:"我搬出来了,你有空去劝劝舒怀。想开些,人生的驿站无处不在。"

郑凡看着悦悦开着车疾驰而去,车后拖着一长串黑烟,像是一条无法夹起来的尾巴。

回到城中村后,韦丽躺在床上,手里捏着电视遥控器乱按一气,晃动的电视图像东倒西歪地乱蹦。韦丽对后进来的郑凡说:"你以后少跟悦悦这种人来往!"

郑凡还是纠缠于房子的困惑中不能自拔:"舒怀有房子,也留不住人,难道不买房子反而能留住人?"

韦丽按灭了电视机:"一切皆有可能! 黄杉早就看出来了,他说悦悦迟早一天会把自己连同她的美国产品一起推销出去。这么快就应验了。"

郑凡说:"崔健的摇滚是这么唱的,不是我不明白,这世界变化快!"

天太干,房东在院子里泼水,泼水的声音在安静的午后惊心动魄。

维也纳森林会刊的封面上是市长戴着安全帽在工地视察,郝总拿到样刊后非常满意,他当面表扬了郑凡:"楼盘卖得好,会刊也有功劳,维也纳森林每平方米终于涨到了一万,成了庐阳市顶级豪华公寓,所以,小郑每期编会刊的编务费涨到一千。悦悦,从这一期执行。"

悦悦正式加盟维也纳森林后,取代小樱成了郝总的秘书,身份一确认,他们就可以公然地出入各种见得人和见不得人的场所了。郑凡问郝总:"您说,房价究竟会不会降呢?这次国家宏观调控的力度很大。"

郝总将手里粗如香肠的古巴雪茄烟搁到烟缸上:"小郑,你年轻,见识也少。这么跟你说吧,以我这么多年从事房地产的经验,国家打压一次,房价上涨一次。"

郑凡听得头皮发麻。在跟悦悦去财务部领编务费的楼道里,郑凡问:"你跟舒怀真的分手了?"

悦悦身上暗香浮动,声音里充满了往事如烟的情绪:"过去的都过去了,再提起来没意思。"

郑凡问:"你究竟想找一个什么样的男人呢?"

悦悦说:"像你这样的,从不放弃努力和挣扎!"

郑凡问:"悦悦,当初你说想掀翻的那张老板桌,是郝总的这张桌子吗?"

悦悦吃惊地看着郑凡,没有答话。楼道里留下的是杂乱无章的皮鞋的声音。

郑凡领了钱下楼,骑上自行车,发现车胎瘪了,他推着自行车往欧陆地产总部外面走,刚到大门口,丰田佳美轿车在郑凡自行车侧面刹住了,车里跳下楚楚动人的悦悦:"郑凡,你在等我?"

郑凡说:"车胎坏了！找地方修车。"

悦悦说:"这是闹市区,哪有修自行车的？把自行车放在后备厢里,我把你送回城中村去修。"

郑凡有些犹豫,悦悦用遥控门锁打开了后备厢:"快呀,把车搬上去,后面又来车了！"

后面一辆别克在猛按喇叭,郑凡将自行车搬了上去。

坐在副驾驶位子上,空调里送出均匀的冷气,闷热和缺氧的空气被关在了窗外,人一下子就神清气爽起来。郑凡想眼下流行的"爽"字肯定就是在这样的车里体验出来的,与此同时,郑凡还闻到了一股茉莉的清香,不知是车里的,还是悦悦身上的。

坐在车里郑凡在体验"爽",没说话,悦悦有点沉不住气了,她似乎要急于漂白自己:"车是郝总给配的工作用车。"

郑凡摸了摸裤子口袋,一千块钱在里面。他没说车,说起了悦悦和舒怀:"你当初就不该跟舒怀好。"

悦悦手握方向盘,目光盯住车的正前方:"当初我以为像他这样正宗的大学本科毕业生,应当是横行天下,畅通无阻。可舒怀……"

郑凡打断悦悦:"你别说了,我们不能要求所有人都去叱咤风云。"

悦悦说:"你不是叱咤风云的英雄,但你是一个勇往直前的男人。郑凡,我没那么俗气,我希望一个男人像个男人的样子,让自己的女人少受点苦。你怎么就不理解我呢？"

郑凡生硬地说:"你把舒怀一脚踹了,我怎么理解你？"

车里沉默了下来,沉默的空气中流动着死亡的气息。

丰田佳美在城中村路口的一个自行车修理铺前停下,悦悦最后对郑凡说的一句话是:"郑凡,你信不信,要是我们俩在另外一个城市,你现在是下不了车的。"

郑凡举重若轻地说:"在另外一个城市,你没有这小轿车,无车可下。"

这时,下班的韦丽刚下公交车,她看到了悦悦朝郑凡挥手,郑凡也对她挥手,韦丽上来一巴掌将郑凡的胳膊击落:"悦悦送你回来的?"

郑凡一愣:"是,我自行车坏了。"

韦丽:"为什么见了我,兔子一样溜了?"

郑凡:"她没看见你。"

韦丽:"她不敢看见我。郝总给她买车,她用郝总的车送小白脸。"

郑凡真生气了:"你说话怎么这么难听?刚才我还在车上谴责她呢!"

韦丽气得冒出了眼泪:"这个狐狸精什么事干不出来?你们那么难舍难分地挥手告别,有这么谴责的吗?你站在路边发呆连我都没看见,还冒充正人君子!"

修好了自行车,晚上回到出租屋,郑凡好像真的犯了错误一样,他给韦丽保证说:"下次我要是再坐悦悦的车,一头撞上大货车,车毁人亡,死有余辜。"

韦丽一看郑凡赌咒发誓了,心里就被熨平了:"这辈子我都不想见到悦悦,老公要永远跟老婆站在一起。"

郑凡说,那当然。

晚上他们就着酱菜吃大馍,喝早上熬好的绿豆汤。一只苍蝇围绕着碗里的酱菜盘旋,韦丽挥舞着筷子跟苍蝇搏斗,郑凡咬了一口馒头,感慨着:"苍蝇为了活下去,几乎不要命。"

韦丽反应很快地顶了一句:"人为了活下去,几乎就不要脸。"

郑凡知道韦丽说的是什么意思,他没有吱声。

郝总说房价还要往上涨,一连好几天,郑凡心里都没底,不知道是秦天说得准,还是郝总说得对,秦天在北京,在中央领导身边工作,郝总是房地产一线的开发商,按说,秦天对国家政策把握最透,郝总对行情摸得最清,究竟该听谁的呢?他曾跟韦丽说过心里的困惑,韦丽没兴趣:"你是一家之主,你怎么理解就怎么做。"

郑凡说:"要不这样吧,我们明天去把百安居的房子定下来。"

韦丽说:"明天我还要上班,大后天轮休。你不是说不买的嘛,怎么又冒出了新主意?"

郑凡无奈地说:"我们在生活中就像大马路上的一只小蚂蚁,被人踩死了,连尸首都找不到,还是先买一个窝。"

韦丽接着说:"在窝里留个全尸?这房子我不要。"

郑凡说:"我的意思是我们这些小人物,经不起大风大浪,能有个窝,踏实些。"

韦丽突然伸出手指,孩子气似的要跟郑凡拉钩:"就这么定了,明天就去买房,谁不买谁就是小猪!"

郑凡没有伸手:"都这么大岁数了,还拉钩,太幼稚了!"

韦丽伸出的手指悬在半空:"我怕你又反悔了。"

郑凡说:"我说来庐阳,不就来庐阳了?从来说一不二!"

郝总的前女秘书小樱回湖南后开了一家女性内衣店,她在女性内衣的重重包围下感受和体验着女性的自足与完整,也许庐阳是她生命中的一个劫,在劫就会难逃。

小樱去上海进货的路上在庐阳绕城高速上出了事,货还没进到,车子却撞坏了。夜里长途赶路的司机过于疲劳,一头撞到了高速中间的隔离带上,所幸小货车速度不快,司机脸上擦伤,小樱右胳膊却断了,交警将车子拖到了交警队,把小樱送进了医院。

郑凡去欧陆地产拿新一期会刊的图片,郝总刚接了小樱电话后,他派悦悦去市三院看望小樱。醋意盎然的悦悦当着郑凡的面毫不买账:"把你老婆也叫上,我跟她一起去看小樱!"

悦悦说着就扭头夺门而去。

郝总很无奈地抽着雪茄,对愣在一边的郑凡说:"小郑,你替我去医院看望一下。"他从抽屉里拿出一个信封,"这两千块钱慰问金交给小樱,你就说我去杭州开会去了。"

郑凡接过信封:"郝总,你为什么不自己去看望呢?"

郝总指着悦悦走出去的门,莫名其妙地说了一句:"你刚才也看到了,女秘书,脾气都大,少接触为好。"

郑凡说:"我又没女秘书,到哪接触去?"

郑凡骑着自行车去了三院,见到了躺在病床上的小樱,小樱见了郑凡情绪很激动,挣扎着要坐起来,郑凡让她躺下。

小樱很好奇地问:"你怎么知道我出车祸了?"

郑凡将信封交给小樱:"郝总说的,他说要去杭州开会,托我来看望你,这是郝总的慰问金。"

小樱将信封塞回郑凡手里:"我给他打电话不是跟他要慰问金,也不是要他来看我,我是托他帮忙把我的车从交警队提出来,让司机先回去。"小樱虽脸色缺血,但人却显得精干而自信,她说自己店里的生意很好,不缺郝总的慰问金,郝总对于她最大的意义是让她懂得了女人靠男人是靠不住的。

小樱说她受伤后想打的第一个电话是给郑凡,"我想要是能打通的话,说明我们之间有缘分,说不准出了院我就追你。"她看到郑凡有些不知所措,就说,"跟你开玩笑的,我确实很欣赏你,但不会嫁给你。"

郑凡也轻松起来了："谢谢你的欣赏。你送我的电话卡早就用完了。"

他从口袋里掏出崭新的"鳄鱼"钱包,是欧陆房地产公司给客户的小礼品："送给你,我没钱,要钱包没用,祝你做生意多挣钱!"

小樱接过钱包："谢谢!郑凡你会有钱的!"

郑凡说："托你吉言,小樱。你说,房价会不会再涨?"

小樱说当然要涨,以我的眼光看,中国的导弹卫星国家机密统统降价卖,就是房子不会降价卖,郑凡问为什么,小樱说不为什么,这是我的感觉。郑凡很失望,他说你怎么跟郝总一个腔调。

临走的时候,郑凡还是把两千块钱慰问金塞给了小樱："你不收下,我不好向郝总交差。"

小樱说："也好,我回去把不义之财捐给山区贫困的孩子。"

在对待买房的态度上,郑凡是属于那种草木皆兵风声鹤唳的心态,内衣店女老板小樱的胡说八道都能给他致命一击,好像谁都可以欺负他一样。本来已经约好了第二天跟韦丽一起去百安居订一套七十平方米的房子,头一天下午去所里开会传达深化文化体制改革文件精神,会议结束后,郑凡因为书稿中严凤英在安庆被一个国民党官员看上的资料有几处拿不准,他找所长寻求帮助。所长说了自己的意见后问他最近除了做学问之外忙什么,郑凡说明天要跟韦丽一起去定一套房子,所长脸色凝重起来,他扔给郑凡一支烟："你是相信政府的决心,还是相信开发商的危言耸听?肯定降,维也纳森林每平方米超过了一万,太过分了,我们工资两千多,不吃不喝一年,只能买一个马桶大的地方,政府怎么能坐视不管呢?"

郑凡说："郭老师,您的意思是?"

郭之远吐出嘴里的劣质烟雾："不买!你又不等着买房娶媳

妇,现在买房子干吗?"

晚上回到城中村,一进门,韦丽兴冲冲地说:"下午跟我妈通过电话了,她也说无论如何,一定要有一间朝南的。"

郑凡从塑料袋里先掏出一个馒头塞到韦丽手里,他想先用一个馒头来稳定一下韦丽的情绪。可当韦丽听说了郑凡的主意后,她把咬了一口的馒头狠狠地砸到电饭锅里:"你怎么出尔反尔,还像个男人吗?"

郑凡说:"郭老师说了,这次国家的调控力度是空前的,房价必降无疑。"

韦丽说:"你自己说的,房价就是涨到六千一平方米,这次也一定要买,我都不知道,你怎么一点定性都没有?"

郑凡跑过来企图搂住韦丽,而这屡试不爽的惯用伎俩这次不灵了,韦丽一把推开郑凡:"不要碰我!"

郑凡坦白从宽地说:"在买房子这件事上,我是缺少定性。可我实在缺少研究房市的能力,我们挣点钱太难了,都是血汗钱,不能白白就扔了。"郑凡发觉自己的鼻子有点酸。

房子不买了,韦丽要买电饭锅,是那种微电脑自动控制的电饭锅,超市促销价四百八十六块。

郑凡不同意,屋里已经有一个电饭锅,一百一十八块买的,刚用了不到两年,郑凡说:"赶什么时髦呢?"

韦丽说:"老式电饭锅不能熬稀饭,自动控制的电饭锅晚上把米水放进去,第二天一早就能吃上熬好的稀饭。"

天很热,他们的蜂窝煤炉还是憋不住火,经常灭,熬稀饭就像看守犯人一样寸步不离,稍有疏忽,米汤就会漫出来,刺鼻的二氧化硫的味道呛得喉咙里冒烟。韦丽曾提出过改用煤气罐做饭,郑凡说城中村大杂院里用的都是蜂窝煤炉,不能搞特殊化,我们并不比他们有钱。韦丽退而求其次提出换电饭锅,没想到郑凡还是不同意:"电脑控制省事,可不省电,一夜下来,要浪费多少钱?"

韦丽急了:"房子不买了,你要钱干吗?"

郑凡说:"房价一降,马上就买,也许到不了年底。"

韦丽说:"我敢跟你打赌,要是年底房价降了,我就从小雯跳楼的地方跳下去!"

郑凡说:"我不跟你赌。每天早上我起来熬稀饭,好了吧?"

韦丽说:"怪不得小姐妹们说,找城里要饭的,也不找乡下卖饭的。太抠!"

最近这段日子郑凡没接江淮文化传播公司的活,晚上就抓紧写黄梅戏研究的书稿,他打算第一稿拉出来后,征求各方意见,然后再修改出版,争取用三年时间,跟新房装修一起完工,那是他想象中的双喜临门。到这天晚上为止,郑凡虽几经未来房市虚实相间、真假难料的情报折磨,可望着墙上的那幅振振有词的口号标语,他依然充满信心。韦丽早已没有了刚拿证时的激情了,晚上她洗了锅碗,百无聊赖地看一会儿电视,早早地就睡了,郑凡在标语口号的监督下继续工作,一张裂缝深刻、腿脚摇晃的桌子跟郑凡一起熬夜。有时半夜里韦丽醒来了,看郑凡还趴在桌上写书稿,她会在半梦半醒中说一句:"你还不睡呀!"其实郑凡很是渴望着韦丽能像当初那样蛮不讲理地把郑凡拖到床上去睡觉,可韦丽说完后,又独自睡去了,郑凡扭过头看着睡相疲倦的韦丽,心里很不是滋味,没到两年,一个女孩的激情就被这平淡无聊的生活消耗殆尽了。

已是晚上十点多了,郑凡点上一支烟,抽烟没瘾的他喜欢在烟雾中琢磨写作的难题。

门不是被敲开的,而是被撞开的。老苟患糖尿病的老婆鬼哭狼嚎地叫着:"不得了了,家败了,老苟被公安局抓起来了。小郑,求你救救老苟,这个月房租不收你的了。"

郑凡被老苟糖尿病老婆弄蒙了:"老苟怎么被抓的?"

韦丽也从睡梦中惊醒了,她睁着一双迷蒙的睡眼:"老苟要涨房租吗?"

老苟老婆不理睬韦丽,她攥住郑凡的胳膊像攥住一根救命稻草:"在二马路那里跟一个洗头小姐鬼混,被抓了。"

郑凡很吃惊,这个一再教育他要遵纪守法不许乱搞男女关系的房东自己居然进去了,郑凡说:"抓进去也好,拘留过了以后就不会再犯了。"

韦丽完全清醒了,她从床上跳下来,对老苟老婆说:"这是好事呀!别说被抓,就是枪毙,也是活该!这老苟,像狗一样,瘸了腿还去嫖娼,岂有此理!"

郑凡有些幸灾乐祸地笑了起来,他将放在桌边的一条湿毛巾扔给韦丽:"还没睡醒,睁着眼说梦话,没有谁规定,瘸子就不能嫖娼。"

城中村的人都知道,租住大杂院里在党和政府里做事的就郑凡一个,其他都是三教九流之辈,所以老苟老婆见郑凡两口子无动于衷的态度,突然就跪了郑凡和韦丽的面前,她眼泪一把鼻涕一把地抱着郑凡和韦丽的一人一条腿:"老苟要是今晚不放回来,明天村里就全知道了,我们一家就没脸再活下去了。求求你了,小郑,只有你能救得了老苟,你要是不救老苟,我就喝农药不活了。"

眼看老苟老婆寻死觅活要出人命了,韦丽心先软了,她拉起老苟的糖尿病老婆,拽了拽郑凡的胳膊:"能不能想到办法?哪怕罚款,先把人放出来!"

深更半夜的人的脑子不是太好使,郑凡像是吃了迷魂药一样,完全被两个女人的情绪控制住了,他使劲地拍着自己的脑袋:"找谁呢?"

郑凡一开始想到的是找郝总,或者龙飞,这点事找他们,肯定摆平,可他没有他们的电话。韦丽说你快点想办法呀,郑凡说除非找赵恒,他只有赵恒的电话。可韦丽一直不让他去江淮公司接活,现在这么晚了求人家出面到公安局捞人,不好开口,韦丽说:"只要人能放出来,你就答应去接他的活好了。"

于是,郑凡给赵恒打了一个电话,赵恒说他正在龙总的南海浪涛桑拿呢,"有什么事,过来谈吧,电话里说不清!"

韦丽和老苟老婆都催郑凡赶紧过去,郑凡出门骑上自行车往南海浪涛一路狂奔。南海浪涛离城中村五公里,十五分钟郑凡就到了,南海浪涛大门前霓虹灯一片辉煌灿烂,彩色的光束像炸开的焰火四下迸射,郑凡走进三楼301包厢时,赵恒和龙飞正穿着浴衣在等郑凡。301包厢有专用的浴池和两间可分可合的休息室,里面环境整洁、光线暧昧、格调俗艳,听完了郑凡紧张的陈述,龙飞和赵恒都笑了,赵恒说:"我以为有多大事呢!龙总一个电话不就搞定了?"

龙飞说:"你先进去洗澡,我出去打个电话!"

龙飞拿起手机,拨了一个号码,然后就听他对着话筒说:"对,一个朋友,在二马路那地方被抓的。姓苟!好的,谢了,改天过来叙。刚来了几个东北的。"

龙飞合上电话说:"人马上就放。小郑,要俄罗斯的,还是东北的?小定考上重点高中,一直没找到机会向你表示感谢。"

郑凡紧张地抹着头上的汗:"谢谢龙总,我要回去了!"

赵恒拉住郑凡:"龙总请客,不要你花钱的。"

没见过世面的郑凡说:"老苟今晚才被抓的,打死我也不敢。"

龙飞对郑凡说:"这是什么地方?谁来抓?抓谁?你太小看你龙哥了!"说话间已经进来了一串美女,她们穿着形同虚设的衣服,性情温和、训练有素地微笑着,她们等待着郑凡挑选就像等待着皇上宠幸,赵恒进一步阐释说:"跟皇帝选妃子一样,看中哪个,就归你了。过一回当皇帝的瘾!"

龙飞过来说:"挑一个进去陪你洗澡,我下去见一个朋友。赵恒,你给照应一下!"

龙飞走了,赵恒说挑呀,郑凡说:"赵总,你公司的活,我明天就去接;这嫖娼的活,由你接。"说着拔腿就跑。

赵恒在他的身后号叫着:"你这空前绝后的傻瓜!"

在一楼大厅,仓皇逃跑的郑凡与刚进来的客人撞了一个满怀,客人一把揪住郑凡:"瞎了眼你?"

郑凡连声说:"对不起,对不起!"

抬起头,两人都愣住了。郑凡发现客人是郝总。

郝总松开郑凡,乐了:"怎么是你小子? 跑什么,没钱付账?"

这时龙飞走了过来:"郝总,这么晚才过来放松?"

郝总说:"累死了,谈钢材价格缠斗了一整天,就差动刀子了。"他指着郑凡给龙飞交代着,"龙老板,这位兄弟的消费记在我账上。"

龙飞说:"郝总,小郑是我的客人,哪能要你买单?"他很疑惑地看着郑凡,"这么快?"

郑凡说:"赵总在上面,我先走了!"

郝总看了看龙飞,又看了看郑凡,显然他一时还没法理解郑凡怎么成了龙飞的客人。

趁着郝总跟龙飞寒暄,郑凡转身溜出门,迅速离去。

郑凡还没到家,老苟已经到家了。

郑凡进屋的时候,见老苟家两口子正拎着一块腌得金黄的火腿往韦丽的手里塞,韦丽坚决不要,郑凡上前制止住了双方拉拉扯扯的动作:"我跑了一圈,没找到人,老苟你拎回去吧!"

老苟老婆说:"那人是怎么放回来的?"

老苟顺水推舟说:"我不是跟你说了吗?冤假错案,他们发现抓错人了,就把我放了。小郑哪有那么大本事,指挥得动公安局?笑话!"

老苟拎着火腿走了,老苟老婆说:"小郑虽没找到人,这么晚跑了一大圈,谢谢呀!老苟这个人狼心狗肺,你别跟他计较。"

老苟家两口子离去后,郑凡将找人放人的情况如实说了一遍,韦丽说:"你为什么不跟他们说实情?"

郑凡说:"我觉得恶心,为一个嫖客深更半夜去说情,简直就是无耻至极!"

韦丽见郑凡很生气,觉得也有些理亏:"我也是一时头脑发热,怕老苟老婆真的喝了农药,才叫你去的。"

郑凡说,这事不说了,以后永远也不说了。当然,那天晚上在南海浪涛龙飞赵恒给郑凡找小姐一事,郑凡也没说,那是说不清的事。

等到郑凡躺倒在床上睡觉时,已是后半夜两点半了,天依旧闷热,破电风扇仍在勤勤恳恳无济于事地扇着热风。郑凡闭上眼睛,眼前晃动着南海浪涛的那些小姐们正对着他微笑的脸,她们张开的牙齿像古代用刑时张开的铡刀。

第十章　这世界变化快

最早电话是老豹打来的,后来小凯也给郑凡打了一个电话,趁着这会儿正是暑假期间,他们准备一起去上海看望导师张伯驹,张伯驹老师住院了。

离开上海两年后,故地重游,他们已是外乡人。走在上海的马路上,心里发虚,他们像是非法闯进了人家的菜园准备偷菜。上海还是那个上海,心情却不是以前那个心情了。

郑凡、小凯、老豹到华山医院扑了个空,医院说他们来看望的当天上午张老师已经出院了。

张伯驹教授已经退休,这个一辈子跟屈原为伍的老知识分子退休后,在一个民间的"国学训导中心"义务讲授《离骚》《论语》《孟子》。中心主管是一个台湾人,他要给张伯驹薪酬,张伯驹说他是来跟学员们谈心的,不是来挣钱的,"国学中心如果收学员费用,我就不来教;如果给我薪酬,我也不来教,我有退休金"。果然在张伯驹教授的坚持下,国学训导中心成了一个面向城市白领的义务教育机构。张伯驹教授像是先秦时期的孔孟一样,在"礼崩乐坏"的时代里企图用传经布道的努力来实现"天下归仁焉"的社会理想。

然而张伯驹教授住院并不是由于义务教学劳累引起的,而是他的儿子儿媳吵架将其气进医院的。张伯驹教授夫人已去世十多年,儿子小张从小就讨厌读书,在华东大学成教院混了一张毕业文凭后,好不容易才在街道办谋了一份卫生专管员的差事,收入不高,当然也就买不起房子,结婚后住在老父亲张伯驹教授的一套三居室里。按理说,三个人住三居室在上海差不多近乎奢侈了,可儿媳却不懂得珍惜。张教授儿媳是街道里弄小市民的女儿,没正式工作,早先在花店卖过花,长得像花一样的儿媳嫁过来后的主要任务就是跟丈夫吵架,吵架的时间就像《新闻联播》一样固定,即张伯驹教授一进家门两口子准时开吵,一开始张伯驹教授以为利用吃晚饭时间吵架是为了提高效率,既吃了饭,又吵了架。可渐渐地,张伯驹教授发现有点不对味,只要他不在家,小两口好得恨不能共吃一个碗共喝一口水,听到张伯驹教授敲门了,儿媳马上就对丈夫破口大骂:"你这个小瘪三,要钱没钱,要房没房,我嫁给你,倒了八辈子霉!"张伯驹教授每次都用"克己复礼为仁"的语录教导他们,可一点用都没有。有一次,张伯驹教授用钥匙轻轻开了门进去,正在厨房往丈夫嘴里喂西瓜的儿媳,一见公公进来了,啪的一声将西瓜扔到丈夫小张的脸上:"你这个窝囊废,娘老子不贴你钱,自己又挣不到钱,还整天想着吃西瓜。"张伯驹教授终于听明白了,原来这两口子早就联手玩起了"打草惊蛇""假道伐虢"的游戏,是想借此"声东击西"的手段把张伯驹教授赶出这套房子。

一天,忍无可忍的张伯驹教授将儿子儿媳叫到客厅准备对他们进行国学教育:"知耻者而后勇,你们知道什么叫作可耻吗?"看着麻木不仁的儿子儿媳,老人急火攻心,血压骤升,一头栽倒在地。

郑凡、小凯、老豹去学校看望张伯驹,时间已经是晚上九点多钟了,他们事先没有打电话,直接到张老师家。轻轻敲门,开门的是张老师儿子小张,小张见是以前的几个研究生来了,就很客气地做出请进的手势,他小声地说我爸今天刚出院,已经睡了,郑凡他们说那就不进去了,明天再来。

郑凡、小凯、老豹三人住在校内的浦江宾馆,得知他们是本校毕业的研究生专程来看张伯驹教授的,仁慈的宾馆经理说难得还有如此有情有义的学生,于是当场给他们打了六折。三人聚到一起,读书时的气息死灰复燃,他们办好入住手续,走进笼罩在黑暗中的校园。由于放暑假了,校园里寂静得像一座劫后余生的墓地,有迎面扑来的虫子撞到了鼻梁上,而没有一个人与他们擦肩而过。他们走到自己曾经住了三年的研究生院宿舍楼下,里面黑咕隆咚的,一楼看大门的徐大爷正在传达室里看电视,见到郑凡他们三位,很是激动,徐大爷请他们进屋喝水,郑凡他们都说谢谢真的不渴,老豹给徐大爷敬了一支烟,又点上火,然后才离开,这种黑暗中的相遇令人感动。

在校园漫步的感觉如同跟离婚后的前妻重逢,感情相当复杂。在上海失恋过的小凯冒出一句:"我要是国家一把手,就把全国所有的房子没收充公,然后根据家庭人口和工作地点,实行全民租赁。房屋私有化是全人类文明进程中的一大败笔。"

看不清黑暗中的表情,老豹说:"有意思。怎么想起这个话题来的?"

郑凡说:"小凯在上海受过伤,不就是没找到工作,又没有房子,才失恋的。"

小凯说:"张老师为什么住院,完全是他儿媳想霸占老人家的房子,才找碴吵架,妄图赶走张老师的。"

一处苍白的太阳能路灯光照亮了老豹苍白的脸:"我他妈真想把张老师忤逆不孝的儿子揍个残废。"

郑凡说:"张老师一生致力于用中国传统的士大夫精神来感染和影响社会,可自家屋檐下的儿子儿媳成了第一批叛逆者,这能说是张老师的失败吗?"

老豹说:"当然不是。这是我们整个社会的失败。还没来得及跟你们说,我已经辞职了。"

郑凡和小凯惊得面部肌肉全都僵住了,问为什么。老豹说自己因为看不惯城管专门打无权无势的老百姓,就私下里偷偷地给书商写了一本书《中国城管调查》,书商给了他五万块钱稿费,出版后在社会上引起强烈反响,连《美国之音》都报道了,虽说他用的是"小城飞刀"的网名,可政府还是很快调查清楚了老豹是扔出这枚炸弹的肇事者,查明真相后,政府派了一位相貌和语言都很温和的领导找到老豹说:"你看是你自己辞职呢!还是由我们开除公职?"老豹说:"还是我主动辞职吧,我乡下老母亲和乡下妻子没见过世面,她们要是知道我被开除了,一时想不开会跳河、上吊、喝农药,那样就是家破人亡了。"政府"以人为本"地批准了老豹辞职。老豹说他看望过张老师后就要去北京,那里好几个书商约他去谈《中国城管内幕》的书稿,有一个盗版比较著名的书商已经出到十万了。小凯说他在网上看到过这本书的报道,但他没想到"小城飞刀"就是老豹,郑凡说他这两年就没上过网,自己像是一件出土文物。郑凡和小凯都安慰老豹说沿着这条路往前走,完全有可能越走越宽广,眼见着你已经成为作家了,很了不起。老豹也比较盲目乐观地说,将来时机成熟了,他要写一本《惊天一跳汨罗江》,把屈原投江的故事写成一部长篇历史演义,"我觉得,目前全国写屈原传记的没人能超过我,明天我要向张老师宣布这一伟大的计划,你们到时候给我帮着鼓吹鼓吹"。

第二天三人看望导师的时候,郑凡拎了一斤太平猴魁茶叶,老豹揣了三包真空包装的四川火锅调料,小凯提着一床细篾凉席,这是他们来之前就约好了,带一点各自家乡的特产给导师。他们三人都知道张老师的脾气,所以送花篮之类华而不实的世俗情调他们连想都没想过。

"一日为师,终身为父",张老师对三个弟子联合登门看望异常激动,他身体看起来有些虚弱,但精神上却如同一个失魂落魄的父亲找到了失散两年的三个儿子,说起话来居然像上课一样振振有词。听了三人毕业后的情况汇报后,张老师点评作业一样一丝不苟,他说郑凡研究黄梅戏艺术,可谓学以致用,用得其所;小凯教书育人,传经布道,与郑凡是殊途同归;老豹侧身城管,学非所用,斯文不在,幸好如今壮士断腕,改弦更张,他不无得意地说:"《惊天一跳汨罗江》将会成为楚辞研究的一个重要收获,国内的屈原评传至今没有一本像样的。你若需要核实资料,尽管找我。书名最好就叫作《屈原评传》,不要商业味太重!"张老师并不知道,这就是一本为商业写作的书。张老师也不知道郑凡在外兼职挣钱以及为假药设计广告被审讯了一夜的相关细节,至于小凯因为贫穷娶了一个找不到工作的女学生做老婆,还有郑凡在网上赌来了一个老婆的事实,更是一点蛛丝马迹都不能流露出来,学生给老师汇报生活就像下级给上级汇报工作一样,报喜不报忧,甚至不惜弄虚作假地追求面子工程。

　　中午在校内浦江宾馆餐厅,三人联合请导师吃饭,以答谢张老师在毕业前为他们送行的那顿最后的晚餐。因为他们都知道张老师是被儿子儿媳气到医院的,既然没在医院看到老师,于是他们三人就说是趁着暑假过来看看老师的,没有一个人提起住院的事,张老师也不提,好像住院这事从来就没发生过一样。这样一来,吃饭的气氛就很轻松愉快了,他们甚至在饭桌上讨论起了屈原如果不跳江的话有没有重出楚国政坛的可能。快要吃完的时候,张老师儿子小张满头大汗地赶过来了,郑凡他们招呼小张坐下吃饭,小张坐下来拿起筷子,没夹菜,而是悬在半空,他对着老父亲张老师斩钉截铁地说:"爸,我是下定决心了,坚决离!老子永远比妻子重要。"张老师将一个盘子推到小张面前,顾左右而言他地说着:"红烧野鸭的味道做得很好。"

郑凡他们三人装聋作哑,像是没听到,他们在讨论着上海即将到来的一场台风将会刮倒多少户外广告牌。

张老师被小张接回去后,郑凡、老豹、小凯三人下午去上海滩盲目地转了半天,明天一早就要各奔东西,晚上由郑凡请客到城隍庙吃小笼汤包,算是兑现两年前的承诺。吃完汤包,他们满嘴流油地走在城隍庙依旧灯火辉煌而俗艳的街市上,在聚宝斋门前,三人很自然地联想起了两年前的那一幕。

郑凡触景生情地问小凯和老豹:"你们说,那位栽赃我们偷狗的女人此刻在哪里呢?"

小凯浮想联翩地说:"在上海的某一豪华公寓的客厅里,她的身边围绕着一群狗,此刻她正在跟一群狗讨论为什么如今好多人活得不如一条狗。"

郑凡说:"跟狗是讨论不出什么结果的。她还跟那个皮具商老头睡在一张床上吗?"

老豹自以为是地说:"我敢打赌,此刻她正躺在另外一个男人的怀里。"

郑凡说:"也许在那个夜晚之后,她幡然醒悟,离开了那个头发很少的老头,自己独立谋生,就像小樱一样。"

老豹和小凯不知道小樱是谁,异口同声地反驳说:"别想得太美了,这样的人要是有独立的人格,早就跳黄浦江了。"

老凯补充道:"谁他妈都想过不劳而获的日子,无可非议。"

在一个金银首饰柜台前停住脚,他们就两年前女人的出路争执不休,柜台里的营业员却自作多情地问他们:"先生,看看新到的几款香港首饰!"

郑凡问了一句："有纯正的德国狮子狗卖吗?"
营业员愣住了。

市黄梅戏艺术剧院七一晚会上别出心裁地将歌曲《党呀！亲爱的妈妈》改编成黄梅调,据说一个从北方调过来的市主要领导听了后相当兴奋,这位从来没听过黄梅戏的市主要领导说这是黄梅戏改革取得的重要成果,要求黄梅戏艺术剧院改编一系列主题积极向上的革命歌曲,包括许多根本就不适合黄梅调演唱的《红星照我去战斗》《怒吼吧,黄河》《青藏高原》之类的。市里主要领导召集文艺界黄梅戏著名演员和专家开会研究改编曲目,并且准备国庆节送一台黄梅戏革命歌曲演唱会到北京,艺研所所长郭之远和作为黄梅戏研究青年专家的郑凡应邀参加会议。

所里没车,他们是坐出租车去的。车上,郑凡问所长："郭老师,您说我是讲真话,还是讲假话?"

郭之远想了一会："真话讲一点,假话也要讲一点。"

郑凡说："我说话的底线是,不讲假话!"

所长说："那你就不要发言,带着耳朵听就是了。"

郑凡说黄梅戏属于南方的民间戏曲,曲调柔软中庸,不适宜高亢激越的演唱,"我听过柳燕燕的黄梅调《党呀！亲爱的妈妈》的录音,黄梅调一演绎,亲爱的妈妈就成了没牙的奶奶,甚至是瞎了眼的外婆,糟糕透了"。

柳燕燕也去参加了会议,会上一派赞美之声,都说黄梅戏因此焕发了青春,走出了新路。郑凡听得牙疼,他打开手机给柳燕燕发了一条信息："江青要是还活着,肯定能看上你!"

柳燕燕回了一条信息："你出来,我找你!"

郑凡和柳燕燕在会场上对面而坐。柳燕燕出去后,郑凡也出去了,一般说来,逃会者必须要做出上厕所姿势,抽身动作迅速,出门刻不容缓。在会议室外面的走廊尽头,柳燕燕和郑凡这两个都没上厕所的人碰面了,郑凡以为柳燕燕肯定会对他不友好的信息进行反击,没想到柳燕燕神闲气定地将一本邀请册递到郑凡手上:"明天晚上七点半,我的个人专场,江淮大戏院小剧场。"

郑凡接过邀请册:"黄梅戏专场,还是黄梅调革命歌曲专场?"

柳燕燕说:"当然是黄梅戏。"说完就走了,走廊里留下一串看不见的黄梅戏足迹。

郑凡本来不想发言,可会议主持突然指着郑凡:"这位年轻人,你也说一说!"郑凡抓过话筒,想起两年前差点让他去杂技团耍猴的惨痛教训,真话居然像被追赶的小偷一样一溜烟跑了,他结结巴巴地说了一些似是而非的观点,大意是黄梅戏正处在最紧要的历史关头,前面的路怎么走,需要充分论证,需要精心谋划,并且还节外生枝地说了演员艺术修养在全面改制后只能提高而不应该下降,"我们那般强烈地期待着演出市场能够锤炼艺术,也锤炼演员,同时锤炼我们艺术研究者一成不变的思路"。发言结束的时候,稀稀落落的几个掌声更像是对他发言不得要领的讽刺,有几个两年前参加深化文化体制改革座谈会的与会者很恍惚地看着郑凡,他们会后向所长郭之远打听这个发言的年轻人是不是郑凡。郭之远言之凿凿地对他们说:"没错,是郑凡。"

郑凡觉得这肯定是他这一生中最糟糕的一次发言,虽然没说假话,但也没说真话,这次发言等于是说了空话和废话,有一种发言叫作"正确的废话",说得都对,但就是没价值、没意义,比如你大张旗鼓地论证人活着鼻子是喘气的,血液是流动的,对不对呢,当然对,但很无聊。郑凡在放下话筒的那一刻,觉得自己应该跟屈原一起去跳江,尤其是他看到柳燕燕用轻蔑的眼光持久地看着他时,他觉得自己就像一个掏空了内容后被扔在地上的一只烂香蕉皮。女人不需要大动干戈,女人只需要动一下眼神就可以摧毁一个男人。

直到第二天晚上郑凡去看柳燕燕黄梅戏专场演出,郑凡还在为自己说了那么多正确的废话而不遗余力地寻找理由。走上江淮大戏院青石台阶时,他终于想通了,柳燕燕能用黄梅调将革命歌曲唱得百孔千疮,他完全可以用空话来论述黄梅戏离经叛道的改革,这都是出于无奈,郭所长曾经开导过他:"'人生不如意十之八九',说的是人活着,大多数时候是不如意的,只有极少数情况下,才是遂心如愿的,一个成熟的人是不会由着性子来的。"郑凡觉得自己没有背叛良知,只是没有由着性子来而已。这两年多来,他已经经历了太多的无奈、无助、无聊和无趣,不都照单一一全收下了?

柳燕燕的黄梅戏专场,艺研所只有所长郭之远、老肖还有郑凡三人收到邀请。进了江淮大戏院小剧场,郑凡看到郝总和悦悦也来了,跟他们打了招呼,没想到座位号紧挨在一起,都在第一排。小剧场不大,只能坐两百多人,可灯光和音效都是从美国进口的当今最先进的配置,座椅是丝绒布面料的软装饰,空气中还弥漫着一种来路不明的香水的味道,置身其中,明显能感受到这是一个豪华且充满贵族气质的剧场。

今晚邀请来的都是庐阳文艺界的精英、商界的名流、政界的显要,郑凡大都不认识,他不太理解柳燕燕一个自命清高的演员为什么请来这么多场面上的人为自己捧场,等到序幕拉开的时候,郑凡才恍然大悟,原来这是柳燕燕在庐阳的告别演出,说诀别演出更准确一些,因为第二天柳燕燕就要跟她的美国丈夫飞往洛杉矶。知道真相的郑凡心里像是被灌进了辣椒水,火辣辣的。

柳燕燕既没嫁给中国的大官、大腕,也没嫁给中国的知识分子,她嫁给了一个美国的知识分子,庐阳工学院的外籍英语教师。年初柳燕燕他们去跟庐阳工学院外教联欢的时候认识的,那位叫杰克的美国青年知识分子发扬一不怕苦二不怕累的精神每天到剧团送花,死缠烂打三个月后,最终将其俘获怀中。杰克在庐阳的外教已结束了,明天他们将飞往洛杉矶举行西式婚礼并定居在没有黄梅戏旋律的美国。柳燕燕演出结束后感谢各界师长亲友同事对她这么多年的支持和关爱,说到动情处禁不住潸然泪下,她身边的年轻帅气的美国丈夫憨憨地傻笑着,他显然理解不了黄梅戏演员柳燕燕的告别演出此刻对她来说无疑是跟黄梅戏的遗体告别,那是一种贯彻骨髓的疼痛。郑凡先是有些伤感,继而又有些麻木,演出结束后许多人上台献花拍照,郑凡既没上台,也没走,他痴痴地站在台下看着台上的风景,剧场里回旋着柳燕燕《小辞店》的唱段,余音绕梁却又像是阴魂不散。

郝总看到一半,先走了,演出结束后,悦悦走到郑凡身边问他是不是要跟柳燕燕合一个影,郑凡说没必要了,悦悦说那我们走吧。这时柳燕燕看到了郑凡,她主动走下台来,仍然神闲气定地对郑凡说:"我以为你不会来呢。"

郑凡握住柳燕燕的手:"恭喜你!终于不用再演黄梅戏了!"

柳燕燕突然松开郑凡握着的手:"你昨天的发言,让我很失望。"

又有观众过来送花,郑凡没做解释,只是说了句:"祝你幸福!"就趁乱跟悦悦匆匆离去了。

他们甚至连一声客套的"再见"都没说。

出了剧院的大门,悦悦说我用车送你回去吧,郑凡说我骑自行车。

悦悦看郑凡情绪有些受伤,就指着剧院左首的咖啡厅说:"跟戏子较什么真？别难过，我请你喝一杯咖啡！"

郑凡还没做出反应，悦悦就拉着郑凡的手进了咖啡厅，由于他们拉拉扯扯的动作缺少默契，生硬且幅度过大，所以在进入咖啡厅大门的时候跟一对年轻男女迎面撞在一起，郑凡对被撞着的女生说："实在对不起，光线太暗。"

女生说了声："没关系！"拉着男友的手走了。

被撞的女生突然扭过头对着郑凡和悦悦的背影怔怔地说了一句："没错，肯定是他！"

悦悦和郑凡挑了一个卡座对面而坐，悦悦要了一杯卡布奇诺，郑凡是一杯不加糖的手工研磨的咖啡。悦悦用一把长勺搅拌着杯中的咖啡，一缕缕进口的香气在光线暧昧的空间里袅袅如烟，悦悦别有用心地看着郑凡："真看不出来，你艳福不浅。"

郑凡没能从莫名的氛围中走出来，他应付了一句："我不知道你说的什么意思。"

悦悦轻轻抿了一口咖啡："柳燕燕很在意你，但她更喜欢美国男人，所以你非常失落。"

郑凡像是被戳穿了一样，但他找不到恰当的反击方式，于是就顺着悦悦的话说了一句："如果是你，你也会在意美国男人，很正常。"

郑凡不再说话了，他的目光停留在咖啡厅墙上的一幅撒哈拉沙漠风光的油画上。

悦悦定定地看着郑凡："郑凡，难道你没觉得，真正在意你的人是我。"

郑凡对悦悦的这种赤裸的表白很抗拒，想起了抱着酒瓶的舒怀，心里像是吃了死猪肉一样恶心。然而在这公共场所里，他面对着咖啡和女人不可能有过激反应,于是就漫不经心地说:"我还在意章子怡呢,那又能怎么样?"

悦悦端起杯子伸到郑凡的面前,做出碰杯的姿势,郑凡很勉强地蜻蜓点水地跟悦悦碰了一下,悦悦说:"知道我为什么跟你碰杯吗?"

郑凡摇了摇头。

悦悦说:"因为你是一个有情有义的男人。其实你从来就没反感过我,但因为我们之间横着一个舒怀,所以你才表现得过分的矜持和冷漠。如果没有舒怀,我相信你今晚会跟我走。"

悦悦的感觉过于自负,郑凡觉得应该给她致命一击,他望着悦悦,语言像刀子一样锋利:"悦悦你错了,你忘记了我身边还有韦丽,虽然你从来没把韦丽放在眼里,但我要告诉你,这个小小的收银员、不会挣钱的小女生却是一个有尊严的女人,尊严你懂吗?"

悦悦被刺痛了,她站起身,喊服务员过来买单。

悦悦冷冷地说:"郑凡,你说这话我为你感到悲哀,因为你的逻辑中只要女人能挣到钱,就是用尊严换来的,那么我告诉你,我是靠劳动挣钱,靠智慧挣钱,从来没有用牺牲尊严去换钱。我唯一丢失的尊严就是向你表示了好感,而你是不配接受我这份好感的。从今往后,我不会在你面前再丢失哪怕是一个字的尊严。"

悦悦果然厉害,郑凡在她的咄咄逼人中无力招架,他软下口气说:"悦悦,对不起!我们之间可能有些误解。"

郑凡要付钱,悦悦推开郑凡的手:"我请你喝咖啡,你却要付钱,你这是对我尊严的侵犯,说践踏也不过分。"

这个晚上,郑凡一败涂地,他被柳燕燕和悦悦两个女人撕得粉碎。回来的路上,破自行车掉链了,他蹲在路边装链条的时候,觉得自己跟这链条一样窝囊。郑凡仰起头,想对着天空大吼一声,可天空已被城市的灯火淹没。

韦丽是第二天下班回来找郑凡算账的。

一进门,见郑凡正光着膀子在煤炉上炒青椒土豆丝,屋内烟雾缭绕,郑凡的脸在烟雾后面像一张洗碗用的抹布,韦丽问他为什么不将炉子拎到外面去,"炒菜又不是偷情,有什么见不得人的"。

郑凡说:"天阴沉得厉害,刚才听了雷声就又拎回来了。我怕下雨!"

其实这时候郑凡已经隐约听出了韦丽的弦外之音了,他的脑子里迅速过滤着昨晚的一个个镜头,难道韦丽派人跟踪自己了?现在所谓的调查公司整天靠窥探别人隐私过日子,可韦丽还没精明到那种程度,自己也没有什么明显的把柄攥在韦丽手里,跟悦悦私下喝一回咖啡算不得十恶不赦。

韦丽打开窗子,窗纱已经被油烟堵塞了百分之七八十,所以屋内的烟雾依然很浓,韦丽说:"郑凡,你昨晚看完演出就没想着到别的地方喝点什么?"

韦丽是个沉不住气的女孩,这么一说,等于把昨晚郑凡暗度陈仓的事已经挑明了,郑凡于是就坦白从宽地交代了五六成,至于悦悦说她在意自己郑凡就不能坦白了,还有说如果没有舒怀这个障碍郑凡晚上就会跟她一起走,那更是一个标点符号都不能泄露。女人在这个世界上只有一个仇人,这个仇人就是另外一个女人。看似傻乎乎的韦丽在对另一个女人的敏感上,不仅不傻,而且天赋过人。在听了郑凡的交代后,她很轻松地就戳穿了郑凡的掩饰:"她没有向你诉说跟舒怀分手的痛苦,而是向你表达了勾引的欲望。"

郑凡的鼻尖上和脚底心同时冒汗了,莫非真的有侦探在边上偷听了？他心惊胆战地问了一句："你听到了？"

韦丽说："没听到,我闻到了。"

郑凡如释重负地喘了一口气："我很坦荡,你就是找调查公司跟踪我,我都不怕。"

韦丽对着郑凡光着的肚子捣了一拳："我当然知道你不会上钩,因为你是知识分子,她是卖身的投机分子,你根本看不起她,即使再找你喝上一万次咖啡,你也不会中招,因为你从来就没打算过咬她的钩。"

郑凡有些感动了："教我者,老师也；知我者,老婆也。"停顿了一下,郑凡好奇地问,"你是怎么知道我跟悦悦一起喝咖啡的？"

韦丽说你昨晚跟悦悦进咖啡店大门撞了个满怀的那个女孩是小雯,你在我们超市见过的。郑凡说当时光线不好,没太在意,看来这世界上到处都有眼睛。韦丽说你应该昨晚一回来就跟我说实话。郑凡说我不就怕你多心才没敢说嘛。韦丽说："下一次喝咖啡的时候,把我叫上！"

郑凡说："已经没有下一次了！"

韦丽突然反问了一句："你怎么到现在还不去看望舒怀？有你这么做同学的吗？"

郑凡不是没找过舒怀,而是韦丽搬走后,舒怀电话经常关机,郑凡一直联系不上他,眼见着秋天都已经到了,郑凡觉得再不去见舒怀,确实有点说不过去了,于是他跑到舒怀的住处守株待兔地等着他回来。终于在蹲守的第三天,郑凡在门口守到了舒怀："今天再等不到你,我就要报案了,我还以为你失踪了呢。"

"失踪了的是悦悦。"舒怀吐掉嘴里的烟头,掏出钥匙开门。

一进门,两室一厅的房子里已经闻不到悦悦任何的气息了,屋里凌乱得像是一个废品回收站,旧报纸、空酒瓶、方便面盒子、塑料

217

袋、纸杯，满屋都是，一派颓废和沉沦的生活景象。郑凡问舒怀怎么老是打不通电话。刚从外面下棋回来的舒怀说:"常常是一连好几天都没有一个电话，所以总是忘了开机。"

坐在沙发上的郑凡抓起一个空酒瓶在手里轻轻转动着:"悦悦说你内心很善良，就是不想赚钱，说明她对你还是有感情的。"

舒怀不想跟他讨论悦悦:"是悦悦叫你来找我的?"

郑凡说:"不，是韦丽。"

舒怀有些感动:"韦丽真好！还是黄杉说得对，我们没有你那个福分。"

郑凡从怀里掏出一包"中华"烟:"学生家长给的，我没烟瘾，你尝尝吧！"烟塞到舒怀手里后，郑凡望着老同学，"不打算在外面找点活干?"

舒怀摇摇头:"没劲，一切都没意思！"

郑凡说:"你要是愿意的话，我帮你联系。"

舒怀咬开一瓶啤酒递给郑凡:"纯生，口感不错，来一瓶！"

黄杉在一个没落的黄昏时分携带着一位全身披金挂银的女子入住庐阳希尔顿大酒店。住希尔顿的，不是大款，就是明星，黄杉衣锦还乡的性质已经明确，邀请同学相聚无疑是对他实力的一次检阅。

黄杉宴请同学的晚餐就在希尔顿大酒店的西餐厅。黄杉点名要韦丽和悦悦参加，意思是让她们几个姐妹见见面，加深感情。当得知悦悦已经和舒怀分手后，黄杉在电话里对郑凡说:"硕果仅存，那韦丽就必须要来了。"韦丽接到邀请很兴奋，她说还没进过希尔顿酒店大门，也想看看弟妹长得什么样，"弟妹肯定比黄杉纯洁，黄杉这个人有点邪门，得一个好女人管着才行。你见过了吗?"

郑凡说他对黄杉的女友一无所知。

晚六点,舒怀、郑凡、韦丽还有信访办的师兄老蒋都到了,大家在外国音乐的背景中入座后,首先对黄杉身边的那位珠光宝气却年龄明显偏大的女人产生了怀疑。黄杉比郑凡小两岁,韦丽觉得眼前的这位弟妹怎么着也得比自己大十五岁以上,要是在另外一个陌生的场合,韦丽肯定要喊她"阿姨"。韦丽挨着弟妹身边坐下时,她的动作显得格外小心,甚至有些拘谨。

黄杉穿着一身休闲西服,按三七比例分开的头上喷了定型胶,完全是一副成功人士的派头,他神情优越、举止潇洒地指着身边的女人对同学介绍说:"这位是方圆投资集团董事长莉莉,我的女朋友,美国西太平洋大学的经济学博士。"

很显然,黄杉把这种来路不明的姐弟恋当作时尚来炫耀了。

郑凡觉得莉莉眼熟,好像在哪儿见过的,可究竟在哪儿见过的,郑凡一时想不起来。同学相聚,场面很喧哗,没法集中精力整理从前的记忆。

莉莉很有修养也很含蓄地向各位点点头:"很高兴认识大家!"她从包里掏出一把名片交给黄杉,黄杉流畅地接过名片,散发了起来。然后他又掏出自己的名片散了一遍,韦丽接了名片,念了起来:"浙江温州方圆投资集团总经理黄杉,真了不起!"

舒怀深有感触地说:"黄杉,你混大了,把我也带去吧,庐阳让我压抑得喘不过气来。"

黄杉轻轻地转动手中的高脚葡萄酒杯,说:"舒怀,你连个悦悦都拿不住,我怎么敢带你走南闯北?"

舒怀想说野模不也离你而去了吗,但看了看他身边的莉莉,也就不说了。

喝酒的气氛热烈而又有节制,西餐厅里许多外国客人在里面静静地用餐,郑凡觉得与国际接轨首先是从吃饭拒绝大声喧哗开始的。

几杯红酒下肚,黄杉借着酒性泄露了方圆投资集团的投资战略,他说方圆集团目前主要在海外投资,说白了也就是在海外炒房,"加拿大的多伦多、日本的东京、韩国的济州岛、阿联酋的迪拜塔,我们投进去了近两个亿。我的判断是,中国的房价升值空间已经不大了,上海、北京的房价已经超过了东京、首尔和纽约,所以我们在莉莉董事长的英明领导下,进军海外市场"。

郑凡试探着问道:"既然你们都已经转移到海外炒房,那国内的房价肯定要降了,你说庐阳能降多少?"

黄杉摇了摇头说:"不会降,但是升值空间不大。不过,庐阳属二线城市,上涨空间有可能也不会小,我们集团对这里不感兴趣。"

急于想寻找答案的郑凡有些急了:"你这话说了等于没说,究竟是升还是降?"

黄杉说:"跟你说过了,我对庐阳的房价不感兴趣。"

晚宴吃得简单而马虎,所有人对那些口味古怪的西餐都毫无兴趣,包括黄杉,之所以如此夸张地装模作样地吃喝着西餐,完全是黄杉混出人样来的一次即兴表演,没什么实际意义。其实大家从落座的第一分钟起,全部的兴奋点不是集中在黄杉的高谈阔论和指点江山上,而是对他身边的女人充满了疑问和浓厚的兴趣,比如年龄几何,两个亿海外炒房,那么多钱从哪来的,如何又成了黄杉的女朋友,美国的博士怎么穿戴得那么物质而庸俗,看上去的矜持离无知又是那么接近,但没有一个人说出这些疑惑。然而有一点是肯定的,这个女人应该在三十六七,比黄杉大十岁是没问题的。她的脖子上除了金链之外,还挂了一个手机蓝牙,手里抓着一个MP3,这种冒充青春的装饰显然是要与二十七岁的黄杉抹去年龄上的鸿沟,钻进这个注定曾经沧海的女人怀抱,让各位同学吞进肚里的西餐和红酒很不是滋味,他们在五星级的酒店里见到了同学,却丢失了面子。

在希尔顿酒店分别的时候,已是夜里十一点多钟了。一直话不多的莉莉董事长在酒店门口漫不经心地对郑凡说:"我们见过面的。"

郑凡正想跟莉莉核实,韦丽拉着郑凡的手就跑:"23路末班车快赶不上了!"

回到出租屋后,郑凡还是想不起来在哪儿见过莉莉。

并排躺在床上,郑凡与韦丽的想象大相径庭。望着黑洞洞的屋顶,韦丽有些泄气地对郑凡说:"黄杉说医改让人看不起病,教改让人上不起学,房改让人住不起房,简直太可怕了。我还是觉得,房子应该现在就买上。"

郑凡在脑子里紧张地搜索着莉莉的痕迹,他只能是随口应付着:"你别听黄杉乱说,他整天往资本主义国家乱跑,总是看不惯我们社会主义。天知道他身边的那个女人是什么货色。"

"黄杉也说庐阳的房子不会降价。"韦丽像是对郑凡说,更像是自言自语,因为郑凡根本不听韦丽的意见,她觉得郑凡要是能当上总统的话,肯定实行专制和独裁。

果然,郑凡的回答是:"房子不买!"

第二天早上,黄杉给郑凡打了一个电话,说莉莉想单独见他一下。郑凡问为什么,黄杉说他也不知道。郑凡说:"你女友要单独见我,你都不问问原因?"黄杉似乎被刺痛了,在电话里气急败坏地说:"你太狭隘了,我没你那么多的小心眼!"

郑凡赶到希尔顿酒店的咖啡厅,黄杉已在那里坐等,他对郑凡说自己要去见一下野模前女友。郑凡说都被人家蹬掉了见面有意思吗,黄杉说有意思,是野模想见他,野模后来嫁给了一个玻利维亚的骗子,在骗了野模的身子和十万块血汗钱后失踪了。郑凡说:"真他妈邪门了,怎么到处都是骗子?"黄杉说:"没错,骗子在哪里?骗子就在我们的枕头边。"黄杉说想告诉野模如果她愿意的话,他立即就会掏出韩国、加拿大、阿联酋的房产证送给她,全都是真的。黄杉抬起胳膊,看了一下腕上的浪琴表:"九点到了,莉莉马上下来,我先走一步了!"

郑凡坐在沙发里等莉莉,他看着消失在酒店玻璃门外的黄杉,心里突然涌起无限的悲凉,那些房产证是你身边这个来路不明女人的,而不是你黄杉的,现在要去野模面前逞能耍威风,简直是无耻至极,可悲的是黄杉还不以为耻。郑凡觉得黄杉的这种物质报复狭隘而阴暗、浅薄而愚蠢,当初是你用假房产证忽悠人家,人家蹬掉一个弄虚作假的男友难道还蹬错了?你黄杉就是躺在野模枕头边的一个骗子。

莉莉下来了,穿一身鹅黄色低胸真丝摆裙,手里拿着一本时装杂志,这种感觉比拎一个 LV 包要舒服得多,而且莉莉今天看上去也没昨晚那么中年化,丰满而不臃肿,强势而不嚣张,全身上下流露出一个熟女挡不住的风韵和诱惑。

他们寒暄着落座,等到两杯冒着热气的咖啡上来后,他们几乎同时复活了记忆,同时认出了对方。

莉莉说:"送狗的是你。"

郑凡说:"对!说我们偷狗的是你。"

莉莉很尴尬地说:"真对不起!城隍庙丢狗的事冤枉了你们,世界真小,没想到你是黄杉的大学同学。"

郑凡很大度地说:"都过去两年多了,不提了。你那位想送我们坐牢的老公……"

莉莉脸上掠过一丝往事如烟的冷静:"你不问,我不会提,这么久了,我跟黄杉从来都没说过他一个字。"

莉莉很坦率地告诉郑凡说那位想送他们去坐牢的丈夫是温州一个皮具商,在为德国狮子狗失踪的事发飙一个月后,偷偷地跟小情妇去马尔代夫度假。可人算不如天算,飞机没到马尔代夫就失事了,一头栽进了大海活不见人死不见尸,皮具商丈夫留下几个亿的遗产给了莉莉。曾经是温州夜总会里一个风情万种的吧女莉莉,全面继承了皮具商的遗产和风流品质,与黄杉在网上一见钟情。郑凡问莉莉美国西太平洋大学经济学博士什么时候读的,莉莉同样坦率地说:"花钱买的,六万八。我初中都没读毕业,在你们知识分子面前装斯文,一眼就被戳穿了。"

莉莉说今天找郑凡来喝咖啡一是就两年前上海城隍庙被冤枉栽赃的事向他表示歉意;另一层意思就是如果郑凡在生活上遇到什么困难,比如买房买车缺钱的话,跟她说一声,"多的不敢说,接济个三五十万一点问题都没有,你有钱就还,没钱就当没借过"。

郑凡连声说了谢谢,虽然他不会跟莉莉借一分钱,但莉莉的这份情义还是感动了郑凡,他忽然悟出,穷人往往是那些善良而软弱的人,他们甚至可以被不需要兑现的蝇头小利收买。

莉莉问郑凡:"你对你同学黄杉怎么看?"

郑凡不喜欢别人在背后对同学指指点点,所以就文过饰非地说:"黄杉是我们大学同学中最有才华的一个,读大学时就发表过诗歌,又做过记者,是我们同学中公认的才子。"

这显然不是莉莉需要的答案,于是她进一步诱导郑凡纵深评价:"你说的全是优点,黄杉又不是圣人,难道一点缺点都没有?"

智商够用的郑凡当然不会轻易栽进莉莉的圈套,他顺着莉莉的提问隔靴搔痒地非议起了黄杉:"缺点当然有,看似强大,但很脆弱,容易受伤害;还有就是花钱不懂得节制,大手大脚的,聚不住财。"

敏感重情的男人才容易受伤,大手大脚实际上就是慷慨大方,不贪钱财,郑凡如此非议等于是间接表扬了黄杉,莉莉见套不出多少实质性内容,就很含蓄地笑了笑:"看来你们同学之间的感情还是很深厚的。"

郑凡装聋作哑地说:"那倒也是,读大学的时候,一瓶啤酒,全宿舍的同学一人一口轮着喝。"

晚上韦丽下班后,郑凡把与莉莉见面的前前后后说了个干净彻底,没心没肺的韦丽竟然说了一句让郑凡瞠目结舌的话:"钱多,就想一下子包养两个男人,而且两个男人还是同班同学。"

郑凡觉得这话说得太损了,于是站在屋内的黑暗中反抗说:"你的心理也太阴暗了!人家说的是客套话,我怎么会要她的钱?"

韦丽将盛稀饭的铝锅猛烈地躐在开裂的桌子上:"背着黄杉要送你钱买房买车,是你们做得阴暗,还是我心理阴暗呀?"

"不就是说说而已吗,谁还当真了?她想从我这套话,我压根不吃她那一套。黄杉找这么个'三陪'出身的女人,没什么体面可言,她还挖空心思想着去挑剔黄杉。"

"黄杉本来就不是东西。你跟这些不三不四的人为伍,迟早有一天会跟他们一起去作孽!"韦丽的情绪之所以反常是因为她从黄杉身上联想到了悦悦,所以气得炸了肺,"还有悦悦,你少跟她来往!"

郑凡觉得天气燥热,人的脾气容易上火,于是他软下口气对韦丽说:"我们不争论了好不好?吃晚饭!"

第十一章 生活在意外之外

维也纳森林涨到每平方米一万以上,已远远超出了庐阳人的消费能力和心理界限,郑凡曾经跟郭之远所长讨论过这个话题并取得高度一致的结论,要想制造销售神话,必须造假。这段日子以来,报纸上、网络上、电视上关于房价飞涨的报道铺天盖地,大江南北、长城内外无不人心惶惶,这种消息跟当年日本鬼子来了一样让人不安和恐惧。郑凡不看报、不上网、不看电视,他觉得那都是谣言,甚至是开发商幕后的策划,因为他目睹了维也纳森林三期开盘所谓的火爆场面,怕开盘那天冷场,郝总和悦悦两人精心导演一出涨价后疯狂抢购的活报剧,哄抢人群中一半以上是公司里的司机、保安、清洁工、会计还有食堂里的烧饭的老头,维也纳森林这些群众演员瞒天过海地制造了维也纳森林热销的假象,报纸、电视猛拍一气,然后将虚假火爆的场面与广告一起对外发布。因为郑凡深知内幕,所以就在全国人民都认定房价会继续上涨的时候,他却对房价下降的信心异常坚定,他一个人在跟全国人民掰手腕,这让他时常热血沸腾。

然而,维也纳森林虽然没有火爆抢购,销售也是清汤寡水的平淡,但房价却一路飙升,夏天还没到,维也纳森林的每平方米房价轻松突破了一万二,在郝总举行的突破万元庆功酒宴上,郑凡不合时宜地问郝总:"维也纳三期销量并不大,房价怎么涨得这么疯呢?郝总,这不符合市场经济规律呀!"

郝总对郑凡愚蠢的问题不屑一顾,他不仅破坏了集体狂欢的氛围,还败坏了郝总的心情,端着酒杯的郝总嘲弄了他一句:"等你当了房地产商,你就知道了。"

编房地产会刊的郑凡自以为是潜伏在地产商心脏部位的一个特务,然而随着时间的推移,他潜伏得越深,对地产界的认识越糊涂。有时候他会在不经意之间,发现韦丽是对的,自己错了,但他没有勇气承认错误,更多的时候,郑凡觉得自己是对的,他相信真理掌握在少数人手里从伽利略时代就有了。

他不打算立即下手买房除了确信房价下跌,还有一个最重要的原因是,自己挣钱太不容易了,他不甘心自己的辛苦钱像纸灰一样被涨价风卷得无影无踪。

暑期里的郑凡在一家外语培训学校、一家中学生精英培训学校和一家公务员考前培训班代课,每晚都有课,双休日是全天上课,每周二十六节课的工作量,是中学正式老师的两倍。想到拼命一周能拼来三百多块钱,郑凡心中的那种以苦为乐、以累为荣的豪情油然而起。只是晚上回到出租屋往床上一躺时,他才发觉自己的身子像是被拆散了的一堆零件,根本拼不出一个活人来。一个天气相对凉爽的晚上,韦丽等到了半夜才等回了郑凡,睡觉的时候就暗示性地扳了扳他的肩,可郑凡生硬地说了一句:"我太累了!"话没说完,人竟睡着了,身上的汗馊味很是呛人。韦丽叹了一口气,然后看着图像乱晃的电视上正在播放一部爱情电视剧,剧中男女主人公恩爱得在草地上毫无顾忌地嘴对嘴地啃了起来,生气的韦丽一按遥控器,屏幕上那对快活男女就不见了。

第二天早上,韦丽在蜂窝煤炉边熬稀饭,郑凡穿着裤衩站在院子水龙头边洗冷水澡,一身汗臭和疲劳被冲洗得干干净净。吃早饭的时候,韦丽不无嘲讽地奚落着郑凡:"你现在一个月兼职挣一千两百多,刚好够百安居去年到今年涨一平方米的钱。假如我们要买一个七十多平方米的房子,你得拼死拼活地干上七年,只够得上百安居涨一次价。可等你耗了七年后,房价又涨了,你累死了也拼不赢房价。郑凡,你知道吗?自从住进城中村后,我就没进过一次网吧,也没看过一次电影。"

郑凡将碗里的稀饭一口气喝了个精光,"我也一样。"他竭力掩饰着内心的重创,"韦丽,我是没本事,可我一直在努力,等买了房子,办了体面的婚礼,我会给你买一部电脑,让你坐在家里上网,房间里还要装上空调,上网累了,我就陪你去看电影。这一天总会到来的!"

然而,这一天似乎离他们越来越远了,到年底的时候,百安居三期的房价又涨了,六千四一平方米,降价的传言最终破灭。郑凡和韦丽的九万多块钱,眼下只够六十多平方米的首付了。韦丽说:"我们再借一些钱,赶紧买一套七十平方米的房子,不然到明年,只能买五十平方米了。"

神经钻入死胡同的郑凡顽固地做出自己最愚蠢的判断:"不买。我就不信,房价能不降。这么低的收入,偷也偷不到那么多钱。"

韦丽急了:"你凭什么说房价一定要降?上次要是买了,这会儿都赚了。"

为了坚定自己毫无道理的降价判断,后来郑凡悄悄地给黄杉打了一个电话:"你说中国的房价已经没有上涨的空间,可为什么又涨了呢?"

黄杉在电话里说:"你作为一个中国人不懂得中国特色,太糊涂了。中国特色的房价就是看起来不会涨了,但它偏偏还要涨;你以为它还要涨的时候,它却降下来了。我在阿联酋呢,回国后我们再聊这事吧!"

挂了电话,郑凡一时没了主意,他交会刊的时候跑去问悦悦。悦悦的办公室里铺着地毯,老板桌上的金属架上还虚情假意地竖了一面小国旗,悦悦不过是郝总的行政秘书,享受的却是副总的待遇。郑凡闻到了屋里弥漫着一股茉莉的清香,香得有些呛人,于是就不停地捏着鼻子以缓冲香味的刺激。见郑凡来了,悦悦放下手中的电话迎了上来:"没记错的话,我到欧陆地产上班以来,你是第一次到我办公室。"

郑凡对悦悦豪华的办公室似乎很是抗拒,他没有按悦悦的意思坐到沙发上去,只是站着应对着悦悦:"没什么事,就没过来打扰!"

悦悦有些尴尬地站着跟郑凡说话:"今天是有事才来的?"

郑凡说:"对。你说房价会不会下跌?"

悦悦很好奇地望着郑凡:"我是卖房子的,房价即使要跌,我也得说要涨。这不,维也纳森林已经涨到一万二了。"

坐飞机的人都知道,明知飞机不会掉下去,但每次起飞前空姐都要演示怎么戴氧气罩,怎么从紧急出口逃生。郑凡买房跟坐飞机有点类似,郑凡在四处咨询和跑遍了庐阳城的新建楼盘后,他内心里已经明知房价下跌的希望很渺茫了,可他还是抱着一丝飞机失事般的概率妄想,期待着房价下跌。他决定不买的理由居然是,为什么我能买九十平方米房子的首付钱,不到两年就只能买六十几平方米了?他不甘心。

可韦丽已经失去了耐心:"你以后不要在我面前提一个字的房子,也不要再喊我去看房子了,我不想去售楼中心做一名游客,那里不是旅游目的地。"

郑凡无言以对,他望着屋内的墙壁发呆。墙上那幅"面包会有的,房子会有的,一切都会有的"标语已经陈旧,且落满了灰尘。

一个天空阴阳怪气的双休日,郑凡一早将韦丽从床上拖起来,韦丽揉着惺忪的睡眼问他干吗,他说:"走,我们去西湾!"

郑凡说远在城郊的西湾正在建经济适用房,虽说离市中心十八公里,但房价每平方米只要三千二,市政府划拨的土地,专门为中低收入无房户建的。韦丽曾赌咒发誓说再也不跟郑凡一起讨论房子的事了,可一听说价格这么低,还没睡醒的韦丽从床上迅速起来:"三千二?今天就买下!"下床的时候,她将两只鞋子穿反了。

韦丽跟郑凡在巷口匆匆吃了碗豆腐脑,两人就骑着自行车上路了,一路上两人说说笑笑,像是去拿自己新房的钥匙一样开心、轻松,还有些盲目的激动。郑凡歪过脑袋对韦丽嚷着:"你知道什么叫天无绝人之路吗?"

韦丽顺着郑凡的思路回答道:"当你买不起房正在愁得彻夜不眠时,第二天早晨一睁开眼,党的阳光突然照耀到了你的窗前。"

早晨的风很凉,郑凡和韦丽边骑车边讨论着买了经适房后的幸福前景。经适房最大的是一室半一厅六十平方米,不到二十万就拿下了,他们已经有了一半的钱,只需按揭十万明年就能住上新房了,然而买了经济适用房后怎么装修,两人产生了严重分歧,韦丽要装修成欧式风格,郑凡却要装修成古朴的中国风格,最好是先秦两汉的格调。

快到郊外建筑工地时,韦丽有些担心地又问了一次:"我们肯定符合条件?"

郑凡说:"肯定符合。昨天郭所长给我看了市政府的文件,全都在杠子里面。"

"都有哪些条件,你再给我说说!"离经适房工地越近,韦丽心里越没底。

郑凡又解释一遍说:"家庭年收入低于三万八、没有参加房改和租赁公房、人均住房面积低于十六平方米的都可以申请。"

韦丽总算放心了:"我们低于零平方米。"

西湾是一处河滩,以前是枪毙犯人的地方,荒草萋萋中不知有多少十恶不赦的人在此肝脑涂地,现在这里开进了许多工程机械正忙着填埋土坑掩盖历史,庐阳的部分穷人明年将在这片刑场上过上幸福生活。郑凡和韦丽站在一处高坡上,他们虽然没看到耸立起来的高楼,但看到了工程机械的进出和一些三三两两的工程技术人员在现场吊线测量,这就让郑凡和韦丽有了无限的憧憬。风吹乱了郑凡的头发,也吹乱了韦丽的心,她很顽固地再次强调自己的观点:"你要是不同意按欧式风格装修,我就不来住!"

郑凡站在犀利的风中和稀泥:"你看这样好不好？一间中式的,一间西式的,中西合璧,两全其美。"

韦丽不干:"那样不伦不类的,我不来住。"

郑凡好言相劝:"我们一人住一间,最大的一间给你住,装成欧式的。"

韦丽嚷着:"你买房子就是为了分居呀!"

两人在秋风中为新房装修争得不可开交,郑凡说这些年他被维也纳森林假冒的欧式风格伤害得不轻,一提起欧式风格就想起了成语"挂羊头卖狗肉",心里别扭极了。韦丽妥协说:"拿到钥匙后,我们剪子石头布,谁赢了就按谁的意见办,好不好？"

郑凡说:"我不跟你赌!"

此事也就不了了之了。回来的路上,韦丽又想出了一个馊主意:"房子到手后,我们不办婚礼,省下钱我们到塞班岛去旅游。"

按照文件去设计生活是很危险的。郑凡对照文件,认定经适房志在必得,可从西湾回来后,等他到市房管中心递交了申请时,心凉了半截,西湾经适房一期规划建设三百八十套,共有十三万八千人申请,有一家三代住在十五平方米的老屋里的,有生了病下了岗还居无定所的,还有"两劳"释放人员和"五保"户住在没有卫生设备棚户区的,按照先特困、先老弱病残的原则排队分配,房管中心的那位戴眼镜的公务员很友好地对郑凡说:"你最好不要申请了,研究生毕业,知识分子,跟这些揭不开锅的穷人争房子,太没风度了!当然了,你如果坚持排队等候的话,按目前这情形,我估计再过二十四年,肯定能轮到你了。"

郑凡想说凭什么我要等二十四年,你是怎么算出来的,可他最终还是没说话,因为跟这座城市里每天还要靠吃低保和捡菜场烂菜叶的穷人相比,他真的不该跟他们去争房子。于是他收起购房申请,一言不发地走出了房管中心。房管中心小公务员对着郑凡的背影还说了一句:"还研究生毕业呢,一点境界都没有!"

郑凡出了门后,脑子很乱,骑上车后,才发现方向反了。他在一个红绿灯路口下车掉头,很落寞地往城中村赶。

眼见着冬天又到了,冬天城市的阳光清淡如水,郑凡感到自己沐浴在冬天的阳光下如同淹没在一片汪洋的水里。二十四年后,他五十多岁了,那该是为他儿子或女儿考虑房子的时候了。

韦丽在巷口买了半只烤鸭,在煤炉上煮了一条鱼、炒了一盘花生米,一瓶啤酒已经蹾在了小桌上,郑凡回到出租屋时,酒菜已经上桌了。韦丽迎了上来,兴冲冲地说:"今天的鱼煮得特别好吃,按你要求,放了六个红辣椒。"

郑凡默不作声地进屋,韦丽跟在他后面说:"你是不是申请买最大的一套？我想通了,这两年你为房子吃了那么多苦头,还是听你的,装修按中式的装,哪怕是装成楚国的样式,我也认了。"

小饭桌挨着床沿,郑凡坐在床沿上没有抓起酒瓶,而是扬起了手中的文件袋,他面色惭愧地望着韦丽说:"对不起！申请撤回来了。"

韦丽一把夺过文件袋,从里面倒出了一大堆讲稿、经适房申请材料,韦丽急红了眼:"你发疯了,单位章都盖过了,房子怎么能不要呢？"

郑凡声音苍茫而绝望:"不是我不要,是要不到。"他把目前申请经济适用房的残酷的形势照葫芦画瓢地说了一遍,韦丽哭了,她抹着眼泪说:"我叫你不要带我去看房,你非要我跟你去西湾。"

郑凡过来搂住韦丽的肩,他感觉到韦丽的肩在抽搐,郑凡像罪犯一样忏悔着:"对不起,我不知道要等二十四年才能轮到我们。"

韦丽突然不哭了,她站起来拉着郑凡说:"走,我跟你一起去,把申请交上去！二百四十年,我们也等,坚决等！"

郑凡将冲动的韦丽按回到床沿上:"我们等不到那时候,我们活不到那么大岁数。"

桌上的菜已经凉了,屋内的空气也是凉的,一条死不瞑目的红烧鱼在盘子里一动不动,没有一丝热气。

这一年年底的时候,郑凡在冬天的风里出没,破旧的自行车总是在半路上掉链,没心思上链条时,他就推着车一个人在寒夜里踽踽独行。他觉得自己渺小得就像夜色里的一粒灰尘,存在与消失对这个夜晚来说毫无意义。想到这,一股悲凉的感觉袭上心头,他想去找舒怀聊聊。可舒怀自从和悦悦分手后,人变得更加颓废和没落,经常抱着酒瓶进入梦乡。消极的情绪是容易传染的,郑凡怕自己变得像舒怀一样一蹶不振,车推到舒怀的楼下,又拎起车龙头掉头回城中村了。正如韦丽所说的那样,舒怀是有房子,那不过是一口活棺材而已,而郑凡却在为拥有这口活棺材没日没夜地拼命地工作。

这个冬天,郑凡对许多事越来越想不通,想不通的时候,他就通过拼命干活来转移心里的不安和惶恐。赵恒两次请郑凡和韦丽吃饭,韦丽都不愿去,但韦丽已不再反对郑凡接下江淮文化传播公司的活。其实当初赵恒救老苟的时候,韦丽就已经松过口。赵恒让郑凡参与江淮小姐选美大赛的组织策划工作,还有明年夏天全省青年歌手大奖赛筹备工作。赵恒说:"韦丽要是再反对你过来兼职,干脆把她休掉,今明两年我们都泡在美女堆里,随便挑一个也比收银员强。"郑凡说:"韦丽跟我受了那么多苦,哪能随随便便说换就换了?"

郑凡回来后跟韦丽说现在帮江淮传播公司干的是创意策划,这不是一般人能干得了的,今后再也不用编写小广告和狗皮膏药一样的传单了。他说只要有机会,就必须多挣一些钱,夯实口袋,"从今天起,哪怕房价只降一毛,我们马上就买,好不好?"

韦丽对郑凡再提房子的事非常反感,一听到房子,就像犯了胃溃疡一样烧心。韦丽自跟了郑凡后,她在城中村苍蝇蚊子的围追堵截下长大了,两年的见识胜过了以前的二十年。她觉得郑凡是一个唯利是图、目光短浅、好占小便宜、缺少大局观的男人,简直就是一个读过书的农民,买房这件事是最好的明证,当这一结论在韦丽心里明确后,她就对郑凡非常失望。但她不愿说出来,也不能说出来,毕竟他像一头农村老黄牛,是个勤勉踏实的男人。她不愿过度伤害郑凡,于是就不冷不热地说:"你是家里的男人,你怎么想就怎么做。"

晚上,郑凡想讨好韦丽,就在被窝里轻轻地扳韦丽的腰,韦丽脊梁对着郑凡,轻轻地说:"冷,被窝里漏风。"

扫兴的郑凡看着屋里永远也关不严的窗子,凛冽的寒风正乘虚而入,钉在窗子上的塑料布哗哗作响。

郑凡给父亲打电话说春节回不去了,单位里要加班,其实是赵恒的公司里要加班,公司春节期间为几辆新年新款的国产车在几个社区策划"汽车进万家"推广宣传活动,赵恒说春节六天劳务费和加班费给郑凡一千二。郑凡心想回家过年最少要花一千二,这样一反一复就是两千四;更要命的是,要是过年家里人问起他婚姻、房子、位子的事,那几乎就是对他进行一次活剐,所以赵恒还没说完春节加班的时候,郑凡就满口答应了下来。

腊月初十那天,庄邻周天保和儿子周小保来庐阳找到了郑凡,周天保说女儿到广东卖淫后,气得肝疼,最近扛不住了,想请郑凡帮他找一家医院看病。郑凡二话不说就带着周天保父子去了市第一人民医院,他想自己没能帮人家在省里和中央打上招呼救出卖淫的女儿,帮着找医院看病还是能做到的。赵恒很仗义,说他小舅子朱均在市一院当医生,一个电话过去,郑凡没费周折就把周天保安排住进了医院。三天后,周天保儿子周小保哭着给郑凡打来电话:"凡哥,不好了,我爸要死了!"

郑凡赶到医院,赵恒小舅子朱均告诉郑凡,周天保查出来是肝癌中晚期,必须立即动手术,时间一点不能拖了。郑凡问要多少钱。朱均说,先交两万五千块钱做手术。郑凡问周天保带了多少钱过来。一脸麻木的周天保说:"总共带了五千块钱,我不想开刀,死掉算了!"周天保说自己死掉就像说日本鬼子死掉一样,异常平静。

郑凡却急了:"周大爷,你怎么能这样说话? 生命只有一次,哪能轻易放弃!"

周天保说:"家里没钱了,家里的猪和鸡都卖了,这些年找二丫,积蓄全花光了。"

郑凡对赵恒小舅子说:"朱医生,你赶紧安排手术,我回去拿钱!"说着转身就跑了。

郑凡从银行取出两万块钱飞速赶回医院缴了手术费,等到松懈下来的郑凡手里攥着缴费收据抹着一头热汗时,他才想起没跟韦丽打一声招呼,因为这笔钱缴到医院跟扔进水里是一样的后果,周天保家是无论如何也还不起这笔钱的,他有些后悔自己操之过急。可一切都来不及了,周天保已被推进了手术室,手术室外的走廊里飘满了药水味,窗外的阳光也像被药水浸泡过一样,冷而灰。

走廊里的郑凡很惶恐地问朱均:"朱医生,周大爷开了刀后,能活多久?"

朱均说:"这就难说了。也许能活三五年,也许就几个月,主要看是否扩散和扩散范围有多大。"

郑凡头嗡地一下就炸了,乡下人要是听说花几万块钱开一刀只活三五年,肯定不干;周天保要是知道只能活几个月的话,他会说抢救他的医生是在坑他。郑凡知道乡下人得了这种绝症,一般都是拉回家,省下看病的钱,买点好吃好喝的,把一生没吃过没吃够的好酒好肉吃他个天昏地暗,然后心满意足却又无可奈何地上路。当郑凡把这个意思告诉朱均时,朱均很吃惊地看着郑凡:"乡下人太不人道了,哪有让活人等死的?"

郑凡说:"朱医生,这一刀下去,周大爷全家要拼死拼活累上三五年才能挣够。手术的两万块钱还是我垫付的。"

朱均很疑惑地看着神情恍惚的郑凡："这么说,你这两万块钱是肉包子打狗了?"

郑凡心里也是这样想的,但他还是不愿听到这句话,他振振有词地说道："我这是借给他的,不是捐款。"

这时,周小保从手术室门边走过来,心惊胆战地问朱均："医生,进去都这么久了,还没出来,我爸有救吗?"

周天保手术很成功,恢复也很好,腊月二十八父子俩出院回家过年,朱均说还没扩散,年后再做几个疗程的化疗,前景应该不错。临行前周天保带着儿子周小保来城中村向郑凡辞行,周天保父子看着郑凡住在一间租来的破房子里,很是诧异。郑凡对周家父子不请自到地上门很是不安,稍微调整了一下情绪,他就故作轻松地对周天保父子说："眼下条件是差些,可都是暂时的,很快我就有新房子了。"

身体虚弱的周天保点点头说："有新房子就好,这地方哪能住人?"

周天保儿子周小保对郑凡租住的寒酸没有什么尖锐的感觉,他只是感觉欠下郑凡的两万块钱巨款责无旁贷地压到了自己头上,他痉挛着胳膊拉着郑凡的手说："凡哥,我过了年就去浙江打工,一年还你五千,四年全部还清,但争取三年还清。你是我爸的救命恩人!"

周天保尽量控制着自己的情绪,他声音颤抖着说了一句："大侄子呀,好人会有好报的!"话没说完,眼泪流了下来。

郑凡心软,看不得别人流泪,他拉着周天保抖动不已的手说："周大爷、小保,我爸妈要是问我在这里怎么样,你们就说很好,具体的情况一个字都不要说,好吗?"

周家父子连连点头。郑凡托周家父子给家里带回了一桶色拉油、一盒干果大礼包还有江淮文化传播公司印制的两本挂历,其中一本送给周家父子。

韦丽回老家过年,郑凡骑自行车将韦丽送到汽车站,在站台上郑凡忽然有一种离婚分手的幻觉,他抓住韦丽的手死死不愿松开,韦丽挣开他的手说:"车马上就要开了,你回去吧!"

这已是郑凡来庐阳的第三个年头了,离他承诺买上新房的时间不到一年。郑凡知道未来的一年是无论如何也买不起房子了,他像一个判决已经生效了的死刑犯,很绝望。所以郑凡对韦丽独自回家过年充满了生离死别的伤感,他塞了两百块钱给韦丽:"周大爷来看病,没空上街,到县城下车后,你帮我买点东西给你爸妈。房子的事,最好不要提。"郑凡想把借钱给庄邻周天保开刀的事告诉韦丽,可话到嘴边还是忍住了。

韦丽把钱扔回郑凡的怀里:"我有钱,你留着钱等着房子继续涨价吧!"韦丽虽不愿提关于房子的一个字,可郑凡一提,她就上火,话中免不了充满着怨气。

郑凡看着汽车卷着灰尘扬长而去,他感觉到自己在韦丽心目中的形象已经灰飞烟灭。

郑凡一个人的春节有些凄凉,也有些壮烈,郑凡觉得是男人就应该有勇气接受这种残缺的生活。年三十晚上在赵恒的公司里跟没回家过年的一帮穷弟兄们喝得头上冒烟,都是一些混得不如意无颜见江东父老的城市打工仔,十二个弟兄喝掉了八瓶十年窖藏的"庐阳特曲"。平时很抠的赵恒搬来了两箱,见弟兄们喝得东倒西歪了,还跟着起哄:"喝,接着喝!"有弟兄说撑不住了,赵恒手抓着酒瓶豪情万丈地叫嚣着:"喝,接着喝!我们来到这世上,就没打算活着回去!"

最后喝趴下六个,有两个在桌底下找自己的手机,还有一个当场吐血。趴在桌底下找手机就有郑凡一个,郑凡想给韦丽打一个电话,可找到电话后,想不起韦丽的号码了,号码想起来了,却忘了拨号码。

晕晕乎乎回到出租屋,他想喝水,拿起热水瓶,里面空了。韦丽走后,蜂窝煤炉也灭了,过年城中村开水炉也封火了,即使开着,他也没力气去打水,他喝下了茶缸里剩下的半杯凉水,和衣倒在床上呼呼大睡。

大年初一一早,醒来的郑凡没有一点过新年的感觉,他只觉得自己被包围在鞭炮声中,头昏脑涨浑浑噩噩。

韦丽年三十晚上给郑凡打过一个电话,郑凡没听到,年初一醒来看到未接电话后立即回拨了过去,新年的第一句话不是祝福而是检讨:"真对不起,昨晚酒喝多睡着了,爸妈都还好吧?"

韦丽有气无力地说:"都还好,爸妈说过年后他们一起去庐阳,想看看我们新买的房子。"

郑凡酒全醒了:"不是叫你不要跟他们提房子的事吗?"

韦丽在电话里抗议着:"不是我要提的,是你自己拍着胸脯说三年买上新房子的,怎么怪到我头上来了?"

郑凡争辩说:"三年还没到,这才是第三个年头。"

韦丽说:"三年只剩下八九个月了,你能买得起吗?"

郑凡软下口气:"你不是说平常你爸妈拿你没办法,都听你的吗?你就帮我劝说劝说,叫他们不要来了。"

韦丽在电话里耍起了小孩子脾气:"我就不帮你,叫你买,你不买,现在知道走投无路了。"

走投无路的郑凡不假思索地冒出了一个非常愚蠢的馊主意:

"你就说新房子还没装修好,让他们过一段时间再来。"

韦丽在电话里火了:"哪有新房子?大过年的,你让我当骗子,而且是骗我爸妈。"

被酒精蒙昏了脑袋的郑凡被责问得张着嘴,说不出一个字来。

大年初一的心情霜打了一样沮丧。

郑凡起床简单洗漱后,没吃早饭就跟公司的人一起开着几辆国产新车走进了鞭炮声不绝于耳的社区。

大年初一市民的心情激动得有些失控,郑凡他们策划的国产车进社区活动居然一天卖出了十六台。年初二那天,汽车销售公司老总要请郑凡和赵恒晚上去南海浪涛吃饭洗澡,郑凡说他累了,想回去休息。悦悦的电话也就是在这个时候打来的:"我在望津茶楼等你!"

郑凡想问有什么事,可悦悦的电话已经挂了。

去望津茶楼的路上,郑凡骑着那辆饱经沧桑的二手自行车在新年的灯火中左穿右插,他怎么也想不明白悦悦为什么要约他。舒怀回老家过年了,是不是悦悦在这个特殊的日子里,想起了舒怀对她的好,感情突然死灰复燃,怕自尊受了伤害的舒怀给她难堪,所以托他传达破镜重圆的愿望?郑凡一路上被这一念头牢固地控制着,直到他走进望津茶楼大门里时,他才发现这是一个很荒唐的臆想。舒怀早就被悦悦判了死刑,舒怀目前的这种颓废的生活状态连他这个同学都无法接受,又怎么会让一个女孩胆敢托付终身?人很多时候不可思议地弱智,弱智得事后连自己都不敢相信。

夜幕早已降临,天空中焰火乱窜,鞭炮声像是战争中的冷枪在城市的暗处突然响起又迅速结束。新年茶楼里人很少,服务生热情也不高,悦悦点了两份粤式煲仔饭,要了一壶特级的六安瓜片。郑凡落座,悦悦给郑凡倒了一杯茶:"我就知道你没回家过年。"

郑凡很好奇:"你怎么知道的?"

悦悦说:"因为我比韦丽更理解你,只有我能读懂你。"

郑凡装聋作哑地说:"黄杉前不久回来过了。"

悦悦说:"我知道,他给我打过电话,我觉得没必要见他。"

郑凡说:"是呀,他跟你不是同学。"

悦悦说:"他跟我不是一路人。"

尽管郑凡对黄杉有无穷无尽的看法,但他不想跟悦悦讨论自己同学的长短,所以就岔开话题往轻松里说:"黄杉的女友竟然当年在上海城隍庙就跟我打过交道,你说这世界多小。"

而悦悦却按自己的思路说话:"你不觉得我们俩今天'同是天涯沦落人'?"

郑凡说:"黄杉跟他女友在海外炒房地产。"

两人风马牛不相及的对话,像是自言自语。

这时郑凡的手机响了,悦悦很好奇地盯住郑凡,郑凡将闪着蓝光的手机伸到悦悦的鼻尖下:"你看,韦丽电话来了!"

悦悦无动于衷,她的目光依然停留在郑凡的脸上,她似乎想从他脸上破译出点什么来。

郑凡按了接听键,果然是韦丽打来的。

郑凡在电话里说春节国产车进社区的策划很成功,还问韦丽哪天回来,到时候他去车站接,韦丽问郑凡在干吗,郑凡支吾着说:"在外面,在外面吃饭!"

韦丽问:"跟谁在一起吃饭?"

郑凡愣了一下,心虚地说:"跟郭所长在一起,还有老肖,肖老师。"

悦悦看着扯谎很不熟练的郑凡竟然笑得弯下了腰。

电话里的韦丽说:"你把电话给郭所长,我给他拜个晚年!"

郑凡捂住电话,脸色在灯光下一片死灰,人几近崩溃了。

悦悦凑过来轻轻地对郑凡耳语着:"就说郭所长去厕所了。"

郑凡如法炮制:"郭所长上洗手间去了。"

电话那头的韦丽果然如释重负:"打死我也不相信,你跟悦悦在一起,是吧?"

郑凡对着电话点头哈腰:"对,对,对!"

凑在郑凡耳边的悦悦被惹急了:"我来跟韦丽论论理,她跑回老家潇洒过年了,把你一个人扔在这,凭什么我就不能跟你在一起吃一顿晚饭!"悦悦要抢郑凡的手机,郑凡迅速合上了电话:"悦悦,韦丽还小,我们最好不要激怒她。"

悦悦很开心:"我们俩联手把韦丽蒙了,对不对?"

郑凡答非所问:"我明天还要去社区现场。"

悦悦站起身说:"我帮你扯谎成功,今晚的单由你来买。"

郑凡说那当然。悦悦别有用心地问郑凡一个人的春节是什么感觉。郑凡说没什么感觉,要是有的话,那就是很忙也很累。悦悦说:"你知道我为什么约你吗?"郑凡装聋作哑地说:"我以为你找到了新男友,叫我过来把把关的,不然你无法解释为什么不回家过年。"

悦悦听了郑凡如此绝情的判决,突然就不说话了。空旷的茶楼里流淌着《春江花月夜》的旋律,静谧中流露着几丝凄凉,听上去像是一首安魂曲。

郑凡也不说话了,两人枯坐着,那是一种守灵般的寂静。

郑凡买单结账,共七十八块钱。郑凡手里攥着一张百元大钞,迟迟不愿递过去,他问吧台小姐为什么这么贵,应该是五十六,吧台小姐告诉他,春节期间,所有的服务项目加价百分之二十。站在一边的悦悦看着郑凡跟吧台小姐交涉,一言不发。

分手前,悦悦问郑凡:"你是不是觉得我有点贱?"

郑凡很坚决地说:"不!"

夜色中的城市里飘满了鞭炮火药的香味,在郑凡的面前,悦悦就是一个被炸碎了的鞭炮,没法抓在手中,却能闻到它粉碎的味道。回到城中村出租屋,郑凡躺在床上久久不能入睡,他在梳理着自己与悦悦之间并不危险的关系,他觉得自己对悦悦一直持有偏见,悦悦抛弃了同学舒怀,就像自己也被抛弃了一样,很抗拒。看着今晚分手时强大的悦悦那般无助和凄切的神情,郑凡觉得自己有些不近人情,极不礼貌地把人家的好感当作一盆洗脚水一样泼了,所以此时他愿意以宽容的心情去理解悦悦,有那么一个瞬间,他觉得韦丽回来前自己应该主动约悦悦一次,好好聊聊。郑凡知道悦悦是偏远小镇一个死去多年的屠户的女儿,患了严重风湿病的母亲瘸着腿在老家小镇上靠捡垃圾为生,她要牵挂着病重的母亲还要给读大学的弟弟提供所有费用,悦悦的生活中充满了艰辛的挣扎和看不见的泪水。悦悦和郑凡有着相似的生活背景和相同的奋斗史,悦悦在郑凡身上找到的是一种同伙的感觉,而不是爱情,如果说同伙分量有点轻的话,他们之间顶多算是同志。很显然,一旦突破了同伙和同志的边界,最终将是既没了爱情,也没有了友情。从这个意义上说,郑凡觉得真不该对悦悦的好感表现出那般的神经过敏和敌意。

晚上躺在床上,郑凡给悦悦发了一条短信:"谢谢你的邀请!祝新年快乐!"

悦悦很快回了一条过来:"那你就再邀请我一次,我买单!"

春节后,韦丽的爸妈没来,郑凡的爸妈来了。

乡下木匠郑树只知道儿子没回来过年是因为工作忙,虽隐约感觉到郑凡在庐阳的本事离呼风唤雨还有一段距离,但绝没想到儿子会糟糕到居无定所寄人篱下的地步,乡下木匠郑树是听了周小保的酒后吐真言后赶到庐阳来的。

本来郑凡跟周天保父子已经说好了,郑凡借钱手术和租住城中村的事回去只字不提,可周天保儿子周小保年初五到郑凡家串门时遇上喝年酒,好客的郑树将小保按到桌边就喝上了,几个来回喝下来,小保的脑子不听指挥了,他端着酒杯给郑树敬酒:"三大爷,你儿子,凡哥很仗义,比雷锋做得都好,一出手就拿了两万块给我爸开刀,他不拿钱,我爸这个年挺不过来的。可凡哥却住在猪圈一般大的屋里,还是租来的。"郑树以为听错了:"小保,两千还是两万,你没喝多吧?"小保硬着舌头说:"没有,再来一瓶也没事,真是两万。凡哥桌上有一个小镜框,里面有一个女孩子的照片,长得像县电视台播新闻的林巧玉,门后面还挂了一件红色羽绒棉袄。"郑树听得脑袋嗡嗡作响,第二天郑树去找周小保核实时,酒醒了的周小保矢口否认:"没有呀,我没说过这话。"回来后,郑树想了好几晚,都没能想明白这里面究竟是怎么回事,他觉得儿子肯定有什么事瞒着自己,于是对老伴说:"走,我们去庐阳,明儿一早就去,我倒要看看郑凡究竟是怎么混的。"

郑凡正在出租屋里修订书改稿,他觉得严凤英对黄梅戏的贡献不只是唱腔和演技,而是将黄梅戏由乡村小祠堂带上了城市大舞台,这也是郭之远所长要郑凡重点研究的部分。就在郑凡为自己越来越多的新发现兴奋不已的时候,父母敲开了城中村腐朽的木门。

父母的突然到来让郑凡慌了手脚,他第一句话不是激动,而是紧张和恐惧:"爸、妈,你们怎么来了?"

父亲郑树进屋后看着被油烟熏黑的屋顶,压抑着声音说:"我跟你妈不能来?"

郑凡很无助地搓着双手以缓冲心中的恐慌,他指着床沿对父母说:"爸、妈,你们坐吧!我给你们倒水!"

郑凡父母都没坐,他们像研究一件出土文物一样地仔细推敲着屋里的每一个细节。郑凡摇了摇水瓶,里面空了,他很尴尬地放下手中的水瓶和缸子。母亲拿起桌上的一个小相框,死死地盯住相框里的韦丽,她走到门口迎着亮光用手轻轻地擦拭着相框上的塑封,生怕相片中的韦丽被灰呛着似的。父亲指着墙上落满了灰尘的标语,以他小学三年级的水平理解着:"房子有了,面包当然有了,面包才值几个钱,跟乡下烤大饼差不多。"

郑凡捅开煤炉烧开水,给长途跋涉的父母喝足了水后,郑凡开始向父母如实交代了事实真相,如实也就是七八成而已,他不能说韦丽是网上打赌赌来的媳妇,也不能说自己没日没夜地在外兼职打工挣钱,而且说到不花钱娶进门的儿媳韦丽时,一味拔高韦丽如何安贫乐道、纯净朴素,跟着自己长期受罪也无怨无悔,如今全中国压根就找不到第二个。母亲感动得将韦丽的照片紧紧抱在怀里,一动也不动,生怕她跑了似的。父亲一直在听,一直没说话,面对大上海毕业的知识分子儿子的如此困境,尽管儿子把韦丽吹得盖世无双,但郑树的脑子一时还是转不过弯来,本指望儿子大上海研究生毕业能光宗耀祖、出人头地,没承想沦落到了如今像个要饭的叫花子,当初还指望他出钱把家里漏雨的三间厢房翻盖一下,眼下只能是竹篮打水一场空,怪不得郑凡两个春节都不敢回家过年。

父亲郑树只是默默地听郑凡在说,表情就像当年被镇执法队放回来那晚一样,如同一片干枯的树叶,直到韦丽下班前,父亲郑树只说过一句话:"真糊涂,你怎么能把钱借给周天保?"

父亲郑树再也没有乡下时的神气与自豪了,他像是被木匠随手扔掉的一截废旧的木料,呆板僵化、死气沉沉地坐在床沿上抽着闷烟,地上扔满了烟头。韦丽下班看到屋里多了两个乡下老人,她几乎一下子就判断出是郑凡的父母。郑凡对韦丽说:"爸妈来了!"

韦丽像是早就熟悉的一家人一样招呼着:"爸、妈,事先打个电话,我去车站接你们呀!"

郑凡母亲抓住韦丽的手,笑得合不拢嘴:"你上班忙,不用麻烦的!"

韦丽拉着婆婆的手说:"我早就要跟郑凡一起回乡下看看你们了,可郑凡不同意。又不是明星,偷偷摸摸地隐婚,没劲透了!"

母亲不知道什么叫隐婚,只是抓着韦丽的手,上上下下打量着韦丽。落落大方的韦丽被看得不自在起来,她摸着自己的下巴问:"妈,我脸上小时候有疤,还能看出来吗?淘气爬电线杆,摔下来被碎瓦片划伤的。"

母亲连连说:"没有,真的没有。"

韦丽说:"就是有,郑凡也认了。"她把头扭向郑凡,"是吧?"

郑凡没吱声,他坐在父亲吞吐出的烟雾中,一脸的凝重。

郑凡母亲要用煤炉做晚饭,韦丽执意出去吃,母亲说:"外面吃太浪费钱了。"

韦丽说:"省钱发不了财,去年的奖金刚发下来,我请客!"

在城中村一家小酒馆里,郑树喝着闷酒,声音很苍凉地对郑凡说着:"韦丽这孩子这么好,配你绰绰有余。我没想到你混到现在连个窝都没有,也弄不明白城里房子咋这么贵。你都拿证两年多了,不该瞒着父母,你知道吗?我跟你妈在家里一唠叨起你还打着光棍,就整夜整夜地睡不着觉。"

郑凡给父亲倒满酒,他满脸愧疚地说:"爸、妈,我对不起你们,也对不起韦丽。不是我想瞒你们,我是想买好了房子,筹够了钱能办不寒碜的婚礼了,再跟你们说,可我没做到。"郑凡说着说着眼泪流了下来,"儿子没本事,让你们失望了!"

一旁的韦丽悄悄地抹起了眼泪,这个以前喜欢在网上冲浪且少年不识愁滋味的女孩注定了要在眼泪中长大和成熟,对她来说,这是人生的必修课,而不是选修课。

郑凡母亲一时不知该说什么,她从干荷叶包着的袋子里掏出一块从家里带来的熟猪头肉,很不恰当地往韦丽嘴里塞,像哄孩子一样:"姑娘,吃一块吧,家里腌的,很香!"

郑树老两口的晚饭是在悲喜交加的氛围中吃完的,悲的是郑凡混得还不如乡下没考上大学的小青年,喜的是郑凡找了个通情达理、漂亮贤惠的好媳妇。晚上住城中村小旅馆的十二块钱房费,郑树坚决不让韦丽付:"我们家够对不起你了,哪能要你掏钱。"

韦丽不再坚持,她安慰郑树说:"爸,郑凡也尽力了,我们手头有一些钱了,郑凡说房价只要再降一毛,马上就买。下次来,就住我们家里了。"

母亲拉住韦丽手问:"房价降了吗?"

韦丽说:"没有!"

郑树插话:"一毛都没降?"

韦丽说:"五分都没降。"

母亲担心地问:"那什么时候降呢?"

韦丽说:"我也不知道。报上说年后全国的房价又涨了,涨得已经刹不住车了。"

母亲拉着韦丽抹着眼泪说:"那咋办呢?我们靠几亩田,将就着糊一口饭吃,拿不出钱来支援你们,让你跟着郑凡受苦了。"

郑凡看这场景都快成了忆苦思甜,于是就对父母说:"房价肯定会降的。你们休息吧,明天一早带你们去逛街。"

韦丽第二天以儿媳妇的身份带着二老逛了逍遥津公园和百货大楼 CBD 中心。韦丽给二老一人买了一双皮棉鞋,总共花了三百多块,郑凡母亲给韦丽送了一副银锁挂件,说是祖上传下来的。银锁上勾勒着"多子多福"四个字。吃完中饭,郑凡和韦丽将父母送往长途汽车站后,临上车前父亲对郑凡说:"周天保那钱我得催他还……"郑凡心里一惊,韦丽还不知道此事,知道了不好交代,看到韦丽正在跟婆婆拉着手道别,他连忙打断父亲的话:"爸,你以后不要再把你儿子说得神通广大了,你已经看到了,你儿子就这么大本事,不要说省里、中央里的事不能摆平,就是城中村出租屋的小事都搞不定。"父亲像是犯了错误一样不吱声了。郑凡走过去将半包"中华"烟塞给父亲:"前天在公司饭桌上带回来的,早上在包里翻到的。"父亲接过半包烟像接过了儿子半辈子的孝顺,很是激动。

回来的路上,郑凡卖力地蹬着自行车,他对车后架上的韦丽说:"我爸妈对你很满意,他们说你长得好看。"

韦丽不咸不淡地说一句:"好看不能当饭吃,也不能当房子住。"

冬天的阳光软弱无力,郑凡骑着一辆老爷车,负重前行。路上的行人对一头大汗的郑凡麻木不仁。

维也纳森林会刊在庐阳地产界鹤立鸡群,无论是图片、文字还是文化品位,没有一家能与之比肩,宏洋地产的老总问欧陆地产郝总从哪儿挖来的人才,郝总说这是商业机密,拒绝透露。郝总回来后找郑凡谈了一次话,他在灌满了阳光的办公室里对郑凡说:"我打算聘你做我的兼职文字秘书,帮我起草发言稿、处理文件、回复客户的电子邮件以及公司的各种汇报材料。我还想开一个博客,你帮我写写微博,当老板的不与时俱进是混不出前途的。"

郑凡有些意外,他第一反应是刚升任总裁助理的悦悦推荐的,于是他看着眼前冒着热气的茶杯说:"谢谢郝总!我想推荐我大学同学舒怀来做这份工作,他很有才华。"

郝总夹着雪茄的手向下一挥,做了一个否定的手势:"不,就是你!"

郑凡六神无主地看着郝总:"我怕辜负了郝总的厚爱。"

郝总说:"先干着,等辜负了再说。给你每个月开一千八,从下月开始聘任,聘书我让悦悦去办。"

听到这个数字,郑凡先是震惊,继而是动心,对于一个穷疯了的小知识分子来说,谁都没有拒绝的理由和勇气,这笔钱将近自己一个月的工资,比他在江淮公司兼职和带家教的总和还要多。

郑凡表达感激的方式是给郝总的杯子里加满开水,他在开水热气的鼓舞下,发自肺腑地说:"郝总,谢谢您的信任!我一定竭尽全力做好工作!"

下班回到家,郑凡急不可耐地把这一喜讯告诉给韦丽,还没说完,韦丽给了郑凡当头一棒。

韦丽生气的时候喜欢拿自己随手抓着的东西出气,有时倒霉的是一把扇子、一盒火柴或一把葱,这天刚下班进门的韦丽将质量平庸的坤包狠狠砸在床上:"悦悦一当上总裁助理,你就拿了一份高薪合同,是不是想学黄杉,你也愿意被包养呀?"

郑凡被这一闷棍打得眼冒金星,他还没拿准做郝总兼职秘书是不是悦悦的主意,所以他无法接受韦丽对他武断地判决,于是拉着韦丽的手说:"我们现在就去找悦悦对质,要是悦悦让我做兼职秘书的,我明天连会刊的活一起辞了!上班到现在我连悦悦的面都没见到,是郝总直接找我谈的!"

这下轮到韦丽底气不足了:"不去!我没那么小气!"她降低

语调说,"郑凡,你说,郝总会不会听悦悦的?"

郑凡安慰着韦丽说:"悦悦长得都没你好看,她凭什么指挥郝总?"

韦丽很狡黠地跟了一句:"你的意思是我能指挥得动郝总了?"

郑凡觉得跟女孩不抬杠的最好办法就是岔开话题,他说:"一年兼职挣两万多,钱挣多了,心里就有底,只要房价一跌,马上出手。"

韦丽问:"我们有多少钱了?"

郑凡心里惊了起来,周天保做手术的两万该怎么说呢?他敷衍着:"应该有不少了,记不清了。"

韦丽态度突然来了一个一百八十度大转弯,她吊着郑凡的胳膊说:"我们用存下的钱到你老家山里买一片山场,好不好?我们在那里养猪、养鸡、种茶、栽树,多棒,城里挣不到钱,买不起房子,没意思!"

郑凡说:"我读了这么多年书,就是为了走出大山,再回到山里去,我爸还不被活活气死。"

韦丽只要进入想象中的生活,就像是服用了兴奋剂一样,可郑凡没时间陪她亢奋,于是就去做晚饭,炒韭菜没盐了,郑凡支派韦丽去买盐,韦丽说顺便给你买一瓶啤酒,郑凡说不用了,韦丽说你拿下了大合同,提前庆贺一下。这时候的韦丽就忘记了悦悦的存在,也忘记了先前究竟说了什么。

韦丽出门买盐的时候,郑凡想起了还欠悦悦一次约会,如果悦悦要是问起来,他该怎么说呢?悦悦现在是他货真价实的上司。

市演艺集团为了向上级汇报文化体制改革的成果,送了一台黄梅戏现代戏《摇滚的青春》到北京长安大戏院演出,这出胡编乱造的黄梅戏写了几个奋发有为的大学生毕业后到农村创业的先进事迹,剧中一味强化他们激情澎湃的宏伟理想,而公然掩盖了大学生在城市找不到工作后被迫到乡下谋生的无奈,戏中不可避免地掺杂了大量虚假的爱情和不真实的命运折腾。郑凡被抽到给赴京演出领导小组帮忙,负责整理媒体报道、观众反响、演员体会及相关资料收集,回来后给市里提供一份专业性的演出调研报告,也为他的黄梅戏研究提供最前沿的素材。郭之远一开始找到郑凡的时候,郑凡不是很愿意,他说我把黄梅戏作为文化遗产研究而不是作为时尚来追捧的,观念上有冲突,怕完成不好任务。所长说:"你这次去,是在工作,不是搞研究,懂吗?不能意气用事。上次你在市里的发言就很有大局观,很见水准,你脑子绝对好使!"

郑凡在北京期间发现进京汇报演出很是尴尬,长安大戏院卖出去的票不到两成,卖票的钱都不够演职人员来回车票钱,吃饭、住宿的钱全靠市里补贴。没卖掉的票只好分头免费送给庐阳在京干苦力的农民工,这样汇报演出又多出了一重慰问演出的意义,可有不少农民工嫌路程太远,坐地铁倒公交来回要花十多块钱,于是就希望送票的同时再送一些路费,汇报演出领导小组很为难,免费让你来看戏,连路费都怕花,难不成还要给你们来看戏的再发一瓶啤酒一袋花生米,让你们边看戏边喝酒?过分了。汇报演出领导小组拒绝了这一无理要求,所以送出去的票不到三成,慰问演出的效果也不太明显。其实细想也能想明白,出来打工是为了养家糊口,不是为了图潇洒快活的,每天干到晚累得骨头都要散架了,没有心情,也没有体力跑那么远去看戏。通常民工们都是晚饭后在工棚里看一会电视就睡觉,大多数时候,一集电视剧片头还没播完,人就倒头睡着了。

进京汇报演出的主要任务是请嘉宾领导看戏,宣传庐阳,宣传黄梅戏。可庐阳在北京做大官的几乎没有,现任最大的官是一个副局级,早年一个副部级领导已是风烛残年,行动不便,无法到场,于是领导小组决定凡是在北京工作的和退休的庐阳籍老同志,只要是副处级以上的干部,一律送票,而且车马费、礼品备齐了同时送去,郑凡先是帮着给农民工送票,后来又帮着给副处长以上的领导干部送票,郑凡知道嘉宾到场更多的是为报纸、电视台拍新闻,准备一些忽悠人的画面而已。

演出前的一天晚上,郑凡抽空跑到通州城边上看望老豹,他把内心的想法对老豹说了:"没有人再有耐心看两个多小时的一台戏了,包括管戏剧的领导在内,他们也喜欢看赵本山小品、看《非常6+1》、看《快乐向前冲》之类的快餐文化,这就叫时过境迁。"

老豹住的通州城边上旧街巷里到处涂着青面獠牙的"拆"字,夜晚的灯光比庐阳城中村还要暗淡,偶尔一两盏亮着的灯鬼火一样晃动在风中,这里马上就要被一家房地产商开发。老豹对郑凡谈起黄梅戏进京汇报演出并没有兴趣,他更多的是想跟郑凡交换一下两人各自的生计,他们一边喝酒一边随心所欲地聊着。老豹说他辞职后到北京发展得很不理想,唯利是图的书商出了他的《中国城管内幕》一书不到两个星期就被抓进去了,罪名是涉嫌偷税还有嫖娼。郑凡只拿了一万五千块钱预付款,其余承诺的钱全都打水漂了。现在的老豹已经不再写作了,他正办着一所农民工子弟学校,自任校长,老婆从老家过来后管教务和后勤,下班后在巷口摆摊卖四川的麻辣涮,挣些钱贴补家用。郑凡和老豹下酒的菜就是老豹老婆头天天卖剩下的麻辣涮。郑凡问老豹怎么想起了办农民工学校,老豹说:"我儿子也带过来了,快上小学了,可没地方收,借读费要六万,抢也抢不到这么多钱。干脆我自己来教,先让我自己儿子读上书。"

郑凡问:"你儿子呢?怎么没见着?"

老豹说:"跟他妈一起出摊去了!"

老豹住的屋子挺大的,里面除了床铺、煤炉和几个旧柜子,空荡荡的。屋外的墙上写上了"拆"字,这就告诉你,说不准哪天早上你起床的第一件事不是吃早饭,而是搬家。学校在巷子后面的一个搬空了的生产酒瓶盖的厂房里,下令停办的通知已经下达好几天了,老豹正为学校的去处而四处奔走,他和他的学校自创办起,就经历着打一枪换一个地方的游击生涯。老豹给郑凡倒了一茶缸白酒:"你只有到我们这来住上一段日子,你才会理解什么叫'哀民生之多艰'。"

郑凡问办学校的钱够不够一家生活,老豹说勉强够吃饭,学生有六十多个,两个班,都是这附近捡破烂的、摆地摊的、开摩的的、打工的穷人家孩子,哪忍心高收费,不以挣钱为目的。老婆卖麻辣涮一晚上能挣三四十,比办学校挣得多。"我现在很穷,可我感觉比在城管时充实得多了,心里也很安静。"

郑凡跟老豹聊起城管时意见有些分歧,情绪也很激烈,郑凡说城管就是中国城市管理中的毒瘤,有警察执法,有工商执法,有技术监督执法,还要什么城管?老豹说你不要把城管妖魔化,他说自从离开城管后,自己对城管有了一些新的认识,"城管者和被城管者都是悲剧人物,大家都是为了讨生活才你死我活杠上的",说到北京刚刚被一个小摊贩捅死的城管副队长,喝了酒的老豹眼中噙着泪光,颇有兔死狐悲的伤感:"都是人,家里都有老婆孩子等着养呢。"

郑凡见喝多了酒的老豹如此动情,就不再跟他争论了,他都不知道老豹《中国城管内幕》是怎么写出来的。

离开老豹住处的时候已是夜里十点多钟了,老豹的老婆和六岁的儿子还没回来,在街边没有路灯的一个小店里,郑凡买了一箱鲜牛奶和两盒饼干,说是留给小侄子的。老豹很感动,手拎着牛奶和饼干将郑凡送到公交车站,直到郑凡上了公交车,老豹才像一尊泥塑般的,呆呆地站在昏黄的灯光下望着渐行渐远的公交车尾灯或明或暗。初春的北京,天很冷,刀片一样的风将夜晚切割得鸡零狗碎。

郑凡从北京回来后跟韦丽说起过老豹的坎坷命运,韦丽说:"你要是去老豹的农民工子弟学校教书,我马上就跟你一起走,到处流浪多潇洒,省得你为买房子过得像一只老鼠一样,每天活得惊惊乍乍的!"

郑凡没接腔,因为他知道韦丽反抗现实最锐利的武器就是,让别人陪着她一起做梦。你要跟她讨论举家过日子,超过五分钟她就走神,不到十分钟肯定就烦了。郑凡当然也知道,如果韦丽像悦悦一样成熟理性,他可能早就跟舒怀一起抱着酒瓶醉生梦死了。想起舒怀,他的心里就有被针刺般的疼痛,他想去看看舒怀,但不知道见面能说些什么,打电话总是关机,失恋后的舒怀越来越不愿跟人交流。

郝总找郑凡谈话已经超过一个月了,兼职秘书的聘书没下,合同也没签。平时郑凡除了来拿下一期会刊的补充文字资料和最新图片,一个月顶多来公司四五趟。前些日子来的时候碰到过一次郝总,只简单打了一个招呼,郝总就匆匆下楼钻进了汽车,拿的资料和图片由办公室小汪提供。悦悦提了总助后负责会刊,郑凡见过两次,悦悦态度很冷淡,跟他公事公办,交代完工作连一个标点符号也不愿多说,郑凡不好问也不想问,他必须在这个兼职上司面前昂起头颅。

韦丽并不关心郑凡兼职的事,她关心的是老妈要来庐阳究竟住城中村私人小旅社还是咬牙花五六十块一晚在外面住一个正规的旅馆。城中村私人小旅社苍蝇臭虫太多,上次她妈来身上被虫子咬了两个包,回去半个月都没消掉,她对郑凡说:"你帮我一起劝劝老娘,她总是舍不得钱。"

郑凡一听这话,心就揪紧了,他本能地感觉到丈母娘显然不是来看望女婿,而是来督察女婿的。两年多过去了,尽管丈母娘还借了两万块钱给他买房,可如今房子连个影都没有,自己拍胸脯保证的三年住上新房剩下的时间还不到八个月了,这八个月就像执行死刑的日期横在他面前正在倒计时。郑凡想到这头皮发麻,他不敢正视现实:"能不能叫你妈晚些日子再来?"

韦丽说:"你那么怕我妈?"

郑凡说:"要不你妈来的时候,我找个机会去出差?"

韦丽把手里的几根葱扔到地上:"你什么意思嘛!我妈就是来看你的,你跑了,她还来干吗?"

郑凡把心中的担忧和恐惧原原本本地兜了个底,韦丽觉得郑凡分析得很有道理,老妈此行确实别有用心,于是就不吱声了,她也不愿为房子的事弄得上上下下狼烟四起:"好吧,我试试看吧!"

郑凡犹如死里逃生般激动:"准行,你妈听你的!"

梅雨时节,雨水纠缠不休,城市里湿漉漉的,空气中仿佛都能拧出水来,出租屋里刚买的十斤大米还没到一星期,就发霉变绿了。郑凡很沮丧,他觉得住在这低矮的小平房里,迟早有一天,人都会发霉的。于是在一个细雨霏霏的周末,郑凡到欧陆地产拿完了维也纳三期封顶的图片后,主动敲开了悦悦办公室的门。悦悦的办公室开着灯,感觉比上次看到的更加宽敞明亮,地上铺着盛开着红色牡丹花的绿色地毯,几盆草本盆栽和一块灵璧石点缀着奢华的空间。郑凡看着悦悦办公室坚硬而阔气的老板桌,用手抬了抬,稳如泰山:"真沉!一个人根本掀不翻。"

通常在办公室接待值得尊重的朋友都是在沙发上平等落座,本来悦悦也准备把郑凡引到一圈沙发上去,可悦悦听出了郑凡话里有话,就让郑凡以下级的身份坐在自己老板桌对面的小椅子上。悦悦招呼公司服务员给郑凡沏了一杯新茶,算是给郑凡一个天大的面子。郑凡坐下后很自然地就找到了矮人一等的感觉,他没有喝茶,开门见山地问:"郝总说聘我做他的文字秘书,是不是有这回事呀?"

悦悦胸有成竹地说:"是有这回事。不过,我已经跟郝总商量过了,公司不打算聘你。"

郑凡急得全身冒火:"君子成人之美,你怎么能暗中拆台呢?"

悦悦很冷静地告诉郑凡:"作为为富不仁的老板秘书,对你来说,是件极不体面的事,像我这样的女秘书早已声名狼藉。当然我现在不是了,我是总裁助理。说实话,当男秘书跟当太监差不多,公司好多材料都是要做假的,郝总的博客里基本上是骗人的谎言,像你这样清高的知识分子,肯定不会干,干了也会很受伤,所以郝总跟我商量的时候,我一口否决。你答应过了?"

郑凡迅速转动脑筋为自己找台阶下,他支支吾吾道:"没有,没有,我是来问问看的。如果真要是答应的话,我还得征求韦丽的意见,是吧?"

悦悦用犀利的领导眼光看着郑凡:"你诚实地告诉我,你爱韦丽吗?"

郑凡含含糊糊地回答道:"两个人凑在一起过日子,就像合伙开公司,风险共担,利益共享。"

悦悦用目光死死盯着郑凡:"你还没有明确回答我。"

面对悦悦的挑衅,郑凡明确地回答:"我爱韦丽。"

悦悦轻蔑地看着郑凡,嘴角撇出一丝冷笑:"网上打赌赌来的女人,还大言不惭地贴上爱情的假标签,你到幼儿园去忽悠吧!"

一份极具诱惑的合同葬送在悦悦手里不说,郑凡还被她呛了个半死。他不知道悦悦是善解人意地维护他,还是不动声色地嘲弄他。

第十二章　刀尖上的青春

黄梅戏《摇滚的青春》进京演出的汇报材料让郑凡写得手指抽筋，他把掌握在手的材料整得虚虚实实、半真半假，连他自己都如坠入云里雾里。你说它像假的，里面有好多是真的；你说它是真的，又有不少是假的。比如说确实有在京庐阳籍老同志观看了演出，京城媒体确实给予了高度赞赏，座无虚席的观众看完后确实也是掌声雷鸣。但这些材料中的座无虚席的票是免费送的，高度赞赏是花了高价钱请专家教授和记者集体创作的。郑凡像勾兑假酒一样勾兑出了一份洋洋洒洒六千言的进京汇报演出总结，闻起来有酒香，喝到嘴里却不知道掺了多少水。

总结材料报送市领导后得到比黄梅戏进京演出更高的评价，市主要领导批示要重奖剧团三十万，团长几次要请所长郭之远和主笔郑凡吃饭，并反复声称演得好不如材料整得好，可郑凡一推再推。所长郭之远对郑凡的这次表现也非常满意，他对郑凡说："萧伯纳就是伟大，他说一个理智的人应该改变自己去适应环境，只有不理智之人才会想去改变环境来适应自己。但历史是由前一种人创造的。郑凡，你已经是能够创造历史的人了。"

郑凡听了郭所长的表扬，眼泪都快要下来了，不是激动，而是伤心，他声音哽噎着："我对不起我导师。"

郭所长安慰他说："你导师关在书斋里研究屈原，不知道外面的世界早已物是人非，他要是到艺研所来工作，也会像你一样去做的。我们不都是这么过来的？改变自己总比改变环境的代价要小得多。"

又是雨天,郑凡望着窗外玻璃上挂满了雨水,觉得从心里流出来的泪水就应该挂在玻璃上。

韦丽见郑凡情绪低落,就以为是欧陆地产合同没拿到手遭受了重创,晚饭她给郑凡买了一瓶啤酒和五块钱卤猪头肉,又在煤炉上炒了一碟花生米,韦丽说:"别难过,借酒浇愁,我陪你喝一杯!"

韦丽端上菜,给自己碗里也倒了一些啤酒,她端起碗跟郑凡抓着的酒瓶碰了一下:"悦悦知道你跟她不是一类人,才把你一脚踢开的。被一个生活糜烂的女人否定了,那是你的光荣,也是我的骄傲。"

郑凡没有跟着韦丽一起欢呼这虚幻的胜利,他对着酒瓶猛吹一气啤酒,然后抹了一下嘴上的啤酒泡沫,往床上一倒,嘴里自言自语着:"我哪有什么清高,我就是一个小人,一个断了脊梁骨的小人。"

韦丽在拉郑凡起来喝稀饭时,她发现郑凡流泪了,韦丽安慰他说:"我现在就给我妈打电话,叫她不要来了!"

韦丽将铝锅里的稀饭舀了两碗后,放下勺子打电话。电话里,韦丽旗帜鲜明地告诉母亲:"妈,我和郑凡最近都很忙,没空接待你,你不要过来了。"

电话里,母亲问:"是不是郑凡嫌我们借两万块钱太少了?房子究竟买没买呀?"

韦丽怕郑凡听到了受刺激,就压低声音说:"妈,你不要在电话里讨论国家大事,好不好?你什么时候过来,等我通知。"说着就挂了电话。

韦丽的情绪好像也受到了一些影响,晚上两个人索然无味地喝下了两碗稀饭,然后看着碟子里的咸菜发愣。韦丽用筷子戳着碟子里的酱黄瓜:"黄瓜长大长熟了,就被腌制成这又软又黑又咸的丑东西,然后再被牙齿嚼成碎渣。"

郑凡还是忧心忡忡地问了一句:"你妈答应不来了?"

韦丽说是的。

舒怀精神上早就出现了问题,郑凡隐约能感觉到一些,但他连自己都关心不了自己,又哪有足够的心情去关心已很难沟通的舒怀?事实上有过那么几次,郑凡想去找舒怀,但都没成行,直到舒怀把人捅死了,他才后悔自己的粗心和自私。在庐阳,黄杉跟温州富婆远走高飞了,信访办师兄老蒋不是一届的,举目无亲的舒怀真正的同学只有一个郑凡。

舒怀父亲在乡下废砖窑偷偷生产鞭炮有些年头了。这个原先做过镇政府教育主管的小公务员为了儿子在城市里能活下去,不惜提前退休到乡下的废砖窑里铤而走险,两年里果然掏出了十万块钱给舒怀交了首付,悦悦也就是在那个时候成了舒怀女朋友。然而私自生产鞭炮相当于坐在火药桶上玩火,出事是正常的,不出事反而不正常。年后正月十六那个晴空万里的早晨,鞭炮作坊爆炸了,当场炸死两个雇工。当两个雇工支离破碎的残骸从炸塌了的废砖窑里被扒出来时,舒怀父亲当场就吓昏了过去,人还没醒过来,就被公安抓走了,倾家荡产不说,还被判了八年徒刑。舒怀总觉得父亲是为他买房子而身陷牢狱之灾的,所以酒喝得更凶了,越喝痛苦越深重。这种情形下,他很难记住李白一千多年前的忠告,"抽刀断水水更流,借酒浇愁愁更愁"。也许是憋得快要爆炸了,无处诉说的舒怀在春暖花开的日子里曾给郑凡打过一次电话,电话里他想跟郑凡说点什么,可几次欲言又止。当时郑凡正在印刷厂忙着校对欧陆地产维也纳森林的会刊,舒怀说:"郑凡,你现在有空吗?"郑凡说:"没空。什么事?你说!"舒怀有气无力地说:"没事。"郑凡正在为一幅图片的清晰度问题头疼不已,他粗心地应付了两句,匆匆挂了。由于图片不清晰,他挨了欧陆总裁助理悦悦的尖刻批评:"你要是还这么马虎工作的话,我们只能另请高明了。"郑凡态度谦恭地说:"对不起,我不是故意的,底片很好,没想到制版后效果这么差。"悦悦毫不客气地给郑凡迎头一击:"在会刊的编校质量上,你讲的任何理由都是狡辩。"郑凡只好表态:"以后我一定注意。"悦悦还乘胜追击给了郑凡一记闷棍:"再出现差错的话,就没有以后了。"郑凡被悦悦劈头盖脸地训了一顿,心里很是窝囊,他不知道这个女孩是在惩罚他的自以为是,还是急于想抖搂一下总裁助理的威风,他不想再给欧陆地产干活了,去他妈的,辞职!可走在回家的路上,他权衡再三,还是放弃了辞职的念头,毕竟一个月多好几百进项。气昏了头的郑凡回来后把舒怀给他打电话的事给忘了。

一个星期后的晚上,郑凡想起舒怀打电话的事,连忙回了过去,可舒怀电话已关机了。郑凡骑着车赶到舒怀的住处,敲了半天的门,里面没人答应,郑凡使劲地砸着门,门里还是没反应。这时舒怀对面的门开了,一个穿着睡衣的中年妇女手里拿着一根被咬掉了大半截的黄瓜对郑凡说:"别敲了,昨天晚上被公安抓走了,铐走的时候脚上只穿了一只拖鞋,另一只脚光着。"

郑凡一听头都炸了:"被抓了?怎么会被抓了?"

中年妇女慢条斯理地咬了一口黄瓜:"杀人了。看起来老实的小伙子,下手那么狠!"

回来后郑凡跟韦丽讲起舒怀杀人的事时,手一直都在抖:"你说怎么可能呢?舒怀怎么会杀人?别人杀他还差不多。"

韦丽也惊呆了,她手里抓着一张当天的晚报:"报上都登出来了,只说了舒某,起初我看了后压根就没想到会是舒怀。"

"会不会弄错了?"郑凡自言自语着。

韦丽摊开手中的晚报说:"怎么会错呢?你看,这报上写得清清楚楚,舒某是一民营中学的老师。"

郑凡动作粗鲁地抢过韦丽手里的报纸,他仔细地看了又看,目光渐渐绝望起来:"怎么办呢?"

郑凡手中的报纸滑落到了地上。

其实舒怀早就得了忧郁症,被悦悦抛弃后,舒怀的忧郁症变本加厉,双休日要么夜以继日地泡在网吧里下棋打游戏,要么就拉上窗帘把自己关在屋里两天不出门,靠啤酒和方便面聊以度日,他的世界里充满了失败、压抑、沮丧、绝望。后来有一位心理医生分析说,舒怀出事是迟早的事,他不去杀人的话,就会自杀,他生活中的天空是永远灰暗的颜色。父亲入狱,女友背叛,工作不如意,这些人生的毒药在长期蒸煮发酵后终于在三天前的午后恶性发作了。平时根本不吃水果的舒怀鬼使神差一样,突然想吃水果,于是下楼了。楼下水果摊上那位眼睛不好的摊主称了舒怀挑的四个苹果,说是一斤四两,回来后舒怀用弹簧秤一称,少了二两,气冲冲直奔楼下。春末夏初,天热,舒怀跟眼睛不好的水果摊主火气都很大,郑凡说:"谁都敢欺负我,你凭什么少我二两苹果!"摊主说:"卖了二十多年,我从没扣过谁一钱的秤,你眼睛瞎了,栽赃我,滚你妈的!"两人由争吵辱骂到推搡,越闹赵凶,众人上来拉都拉不开。混乱中,中午刚喝过两瓶啤酒的郑凡从口袋里掏出本来准备削水果的刀子,很简单地往前一捅,摊主就像喝醉酒了一样软软地瘫倒在地,围观的人惊恐地叫着:"不好了,出人命了!"舒怀手里抓着血淋淋的水果刀,像一块化石站在午后的阳光下,阳光照亮他荒芜的头顶和滴血的刀子。

水果摊摊主还没被送到医院,就死了。

舒怀是以故意杀人罪被逮捕的,他是揣着刀子下楼的,警方认为带刀子下楼显然不是为了削水果,而是随时准备伤害对手的,所以说舒怀杀人是有预谋的。更为糟糕的是,卖水果的摊主并没有扣秤,警方重新过磅,四个苹果足足一斤四两,是舒怀的弹簧秤不准,才少了二两。

郑凡很自责,要是舒怀打电话给他那天回去后找舒怀聊聊的话,舒怀多少会释放掉内心的一些压抑和苦闷,三天后舒怀也许就不会为二两苹果捅死一个无辜小贩了。那是一个向他求救的电话,可他竟然忘了,郑凡觉得是自己把舒怀送进了大牢。想到这儿的时候,郑凡痛苦得恨不得拿刀捅自己,平时不怎么抽烟的郑凡那天晚上坐在桌子前抽光了整整一包烟,书稿却一个字也没写出来。韦丽是被烟雾呛醒的,她窒息着咳嗽了几声,然后抬起半昏迷的脑袋问郑凡:"几点了?"郑凡看了一下桌上的闹钟,后半夜两点四十五分,郑凡正准备告诉韦丽,扭头见她又睡着了。郑凡打开窗子通风,风没进来,窗外的黑暗一下子全涌了进来,夜晚安静得像一把冰冻三尺的刀子,闹钟走动的声音惊心动魄。

韦丽的母亲终于不请自来。

郑凡正在所长郭之远的办公室里就书稿的第四章《谁是黄梅戏的终结者》紧急磋商,所长郭之远说:"第四章用这刺眼的标题是肯定通不过的。"

郑凡说:"郭老师,这是学术观点,不是文艺方针和政策。"

郭所长不想跟郑凡深入讨论,他用总结的口气说:"就这样吧,回去改标题,你这本书出版要用市里的社科专项基金,懂吗?"

韦丽给郑凡的电话在郭所长还没说完的时候就响了起来,郑凡接了电话,脸色苍白,他合上电话,颤抖着声音用乞求的目光看着郭所长:"郭老师,你能不能派我到下面剧团去,再做一下调研?"

郭之远不以为然地回了一句:"下个月,所里有调研计划,到时候统一安排。"

郑凡一脸溃不成军的狼狈:"郭老师,我想现在就下去,今天就走。"

郭之远专注于泡制新茶,头也不抬地说:"其实你不需要下去调研了,书稿很扎实,第四章换个标题就行了,内容侧重于传统戏曲面临大众娱乐的挑战,删掉对传统戏曲临终关怀之类骇人听闻的字眼即可。"

郑凡哭丧着脸将丈母娘突然造访以及自己所面临诺言破产的危机原原本本地告诉了郭所长,郑凡抹着鼻尖上的汗,声音痉挛着:"郭老师,都怪我说了过头话,没想到房价涨得比东南亚海啸还要猛。"

郭之远放下手中的茶壶,立即拍板:"你马上出发,去大别山你老家西岳县黄梅戏剧团调研。"

郑凡给韦丽回拨过去,说马上要出差,不能见丈母娘了。郑凡说前些天赵恒送给他的二斤新茶在床下面的纸箱里,算是女婿孝敬丈母娘的礼物。韦丽虽说不希望母亲来,可母亲已经站在你屋檐下了,你还想开溜。直性子的韦丽不能容忍两个人联手欺骗母亲,她在电话里急了:"你一个堂堂的知识分子,骗人不是这么骗的,我妈,你丈母娘,你下得了手吗?"

郑凡心虚气短地抵抗着:"韦丽,我没骗人,是所里安排的,郭老师就在我身边。不信,我让郭老师跟你说。"

郭之远看着郑凡塞到面前的电话,像面对一颗冒着烟的地雷一样不敢接,郑凡用痛苦的眼光恳求着,郭之远接过电话,声音明显底气不足:"小韦呀,是这样的,郑凡的书稿要补充一些材料,是我建议他下去调研的。"

韦丽在电话里说:"郭所长,您能不能让郑凡过两天再下去调研呢?我妈从大老远来看我们,明天就回去了,书又不是明天就急等着要出版,是吧?"

郭之远对着电话频频点头:"是,是,那我叫他现在就回去!"

郭之远合上电话,郑凡一脸的绝望,郭之远将电话交给郑凡:"丑女婿总是要见丈母娘的。你就这么跟她说,不是你郑凡不讲信用,是房地产市场不讲信用,愣是把工薪阶层和诚实的劳动者折腾得离房子越来越远。"

郑凡像一个被戳穿了的气球,瘪了,他瘫坐在郭之远办公室破旧的沙发上拼命喝水,他想用茶水来淹没内心的恐惧。郑凡有些伤感地对郭之远说:"郭老师,我觉得自己简直就是一个小爬虫,读了这么多年书,兼济不了天下,独善不了其身,居然把一套房子作为人生的奋斗理想,窝囊透了,我现在就是山里来的一个读过书的文盲。"

郭之远以其大半生的历史经验告诉郑凡:"当一套房子成了你一辈子奋斗理想的时候,你就不会有指点江山、担当天下的妄想了,你会变得很现实,很老实,很真实。回去吧,跟丈母娘多说一些好话、软话,她还能把你枪毙了不成?"

夏天的天气像房价一样不靠谱,郑凡骑车到城中村巷口时还是阳光毒辣烈日当空,可回到距自己四百米远的出租屋时,已是电闪雷鸣,暴雨如注,不到十秒钟,郑凡全身淋得湿透,像是从水里爬出来的水鬼。

雨下得太急,出租屋里四处漏雨,郑凡进来的时候,韦丽和她母亲正用一个塑料脸盆和一只饭盒还有两个刷牙的杯子在接漏下来的雨水。水泥地面上湿漉漉的,屋里水汽弥漫,墙角处十多天前就长出了几块绿色的青苔。郑凡喊了一声:"妈!"

韦丽母亲象征性地"嗯"了一声,然后用极不信任的眼神盯着郑凡。韦丽拿了一条干毛巾给郑凡擦身上的雨水,丈母娘在屋外连环爆炸的雷声和屋内淅沥的雨声中开始责问:"小郑,你是山里来的孩子,不是山里来的土匪,你把我女儿抢到手,死活就不管了,土匪的压寨夫人也不是住在这漏风漏雨的破地方呀,还不如住在山洞里,山洞里好歹不漏雨呀!"丈母娘端起了半盆漏下的雨水站在郑凡面前,"马上就三年到了,房子呢? 是你当我面赌过咒发过誓的。我已经拿了两万,你总不能要我贴了女儿再给你买上房子让你享福吧? 你晓得吗,我和小丽她爸风里来雨里去,一天卖水果挣不了多少块钱,遇到卖不完烂掉的水果,那就像身上的肉烂掉了,钻心地疼呀。"

郑凡抹着脸上的雨水和泪水:"妈,我对不起你!"

丈母娘继续数落着:"你父母不管不问,不贴一分钱,不帮着买房子,反正儿媳妇已经骗到手了,是吧? 天下哪有这种不负责任的父母。"

郑凡本来想以低头认罪的委屈来争取丈母娘的宽恕,而且确实也做好了打不还手骂不还口的心理准备,可当丈母娘谴责起乡下父母时,郑凡还是忍不住了:"妈,我山里的父母不是不负责任,而是负不起责任,他们把我养大,培养我读书,本指望我读出来后能帮家里一把,可我还是拿不出一分钱来帮家里,他们在田里、山场上忙活一年的钱都买不上如今城里的一个一平方米的房子,你让他们怎么负责任? 他们比你们还要穷,还要苦。对于您,我是没兑现诺言,可对我父母,我是忤逆不孝。"

郑凡说着眼泪忍不住像屋内的漏雨一样,哗哗地流了下来,在屋内忙着抢救半口袋大米的韦丽对母亲大声抗议着:"妈,你是来看我们的,还是来审我们的?你再提房子,我就跟郑凡跑到山里住山洞去!两万块钱,明天让郑凡到银行取出来还你。"

韦丽的母亲不再说话了,她抓起桌上的帆布包,对韦丽和郑凡说:"都是我不好,是我对不起你们!从今往后,我要是再说你们一个字,烂嘴烂牙!"说着就一头冲进屋外的暴雨中。韦丽和郑凡将母亲死死地拽了回来,郑凡说:"妈,我错了,还不行吗?"

韦丽母亲心灰意冷地抹着脸上的雨水:"我到外面找个店住,明儿一早就回去,庐阳我再也不来了!"

韦丽母亲当晚住在城中村私人小旅店里,那里虽然肮脏还有老鼠臭虫,但不漏雨,韦丽要陪母亲住,母亲说:"不用了,一路上太累,我想好好睡一觉!"

母亲更多是觉得母女之间已经无话可说,郑凡讨好地对丈母娘说:"妈,您好好歇着,明儿一早我和韦丽过来送您。"

第二天一早六点,郑凡就和韦丽起床去送母亲,赶到小旅馆,店主说,天还没亮,好像还不到五点,人已经走了。

郑凡拉着韦丽的手说:"走,我们去车站!"

韦丽说:"不用了,我妈已经走远了。"

郑凡站在清晨潮湿的雾气中,声音也是潮湿的:"韦丽,对不起!"

韦丽没说话,独自一人向巷子深处走去,身后的郑凡像是被韦丽扔下的一张旧报纸。

韦丽对郑凡怨气很大,但她不说。要是去年把百安居的房子定下来,母亲就不会这么绝望地不辞而别。郑凡太固执,固执得不可理喻,虽然他做出了让步,答应房价每平方米降一毛钱都买,可事到如今,想降一分都只有在梦中才能实现。其实郑凡比韦丽早已提前绝望了,他不愿承认是出于他脆弱的自尊和不甘心,他望着韦丽远去的背影,心里很难受,但他现在唯一能做的就是,立即去干活!

可郑凡不可救药地发现,他越是努力地去干活,他离房子就越远。于是,他推掉了赵恒的一个医疗器材展销会的策划。

郑凡决定去找悦悦,看能为舒怀做点什么,可一直没抽出空来,这天郑凡正准备去欧陆地产的时候,老肖找到了他。

老肖的儿子结婚,给郑凡送了一份请柬,郑凡当晚只得去了文华大酒店参加了老肖儿子的婚礼,看着比自己小三岁的老肖儿子幸福地挽着新娘的手走进大厅,洪水猛兽般祝福的掌声淹没了一对新人,郑凡看得眼睛都发直了,幻觉中挽着新娘的新郎官成了自己,他的双脚随着《婚礼进行曲》的节奏在桌子下面不由自主地踏着松软的地毯。他在跟韦丽拿证的那天就在心里发过誓,一定要给韦丽一个体面的婚礼,可这一天却是遥遥无期。

郑凡问坐一桌喝喜酒的郭之远,肖老师儿子有没有婚房,肖老师掏了多少钱。郭之远说:"老肖跟我们一样,几个死工资,哪有钱贴?他儿子是市电力公司的,分了一套一百二十平方米的福利房,还有一套集资房,每平方米只付两千八,不到市场价的一半。"

郑凡问老肖儿子是不是留学回来的高科技人才,郭之远说高中没考上,上了电力技校,他妈是供电局的,所以毕业后到了电力公司做了技工。"别多问了!没有谁规定你研究生毕业,就一定要比人家电力技工学校毕业的更值钱些,还有中石油、中石化、中移动、中电信,随便一个刚入行的毛头小子也比我这个干了一辈子的高级知识分子收入高几倍。天下不平的事太多,你不比,等于就没有"。

郑凡说我懂了。其实他并没有懂,大庭广众之下,他只好不懂装懂。

婚礼结束的时候,郑凡照惯例给老肖出了一百块钱礼份子,老肖坚决不收,推开郑凡塞过来的一张百元大钞:"你能来我很高兴,你业余打短工挣点钱不容易!"

郑凡说:"再不容易,也得按规矩来!"

郭之远也很严肃地劝老肖收下,不然就是对郑凡的不尊重。老肖只得从命。

郑凡回到家后,韦丽看他喝得酒气熏天的,问他晚上为什么事在哪儿喝了这么多的酒。郑凡说:"在赵恒那儿喝的,谈一个展销会策划的事。"

郑凡不敢说参加了老肖儿子的婚礼,他怕韦丽受刺激。韦丽对赵恒保持着一贯的偏见:"赵恒这个人就是不地道,把你灌多了。"

赵恒这个人固然有其唯利是图的狡黠和自私,但只要不触及他的核心利益,为人还算是比较仗义的,听说郑凡同学舒怀出事后,他主动推荐了庐阳最有名的大律师吕枫为舒怀辩护:"找一个好律师,你们多去看望看望,关键时候没人站出来是不行的!"

所以在韦丽愤怒谴责赵恒的时候,郑凡没接腔,他端起桌上的凉茶猛喝了一气。

参加婚礼的第二天一早是韦丽轮休的日子,郑凡要韦丽陪他一起去看守所看望舒怀,韦丽说:"你整天忙着挣钱,平时对舒怀那么冷漠,早不去看望,现在去看望有什么用?"

郑凡没有争辩,他去找悦悦。

悦悦不在办公室,郑凡在郝总的办公室见到了悦悦,悦悦正在跟郝总谈笑风生,从脸上的表情能看得出来他们在此之前的交流相当愉快。郑凡对悦悦说,我找你有事,悦悦说什么事,你就当着郝总的面直说吧。郑凡看了看面部表情很大度的郝总,说:"舒怀被抓起来了!"

悦悦坐在郝总对面的沙发里冷冷地说:"你跟我说这些是什么意思?舒怀被抓起来与我有什么关系?"

郑凡看悦悦像听着一件古代往事一样的麻木和冷漠,他将手心里的自行车钥匙几乎捏碎:"舒怀就毁在你手里,难道你还想抵赖吗?"

悦悦不动声色:"郑凡,一个人只有毁在自己手里,别人是毁不了的。"这时郝总电话响了,他抓着手机出去了。

悦悦站起来缓缓地走向郑凡,她甚至闻到了郑凡粗鲁的喘息声:"郑凡,为什么我没毁在你手里?"

郑凡愣住了,他不知道这话从何说起,树桩一样沉默着。

悦悦逼近郑凡的脸,她看到郑凡脸上的毛孔正往外渗着细密的微汗:"无论是事业,还是情感,命运只掌握在自己手中,除非你自己对自己就不打算负责。你这么聪明的人,还没听懂?"

郑凡点点头说听懂了,他软下口气说:"我是想,我们一起去看看舒怀,就算是相识的隔壁邻居,我们也应当表示一下同情,看能不能帮他做点什么。"

悦悦说她已经去看过舒怀了,她已经替舒怀找了吕枫大律师,律师合同也签过了,代理费付了一万六,如果能判成抑郁性精神病无罪释放的话,另加五万;如果判为故意伤害过失致人死亡罪,加两万。"这都已经写进合同条款了。要判死刑的话,就太重了,郝总也帮忙在法院那边找人"。

269

郑凡说了声"谢谢",就独自转身一个人走了,想起刚到庐阳那天晚上舒怀为他接风的情景,郑凡鼻子酸酸的,想哭。

郑凡拎了一网兜苹果骑着车直奔螺丝岗看守所。

看守所里,隔着铁窗、剃了光头的舒怀见到郑凡时表情很麻木,他用右手指甲不停地抠着左手指的指甲,不断重复。

郑凡说:"我是郑凡,你认识我吗?"

舒怀点点头。

郑凡将一个苹果塞到舒怀的手里:"你怎么这么傻?你一进来,把我们哥几个全都扔到了外边。"郑凡眼泪都快出来了,他这时候突然有种兔死狐悲的伤感,好像他被扔在监狱外面比关在监狱里面还要难受似的。

舒怀手里攥着郑凡塞给他的一个苹果,眼珠不动,声音木木地说着:"我不吃苹果,苹果会爆炸的,像我爸造的炸药。"整个人都不对劲,就像日本电影《追捕》里面被关在精神病院的恒禄进二。

郑凡说:"你别担心,悦悦已经帮你找了律师,我也准备去见一下律师,把你的情况告诉他。不会有事的!"

舒怀依然很木讷地望着郑凡:"说我杀人了,谁看见了?悦悦没杀人吗?律师肯定看见了。"

郑凡跟舒怀简直无法对话。好端端的一个立志当中学校长的热血青年,如今坠入牢笼万劫不复,所有的青春都正在死去,剩下的生活落满了罪恶的灰尘。

离开看守所的时候,天已黄昏,铁丝网外面的天空铺满了鲜艳的晚霞,美丽而血腥。一阵风掠过,一群鸽子丢下一串鸽哨声,消失在悠远的暮霭中,郑凡隐隐感觉到舒怀的灵魂已经尾随着鸽哨声随风而逝。

三年过去了,郑凡买房子的希望终于落空了,百安居的房子早卖完了,里面的二手房已经涨到七千二,三环以内的房子早就超过了每平方米一万,高档公寓直逼两万,别墅超过三万,以温州投机商为代表的炒房客们短短三年内迅速成为千万、亿万富翁,以郑凡这类穷人为代表的楼市观望者却一次次坐失良机,沦为货真价实的穷人,他们的犹豫徘徊无异于自杀。网上有些不负责任的段子说:刘翔的速度是跑不过房价的。时至今日,郑凡再也不敢提买房的事了,韦丽的变化在于不提买房,也不提不买房,房子成了她和郑凡两人生活中的一道伤口,一个不可告人的隐私,谁都不愿提及,谁都不敢提起。郑凡在书稿的写作中和兼职的奔波劳累中让自己对房子的妄想逐渐麻木起来。秋天的时候,一次郑凡坐在大杂院里剥豆子,他抬起头,忽然看到天空中的流云,不断地演变成楼房和房间的格局,郑凡居然心惊肉跳、手脚痉挛,手中的豆子和碗一同掉到了地上。房东老苟捧着茶壶走过来说了一句:"走神,想你相好的女人了吧?"

年底的时候,一天晚饭后韦丽刚放下碗筷,她突然对郑凡说,一个小姐妹告诉她法院正在拍卖一批没收的房子,均价只有六千七,"有一套七十平方米的房子我们完全可以买下,再凑一凑,首付应该差不多"。

已经有半年多没提过房子的事了,韦丽陡然一提,郑凡一时回不过神来:"哪来的房子,这么便宜?"

韦丽说:"估计是没收的腐败分子的房子。小雯她们说住在没收来的房子里不吉利,我们又不是当官的,住进去怎么着也成不了腐败分子。"

郑凡没心思顾及腐败分子住过的房子是不是吉利,他无比惶恐的是周天保开刀的那两万块钱一分也没还过来,一旦成交掏钱,怎么向韦丽交差呢？两年前没买房子已经犯了错,而把买房子的钱借给了乡下庄邻,则是错上加错,他倒不是担心韦丽不通情理,而是担心韦丽把他坐失买房良机拿出来再讲一遍,那是一种近乎凌迟的痛苦。郑凡消极怠工地说:"我还是想买新房子。法院拍卖的房子毕竟是二手房,也不知道好不好办按揭。"

韦丽抱着一丝侥幸心理:"我们去看看吧!"

两天后,郑凡有些无奈地陪着韦丽去了法院拍卖现场。一路上,韦丽很是兴奋,她说,房子买下后,也许会在腐败分子家里的某个角落里发现一包钱,三十万,不,最好是五十万,韦丽在胡思乱想中陶醉着:"要是有五十万受贿的钱,我们代表政府把它没收了,房子等于是白送我们的。"

郑凡说发现了腐败分子的钱是要上交的。韦丽说交什么呀,我又没偷,是他自己藏在地板下面自己忘了,我们当然不承认。一路上两人为如何处理腐败分子的五十万赃款居然发生了激烈的争执。直到他们站在了拍卖大厅门口时,他们才发现这子虚乌有的争执是多么无聊。

拍卖会要到十点才开始,郑凡拉着韦丽来到拍卖师休息室,休息室里布置得古色古香,仿古木质家具公然假冒着清末民初的格调。郑凡对那位胖得像汽油桶一样的拍卖师充满了尊敬,他挨在拍卖师身边的一张老式椅子上坐下,从口袋里掏出一支烟递给拍卖师,拍卖师推开了郑凡的香烟,说不会抽,但态度上对这位不速之客少了一些反感。郑凡抓住这难得和睦的氛围问拍卖师:"我想请教您,如果这套七十平方米的房子我买下了,能不能分期付款,或先过户,然后我再去办按揭?"

拍卖师吃惊地看着郑凡,他只有很困难地转动着汽油桶一样肥胖的身子,才能理顺说话的气息:"跟法院打交道最好不要、不要玩幽默。这些房子是罚没的赃物，必须一次性处理，一次性付款，法院不是房地产商。"

韦丽问七十平方米的房子从哪没收来的。那位汽油桶身段的拍卖师看韦丽长得很清秀，声音也就多了几分亲切："这套七十平方米的，你最好不要买，杀人犯住的凶宅，就为了二两苹果，为了二两苹果无辜地送了一条人命。你干脆买没收来的、没收来的腐败贪官的房子，不过贪官的房子没有小户型的，最小的、最小的也得一百多平方米。"

郑凡和韦丽面面相觑，他们俩谁也没说话。拍卖会还没开始，他们就默默地转身走了。

回来的路上已是中午时分，郑凡试探着对韦丽说："反正房子也买不起了，中午我请你去吃肯德基吧！"

韦丽说："你要是同意今年春节我们去新马泰旅游，我就同意去吃肯德基。"

郑凡岔开话题，问了一句很法盲的话："舒怀的房子为什么拿来拍卖？难道他回不来了？"

韦丽说："拍卖师一说，我就想通了，他把人杀死了，除了要负刑事责任，还得民事赔偿。早知道是舒怀的房子，打死我也不来。今天我是晚白班，得马上赶到超市。你回去把电饭锅里的剩饭热一热，辣酱在床底下的纸板箱里。省点钱到2050年去买房子吧！"

望着韦丽远去的背影，郑凡能感受到韦丽对他的失望、无奈和冷淡。郑凡没有回城中村，他拎起自行车龙头，掉转头向江淮文化传播公司骑去，江淮小姐选美大赛决赛在即，决赛现场主持人串词，第六稿下午要集体讨论。总撰稿郑凡心烦意乱，由于跟电视台合作，电视台那些穿着口袋很多的衣服的导演们对郑凡撰稿横挑鼻子竖挑眼，一会说是赞助单位台词介绍不到位，一会又是选手介绍没有个性,郑凡有时觉得真不如像舒怀那样往牢里一待,一了百了。可这种消极心理只是片刻的情绪缓冲,调整好了后,又得一头扎进工作现场,虽然他离买房目标越来越远,可只要这世界的房子还在建,他就必须为买房去玩命。这是他内心里一条铁的纪律,纪律是不能违背的。

郑凡赶到赵恒公司时,赵恒气得脸色铁青,他对着郑凡大骂电视台:"他妈的,两个嘴上胡子还没长齐的毛头小子,衣服上多缝了几个口袋,名片上印上'导演'两个字,就对我们的方案指手画脚的,我让他们给我滚回去,叫他们主任过来,下午的会不开了。"

郑凡准备回城中村,赵恒说你不来,我也会打电话叫你过来,中午不走了,有好酒喝,有要事谈。

郑凡是坐着赵恒开的车两人一起离开公司的,车上,郑凡问赵恒:"今天看你情绪好像有点失常,是不是离婚遇到坎坷了?"

赵恒夏天的时候看中了一个来公司实习的女大学生,女大学生学的是平面设计,她的爱情设计也很出色,赵恒跟她上床后,她非赵恒不嫁。赵恒见女大学生比他在四牌楼卖服装的老婆漂亮得多,气质好得多,就动了换人的念头,结婚没到三年,离婚已经闹了四个月。

赵恒对郑凡说,女大学生的事已经摆平了,一万块钱搞定。"你不要以为现在还有什么你死我活的爱情,那是扯淡。那些港澳、内地的大老板们包了那么多女明星,有几个月的,有几年的,完全按合同办事,以钱来结算,很公平,也很简单!"赵恒说他心情不好是因为今天早上送女大学生到火车站,下车遥控锁门时,被人暗中用干扰器干扰了,将女大学生送进车站回到车上,他发现车后备厢里的一台一万多块钱新买的"苹果"手提电脑被偷了,还有两瓶好酒和一双棉拖鞋也一同被卷走了。

郑凡说:"这叫作报应,你玩弄人家女孩子,必须付出代价。"

赵恒反击说:"人家都愿意跟我结婚,怎么能说玩弄呢?要不是现在的老婆太凶,女大学生都是你嫂子了。"

郑凡问中午有什么要事必须拿到酒桌上去拍板,开车的赵恒兴奋过度以至于方向盘差点失控,再多抖一下,车就出事了。赵恒说,南海浪涛的龙总跟另一股东老曹花三千万合伙买下了行将就木的庐阳酒业公司,"庐春老窖"酒要重新包装上市,龙总指定赵恒的江淮文化传播公司做全方位的包装策划。赵恒说:"大体思路已经有了,具体实施你必须参加,你是我们这个团队的一颗举足轻重的棋子,不动用你这颗棋子,有可能满盘皆输。给你的报酬不会少于五千,你最近这段日子,先给我想出一句令人叫绝的广告词。"

郑凡在赵恒那里喝过庐春老窖,口味还不错,不擅长喝酒的郑凡觉得只要能把人喝得头昏,就是好酒。他觉得这次赵恒接下的不是假酒、假药的策划,没有风险,而且一贯吝啬的赵恒还给他开了一个令人心动的价,戴了一顶令人愉快的高帽,他没有理由拒绝:"龙总走实业的路子,我们理应支持。做那种卖淫嫖娼的生意,赚再多的钱,也是没面子的,龙小定只知道他爸的浴场是洗澡的地方,可小定要去洗澡,龙总死活不让他去。"

赵恒没跟郑凡争论,他目不转睛地对着方向盘说了一句:"是生意,总得有人去做。"

中午的饭局是在维多利亚大饭店包厢进行的,这是龙飞重要宴请的定点餐馆,第二次进来的郑凡踩在松软的地毯上,脚步踏实了许多,可心里还是担心吃饭时油汤溅到地毯上。

进了包厢,龙飞热情地迎上来跟郑凡握手:"小定都上高二了,我们一回都没聚过,都怪我整天穷忙。小定总是唠叨说他们老师比你差一万多倍。"

这时坐在沙发里的另一个中年男人站起了身,龙飞正要介绍,郑凡说:"我们认识。"

中年男人走过来握住郑凡的手:"小郑,你好!你为我们修订的家谱,现在全体曹氏后代每家一册,爱不释手,曹氏后人没有一个不说你功德无量。"

郑凡笑着说:"是曹操功德无量。"

中年男人是庐阳武校校长曹诚,他说自郑凡将其修成曹操六十八代孙后,祖先魏武帝的"对酒当歌,人生几何""何以解忧,唯有杜康"每天都在激励他办一个酒厂。他经过两年来的谋划,终于沿着祖先的足迹,跟龙飞联手买下了庐阳酒厂。

中午喝的是"庐春老窖"十年窖藏,郑凡觉得酒里面有不少水的味道,与窖藏几乎毫不相干,而龙飞和曹诚爱屋及乌地喝得情绪高涨,说这酒真他妈好喝,其实庐春老窖不过是从四川买回一些酒头、食用酒精加水勾兑出来的,从来就没下过窖,说窖藏如同是说梦话。

酒过三巡,他们开始切入正题,一是要敲定庐春老窖重新包装上市一句令人振聋发聩的广告词的思路;二是新上市的庐春老窖酒始于汉兴于唐的故事传说;三是春节期间五年、八年、十五年、三十年窖藏四种全系列庐春老窖推广促销的具体方案。

郑凡酒没喝晕,听他们的策划方案听晕了。固然他把打架出身的曹诚在家谱中命名为曹操六十八代孙,可曹诚毕竟姓曹,五百年前跟曹操不是一家,但五千年前肯定是一家。而庐阳酒业公司是庐阳一个弃恶从善的毒贩为洗钱而创办的,厂子总共才开张八年,哪来的十五年、三十年的窖藏?厂里没有酒窖,甚至连酒坛子都没有,勾兑好了现场灌装,至于汉唐的故事传说,则全要靠人为捏造了。头昏脑涨的郑凡看龙飞、曹诚、赵恒正在不知羞耻热情澎湃地策划,如同看小品。

对郑凡有些迷信的曹诚说:"我们请郑凡说说,他对古代的事情了解得比现代事情都多,最好能把庐春老窖跟皇上挂上钩。"

郑凡把玩着手中的酒杯说:"你是曹操的六十八代孙,因为你姓曹。庐春老窖要是跟皇上挂上钩,你就不好姓曹了。"

龙飞给郑凡倒了一满杯:"我知道你什么意思。敬你一杯,希望你走出书斋,与时俱进,跟我们共同创造历史。"

龙飞举起酒杯,跟郑凡碰了一下。郑凡碰杯后并没喝,他说:"那是共同编造历史。"

龙飞有些不高兴地说:"你先把酒喝了,再听我跟你细说。"

赵恒劝郑凡:"龙总都喝了,你喝干!"

郑凡将满满一大杯勾兑得并不太好的庐春老窖白酒倒进喉咙里,眼睛里到处冒出火光,他捂住酒杯硬着舌头说:"酒我喝了,历史我编不了。"

赵恒说:"不是让你编历史,是让你编故事,以前你又不是没编过。"

龙飞给郑凡点了一支烟,郑凡抽了一口,呛得七窍生烟。龙飞在弥漫着海鲜味的包厢里点拨着郑凡:"这是商业策划,是营销手段,现在的酒,一出厂都是十年、二十年、三十年窖藏的,电视报纸上铺天盖地,全国人民都没当真,你何必当真呢?再看电视购物频道上卖手机、卖电脑的,狂呼乱叫着全国限售五十组,赶紧抢购,屏幕上铃声乱叫一气,广告还没播完,电话打爆,货已抢光了。全国排第一名的弱智都不会相信是真的,但就是卖得火,没道理可讲。"酒喝多了的龙飞慷慨激昂,振振有词。

同样酒喝多了的郑凡几乎一个字都没听进去。赵恒要开车,喝得少,他控制了整个酒桌上的局面,他对喝得不省人事的郑凡、龙飞、曹诚说:"以后喝酒不谈事,谈事不喝酒,下次再议吧!"

晚上,韦丽下班回到家,看到郑凡蜷在被窝里睡觉,屋里酒气熏天,她给郑凡倒了一杯水,叫醒他喝水:"酒喝多了要补充水分。借酒浇愁没用,舒怀的房子又不是你没收的,有什么难过的?喝这么多酒。"

韦丽扶起郑凡喝了一碗水,郑凡感觉到心里酒醒了一大半,他问韦丽:"庐春老窖的广告策划接不接?"

韦丽说:"只要不是假酒,接。"

郑凡说:"不是假酒,但要策划假广告。"

韦丽说:"不接。"

第二天郑凡找到赵恒说老婆韦丽不同意接这份活,赵恒说:"真没出息,你是听老婆的,还是听你自己的?"

郑凡说:"到现在我都没让老婆住上房子,理亏,人贱,我听老婆的。"

后来郑凡以一种折中的方式参与了庐春老窖的宣传策划,他没编写历史故事传说,也没为子虚乌有的老窖捏造一个字,但他提交了一句广告语:"好酒是喝出来的!"

这句一语双关的广告语经过广告专家层层评选,居然被采用了。赵恒给了郑凡五百块钱劳务费,郑凡拿钱的时候连数都没数就揣进了口袋里:"钱对我来说,已经没什么意思了。"

赵恒睁着失魂落魄的眼睛望着郑凡:"难不成彩票中了一千万?口气这么大。"

郑凡很淡定地笑了笑,没说话。

晚上回去后,他把跟赵恒的对话重复了一遍,韦丽说:"是的,再也买不起房子了,挣钱已没什么意思。往后你也不要这么累了。"

郑凡主动收拾好碗筷往外面的水池边走:"以后我多做一点家务。"出门前又回过头看着韦丽,"如今像我这样的小人物,挣的钱越多,离房子就越远。"

韦丽看着郑凡端着碗筷走进屋外的黑暗中,如同走进了一个深不可测的坟墓,韦丽突然恐惧起来,她怕郑凡被黑暗埋葬了,于是就跟进了院子里。

院子外面经过的人没听到韦丽跟进的脚步声,却听到了水龙头边洗碗的水声,以及房东家的大黄狗有口无心地叫了两声。星星在寒气逼人的天幕上闪烁着点点清辉,它们微薄的亮光无法穿越院子里的黑暗。

第十三章　假设纸是可以包住火的

眼看又到了年底,在郑凡的头脑中,向前的时间,实际上是一种倒计时。

借出去的两万块钱周天保儿子答应一年还五千,钱没来,电话也没来,郑凡活在私自借钱最终要败露的倒计时中。

江湖上有一句话叫作,出来混,迟早是要还的。以此类推,郑凡瞒着韦丽借出了买房的钱,迟早要暴露。这年年底,一件盗窃案让私下借钱一事在韦丽那里彻底穿帮。

圣诞节对于没有信仰的中国人来说,其实没有什么意义,它只对中国的商家有意义,许多不良商家打着圣诞的旗号促销积压已久的商品,他们在上帝的掩护下公开招摇撞骗。圣诞那天晚上郑凡在江淮小姐决赛现场忙到夜里十二点多才回家,韦丽下了夜班后跟几个小姐妹又上街去起哄赶热闹,她跟庐阳所有盲目过圣诞的人一起闹到夜里十二点半才回到城中村。郑凡和韦丽前后脚进了家门,拉亮电灯,灯光照亮了凌乱不堪被洗劫一空的出租屋,窗子被撬了,木格窗户从铰链处被整片掰开,郑凡看着黑洞洞的窗口,如同看着地狱的入口,韦丽吓得哭了起来。

屋里被偷的现金只有抽屉里的三十多块钱,还有几把宾馆里的牙刷也被顺手牵羊牵走了。最要命的是床底下人造革箱子被撬开了,那种形同虚设的密码锁给小偷增加的难度仅仅是多花了两秒钟撬一下,箱子被撬坏了倒扣在地上,郑凡在地上翻了好半天,最担心的事还是成了事实,箱子里最重要的一个塑料袋被偷走了,袋子里装着郑凡和韦丽的结婚证、用来买房的几张存单,还有郑凡的学历学位证书。

韦丽在这个隆冬的深夜里边哭边跺着脚:"买房子的钱都被偷了,叫你买房你不买,这下全完了。还不赶紧去银行挂失!"

郑凡在韦丽的焦急中反而平静了下来,他对韦丽说:"小偷不知道密码,银行存单取不了钱的,学历证学位证要了也没用,只是结婚证被偷了,很麻烦,结婚证跟驾驶证、学生证不一样,遗失不补。"

房东老苟听到韦丽的哭声,披着棉袄过来了,他不检讨出租屋疏于安全防范,却责怪郑凡和韦丽:"你们应该早点回来,在外面赶什么热闹,上帝不在,小偷来了。"

韦丽对老苟不负责任的言论大为光火:"你不能只收钱,不管事,我们是住在你家院子里被偷的。"

"嫌我这治安不好,你住城里高楼大厦好了。"老苟裹紧棉袄,缩着脑袋丢下一句冷嘲热讽,走了。

郑凡安慰韦丽说:"这种人文盲加法盲,你不要跟他计较。"

韦丽抹着眼泪,心情没法平静下来。"我凭什么跟他计较,他嘲弄的是你,不是我。"韦丽拉起郑凡说,"买房子的钱还有我妈的两万块,我们现在就去银行!"

郑凡将韦丽按在床沿上坐下:"这深更半夜的,到哪儿去挂失?跟你说过多少遍了,小偷偷走存折一点用都没有。睡觉!"

韦丽气急败坏地说:"能睡得着吗?你总是那么自以为是,房价跌了吗?"

郑凡一听韦丽说房价,就像一个瞎子听人大谈电灯和月光,心里刀绞一样,鲜血淋漓。他拉着韦丽的手,声音孱弱:"东西被偷了,我心里也不好受。你一说房子,我都恨不得上吊。你让我安静一会,求你不要再提房子了好不好?"

韦丽像是吃了炸药似的,她甩开郑凡讨好卖乖的手,情绪很是失控:"我叫你不要买房子,你非要买;等我把我妈的钱借来了,你又不买。不买你就不要开空头支票呀!三年已经过去了,房子呢?你现在知道上吊了,吊呀,你吊给我看!"从来都是豁达开朗的韦丽今晚像个泼妇,完全失去了理智。

郑凡不说话,他默默地点燃一支烟,然后坐在开裂的椅子上看烟雾缭绕盘旋直至破碎无形,这是韦丽第一次来城中村见面时坐了一夜的椅子,椅子上已感受不到韦丽的温度了,抑或是郑凡已对温度失去了知觉。

郑凡持久的沉默像是一个囚犯在铁证如山面前认罪伏法,而这沉默却被韦丽理解成装聋作哑和逃避责任,她被郑凡的沉默点燃了内心里的绝望和愤怒:"你以为活着就是赌博?老婆赌来了?整个世界都能被你赌入怀中?不知风急路远,不知天高地厚。我就没见过这世上还有比你更自负更顽固的人。你以为你读过研究生,什么都比别人高明?房价就不听你的,你还能把天翻了?当初五千八你不买,现在七千八都买不到二手房。"

郑凡想说最初九万块钱够买九十平方米首付,第二年只够七十平方米首付,现在他拼死拼活攒足了十一万块钱,可这钱只够五十平方米房子的首付,他想说这三年我累得几乎吐血,我没有放弃责任。但他没说,说了也没意思,有那么短暂的片刻,郑凡希望韦丽手中有枪,情绪失控的韦丽最好一枪把自己了结掉算了。

第二天一早,本来说好了郑凡独自一人去银行挂失,可临出门前,韦丽非要陪郑凡一起去。此时,她已经平静了下来,也许是对昨夜的情绪失控有所反省。韦丽一早熬好了稀饭,盛好稀饭后,她又跑到巷口给郑凡买了两根油条和两块烧饼,烧饼包油条是穷人的共产主义早餐。

韦丽拿起桌上的一张晚报扬了扬:"看这报上,一个上网没钱的小混混,就为了抢二十七块钱,把出租车女司机杀了。你去银行要是万一再有个什么闪失,我可扛不起。钱没了倒也罢,人没了就惨了。"

郑凡说:"我把钱全取出来办到一张卡上,就在柜台里集中一下资金账户,不需要现金出柜台,没事的。"

韦丽死活要一起去:"一早我已经跟单位请过假了。"

郑凡走向银行跟走向刑场是一样的心情。进了银行大门后,郑凡让韦丽在客户专座的椅子上休息一会,他一个人去柜台办理,韦丽不干,郑凡心里顿时四面楚歌,当他站在柜台前准备办理时,手像是被铐起来似的不能动弹。韦丽催着他说:"快点办呀,后面的人等着呢。"

郑凡突然拉起韦丽的手走出柜台,在银行的一个角落里,郑凡无比绝望地向韦丽坦白交代了两万块钱的去向:"对不起,我不是存心隐瞒,我是怕你担心,担心周天保家不还钱,其实也不是不还,是一时还不上。当初,我想,反正一时也买不上房子,救命要紧,一冲动就借了。我也多次想跟你解释,可我觉得这钱一时肯定还不上,你早知道就早痛苦。才没说的。"郑凡说话有些逻辑混乱、语无伦次。

韦丽先是冷冷地说了一句:"我现在就不痛苦了?你可以背着我借钱,也可以背着我跟人家约会。"说到这,韦丽突然不顾场合地在银行大厅里爆发了,她挣开郑凡乞求宽恕的手,使劲地抹着不争气的眼泪,"你骗你父母,骗我父母,还骗我,你就是一个骗子!"

许多来办业务的客户被这一突然引爆的场景弄晕了,他们脸色茫然地看着两个年轻男女在温暖的营业厅里拉拉扯扯着,银行保安手里拎着跃跃欲试的警棍横在郑凡和韦丽中间,表情和声音高度警惕:"银行不是闹事的地方,要吵出去吵,你们再不离开,我马上报警!"

韦丽趁机冲出银行大门,打了一辆车直奔城中村,进了出租屋,她一边流泪,一边收拾着自己的衣裳,然后简单地塞进一个帆布包里,回单位宿舍去住了。

郑凡办好了挂失手续骑车回到城中村,他一进门就嗅出了韦丽出走的气息,及至看到简易塑料布衣橱的拉链敞开时,他知道韦丽真的走了,郑凡沮丧地倒在床上。他看着屋顶发愣,屋顶在雨季被反复淋湿后霉变,黑乎乎的,流露出一派腐朽的气色。

郑凡不停地给韦丽打电话。

今天韦丽是请了假的,不在上班,不用关手机,可手机一直关着,下午的时候,电话打通了一次,但没接,再打,又关了。

郑凡给她发了三十多条信息解释,主要是道歉和保证悔过自新、绝不再犯同样的错误,其中有一条信息颇具震撼力:"是的,没有你,我不会这么辛苦;可没有你,我连活着的理由都没有。"韦丽只回了一条信息:"结婚证已经被偷走了,我也该安静地走开了!"

已是夜里十一点多钟,和衣躺在床上的郑凡迷迷糊糊浑浑噩噩地快要睡着了。这时,电话突然响了起来,郑凡以为是韦丽打来的,他从床上一个反弹坐了起来,打开手机,是悦悦打来的:"刚才郝总看了这期维也纳会刊的大样,发火了,你把郝总和王副省长握手的照片处理得太小了,郝总说用两个对开页打通发表,你马上过来!"

郑凡翻身下床,连夜骑着自行车赶往十二公里外的欧陆地产总部。

郑凡赶到欧陆地产总部,快到十二点了,悦悦办公室的灯光还亮着,郑凡进去的时候,悦悦正在办公桌电脑前上网,见了郑凡,悦悦说的第一句话不是会刊,而是关于韦丽:"我刚才在网上遇到了韦丽,问她怎么溜到网上来了,她说累了,到网上透透气。你们是不是闹意见了?"

郑凡说:"没有。"

悦悦站起来,手中转动着一支红蓝两色的铅笔,灯光照耀着她缺少睡眠和缺少水分的脸:"我早跟你说过,韦丽并不理解你。当然,我这样说丝毫没有拆散你们的意思,因为我早就看出了你的短板,你除了像农民一样勤劳和坚韧外,你缺少处理复杂问题的能力和勇气。"

悦悦的居高临下和自以为是的优越感让郑凡如坐针毡。一天里,郑凡被两个女人否定,他觉得自己在这个夜晚像一张纸片一样轻,像空气一样有名无形,无比沮丧。

郑凡本来想跟悦悦说说舒怀案子的事,看悦悦如此盛气凌人,他想立即抽身,于是问道:"会刊大样在哪儿,我先拿走,明天一早就去印刷厂重新排版。"

悦悦把会刊大样交给郑凡时,还不忘最后再教训郑凡一顿:"王副省长来维也纳森林视察,这是欧陆地产的头等大事,是花钱都策划不来的活广告,你连这点意识都没有,居然处理得香烟盒一样大。我都不知道赵恒他们公司看上了你什么!"

这时,悦悦老板桌上的红机子电话响了,悦悦匆匆说了两句,放下电话,对郑凡说:"郝总叫你过去,他在办公室等你。"

郝总的办公室比悦悦的办公室至少大一倍,郑凡小心翼翼进去的时候,首先是被浓烈的雪茄味呛得咳嗽了起来,这个老板桌上放着一根两米长非洲象牙的豪华奢侈空间里被雪茄烟雾淹没了,郑凡从烟雾里看出了郝总正被一些非常棘手的事情纠缠得焦虑不堪,于是进门的第一句话问得很关心:"郝总,还没睡呀?"办公室是一个套间,里面就是卧室,而卧室在今晚却不是用来睡觉的。

郝总没说话,招招手,示意郑凡坐到自己身边的沙发上。

郑凡一坐下去,发觉屁股迅速沦陷,意大利风格的沙发,太软!他调整好腰身,坐直。郝总递给他一支雪茄,郑凡说:"太猛,我抽不惯。"

郝总将烟塞到他嘴上,然后打着朗声打火机,一缕冒着汽油味的火苗窜到了郑凡的鼻子下面,郝总说:"正宗古巴货,口感很好。"

恭敬不如从命,郑凡抽了几口,甜丝丝的,香喷喷的,郑凡被这烟雾感动了。屋外的西北风呼啸着,整个庐阳都在结冰,冒着暖气的郝总办公室温暖如春,而真正温暖的感觉是郝总对他从未有过的友好和尊重。这个一天中被女人摧毁了心气的男人在郝总这里复活了。

郝总说:"我是一个高调做事、高调出场的人,你把王副省长跟我握手的照片处理得那么小,说说你是怎么想的。"

郑凡吸进一口味道醇厚的烟雾,五脏六腑顿时生动活泼起来:"郝总,你拿下了市中心107号地块,成了庐阳的新地王,好多双不甘心的眼睛都在盯着你,甚至想算计你。我以为,以前你需要高调做事和火爆亮相,但如今你在庐阳地产界已经没有对手,不需要再借助一些华而不实的姿势为自己虚张声势,所以对目前的你来说,应该是静水深流、虚怀若谷,真心实意地低调出场。"

郝总听得连连点头:"依你的意思,照片还是作为配图插在文稿中?"

郑凡说:"依我的意思,把照片撤掉,不用了!"

郝总一听,拍案叫好:"对,不用了!"

这个夜晚,郝总给了郑凡最大的信任,他们聊得很多,聊得很开,甚至聊了一些不该聊的话题。郝总问郑凡:"悦悦为什么对你有那么大偏见?"

郑凡说:"她的前男友舒怀是我大学同班同学,我对她蹬了我同学很反感。舒怀杀人了。"

郝总很震惊,他将雪茄按灭在烟缸:"悦悦跟我说舒怀是她亲戚。"

郑凡说:"他们在一起两年多,也能算是亲戚吧,有的亲戚一辈子在一起的时间都没有两天。郝总,舒怀的事,还请您多多周旋!舒怀失恋后精神已经失常,如果能鉴定为抑郁症患者的话,就有可能判缓刑或无罪释放。"

郝总说这事他已跟检察院法院方面沟通过了,争取做一个鉴定,免于起诉最好,实在不行的话,就判缓刑,总之不能枪毙了。郑凡感动得都要流出眼泪了:"郝总,你能做大,是因为你有一颗仁慈的心。"

郝总听了这话很受用,他借机自我表扬说:"心软,没办法。包括对女人,我从来没亏待过任何一个女人。"突然,他话锋一转,"我还是想聘你做我的助手,只要你答应,我会立即把悦悦给辞退了!总裁助理,年薪给你开五万,怎么样?你不要立即答复我,想好了给我电话。"

其实郑凡当时就已经想好了,不干!只是他当场没说。

夜里回来后,屋里没有了韦丽,空气是冰凉的,灯光也是冷的,一个人孤魂野鬼一样被扔在四处漏风的屋里。直到这个时候,郑凡才意识到韦丽不是他赌来的女人,而是他爱上的女人,所以没有了韦丽,房子、位子、票子、五万年薪,都没有意义。从小到大,他就不知道什么叫贪婪,在韦丽离他而去的时候,郝总开出五万年薪跟开出五块年薪是一样的诱惑,钱与纸只是花纹图案不一样罢了。郑凡又给韦丽打了一个电话,电话还是关机。后半夜院子里的风正穿过屋顶上空的电线刮得呜呜作响,郑凡似乎看到了电线在风中挣扎的姿势。

第二天早上,郑凡想去韦丽上班的超市去找她,但他不知道见了韦丽,该说些什么,他想让韦丽冷静几天,冷静下来的韦丽会自己回来的。于是,他骑着自行车去单位了,年底单位要每人报明年的选题。

郑凡第二天下午给郝总回了电话,他对郝总的信任表示了感谢,但他不能接受郝总的聘任,郝总在电话里沉不住气了:"兼职,给你五万已经不少了。"郑凡对着电话坦率地说:"郝总,一年多五万,我还是买不起房子,一年少五万,我也不会穷得揭不开锅。"

郝总嚷着:"那你究竟什么意思?"

郑凡说:"我不打算买房子了,不急等着用钱。再说了,我不能抢悦悦的饭碗。"

郝总问为什么,郑凡说不为什么,他确实也说不清为什么。

悦悦直接找到郑凡的门上来了,她黯然神伤地望着郑凡,声音里充满了幽怨:"当初我反对你当兼职秘书,是为你好。因为你跟郝总不是一类人,合不来。我没害你的意思,可你却背地里给我捅刀子。我一个小小的大专生,有今天这个岗位,不容易,你堂堂的研究生,国家事业单位的干部,为什么要抢我的饭碗?"

郑凡没有让悦悦坐下,他争辩说:"我没有背后捅刀子,也没抢你饭碗呀!"

悦悦站在郑凡的对面,彼此的气息在空气中撞得粉碎,悦悦问:"郝总为什么要辞退我,聘用你?"

郝总最近被偷逃税款和用金钱贿赂市领导拿下地产王的传闻折磨得彻夜难眠,他想请郑凡这类水平高的人做自己的助手,所以那天晚上听了郑凡的高论后,就动了用郑凡取代悦悦的念头,他只是很含蓄地对悦悦说:"郑凡挺有头脑的,做高参的好料子,我倒是觉得你适合做营销。"悦悦一听这话就崩溃了。

郑凡看着土崩瓦解的悦悦,心里很不是滋味,他指着韦丽坐过的那把破椅子说:"你先坐下,听我慢慢跟你说。"

郑凡将他与郝总之间说的话毫无保留地全都倒了出来,他说拒绝了郝总的聘任后,才发现自己非常需要每年的五万年薪,如果有钱早买下房子的话,韦丽就不会去跟她妈借钱,也就不会有今天的离他而去。悦悦愣住了:"韦丽怎么了?"

郑凡发现自己说漏嘴了,他有些无奈地说:"没什么,穷争饿吵,很正常。"郑凡声音沙哑了,"我不说我有多崇高,但我确实说了不能抢你饭碗,下午刚说的,不信你去问郝总。"

悦悦听完了后,眼泪禁不住夺眶而出,郑凡将一张餐巾纸递给悦悦时,她一把抓住郑凡的手,像抓住一根救命稻草:"谢谢你,郑凡!"

郑凡将手轻轻地抽出来:"大家都不容易,你能为舒怀请律师,我谢谢你!"

说起舒怀,郑凡鼻子酸酸的。悦悦一下扑进郑凡的怀里,失声痛哭:"我的命,为什么这么苦呀!"郑凡轻轻地拥着全身痉挛颤抖的悦悦,像是拥着一块一碰即碎的豆腐。

这种拥抱类似于两个难民的邂逅,有些激动,更有些落魄,很别扭。悦悦主动从郑凡别扭的怀里抽出身来,她对郑凡说:"我走了,要是在网上遇到韦丽,我会劝她回来。"

悦悦走了,夜晚的风和黑暗联合将她吞没了。郑凡心里像是被灌进了一壶凉水,是一种彻骨寒冷。

郑凡跟拖着一条残腿的房东老苟为装防盗门窗争了起来。郑凡说住在没有防盗门窗的屋子里太不安全,房东收房租就应该保证安全,房东老苟说房子租给你,安全自己负责,要装防盗门窗当然是你自己掏钱装。郑凡说这又不是我家房子怎么要我掏钱。房东老苟蛮不讲理地说:"我就这房子,你看不上眼,到维也纳森林买豪华公寓住不就得了!我告诉你,下个月,房租还要涨,你看着办吧!"

郑凡这时才知道什么叫气炸了肺,他觉得当初连夜去救这么个忘恩负义的人简直是愚蠢透顶。

房东老婆听到了郑凡跟老苟在院子里争吵得厉害,出来了,她是一个身材难看却很有人情味的女人,她提出了一个折中的方案,老苟花四百块钱焊一个防盗门,郑凡花二百八十块钱安装前后两个防盗窗。郑凡想再去找房子挺麻烦的,就答应了。

老苟好像很吃亏的样子,气有点不顺:"租出去的房子,相当于租出去的汽车,出了事故,开车的负责。"

他老婆推了老苟一把,老苟跟跄着倒退了几步,老苟老婆说:"就算你没嫖娼,人家小郑连夜出去找人救你,谁有这么仗义,这份情你不能忘了。"

老苟还嘴硬:"我本来就没嫖娼。"

谈好防盗门窗后,院子里的气氛就相对轻松了,房东老婆多此一举地问了一句:"你家小韦呢?"

郑凡说:"住这不安全,吓得回单位宿舍住了。"

安装防盗门窗的小伙子是乡下来的打工仔,来的时候恰好郑凡不在,老苟不失时机地跟乡下打工仔数落了一通郑凡的小气:"你别看他读过不少书,人五人六地端着公家的饭碗,抠得要命。"

小伙子说:"城里人都很抠。"

老苟说:"我就不抠,水费一个月只收住户四块钱,院子里水龙头二十四小时随便用。"

郑凡从外面回来的时候,装防盗门窗的小伙子是斜着眼睛看郑凡走进院的。郑凡见小伙子大冬天忙得头上冒汗了,就将刚在巷口买的一个烤红薯递给他,小伙子没要,他对郑凡跟残疾人房东老苟争执防盗门窗的费用很是不理解,小伙子对郑凡说:"人家残疾人跟我们乡下人差不多,社会弱势群体,没有地位,没有收入来源,听说你还是一个大知识分子,你跟他计较几百块钱,小气了!"

郑凡对嘴上刚长了一圈胡子乡下打工仔说:"兄弟,我也是乡下来的,当年我是抱着知识改变命运的念头闯出来的。可事实上呢?你当一天焊工挣一百块钱,我一天的工资六十多块钱,上一晚家教只挣三十块钱,我写一宿广告传单也就四五十块钱,我要是有钱,要是能买得起房子,我还住这地方吗?如今的读书人就是社会弱势群体。兄弟,我都三十了,可我拼死拼活就是挣不来一套房子的首付。"郑凡也不知怎么了,说着说着就觉得自己想哭。

乡下打工仔摇了摇头,他笑了起来:"大哥,你不要在我面前装穷,我不会跟你借钱的。这城里本来就不是我们乡下人待的地方,我在乡下楼房都盖好了。你要是实在混不下去,倒不如回乡下养猪,猪肉价格最近涨得好猛。"

郑凡蹲在一堆牢不可破的不锈钢门窗边上,苦笑着,好像是自言自语:"我要是光棍就好了。"

打工仔停下手中的活,从口袋里摸出两支烟给了郑凡一支,他用焊不锈钢的焊枪点着了香烟:"光棍好什么?我二十五,儿子都三岁了。"

郑凡抽了一口劣质香烟,吐出来的烟雾在风中全碎了,郑凡将头埋在烟雾中:"我要是光棍,防盗门窗就不装了,明天一早我就回乡下养猪。"

打工仔发觉郑凡说话轻一脚重一脚的,没谱,就没有兴趣再跟他说话。小伙子开动电钻在门窗四周的墙上钻孔,电钻的声音将老苟家的黄狗惹火了,它对着电钻的方向狂叫一气。

这天下午,郑凡的《黄梅戏民间艺术的都市化流变》一书已经通过了市社科基金项目终审,这意味着明年郑凡的第一本学术专著就可以公费出书了,许多高校教授为出书愁白了头发,而年纪轻轻的郑凡居然一蹴而就。所里准备让这本书冲击省社科成果奖,所长郭之远说要是能在省里获奖,所里最少也得要奖励五百块钱。郑凡在办公室听到这个消息很高兴,他给韦丽发了一个信息,告诉了这件喜事,并告诉她防盗门窗也装好了。信息的最后几个字是:"装上防盗门窗的屋子比牢房更安全。"有些盲目乐观的郑凡以为韦丽这下肯定拔腿就往家赶,他甚至憧憬起了小别胜新婚的相关情景与细节,他想韦丽可能会回一条信息:"牢房比洞房安全,晚上多熬一点稀饭!"然而郑凡一直等到熬好的稀饭已经凉了,韦丽还是没有回信息。

韦丽白天上班,不开机,晚上下班后也不回,郑凡急了,他骑着自行车赶到家乐福员工集体宿舍找韦丽,同宿舍员工说韦丽去网吧了,郑凡又找了附近的几家网吧,网吧里光线幽暗,烟雾弥漫,怪味刺鼻,像是人间地狱,他审查着一个个似是而非的脑袋,而网吧里的脑袋属于电脑屏幕,都不属于网虫自己,所以这些脑袋对郑凡的来回搜索无动于衷。郑凡的腿已经累得灌铅似的抬不动步子了,韦丽还是没找到,一家网吧的小老板怀疑郑凡是来找什么人惹事的,所以手里攥着一把水果刀问郑凡有什么事。郑凡说来找一个人,小老板问是仇人还是情人,郑凡说是自己老婆。小老板这才放松了警惕。郑凡想上网到网上去找韦丽,可两年多没上过网了,他把自己的QQ号密码忘了,怎么想都想不起来,即使上了QQ,如果韦丽隐身,或是把他拉入黑名单,他的寻找也是徒劳的。

郑凡有些慌了神,都一个多星期了,气也该消了,拿钱给乡邻看病,又不是拿钱去贩毒和包养二奶,犯得着如此较劲?他没想到韦丽离开他跟走近他做得一样的坚决,回到出租屋后郑凡给韦丽又发了一条信息:"网上谨防上当受骗!"这既像是提醒,也像是吃醋,当然也可看作是调侃。后半夜的时候,韦丽回过来一条信息:"在网上受过骗的人,不会重复同样的错误。"郑凡看了这条信息,那种胸有成竹的自信被撕得粉碎,他很灰心,他觉得,再怎么说,韦丽不该把他看成是骗子。躺在空虚的床上,郑凡晚上看着已经锁死的不锈钢防盗门,目光最终停留在僵硬而坚固的不锈钢窗棂上。这时,他突然产生了一种牢笼的感觉,自己成了这个夜晚的囚徒。可是谁把他囚禁在这个阴冷狭隘的空间的呢?防盗门窗是他自己坚决要装的,他为自己设计和策划了牢笼,又把自己关了进来,郑凡有些悲哀,他发觉这种作茧自缚的努力只能使自己失去更多的安全。

这一晚,郑凡彻夜不眠,天亮时,他发过去一条信息:"如果你执意要把我判决成一个骗子,我同意离婚。"

一连几天,韦丽没有回复这条短信。

悦悦平时从来不去家乐福买东西,也没时间去买,这天下午她去买了一些面包、酸奶还有几双可有可无的袜子,这样她与韦丽在收银台相遇就非常自然和顺理成章,韦丽是早白班,悦悦付完账后,韦丽也下班了。悦悦说:"我正好没事了,晚上我请你吃肯德基。"

韦丽对悦悦的敌意是写在脸上的,她目光刻薄地盯着悦悦:"舒怀的晚餐在哪里?"

悦悦无事一样地拉起韦丽的手:"下午我刚刚给舒怀送去了一件羽绒服,还有他喜欢吃的桃酥、巧克力饼干,律师我已经找好了。走,我们坐下慢慢说!"

韦丽在悦悦面前好像总是显得还没长大一样,悦悦举重若轻地三言两语,韦丽旷日持久的敌意就被勾销了,她乖乖地跟着悦悦走进了家乐福超市楼下的肯德基店里。肯德基店里甜腻腻的奶油香味极容易将女孩子调和得像奶油一样柔软和细腻。

她们坐在黄昏的音乐背景中,一人咬着一根吸管,轻轻吮吸着纸杯中的可乐,安静得像一杯可乐,她们沉浸在各自的往事中,不说话,任凭落地窗外的天空一点点地暗下来。

悦悦打破最初的沉默:"有些事一辈子都没必要拿出来讨论。因为讨论一辈子都没有答案。比如情感、婚姻,还有情感婚姻中两个人的是非。你可能会觉得我是一个背信弃义、见异思迁的人,这就没法讨论,因为你要是觉得郑凡不适合你的话,你也会离他而去,对吧?"

韦丽放下杯子,很怀疑地看着悦悦,难道才几天时间,悦悦就什么都知道了? 她试探性地问悦悦:"郑凡跟你说什么了?"

悦悦说:"没有呀! 你跟郑凡是天造地设的一对,所以你感受不到情感危机的杀伤力。我要在这时候再数落舒怀的不是,就很不地道。我只是想说,舒怀和我不是一类人,我们就是拿证了,也会离婚。其实两个人在一起,谁也救不了谁,谁也毁不了谁,命运是攥在自己手心里的。"悦悦显然在为自己开脱,为了不激怒韦丽,她趁机恭维着韦丽:"谁也不能保证自己的婚姻像你和郑凡一样,网上一拍即合,网下天衣无缝。"

韦丽见悦悦如此坦诚和率性,她放弃了敌意,放松了警惕,把自己憋了一个多星期的委屈毫无城府地全都倒了出来,说完的时候,竟然哭了起来:"我妈风里来雨里去,一天也挣不了几个钱。房子不买就罢了,借出去也罢了,跟我说都不说一声,到了银行柜台前,他还在骗我。"

悦悦在韦丽敞开心扉后,也毫不设防地跟韦丽推心置腹了:"我当初跟舒怀恋爱首先看中的就是他有一套房子,而你跟一无所有的郑凡却拿了证,我承认你比我境界高得多。然而到后来,我却感到房子在两个人的情感中一钱不值,好房子对许多人来说只是提供了一个吵架的好环境,只是为两人分居提供方便而已。但中国人都很穷,房子是安全感的象征,是对未来没有信心上的一道保险。郑凡为什么和千千万万的中国人一样,为一套房子没命地干活?他就是想给你一份安全感,给你一份未来的信心,他想对得起你,可他越努力,就越对不起你。一个小知识分子在巨大的物质浪潮面前,注定了被摔得粉身碎骨,不要说买维也纳森林了,就是买经济适用房,他也买不起。我这么说,是希望你能理解郑凡是个负责任、懂得感恩的男人,回去跟他好好过日子,这么好的男人打灯笼都难找。他借钱不跟你说,不是骗你,而是怕你担心钱借出去要不回来。"

韦丽发现悦悦说的跟郑凡一样的腔调,她头脑里突然站起了一大排荷枪实弹的戒严部队,韦丽推敲着悦悦平静的目光,问道:

"你是不是郑凡派过来的说客?"

悦悦只得坦率地承认:"那天晚上,郑凡跟我说了你们闹别扭后,是我主动要来找你谈的,不是他派我来的。"

韦丽愤然站起身:"你们俩晚上一起研究怎么来糊弄我?太无耻了!郑凡连心窝子里的话都掏给你了,你还谎称他什么都没跟你说。你告诉郑凡,我要跟他离婚!"

悦悦对着愤怒的韦丽说:"韦丽,你信不信?你今天跟郑凡离婚,我明天就嫁给他。"

"做梦!"韦丽丢下两个字,转身离去。

肯德基店里的人们做梦一样地吃着外国食物,他们对身边两个女孩剑拔弩张的对峙麻木不仁。

窗外的天空夜幕低垂,风中的大街上灯火阑珊。

第十四章　告别了,青春!

郑凡六十多岁的父亲在阳光稀薄的午后怀揣着五千块钱来到庐阳,晚上郑凡要带父亲到城中村小馆子里吃晚饭,父亲不干,郑凡只得在巷口的卤菜摊上买了一包熟食和半斤花生米,父子俩在出租屋里一边聆听着屋外呼啸的风声,一边喝着火烧刀子酒,三杯酒下肚,父亲的脸被酒精憋成酱红色,他从怀里的棉袄口袋里掏出用报纸包着的钱,然后拍在开裂的小桌上:"你爸没本事,没钱贴你,让你在城里受苦了,到如今还住在这漏风的房子里。"其时屋外凛冽的寒风从木窗的裂缝里钻进来,不停掀动起包着钱的旧报纸的边角,而旧报纸上的房屋经久耐用温暖如春,祖国的形势一片大好。

"知父莫若子。"父亲等待着儿子光宗耀祖的梦想早就破灭了。郑凡不但没能帮家里翻盖年久失修的老房子,还要像蚂蟥一样附着在父亲的躯体上吸父亲的血。郑凡胃里有一种被灌进了毒药后挣扎与撕裂的痛苦,但他不能表现出来,如果他要是跟着父亲一起抒情的话,那就会给父亲又灌一回毒药。郑凡觉得此时唯一能摆平内心的办法就是把自己灌醉,让酒精麻痹父子俩,他给父亲倒了满满一茶缸火烧刀子酒:"爸,天太冷,多喝点,暖暖身子!"

父子俩没几个回合,一瓶火烧刀子酒就见底了。然而酒量平常的父子俩却都没醉意,郑凡脑子里突然冒出来"酒逢父子千杯少"的奇怪的结论,就买了一瓶酒,喝光了,郑凡给父亲泡了一杯浓茶递过来:"从哪儿弄来的钱?"

父亲喝茶的感觉没有喝酒好,他轻轻抿了一口:"县城打工挣来的,像我这么大年纪,没有木匠手艺,根本找不到活,在建筑工地当木模工,累是累一点,好歹能帮你挣些钱,凑凑买房子。"

郑凡问父亲:"多长时间挣的?"

父亲很有成就感地说:"没到半年,就挣了五千。比种田划算多了。五千块钱能买城里多大房子?"

郑凡说不到一平方米,他怕父亲不明白,就从椅子上站起来,然后指着椅子说:"就跟这椅子一般大的面积。"要是买维也纳森林的房子,五千块钱只能买到一口铝锅大的地方,他怕父亲难过,就没说。

父亲有些失望,他拼命地抽着烟,脸上的表情与那一年被乡执法队抓走罚款后放回来时一样,说话的腔调也一样:"真没想到房子这么贵,等到党和政府知道了房价太黑,一出手,准得降,我在工地上干一年总得买上一张床大的地方才是,单人床也行呀。"

郑凡也借此给父亲虚开了一张他早就不相信了的空头支票:"等到将来房子降了,我买一个一百二十平方米的大房子,把你和我妈都接过来住。"反正他也不是第一次开空头支票了,多开一张无关紧要。

父亲被郑凡的空头支票点燃了激情:"我跟你妈在乡下住惯了,不会老住你这儿的,我们偶尔来看看孙子就走。你媳妇还没回来?"

郑凡说:"韦丽刚才来过电话了,她今晚加班回不来了,住单位宿舍,她要我向你问好。"

父亲说:"这孩子跟着你遭罪了,我们对不起人家。都怪你爸没本事。"

郑凡看着风吹日晒的父亲脸像一张旧抹布,粗糙的手上蛇皮一样开裂,郑凡没再说话,他突然站起身,默默走过去,将墙上的那幅"面包会有的,房子会有的,一切都会有的"标语撕了下来,慢慢地撕碎。

父亲怔怔地说:"你这是干吗?"

郑凡说:"时间太长了,又脏又旧。"

父亲说周天保家的钱今年是还不上了,老周又去住院了,估计熬不过明年,后年差不多能还钱了。郑凡说,还不还都无关紧要,反正一时也买不了房子。父亲急得脸上冒汗了:"你究竟打算什么时候买房子呀?你爸只能拿这么多钱。"

郑凡给父亲的杯子里续上水,安慰着父亲:"听说我们单位要集资建房,房价比市面上要便宜一半,也许明年就能批下来,后年就差不多能住上新房了。"郑凡说这话时就想起了韦丽对他的判决,你是一个骗子。因为艺研所这样又穷又小的文化单位根本不可能批准集资建房,那次郭之远所长酒喝多了在酒桌上说的,谁都没当真,酒醒了后他自己也早忘了。

父亲说今年过年把韦丽带回老家,摆几桌,请乡亲乡邻的庆贺一下,补办个婚礼。你都三十了。郑凡自言自语着说:"是呀,我都三十了。"

屋外的冬夜里,风声呼啸着蹚过屋顶,与远处火车凄厉的汽笛声遥相呼应,城中村像是死去了一样,没有一点动静和声响,屋内父子俩沉默喝茶的声音听起来异常刺耳。

父亲第二天一早就回老家了,他说工地上等着他去干活呢,长途汽车发动前,父亲问郑凡哪一天回去过年,郑凡说:"现在说不准,全省青年歌手大赛很忙,也许回不去。"

父亲有些不高兴了:"不是说好了吗?把韦丽带回去,摆几桌,乡里乡亲的都以为你还打着光棍呢。你都三十了。"

汽车发动了,郑凡把五千块钱从车窗里塞进父亲的怀里:"爸,我有钱,你带回去花,答应我好吗?不要再去县城工地打工了,六十五岁,在城里早都退休了。"

父亲没说话,他从车里将旧报纸包着的五千块钱,用力砸回来,砸在郑凡的脸上。郑凡觉得像是父亲狠狠地扇了他一个耳光。

汽车拖着一缕黑烟开走了,郑凡从地上捡起一包钱,用手捋了一把被风吹乱的头发,愧疚与恐惧纠缠着他快要崩断的神经,此时的他站在原地寸步难行。一个汽车调度走过来,训斥着在站台里边的郑凡:"马上又要发车了,你是不是活够了?"

这一年冬天特别漫长,三十岁的郑凡站在冬天的风里,站在青春的尽头,他在眺望着遥遥无期的春天,期待着痴人说梦中的时来运转,孔子"三十而立"的目标定得太高了,现在的读书人定"四十而立"比较合理,像他这样既无内援又无外援的小知识分子,生活和事业定"五十而立"才是切实可行的,可人过了五十,立与不立有什么意义呢?他想过几年等评上了副研究员,他就和韦丽一起离开庐阳,可韦丽直到现在也不肯回来,对他发过去的一次次求饶的信息置之不理。郑凡自网吧寻找无果后,他残存的一点自尊被激怒了,他觉得自己还不至于十恶不赦罪该万死。所以,他再也不发信息,也不去寻找。他和韦丽较上了劲,隔着时空扳起了手腕。韦丽自从悦悦自作主张地请她吃肯德基劝她回家那天后,她和郑凡之间的误解不但没有消除,反而变本加厉了。他们像是彼此失踪却又谁都不去报警。

研究生同学老豹办农民工子弟学校,先是以非法办学被查禁,然后是临时校舍被强拆,想做当代武训的老豹彻底失败了。因为老豹曾经出过《中国城管调查》和《中国城管内幕》两本书,网上求职信息发布后,南方的一所民办高校把他作为特殊人才引进,不仅答应给他副教授职称,还给他一套七十五平方米两室一厅的房子。南下途中,老豹携妻带子在庐阳停留了一宿,晚上郑凡将老豹一家安顿在城中村私人旅店里,并在城中村小饭店点了一个狗肉火锅、一个牛肉火锅还有其他几个普通的菜肴,隆重招待老豹一家。郑凡很想让韦丽参加晚上的接待,可想到韦丽肯定会拒绝,他打开了手机按了最初几个号码键,还是停下了。

城中村小酒馆简陋而狭小,然而有了热气腾腾的狗肉火锅和牛肉火锅,气氛也就很热烈了。老豹问郑凡网上赌来的女人呢,郑凡说不凑巧她回老家了。郑凡说完这话的时候,发现自己这段日子全靠谎言过日子,他就对自己很鄙视,可他要不这样,就会是别人对他的鄙视,连个女人都拿不住,白混了。

情绪高涨的老豹跟郑凡你来我往地将一瓶白酒很快喝了个一干二净,老豹下午参观过郑凡的出租屋,所以借着酒劲,煽动郑凡说:"房子比副教授重要得多,我在北京四处流落,那种丧家之犬的生活扛不了多久,谁也招架不住,等我在南方站稳了脚跟,就把你挖过去。不管是为社会主义干,还是为资本家干活,都是为了把老婆孩子养活,我们也老大不小的了,折腾不起了。"

郑凡问去南方那所给房子住的民办高校要什么条件,老豹说副教授以上职称,郑凡又撬了一瓶白酒:"你不是说去了后才给你副教授吗?"

老豹抓起酒瓶自己倒满了一杯:"我出过书,是作为特殊人才引进的。"

郑凡说:"我明年也出书了,会不会作为特殊人才引进呢?"

老豹说自己还没到任,说不太清楚,不过据他估计可能性不大,出书的人很多,但没有他老豹的书有影响。郑凡说自己刚报了助理研究员,三年后申报副研究员。老豹说:"你不要在外兼职了,集中精力把学问做上去,争取破格报副研究员,早点离开这破地方。我们要是干一辈子连一套房子都混不上,无论你用多么崇高的理由去解释,都是苍白的,最起码是对老婆孩子没尽到责任。"

老豹问弟妹会跟你一起走吗,郑凡说会的,前年他准备去小凯的学校,韦丽二话没说。说起小凯,老豹说小凯跟女学生结婚后生了个女儿,日子过得平静而踏实、温暖而平庸。小凯跟老豹说起过生女儿好,嫁给人家不用操心买房子,如今整个中国被房子压得喘不过气来,郑凡对此有着刻骨铭心的体验,他说:"十三亿中国人民就这么被钢筋水泥欺负着。"

老豹和郑凡喝多了酒后,话说得越来越离谱,有些话甚至不利于和谐社会的建设,老豹老婆夺过酒瓶:"再喝,你们就该坐牢了!"老豹的《中国城管内幕》让一个心术不正的书商至今还在坐牢。老豹七岁的儿子抓着酒瓶,跟父亲对峙着:"妈妈说不许喝,你就不能喝!"

第二天一早老豹一家就走了,郑凡本来说要去车站送行的,可第一天晚上酒喝多了,一觉醒来,已是早上八点多了。郑凡索性蒙着脑袋又昏昏沉沉睡去,中午睁开眼睛,发现枕边是空的,屋子是空的,他的肚子里也是空的。窗外一缕阳光穿过防盗窗射进屋里,并在砖地上分割出明暗对比的网格。

欧陆地产的郝总对郑凡提出辞职而恼羞成怒,这个在庐阳踩一脚能地动山摇的大老板终于沉不住气了,他将郑凡送来的年底这期会刊连看都没看就往桌上一扔,然后按灭手中刚刚点着的雪茄:"是我的庙小,还是你的胃口太大?你以为你读过几天书,看不起我是不是?"

郑凡的嘴里灌满了雪茄烟雾，他咳嗽着说："郝总，我在单位有工作，不可能全身心投入，我怕接下你的重托，完成不好，辜负了你的厚爱。明年我要申报职称，大量的时间要用在职称材料准备上，所以我想……"

郝总在郑凡还没讲完的时候就不耐烦地朝他挥挥手："有什么事你直接找我的助手悦悦去谈。"

郑凡去找悦悦，站稳了脚跟的悦悦耐心地听郑凡说着根本站不住脚的辞职理由，脸上的表情很复杂。悦悦说："我刚刚把你编会刊的报酬提高到每期一千五，能说说辞职的真实理由吗？"

郑凡想了一会儿，说出了真情："首先，我觉得自己活得很失败，房子买不起了，挣钱没动力，所以想多写多发一些论文，早点评上副研究员，早点离开庐阳；其次就是我不想跟你在一起工作，韦丽担心你把我这个人抢去，你担心我把你这个岗位抢去，我在这不仅多余，而且危险。"

悦悦说这是你个人的想象，与真相无关，你先不要急着辞职，等考虑好了再做决定。郑凡说我已经考虑好了。悦悦说："我要是不批准你辞职呢？"

郑凡说："那我就不辞而别。"

说完转身就走了。

听着郑凡在公司大楼里消失的脚步声，悦悦知道，这个男人此后也从她的生活中消失了。

韦丽本来是不想来欧陆地产大厦的，可小雯死活要拉着她来，小雯跟IT工程师住在一起两年了，IT男友的软件开发拿下专利获了知识产权后，赚了个盆满钵满，他们决定在维也纳森林买一套豪华公寓结婚，小雯早知道韦丽家郑凡在里面兼职，不明真相的小雯要韦丽陪她一起来找郑凡,争取拿一个内部价。韦丽此时是不会主动来找郑凡的,要是她一主动,好像是自己犯了错误似的。她跟郑凡实际上还在赌着,不是赌输赢,而是赌气。

韦丽对小雯说:"郑凡在维也纳森林不过是一个打零工的,找他没用。我带你去找总裁助理,那才是一言九鼎的人物。"

小雯给韦丽买了一根甘蔗,两人是啃着甘蔗走进欧陆大厦的。悦悦见了韦丽很吃惊,但人情练达的悦悦还是落落大方地接待了韦丽和小雯:"真有你们的,这么大了,还啃甘蔗,童心未泯。"悦悦从冰柜里拿出两盒酸奶递给她们,"不给你们泡茶了!"

事实上,当韦丽和小雯走进悦悦豪华气派的办公室时,她们嘴里的甘蔗已经在齿缝间僵住了,韦丽问:"这是你的办公室,还是老总的办公室?"

悦悦说:"这是我的办公室,我本来就是老总。"

韦丽这才发觉悦悦的能量能撬动整个地球。她把来意向悦悦说明了后,悦悦很爽快,说别人最多是九八折优惠,既然是你韦丽的朋友,也就是我的朋友,我给你们九五折,郝总也只有这个权力,你看怎么样?一百平方米的房子等于优惠了四万多。韦丽和小雯喜出望外,连声道谢。韦丽发现人的意志往往是靠不住的,她一贯蔑视的悦悦仅仅因为优惠了几万块钱房价,她就放弃了对悦悦的偏见,她在内心尖锐地批判着自己,所以在售楼小姐带小雯去看房型后,韦丽在悦悦的办公室里用手拍了拍沉重的老板桌,别有用心地说:"悦悦,你这老板桌,郑凡想掀都掀不动。"

悦悦说:"郑凡已经辞职了,他已经没机会掀翻我的办公桌了。"

韦丽脸色紧张起来:"是他自己辞的,还是你逼他辞的?"

悦悦不动声色地说:"我不知道,你去问他好了。"

韦丽带小雯来看房本希望能在欧陆大厦里与郑凡狭路相逢,她相信只要相逢就会冰释前嫌。她也有些疲倦了,二十多天过去后,她现在都想不起来究竟恨郑凡什么了。她想如果郑凡再给她发信息的话,她就立即回城中村。可郑凡这一个多星期,一条信息都没发给她。郑凡不找她,她今天相当于是变相找郑凡,没想到他竟辞职了。韦丽心里很失落,但嘴上不能说。

悦悦像对自己妹妹一样地走过来搂住韦丽:"别傻了,今晚就回去!"

韦丽不住地辩解着:"我不能被他骗了,连个道歉的态度都得不到,我不回去。"

悦悦说:"你要是不打算离婚,你就回去;要是打算离婚,千万别忘了告我一声。"

韦丽又一次对悦悦当头棒喝:"做梦!"

韦丽和小雯回来的路上,小雯对韦丽说:"我想起来了,就是这个悦悦,那天晚上我亲眼看到她挽着郑凡的胳膊进了咖啡厅的。"

小雯的话相当于往伤口上撒盐,韦丽很生气地说:"不是挽着胳膊,是拖着。郑凡根本就不愿意跟她一起去喝咖啡。"

辞了欧陆地产的兼职,郑凡像是卸下了压在身上的一块大石头,人也轻松了许多,他想等把江淮文化传播公司的活干完,他就彻底洗手不干了,做一个宠辱不惊安贫乐道的书生,把学问做好,把副高拿到手,这才是正道。虽然这三年来,他没有荒废学术研究,但他如果把双休日节假日的时间都用在学问上,他会做得更好,最起码能多发好几篇论文。他有些内心不安地问郭之远所长:"郭老师,您说我这几年是不是有点不务正业?"

郭之远知道他说的什么意思,说道:"无论做学问的人,还是做领导的人,说白了,都是为了生计,你要是不想为生计做出牺牲,那才是不务正业。"

听到郭之远原谅了他这几年的唯利是图,郑凡有一种战犯被特赦的激动。

年关将近,过不了年的小偷、强盗、乞丐、破产者、流浪汉都急了,进入腊月,他们倾巢出动。出租屋虽然装了防盗门窗,郑凡还是有些不放心,父亲送给他买房子的五千块钱要是被偷了,等于偷去了六十多岁父亲半年的辛苦和血汗。这天早上,郑凡将压在枕头下面的五千块钱拿出来,揣进了羽绒服外面的口袋里,他决定先到银行去存钱,然后再去办公室。

年底街上人太多,好像买年货不要钱似的,繁华的长江路商业街上汽车摩托车的喇叭声、自行车的铃声、沿街叫卖吆喝声塞满了街市。在一个十字路口,郑凡扶着自行车龙头跟蚂蚁一样密集的人流在等着路口漫长的红绿灯。就在郑凡和所有人全神贯注地盯着信号灯时,小偷盯住了郑凡羽绒服鼓胀着的口袋。

小偷的手伸进了郑凡棉袄口袋里时,他正双手扶着自行车龙头,眼睛盯住红绿灯,经验不足的小偷从郑凡口袋里掏出了旧报纸包着的一包钱,拔腿就跑,郑凡本能地一摸口袋,钱没了。

"抓小偷!小偷把我的钱偷了!"郑凡声嘶力竭地喊着,可一大片人群中没有一个人对这声音做出反应,他们只是象征性地偏了一下脑袋,看着小偷从自己的身边从容地逃走。有一个显然平时言语经常失控的看客说了一句:"钱被偷了有什么好叫的!昨天当街捅死了一个杂毛,血像杀猪一样往外喷,也没有一个人多管闲事。"旁边的几个陌生人点点头表示同意,这时绿灯亮了,每个人就像那个小偷一样没命地往前直冲。

郑凡骑着自行车独自一人紧咬着一路狂奔的小偷穷追不舍,

路边的行人很好奇地看着,没人打110,有驻足观看的行人很草率地判断说:"估计这两个小年轻争女网友飙上了!"

在转过两条大马路后,郑凡和小偷钻进了一条堆着沙石的小巷里,小巷里正在改造下水道,再往前,就是死胡同。眼见着小偷已经累得跑不动了,郑凡扔了自行车追了过去,气喘吁吁的小偷将手中的一包钱扔向郑凡,他想让郑凡拿回钱后放他一马,可郑凡没有捡钱,而是发了疯似的直扑过去,他飞起一脚,却踢了个空,皮鞋飞向了空中。精疲力竭的小偷在避让郑凡的飞来一脚时,脚下绊到了路边工地的一个窨井盖上,一个趔趄,很利索地跌倒在堆着石块和水泥板的路牙子上,小偷顿时后脑勺鲜血直流,手上也被石块撕出了血肉模糊。

小偷瘫倒在地,喘着粗气,他声音微弱地向郑凡求饶:"大哥,我三天没吃饭了,我要死了,求求你把我送到医院去!"

手里拎着自己一只皮鞋的郑凡本来准备猛踹小偷一顿,他看到年轻的小偷,眉清目秀,身材单薄,年龄也只有二十出头的样子,根本不像一个经验丰富的惯偷,心软了下来,而小偷脑袋上手上皮开肉绽的血淋淋的场面让他全身也软了,他蹲下去,也没多想,立即拉起小偷,扶到自行车车后架上:"坐好,用没受伤的左手抓牢车座,市一院就在前面,咬着牙坚持一会!"

郑凡满头大汗地蹬着车将小偷驮到医院,这时小偷失血太多,人已处于半昏迷状态,郑凡将其背进急救室里,遇到赵恒小舅子朱均,他问郑凡怎么来了,郑凡匆匆说了几句原委,朱均很震惊:"送医院干吗,还不赶紧报警!"

郑凡抹着额头上的虚汗:"他跑不了的,伤得很重,后脑勺开花了。"

急救室里,医生说要立即输血,马上手术,医生要郑凡即刻去交钱,郑凡傻眼了,郑凡说这个人是小偷,偷我钱被追的路上受伤的,我送过来已经够不错的,怎么还要我交钱?那位戴白口罩的医生笑得喘不过气来,以至于不得不摘下口罩,医生像看着天外来客一样地看着郑凡:"他偷你钱,逃跑受伤了你把他送到医院?雷锋再世了。"

郑凡对身边的朱均说:"朱医生,我哪有钱给小偷做手术呢?你给我做一个证明,这个人确实是一个小偷。"

朱均说:"我要是证明他是小偷,就得证明你是活菩萨。我能证明得了吗?"

年轻的小偷躺在担架上,声音微弱地对郑凡说:"大哥,你帮我垫上钱,我以后会还你的。"说着就一头昏死了过去。

急救室的医生很怀疑地看着郑凡,他无法相信他们之间是小偷与被偷者的关系,于是就一针见血地对郑凡说:"你们是道上的朋友,救还是不救,你说一句!时间已经等不及了。"

郑凡从身上掏出旧报纸包着的一包钱,对医生说:"我有的是钱,你们赶紧抢救,我现在就去缴!"

医院缴费窗口,郑凡问能不能少交点,窗口里的出纳满身药品的味道,话音里飘出来的也是药味:"预缴三千块,一分都不能少。"

缴了三千块钱住院费,小偷输血后,血压升上来了,后脑勺经两个半小时清淤手术后被推了出来。郑凡像小偷的孝子贤孙一样地在病房里守着小偷,为什么不走,连他自己都不知道为什么,也许是他怕小偷没人照看会突然死去,也许是他守住了小偷等于就守住了三千块钱,郑凡没觉得自己的所作所为与雷锋或见义勇为有什么关系。他对前来查看病情的主治医生说:"大夫,这个人与我无亲无故,我连他的名字都不知道,你们用药不要用太贵的,住院缴的三千块钱医疗费是我爸在县城工地上打工挣来的,我爸都六十五岁了。"

主治医生看了看很荒谬的郑凡,没说话。

这一年冬天很冷,前不久一场大雪过后,许多人摔倒在冰天雪地里摔断了胳膊和腿,还有一些讨要工钱的民工被工头打得头破血流的,所以骨科病房很紧张,小偷手术后只好临时安排在走廊里,看着盐水一滴一滴地输进小偷的身体,郑凡发觉小偷安静得像一个熟睡的婴儿。

下午的时候,小偷醒了过来,郑凡把提前买来的两个面包和一袋牛奶递给小偷,小偷没一分钟就吞咽了个精光,面包两口吃一个,牛奶一口气喝完。吃完后,小偷哭了,本来准备教训小偷一通的郑凡,觉得这是一个有着自己故事的小偷,于是让小偷平躺在病床上:"别激动,你慢慢说。"

郑凡听完小偷诉说后,不说话了。

小偷姓夏,是乡下考上庐阳商专营销专业的学生,今年夏天毕业,找了几个月工作,除了散发传单挣点零钱填饱肚子,就没干过正经的工作,后来被自己的一个同学骗进传销组织,没钱买传销产品,他就骗自己父亲把家里唯一的一头猪卖了,还有卖粮食的两千五百块钱,全都投了进去,可很快他就发现上当了,想跑,身份证已被收走,人也被控制在一个二十四小时看守的铁门铁窗封死了的房间里,直到两个星期前公安工商部门将传销窝点连锅端了,他才逃了出来。

身无分文的小夏找工作没找着,人住在地下通道里,冻得手脚生了冻疮,借同学的五十块钱花光后,饿了三天没吃一口饭。这天早上在横穿马路准备去一个洗车行打零工时,见郑凡羽绒服口袋里鼓鼓囊囊的,他一时糊涂就在错误的时间和错误的地点将手错误地伸进了郑凡的口袋里,由于是第一次下水,准备不足,技术不精,伸手即被捉。小夏从怀里掏出两个红本本,一个是商专毕业证书,一个是学校优秀共青团员证书:"大哥,我对不起你,我犯下的错,是一个共青团员的耻辱。"

郑凡没说话,他想起当年研究生毕业时在上海找工作时,一次回学校的途中,买了饭后,身无分文的三个同学相互掩护着逃过一回公共汽车票,于是郑凡对小夏说:"其他的都不说了,你安心养伤吧!"

长相俊朗的小夏眼里噙着泪水:"大哥,你是好人,钱我一定会还你的。"

郑凡丢了一百块钱和自己的手机号码给小偷:"年底单位里还有些事,不能天天来看你,不要跟家里联系,自己订病号饭,医生说十天左右就可以出院了,出院时给我打个电话,我来医院结账。"

艺研所接下了"庐阳文化通史"的编撰工程,全书六卷本,十二五文化发展规划的重点项目,郑凡负责"戏剧卷",带领老吴、小袁两个年龄和职称都比自己高的同事共同完成。郑凡在会上说自己资历浅薄、经验不足、难堪重任,郭之远说:"负责写作编撰,不是提拔你当领导干部,没什么好谦让的。新中国成立后庐阳话剧、京剧、歌舞剧的历史都很短命,台上没蹦几天,就烟消云散了。庐阳的戏剧史主要是黄梅戏的历史,你已经做过几年的研究,专著都快出版了,你不挑头谁来挑?"

老吴和小袁也纷纷表示支持和坚决拥护,郑凡就无话可说了。可谁都知道,给政府编书,稿酬编辑费很低,两三年的一个工程能给两三千块钱就不错了。你是吃政府粮饷的国家公职人员,对政府交办的事,没有讨价还价的丝毫余地。老吴平时在庐阳石化编行业小报,小袁业余为电视台专题片撰稿,他们兼职的收入都不错,看所长郭之远如此器重郑凡,也就顺水推舟地表现出了极高的境界。郑凡也心知肚明,但自韦丽出走后,他已懒得挣钱了,他觉得在单位里上班、写作、搞研究,让人踏实、安静、自我,甚至还有一份隐隐约约的高贵和傲慢,这是符合郑凡作为一个读书人属性的。他有些后悔跟韦丽拿证,拿证实际上毁了两个人的青春。韦丽在漏风漏雨的出租屋里虽顽强忍受但终究会失去耐心。而他自己一毕业就把一半以上的精力用在了专业之外,见活就干,见钱就赚。如果他现在是一个人生活的话,他愿意过这种简单清贫的读书写作的日子。外面的世界精彩而无奈、明亮而黑暗,在没有韦丽的日子里,他感受到了一种刻骨铭心的沮丧和疲倦。虽说郑凡再三推辞,但"戏剧卷"负责人的身份无疑像是一剂强心针注入了郑凡失血的心脏里,他很激动,也很需要这份来自组织和专业的信任。

开了一天的会,大家都很累,平时很抠的所长郭之远下午散会时慷慨地说:"晚上聚餐,一个都不能少。快过年了,项目启动经费已经下来了,三杯酒下肚,'庐阳文化通史'项目正式启动!"大家都很高兴,说要是天天能用公款喝酒就好了,郭之远批评他们说,原来你们仇恨腐败是因为自己渴望腐败而享受不到腐败,今晚不喝了。

老肖、老吴他们几个资格偏老的研究员说,我们这不是搞腐败,而是项目奠基后的开工酒,再穷的人家和单位开工酒是少不了的。

所长也就是说说而已,"望月楼"饭店早都订好了,晚上喝酒的气氛好极了,就在大家热烈议论过年所里发什么年货的时候,郑凡接到了一个电话,他脸色死灰地合上电话,跟所长匆匆说了两句,拔腿就冲出了酒楼。

电话是母亲打来的,父亲下午从县城工地脚手架上摔下来了,人正在医院抢救。母亲在电话里哭着说:"你快回来吧,医院下通知了,救不活了。"母亲要郑凡回去帮着料理父亲的后事。

郑凡连夜坐长途班车赶回老家,到县城时,天已蒙蒙亮,清冷的大街上路灯还亮着,一些清洁工在扫马路,偶尔有进城的手扶拖拉机在大街上经过,声音让人撕心裂肺。

县医院走廊里,母亲一见到郑凡就拉着儿子的手哭瘫在地上:"你爸命苦呀!"

郑凡拉起母亲,说:"妈,别急,我把银行卡带回来了,有的是钱,倾家荡产我都要救我爸。"

ICU病房里,父亲像死去了一样,脸上罩着氧气罩,值夜班的医生对郑凡说:"你父亲已经度过了危险期,当时刚送来的时候,没有严重的粉碎性骨伤,只是断了四根肋骨,但心肺功能衰竭得很厉害,主要是年龄太大了。"

郑凡问父亲的治疗方案,医生说住一段院,调养一段日子,回家过年应该问题不大,郑凡如释重负,心里顿时风轻云淡,母亲不识字,傍晚从乡下赶来时,医院下达了"病危通知书",母亲以为是医院提前下的死亡通知,而这不过是医院对所有危重病人医治过程中的例行手续。

冬天的太阳像是被药水浸泡过一样,流露出苍白的光辉,风先将阳光吹乱,奔走在大街上郑凡的头发也跟着乱了,他去跟县安全局成立的事故调查组协商解决善后事宜。这次事故是一幢违规建筑的三层楼房地基沉陷导致一面墙体倒塌,当场砸死农民工两人,砸伤六人。郑凡父亲和几个木工正在另一间楼面的脚手架上做木模板,房子墙体倒塌只是让隔壁的脚手架晃动了几下,并没有倒塌。也就是说,郑凡父亲所处的位置是安全的。而隔壁巨大的轰响以及死伤者惨绝人寰的尖叫声惊吓了脚手架上的木工,他们本能地跳了下去,四个木模工跳下脚手架安然无恙,并且到隔壁去帮助救人了。可六十五岁的乡村木匠郑树由于年事已高和体力不支后,头晕眼花,惊慌中一头栽了下来。

父亲年龄大,找工作难,他在一个没有资质的非法建筑施工队干活,工头曾经是一个拐卖妇女的人贩子,昨天下午电话里听说砸死砸伤了一大堆人后,包工头关了电话,丢下了死伤者,连夜就跑了。据了解包工头的人说,他从此必定会人间蒸发,他将在一个谁也找不到的地方继续他拐卖妇女的事业并很快忘记掉死在他手里的农民工弟兄,这个人从小到大是公认的人渣。

父亲他们的医药费是政府垫付的,事故也是政府出面处理的,昨晚县电视台充分报道了县政府"执政为民"的伟大行动,死伤者家属却缠着政府要说法,代表政府的安全局事故处理小组的人抱怨说:"你们在非法建筑队打工,出了事,政府帮你们解决困难,包工头正在缉拿之中,你们不能得寸进尺。"

郑凡是明白其中事理的,所以在事故协商处理现场他一言不发。事故处理小组的意见是死者县里免费火化,伤者免费治疗,这些钱由县政府垫付,至于死伤赔偿,由于他们没有签劳动合同,也没买保险,只有等到抓到包工头后,再由政府出面协商解决赔偿事宜。

死伤者家属都是农民,他们在政府的循循善诱下,放弃了立即赔偿的非分之想,大多数人只是以认命的心情接受这一事实。郑凡在事故处理意见书上签字时,被安全局事故处理小组的组长、一位全身肥肉过多的中年男子劈头盖脸地教训了一顿:"你没来之前,我们就晓得了你是硕士毕业生。我想问问你,你怎么忍心让你六十五岁的父亲爬高上低,大冬天到工地上打工? 他是早该退休的年龄,早该颐养天年的岁数了。你读了那么多书,孝心哪去了?

良心哪去了?"

郑凡心里本来就不好受,被长着一副事故身材的事故组长指着鼻子声讨,他仿佛成了这次事故的一个不在场的凶手。可郑凡对站着说话不腰疼的事故组长还是进行了有限度的反击:"我感谢你们对我父亲的救治,但我也置疑你们对县城建筑市场乱象的监管失职,对安全施工一如既往的麻木,去年县酒厂的建筑事故一次死过八个人,这我也知道。我父亲是农民,他不知道这是非法建筑队,也不知道什么是劳动保险合同,他是早过了退休年龄。可你知道吗?农民没有养老金,没有医疗保险,农民退休的日子和出殡的日子是同一天,他们不干活,吃什么?穿什么?我想让父亲颐养天年,可他不干,他看到儿子读了这么多年书后还住在猪圈一样的屋子里,看不下去,想出力,可力不从心,只好非法打工。我无能,我不孝。可我毕业到现在,就没懈怠过一天。可我没办法,挣不到钱,买不起房子,保护不了老婆,照顾不了父母。对不起,不该跟你们说我家里的私事。"

身材肥胖的事故组长突然间态度一百八十度陡转,他走过来递给郑凡一支烟,并给郑凡点上火:"我听懂了,你到现在还没买上房子,你爸爸是想打工挣钱贴给你买房子,对不对?了不起,伟大的父亲,可怜天下父母心。可打工的钱哪能买得起房子呢?我儿子在上海工作八年了,最近一张口跟我要五十万给他凑够首付,我哪有那么多钱?整天跟事故和眼泪打交道,想贪污受贿也没机会呀!"

两个人在烟雾中走向了和平与和谐。

父亲郑树第二天下午就恢复了神志,肋骨处绑了绷带后,父亲就强撑着下地上厕所了,晚上吃了一大碗干饭和郑凡买来的半斤卤猪头肉,父亲的胃口好极了,见了儿子,情绪也极度兴奋,他甚至要酒喝,郑凡给他倒酒前问了一下医生,医生说酒精刺激容易使动作幅度过大,会影响肋骨骨折的恢复,过几天就可以喝了,父亲只好咽住酒瘾,就着茶水,风卷残云般地将半斤猪头肉卷进胃里。郑凡在医院里陪了父亲三天,三天后,父亲下地不用扶就能自己走动了,父子说话的话题也越来越深入,父亲坚持要今年过年把韦丽带回来办结婚酒席,郑凡含糊地应付着说就怕过年加班,父亲说确实连个结婚的新房都没有,有点对不住人家小韦,可你不回来请亲戚朋友喝喜酒,人家就说你读到现在的书,最后读成了光棍,"你能不能跟小韦说说,让她再宽限一段日子,我伤好了后,接着找工做,钱挣得不多,多少也能凑一点"。

郑凡急了,他当着母亲的面,发誓一样地说:"爸,你要是为了我买房子再出来打工,我就把庐阳的工作辞了,把婚也离了,回到乡下来种田,一步不离地跟你耗在一起!爸,你不能让我背上忤逆不孝的骂名呀!"

父亲沉默了,他坐在病床上,看着医院里雪白的天花板,整整一个下午没说一句话,天暗下来的时候,他对着窗外的县城里繁荣的灯火,黯然神伤地说:"酒厂去年砸死的那几个人,一人赔了十八万,我要是被砸死了就好了。"

郑凡回庐阳要召集老吴和小袁研究《庐阳文化通史》戏剧卷的写作大纲,他给父亲丢下一千块钱买些营养品,父亲只要了一百,他说几天后出院回家,杀家里的鸡补补身子,临走前,父亲对郑凡说:"单位里实在要加班,还是要以工作为重,过年你就不要回来了。小韦跟着你,日子过得太寒碜,你对人家小韦好一点!"

郑凡回到庐阳打开出租屋的铁门,屋里是逼人的寒冷和空洞,他想再去韦丽的宿舍,找韦丽谈谈,为了大难不死的父亲,他准备放下自己可怜的尊严,恳求韦丽跟他一起回家过年,在乡下办一个婚礼,给这个总是不如意的贫穷的家庭冲冲喜。当上了戏剧卷负责人的郑凡似乎是醍醐灌顶豁然开朗,他现在也想通了,赌气是很幼稚的,跟自家老婆争面子、抢尊严更是一钱不值,他准备买一大包烤红薯去找韦丽,他都想好了见面的第一句话就是:"跟我回家吧,城中村烤红薯是庐阳烤得最好的。"

赵恒打电话要郑凡去帮着策划欧陆地产的春节联欢会,说是市里主要领导都参加,还从北京请来了几个当红歌星捧场,郑凡说自己已从欧陆地产辞职了,不想再去郝总那里掺和了,赵恒在电话里气急败坏地说:"你是不是吃错药了?"郑凡没有理睬,说好马不吃回头草。郑凡从老家回来后,跟老吴和小袁不到一个星期就拿出了戏剧卷的写作提纲,所长郭之远看了后激动得一口水喝得呛了喉咙,理顺了嗓子后,郭之远所长说:"郑凡,你天生是一块做学问的料子。"

黄杉带着他的温州富婆莉莉回来过年了,他们还是住在希尔顿酒店。两天后,多年没见的同学秦天正好从北京来庐阳视察工作,他是中石油的一个处长,庐阳石油公司安排秦天也住进了希尔顿,邂逅相逢让两个自以为事业有成的大学同学感觉极其优越。"找同学聚聚吧!"秦天对黄杉说。

黄杉没打通舒怀的电话,后来终于联系上了郑凡。

还是在希尔顿西餐厅,大家对这外国难以下咽的食物并没有太多的热情,但对西餐厅里的外国情调和西餐概念非常在意,这也是那些肤浅的成功者无一例外都愿意追随的格调。郑凡问黄杉这次回庐阳是不是投资房地产的,黄杉说在中国炒房都是小户们干的,他说在韩国济州岛的房子都快挣一千万了,迪拜塔炒楼花就挣了两千万,"在国内能挣到吗?"黄杉对郑凡愚蠢的提问不屑一顾。

听说舒怀出事的消息后,黄杉和秦天都感到很惋惜。秦天若有所思地说:"真没想到舒怀杀人。当年在大学时,操场上放史泰龙的电影《第一滴血》的时候,他老是捂着眼睛,不敢看。有一段时间,宿舍里给他起了个'大姑娘'的外号。"

黄杉将一杯啤酒灌进喉咙里:"这年头,书呆子是没出路的,宁愿赌,也不能等,等意味着坐以待毙。郑凡虽然没赌来房子,但赌来了一个不要房子的老婆,就是赢家。"

黄杉说自己跟莉莉已经正式拿过证了,明天中午在"富豪大酒楼"摆婚宴宴请当年报社的同事,还有一些在庐阳关系密切的朋友,"以前我的野模女友,还有悦悦、郝总,我都邀请了,他们都过来。郑凡,你跟韦丽一起来,给我捧捧场!"

秦天说:"庐阳石油公司的宴请我也推掉了,大家热闹热闹。"

信访办师兄老蒋说:"明天就是天塌下来,也得参加黄杉的婚宴。"

黄杉那位美国西太平洋大学经济学博士非常感动,她很矜持地对老蒋表示了谢意。美国野鸡大学的博士在郑凡面前是没有底气的,他们因为一条狗在上海城隍庙相识,但他们因为有黄杉这个人做媒介而在一起吃饭?在几个男人就加拿大多伦多房价因华人疯炒暴涨百分之二十而争论不休时,坐在郑凡身边的莉莉跟他碰了一下高脚红酒杯,莉莉问他房子买好了没有,郑凡说没有,莉莉说:"我跟你说过的,你买房子钱不够,从我这拿几十万,黄杉是你同学,有什么好客气的呢?"

郑凡说:"谢谢你,我买房子的钱已经够了,所以才没找你借。"

莉莉说:"那为什么没买呢?"

郑凡想找一个理由搪塞,黄杉借着酒劲拍着他的肩膀说:"郑凡,你明天要在婚宴上代表我们同学致贺词。"

直到此时,郑凡才告诉他们,年前要枪毙一批犯人,舒怀因最终被认定为有民事行为能力,没有采纳精神疾病的律师辩护,所以被判了死刑,明天上午就要执行,"黄杉,对不起,你的婚礼我就不参加了,明天我要去给舒怀收尸。"

黄杉很惊愕地看着郑凡:"真出鬼了,舒怀死刑的日子跟我婚宴在同一天,你咋不早说?"

郑凡说:"我也是下午才听说的。你请柬都发出了,早说也来不及改了。秦天,我们跟黄杉都是老同学,不会见外的,你明天跟我一道去送舒怀上路,行不行?"

秦天沉思了一会,问:"舒怀家里人呢?"

郑凡说:"他爸私自造鞭炮,炸死了人,坐牢去了,悦悦跟郝总好上了。"

秦天像喝药似的很困难地将杯底的啤酒喝下去,温暖的灯光照耀着他没有温度的脸,他放下杯子:"郑凡,你看这样好不好?明天我就不去了,我让庐阳石油公司派一辆豪华车过去,将舒怀的骨灰接回来,再送回他老家去。"

郑凡说:"那就算了,我一个人去。"

最近这段日子,赵恒对郑凡很有意见,青年歌手大赛的策划方案电视台好不容易通过,可赞助商不认可,要修改。作为主策划之一,郑凡却老是推托说忙,找不到人。"你怎么总是心不在焉的样子?"第二天一早赵恒在电话里很恼火。

"心里烦。"郑凡回答。

舒怀上午十点执行枪决,警方通知中午十二点半可去火葬场签字领走骨灰。舒怀的一个叔叔昨天就已抵达庐阳,郑凡不想参加黄杉的婚礼,也不想到刑场目睹同学肝脑涂地的惨景,他想在十一点前到火葬场跟舒怀最后告别一下。

一早刚放下赵恒的电话,小偷小夏打来电话,说今天上午要出院,请大哥过来把手续办一下。郑凡说,不是明天出院的吗,怎么提前了?小夏说伤已经好了,早一天出院多省点钱。郑凡觉得办出院手续很快,应该不会影响他为舒怀送行,于是就蹬着车去了市一院。

郑凡是在医院缴费窗口前被公安铐上的。

小夏同病房的病友知道了小夏是小偷的身份后,担心身边的财物被偷,就打电话报了警。警方一早迅速控制了小夏,小夏交代了偷窃郑凡的经过,他说自己是第一次偷,警方不相信,他说被偷的郑凡将受伤的他送进医院还垫付了医药费,警方就更不相信,这在他们半生或大半生的办案实践中从来没遇到过,警方认为他们肯定是一伙的,背景中也许有一个盗窃团伙。于是就让小夏给郑凡打了一个"钓鱼"的电话,很轻松地把郑凡钓上了钩。

警方带走小偷和郑凡的时候,正下夜班的赵恒小舅子朱均看到了,他立即给赵恒打了电话:"不好了,郑凡被警察带走了!"

赵恒给韦丽打电话,不通,于是他开车直奔家乐福超市,他从收银台前将韦丽拽出来:"究竟怎么了,郑凡怎么被警察抓走了?"

韦丽懵懵懂懂地一脸的糊涂:"什么怎么了?你说什么呢?"

韦丽不相信自己的耳朵,当她确认了郑凡被警察抓走的消息后,当场就哇哇大哭起来。同事们很惶恐地看着韦丽,也不知该怎么劝她:"你赶紧去公安局,看看出了什么事。"

韦丽指着赵恒声泪俱下地斥责着:"我早就叫他不要跟你混,他偏不听,都是你害的!"

赵恒开车带韦丽去公安局,路上,赵恒一脸无辜地说:"韦丽,你不要冤枉好人,我们一直都是守法经营的,我对天发誓,郑凡这次出事与我们公司毫不相干。"

警方在了解了郑凡的身份后,当然不相信他是小偷的同伙,所以还给他倒了一杯水。两位一开始很凶的警察和颜悦色地说:"郑老师,完全误会了。不过,我们公安既不会冤枉一个好人,也绝不会放过一个坏人。请你把小偷偷你钱包的过程说一下!"

郑凡说:"没有呀,他没偷我钱。他要是偷我钱,我怎么会放过他,还把他送医院呢?"

警察觉得确实有些蹊跷,于是很困惑地说:"是呀,不合常理呀!可他自己都承认了。"

郑凡故作轻松地说:"年轻,没见过你们这阵势,吓昏了,乱说一气。你想,他大专毕业,还是学校的优秀团员,好歹也算读过书的人,小知识分子也该算吧?"

警察继续着心里的疑问:"你平白无故地花钱给他住院?"

郑凡说:"他没找到工作,饿昏了一头栽倒在路牙子上,受伤了,我看到了,总不能见死不救。我当年找工作时跟他一样辛酸,同病相怜。"

警察若有所思地点点头。

赵恒和韦丽赶到公安局时,郑凡正从公安局院子里往外走,一个多月没见面的韦丽一下子扑过去,抱住他就失声大哭了起来,郑凡感到韦丽全身在抽搐和痉挛,他轻轻地托起韦丽满是泪水的脸,又轻轻地抹着韦丽的眼泪,说:"一点小误会,没事了,都过去了!"

韦丽只是哭,一个字不说,她的手死死地箍紧郑凡的脖子,像是怕他跑了似的。郑凡轻轻捋顺着韦丽杂乱的头发,说:"城中村巷子里又多了一家烤红薯的炉子,还没到巷口,香味直往鼻子里钻。"

这时,天空飘起了雪花,纷纷扬扬的雪花静静地落在城市的屋顶和道路上,城市灰暗而杂乱的颜色被一点点地漂白了。

走出公安局大门的郑凡和韦丽双手紧紧扣在一起,雪花落到了头顶上、脖子里,谁也不愿松开手去掸,他们能从对方的手心里感觉到,只要不再分开,他们宁愿被这漫天大雪活埋。

赵恒说中午要请郑凡韦丽吃饭,找几个朋友过来给郑凡压惊,郑凡说他要立即赶到火葬场去给舒怀送行,郑凡问韦丽:"一起去吧!"

韦丽点点头。

到了火葬场刚好十二点半,中午时分,火葬场也像死了一样,里面一点声息都没有,漫天飞舞的雪花像是一个个死不瞑目的灵魂在空中盘旋。郑凡走进火葬场办公室,几个炉前工正在吃盒饭,郑凡问舒怀的骨灰呢,炉前工一脸麻木不仁地说:"你是说那个杀人犯的骨灰吗?十分钟前被一个矮个小老头领走了。"

傍晚,没吃中饭的郑凡和韦丽回到了城中村,看着被防盗门窗封死的出租屋,韦丽不禁潸然泪下,郑凡说:"防盗门窗没用。你回来了,我才有安全感。"

两人晚上都不想吃饭,韦丽说:"要不我们出去吃吧,你想吃什么?"

舒怀走了,韦丽回来了,经历太多人生变故的郑凡此时像是从一片硝烟弥漫的战争废墟中爬出来的,整个人筋骨涣散,精疲力竭,他倒在床上,声音呢喃:"韦丽,我太累了。一人泡一碗方便面凑合一顿吧!"

韦丽泡方便面的时候,忽然看到墙上的标语不见了,她问郑凡:"标语口号呢?"

郑凡已经睡着了。

这天夜里,郑凡做了一个梦,一个比维也纳森林还要漂亮的楼盘,小桥流水,绿树成荫,芳草萋萋,花团锦簇,空气中漫卷起米汤一样的白雾,仿佛是人间仙境,一位穿白衬衫打着领带的小伙子带着郑凡和韦丽边走边看边说着:"你们的房子在21幢1808室,精装修的,进去就住。我们这个楼盘不是庐阳第一,而是全世界第一。"

郑凡接过新房钥匙的时候,才发现,售楼处的帅小伙是他送进医院抢救的小偷。

2011年7月29日完稿
2011年11月8日二稿
2012年2月13日改定